한국 고소설의 이해

한국 고소설의 이해

澤民國學研究院 研究叢書 5

한국 고소설의 이해

조동일 · 황패강 · 설성경 · 사재동
김광순 · 신해진 · 西岡 健治
공저

도서출판 박이정

지은이
조동일(서울대)
황패강(단국대)
설성경(연세대)
사재동(충남대)
김광순(경북대)
신해진(전남대)
西岡 健治(복강현립대)
(게재순)

한국 고소설의 이해

초판 인쇄　2008년　9월　19일
초판 발행　2008년　9월　30일

지은이　　조동일 · 황패강 · 설성경 · 사재동 · 김광순 · 신해진 · 西岡 健治
펴낸이　　박찬익
편집책임　이영희
책임편집　이기남

펴낸곳　도서출판 **박이정**
주소　서울시 동대문구 용두동 129－162
전화　02)922－1192~3
전송　02)928－4683
홈페이지　www.pjbook.com
이메일　pijbook@naver.com
온라인　국민 729－21－0137－159
등록　1991년 3월 12일 제1－1182호

ISBN　978-89-6292-006-2(93810)

* 책값은 뒤표지에 있습니다.

　본 연구원에서는 이번에 다섯 번째로 총서를 간행하게 되었다. 기울어져 가는 국학을 조금이라도 바로 세우겠다는 소신을 가지고 연구원을 개설한 지 벌써 5년이 되었다. 내 나라 말과 글을 제대로 알지 못하고 내 나라 역사를 제대로 이해하지 못하고 있는 세대들이 정계, 재계에 두루 영향력을 행사하고 있다면 그 나라는 불행해 질 수밖에 없을 것이다.

　최근 몇 년간 고구려가 중국 역사라 우겨대는가 하면, 옛 발해의 터에 중국식 건물을 지어도 말 한마디 못하는 한심한 세태, 게다가 독도를 이웃나라 일본이 자기 땅이라 우겨대는 것을 보면 참으로 안타깝기 그지없다. 이는 인문학 특히 국학을 푸대접한 것과 무관하지 않을 것이다.

　우리 민족은 우리 글과 말, 우리 역사를 제대로 알고 있어야 한다. 이러한 취지에서 본 연구원은 국학 전반에 대한 종합적인 연구를 목적으로 출발하게 되었다. 우선 그 일환으로 미력하나마 한국 고소설을 바르게 이해하고 분석 검토하는 장을 마련하기 위해 본 연구원의 연구총서 제5집을 간행하게 되었다.

　본 연구원 연구총서 제5집은 '고소설의 이해'라는 기획주제로 총서를 편집하였다. 조동일교수의 '소설 이론의 두 방향 ; 변증법과 생극론'은 후학들의 연구에 올바른 방향을 제시해 주고 있고, 노환으로 신고에 시달리면서

원고를 손질해 주신 황패강 교수의 '소설 이해를 위한 문체론적 시각'은 소설 이해를 위한 지름길을 짚어 주셨다. 또한 설성경교수의 '구운몽의 창작동기와 주제의식'에서는 지금까지 구운몽의 창작동기에 대한 학설을 작품의 주제의식에 맞춰 참신한 논증을 펼치고 있고, 사재동교수는 '서포 김만중의 충효사상과 문학세계'에서 서포 김만중의 충효사상을 그의 시가, 수필, 소설, 희곡 등의 문학작품을 통해 해박한 식견으로 천착하여 서포 김만중의 진면목을 보여 주고 있어 서포의 문학세계를 이해 감상하는데 한걸음 더 가까운 데로 다가서게 했다. 拙稿 '〈오일론심기〉의 창작방법과 서사기법'에서는 이 작품의 새로운 창작방법과 서사기법을 제시하고 있고 신해진교수의 '〈내성지〉의 창작동인 탐색'에서는 이 작품에 대한 창작 동인을 예리한 통찰과 심오한 논증으로 학계에 처음으로 밝힌 참신한 작업이다. 福岡縣立大의 한국어과 西岡 健治교수의 '일본에 있어서의 한국문학의 전래양상 −江戶시대때부터 1945년까지−'는 한국 사람으로서는 연구하기 어려운 작업으로 한국고소설이 일본에 전래되는 양상을 자세하게 검토 연구하여 한국고소설이 일본문학에 전래되고 있는 양상을 논술하고 있어 학계에 크게 기여할 것으로 생각된다.

  본 연구원 연구총서 제5집 '고소설의 이해'는 한국학을 전공하는 사람은 말할 것도 없고, 특히 한국 고소설을 전공하는 사람은 이 책이 좋은 스승이 될 것으로 믿고 일독을 권한다.

  마지막으로 옥고를 보내주신 여러 분들의 건승과 학운이 더욱 창성하시길 기원하며 본 연구원을 대신하여 심심한 감사의 말씀을 드린다.

2008년 7월 31일

경북대학교 명예교수

택민국학연구원원장   김 광 순

소설 이론의 두 방향 : 변증법과 생극론

조동일(서울대)

루카치

1. 머리말

이 글은 내력이 복잡하다. 이미 발표한 것들과 같고 다른 점을 분명하게 밝혀 이용하는 분들이 혼란을 겪지 않도록 하고자 한다.

(1) 「변증법과 생극론의 소설 이론 토론」이라는 제목으로 2000년 5월 20일 홍익대학교에서 열린 한국미학예술학회의 발표대회에서 발표하고, 그 학회의 『미학·예술학연구』 11(2000년 6월)에 게재했다.

(2) 『소설의 사회사 비교론』 1(지식산업사, 2001)의 일부를 이루었다.

(3) 영어로 옮긴 원고를 이탈리아에서 받아가 로마대학 비교문학 교수 Francia Sinopoli가 이탈리아어로 번역하고 자기가 엮은 *La letteratura europea vista dagli altri* (Roma : Meltemi, 2003)에 수록했다. 책 이름은 『다른 쪽에서 본 유럽문학』이라는 말이다. 영역 제목이 "Against European Theories of Novel"이어서 "Contro le teorie europee del romanzo"(유럽의 소설 이론에 맞서서)라고 옮겼다.

김광순 교수 정년퇴임기념논문집을 편집하는 분들이 (1)을 재록하자고 했는데, 발표 시간의 제약 때문에 너무 줄인 것이다. 헤겔과 토론만 하고 끝나 내용이 미비하다. (2)에는 헤겔, 루카치, 바흐틴, 골드만, 그리고 다른 여러 논자와의 토론이 있다. (3)에는 그 가운데 헤겔, 루카치, 바흐틴, 골드만 부분만 간추려 넣었다.

이 글은 그 중간을 취해 헤겔과 루카치에 관한 부분으로 구성한다. (1)의 서두를 버리고 (2)에 있는 것을 가져왔다. 맨 뒤에 보충해서 적은 내용은 다른 데는 없고 (3)을 위해서 쓴 것이다. (1)과 동일한 글이 아니므로 구별할 필요가 있어 제목을 〈소설 이론의 두 방향 : 생극론과 변증법〉이라고 한다.

2. 논의의 방향

소설에 관해 다음과 같은 여러 의문이 제기되어 왔다. ㈎ 소설의 기본특징은 무엇인가? ㈏ 소설의 선행형태는 무엇인가? ㈐ 소설은 문학사의 어느 시기에 생겨났는가? ㈑ 소설이 생겨나게 된 이유는 무엇인가? ㈒ 소설은 어느 문명권 또는 어느 나라에서 생겨났는가? ㈓ 여러 문명권 또는 여러 나라의 소설이 위의 네 가지 조항에서 어느 정도 동질성이 있는가?

이 가운데 ㈎에서 ㈑까지를 논자 주위에 있는 일부의 작품에서 논거를 찾아 자기 나라 또는 문명권의 범위 안에서 다룬 업적은 너무 많아 헤아리기 어려울 정도이다. 그것들을 대충 모아 일별해보는 것도 사람의 일생에는 가능하지 않다. 그런데 논의가 진행되는 동안에 견해차가 해소되지 않고 오히려 더 커지고 있다는 사실은 자세한 검토를 해보지 않아도 알 수 있다.

㈎를 해명하는 작품 내부의 작업은 성과 있게 진척되었다고 하겠으나, ㈏에서 ㈑에 관한 논의가 시작되면 ㈎를 재검토하지 않을 수 없다. 그래서 논란이 자꾸 많아지면서 혼란이 가중된다. ㈒와 ㈓는 힘써 해명해야 할 의문

으로 제기하지도 않았으니 연구 성과가 있을 수 없다.

그러므로 소설에 관한 논의는 다시 시작해야 한다. (바)에 대해서 대답해야 세계문학사의 범위에서 소설을 이해하는 보편적인 이론을 마련할 수 있다. 세계소설론을 이룩하는 것은 이제부터 해야 할 일이다. (라)까지에 관한 일은 너무 많이 하고, (마) 이하에 관한 일은 전혀 하지 않은 양극단의 잘못을 반드시 시정해야 한다.

(가)에서 (라)까지에 관한 견해차를 해결한 다음 (마)와 (바)를 다루어야 하는 것은 아니다. (바)에 이르는 것을 목표로 삼아야, (가)에서 (라)까지를 재검토해서 해결할 수 있는 가능성이 생긴다. 버려야 할 견해와 받아들일 수 있는 견해를 가려내 혼란을 정리하는 방향을 정할 수 있다. 목표를 분명하게 해서 시간 낭비를 최대한 줄여야 사람의 일생에 가능한 일을 계획하고 진행할 수 있다.

(가)에서 (바)까지의 여섯 가지 의문은 다음과 같은 방향에서 해결해야 한다. 아직 해답을 제시할 단계는 아니지만, 해결의 방향은 명확하게 해야 불필요한 혼란을 줄일 수 있다. 서론을 길게 늘여 시간을 낭비하지 않고 본론을 제 때에 시작하기 위해서 논의의 진행방법을 명확하게 해야 한다.

(가) 소설의 기본특징은 소설이 서사문학의 한 하위갈래라는 데서 찾아야 한다. 서사문학 일반의 특징과 소설 나름대로의 특징을 문학갈래론 전개의 일관된 이론을 갖추어 제시하는 것이 그 해답이다.

(나) 소설의 선행형태는 소설보다 먼저 생긴 서사문학의 다른 갈래에서 찾아야 한다. 소설이 서사문학이 아닌 다른 문학에서 많은 것을 받아들였다고 해서, 그것들이 모두 소설의 선행형태라고 하는 견해는 부당하다.

(다) 소설은 문학사의 어느 시기에 생겨났는가 하는 의문에 대답하기 위해서는 시대구분을 해야 한다. 소설은 고대, 중세전기, 중세후기, 중세에서 근대로의 이행기, 근대 가운데 어느 시기의 산물인가 말해야 한다. 세계문학사의 공통된 시대구분을 하고, 소설의 성립 시기에 관한 서로 합치되는 결

론을 얻을 수 있어야 한다.

㈑ 소설이 생겨나게 된 이유는 무엇인가 하는 의문은 사회사와 사상사를 문학사와 함께 고찰해 역사의 전개를 총체적으로 이해하면서 해결해야 한다. 그런 작업이 필요하고 가능하다고 하는 서론을 길게 펴면서 시간을 낭비하거나, 기존의 이론을 열거하면서 시비하지 말고, 지금까지의 시비를 판가름하는 최상의 이론을 제시해야 한다.

㈐ 소설은 어느 문명권 또는 어느 나라에서 생겨났는가 하는 의문에 대답하기 위해 여러 문명권, 많은 나라의 사례를 들어 비교연구를 해야 한다. 다루는 범위는 넓을수록 좋다. 그 가운데 어느 것은 규범이 되고, 다른 것들은 규범에서 벗어나 있다고 하는 생각을 버리고, 그 모든 사례를 대등하게 다루면서, 각기 상대적인 의의가 있다고 해야 한다.

㈒ 소설은 각기 다르다고 하는 것으로 결론을 삼지 말고, 차이점과 함께 공존하는 공통점을 찾아내야 한다. 여러 문명권 또는 여러 나라의 소설이 어느 정도 동질성이 있는가 하는 의문을 적극적으로 해결해야 한다. 소설의 특징, 선행형태, 생겨난 시기, 생겨난 이유에 관해서 세계적인 범위의 일반론을 이룩해야 한다.

3. 나의 기존 작업

나는 소설론을 처음 전개하는 것은 아니다. ㈎에서 ㈒까지의 의문을 풀기 위한 작업을 지금까지 거듭 해오다가, 세계소설사의 이론을 정립하고자 하는 오랜 염원을 이제야 실현할 수 있게 되었다. 기존연구에서 얻은 성과를 출발점으로 해서 더욱 진전된 논의를 하고자 하므로 그 경과와 성과를 먼저 밝힐 필요가 있다.

소설의 이론에 관한 탐구를 시작한 첫 번째의 시도가 『한국소설의 이론』이다.1) 거기서 소설이 무엇이며 언제 어떻게 생겼는가 하는 문제를 한국소설에 근거를 두고 해명하는 이론을 마련하고, 한국 소설사의 시초에 관해 집중적으로 고찰했다. 그 때 얻은, 소설은 자아와 세계가 상호우위에 입각해 대결하는 서사문학이라고 한 것을 비롯한 여러 이론적 착상을 이제 세계적인 범위로 확대해 발전시키고자 한다.

그 다음에는 「한국·중국·일본 소설의 개념」과 「서사시의 전통과 근대소설」이라는 논문에서2) 소설을 뜻하는 용어, 서사시와 소설의 관계를 들어, 소설 형성과 변천의 역사에 관한 비교연구를 시도했다. 「동아시아 근대문학 형성과정 비교고찰」에서는3) 근대로의 이행기 동아시아 소설사를 사회사의 전개와 관련시켜 해명하는 작업을 시도했다. 여기서 시야를 더욱 넓히는 비교연구를 하면서 소설사와 사회사의 관계를 본격적으로 고찰하고자 한다.

「한국고전소설을 위한 남녀의 협동과 경쟁」이라고 제목을 번역할 수 있는 영문논문에서는4) 남성과 여성이 소설의 작가와 독자, 등장인물로서 어떤 관계를 가졌는지 살펴 소설은 남성과 여성의 경쟁적 합작품임을 밝혔다. 그러한 사실을 한국의 경우를 들어 고찰하고 비교연구의 필요성과 가능성을 제시했다. 남성과 여성의 관계, 독자와 작자의 관계에 대해서 더욱 범위가 넓고 깊이가 있는 연구를 이제 여기서 하고자 한다.

구비서사시에 관한 연구서인 『동아시아 구비서사시의 양상과 변천』에서는5) 구비서사시가 영웅서사시에서 범인서사시로 바뀌고 남녀의 사랑을 위시한 일상적인 관심사를 소중하게 다루게 되면서 소설에 근접한 양상을 광

---

1) 서울 : 지식산업사, 1977.
2) 둘 다 『한국문학과 세계문학』(서울 : 지식산업사, 제2판 1992)에 수록되어 있다.
3) 『한국문학연구』 17(서울 : 동국대학교 한국문화연구소, 1995)
4) "Male—Female Partnership and Competition for the Classical Novel", Korean Literature, in Cultural Context and Comparative Perspective(Seoul : Jip—moondang, 1997)
5) 서울 : 문학과지성사, 1997.

범위하게 비교해 고찰했다. 그렇게 해서 이루어진 한국의 판소리와 같은 율문소설이 다른 여러 곳에도 있다는 사실을 밝히고 그 공통점을 찾았다. 그러한 성과는 소설의 성립에 관해 새로운 고찰의 출발점이 된다.

소설이론을 전개하는 기본원리는 生克論이다. 「生克論의 역사철학 정립을 위한 기본 구상」에서[6] 처음 제시한 이래 거의 모든 후속 연구에서 이론적 구상을 다시 가다듬고 역사 이해와 문학론 전개에 적용해 확장하고 검증한 생극론을 소설의 문제를 다루는 데 적용한다. 소설론과 소설사를 함께 정립하면서, 문학사와 사회사가 둘이 아니고 하나라고 하는 것이 그래서 가능하게 된다. 소설사 전개에서 나타나는 선진과 후진의 교체 또한 같은 원리에 입각해 파악한다.

이미 한 작업을 정리해 말하면, 내가 이룩해온 소설이론의 핵심은 다음과 같다. 이미 입증한 사실을 다시 납득시키기 위해 자료와 증거를 제시하지는 않고 결과만 든다. 정리하는 과정에 재해석이 개재되고, 장차 분명하게 밝히고자 하는 원리가 들어가 있기도 하다. 그 두 가지 경우를 구별하지 않고 함께 제시한다. 이하의 명제를 출발점으로 해서 이 책에서 하는 새로운 연구 작업을 진행한다.

'소설'이라는 말을 기본용어로 삼아 세계소설 일반론을 전개하는 것이 마땅하다. 그 어원인 '小說'에 매이지 않아 지나치게 넓은 뜻을 배제하고, 외국 용어의 번역어라고 하지 않아 지나치게 좁은 뜻에 매이지 않아야 한다. 'novel'이나 'roman'을 기본용어로 삼아 소설일반론을 전개하려면 그 말이 '소설'과 같은 뜻을 지닌다고 규정해야 한다.

소설은 자아와 세계의 상호우위에 입각한 대결이어서, 세계의 우위에 입각한 대결인 전설이나 자아의 우위에 입각한 대결인 민담과 다르다. 전설이 민담화되고 민담이 전설화된 설화, 같은 방식으로 전개되는 범인서사시는 광의의 소설이라고 할 수 있다. 그러나 기록문학으로 정착되고, 창작되고,

---

6) 『한국의 문학사와 철학사』(서울 : 지식산업사, 1996)에 수록되어 있다.

유통되어야 협의로 규정되는 본격적인 소설이다.

중세까지의 기록서사문은 소설이라고 할 수 있는 작품도 있으나 두드러진 성격이 전설이나 민담이다. 고대소설이나 중세소설이 국지적인 갈래로 인정될 수 있으며, 세계문학사의 보편적인 갈래인 소설은 중세에서 근대로의 이행기 이후의 소설이다. 소설은 자생적으로 마련되었든 외부의 충격을 받고 이루어졌든, 어디서나 공통되게 중세에서 근대로의 이행기문학으로 시작되었다.

소설이 자생적으로 출현할 때에는 기존의 문학갈래 체계에 서사산문을 위한 자리가 없었으므로, 존중되는 지위를 차지하고 있는 교술산문 가운데 어느 것이라고 자처하면서 출생신고를 하고, 그 수법을 차용해 기록문학으로 행세할 수 있는 격식을 마련했다. 그러나 그 때문에 소설의 독자적인 특성이 부인될 수는 없다. 소설의 특성이 당대에도 분명하게 인식되었다는 증거를 소설배격론에서 찾을 수 있다.

소설은 어느 집단만의 문학이 아니며, 한편으로는 귀족·민중·시민, 다른 한편으로는 남성과 여성이 生克의 관계를 가지고 만들어낸 성생적 합작품이다. 중세에서 근대로의 이행기에 이르러서 신분이 계급으로 바뀌고, 남성의 우위에 대한 여성의 반론이 제기되자 소설이 이루어졌다. 자아와 세계의 대결을 상호우위에 입각해 전개하는 소설의 기본특징이 바로 그 시대의 구조이다. 한편으로는 귀족·민중·시민이, 다른 한편으로는 남성과 여성이 자아와 세계의 관계를 가지고 상호우위에 입각해 대결하는 문학을 함께 만들어내면서 서로 경쟁했다.

귀족은 기존의 기록문학에서, 민중은 구비문학에서, 시민은 현실에 대한 직접적인 체험에서 필요한 내용을 소설로 가져오는 데 각기 장기를 보였다. 사회생활은 남성이, 개인생활은 여성이 적극적으로 다루었다. 그 모든 작업이 한데 어울려져 소설의 다면적이고 복합적인 성격이 마련되었다.

소설은 그런 공동작의 과업을 맡아서 수행할 만한 개방적이고 복합적인 특성을 지닌 작가라야 잘 쓸 수 있다. 시민에 근접한 귀족, 귀족처럼 살고자 한 시민, 여성의 관심사에 민감한 남성, 남성 같은 여성이라야 소설의 작가로서 뛰어난 능력을 발휘해 자기와는 다른 독자를 광범위하게 끌어들이는 작품을 이룩할 수 있었다. 그런 특성은 오늘날까지도 지속된다.

소설은 또한 작자·전달자·독자 사이의 경쟁적 합작품이다. 귀족·민중·시민의 만남이 작자·전달자·독자의 관계를 통해서 이루어지기도 한다. 작자는 독자의 관심사를 받아들이면서 창작하고, 전달자에게도 관심을 가진다. 전달자는 필사본이든 인쇄본이든, 비영리적으로 유통되든 영리적으로 유통되든 가리지 않고, 어느 경우에나 작가와 독자 사이에 개입해 편집·수정·가공하면서 작품에 개입한다.

소설의 구조와 내용을 이룬 生克의 관계는 적대적이면서 우호적이고, 대립하면서 화합하며, 상대방에 근접해서 자기주장을 관철하고, 승리하면서 패배하는 양상으로 전개된다. 그래서 전후불일치, 표리부동, 논리적 당착의 특성을 지닌다. 그 양상이 얼마나 복잡하고 다면적인가 분석하는 작업은 여러 시각에서 거듭 새롭게 해야 한다.

귀족·민중·시민의 관계양상이 달라지고, 우열이 바뀌면서 소설사가 전개되었다. 귀족이나 민중을 누르고 시민이 일방적으로 우위를 차지하면서, 生克의 관계를 단순화하고 평면화한 근대소설이 생겨났다. 다른 계급이 모두 시민화되어 시민이 독점적인 지위를 누리자, 계급 사이의 生克의 관계가 파괴되어 자아와 세계의 대결이 해체되는 소설이 나타났다.

선진이 후진이고, 후진이 선진인 역전의 원리가 다른 모든 역사에서처럼 소설사에서도 구현되었다. 중세에서 근대로의 이행기소설을 만드는 데 앞선 동아시아는 근대소설을 이룩하는 데 뒤떨어져 유럽 근대소설을 받아들여야 했다. 중세에서 근대로의 이행기 때에는 뒤떨어졌던 유럽이 근대소설을 앞서서 만들어내다가 소설이 해체되는 위기를 맞이했다. 유럽소설의 충격을 받고 중세에서 근대로의 이행기소설을 뒤늦게 이룩한 제3세계 여러 곳에서 지금은 소설의 의의를 최대한 발휘하는 창조력을 보이고 있다.

4. 헤겔과의 토론

내가 정립하는 소설의 이론은 지금까지의 여러 이론과 논쟁적인 관계를 가지고 있다. 학문은 독백이 아니고 대화라고 했다.[7] 단순한 대화가 아니고 시비를 가리는 토론이다. 다른 사람들의 이론과 토론을 벌여 타당성을 입증해야 나의 이론이 성립되고, 가치를 지니고, 학문 발전에 기여한다.

지금까지 나온 소설론은 무수히 많아 모두 거론하는 것은 불가능하다. 그 가운데 개별 작품에 대해서 구체적인 논의를 한 것은 젖혀놓고, 소설 일반에 대한 포괄적인 이론을 전개한 것을 찾아 토론의 대상으로 삼아야 내가 하고자 하는 작업이 제대로 이루어진다. 그런 것들 가운데 헤겔·루카치의 소설론이 특히 높이 평가되고 광범위한 영향력을 행사하고 있으므로 먼저 상대할 필요가 있다.

헤겔의 『미학』은[8] 미와 예술에 관한 광범위한 논의를 체계화한 고전적인 저작이다. 소설은 대단치 않게 다루어 간략하게 언급하는 데 그쳤지만, 그것이 소설에 관한 논란의 시발점이 된다. 헤겔이 세운 방대하고 치밀한 체계에 소설은 가까스로 포함된 예외의 영역이라고 할 수 있다. 바로 그 점이 소설이 문제의 갈래라는 증거이다. 소설을 소설답게 이해하기 위해서는 단순하고 평면적인 논리에서 벗어나야 한다. 소설은 다면적이고 복합적인 성격을 지니고 있다. 헤겔이 마련한 변증법이 소설의 그런 특징을 파악하는

---

7) 『우리 학문의 길』(서울 : 지식산업사, 1996), 29~31쪽.
8) Hegel, Sthetik(Frakfurt am Main : Europäische Verlangsanstalt, 1955)을 자료로 이용한다.

데 얼마나 유익했는가? 이것이 또한 문제이다.

소설에 관해 논한 대목을 찾아보기 전에 헤겔『미학』의 전체적인 체계를 보자. 제1부에서 예술미 일반의 특성, 제2부에서 예술미의 특별한 형태를 다루고, 제3부에서 개별예술의 양상을 점검한 것이 전체의 체계이다. 제3부에서 건축, 조각, 회화, 음악, 문학을 차례대로 고찰했다. 문학론은 서사, 서정, 희곡 순서로 전개되며, 그 가운데 서사론의 마지막 대목, 서사시가 아닌 여타의 서사문학을 다루는 곳에 교훈시(Lehrgedichte), 기사담(Romanzen), 담시(Balladen), 다음 순서로 소설(Roman)을 등장시켰다. 서술한 위치는 이처럼 변두리 가운데서도 변두리이지만, 서술한 내용에서는 소설이 감히 서사문학의 본령인 서사시와 맞선다고 했다.

그런 체계를 세운 것은 놀라운 일이다. 보편적이고, 논리적이고, 또한 체계적인 사고를 하면서 사물의 이치를 해명하는 작업이 학문이다. 그러나 거기 내포되어 있는 잘못을 찾아내서 더욱 타당한 이론을 다시 만들어야 한다. 진실과 어긋나는 체계는 파괴하고 다시 만들어야 한다. 대안이 없으면 비판을 하지 말아야 한다. 불만은 비판이 아니다. 대안을 제시하는 작업이 만만하지 않아 기존의 권위가 그대로 유지되고 있는 것을 흔히 볼 수 있다. 헤겔의 미학이 계속 행세하고 있는 것도 그런 경우이다.

그러나 여기서 헤겔의 미학에 대해서 전면적인 비판을 하고 대안을 제시하는 것은 할 수 없고, 또한 필요 없는 일이라고 할 수 있다. 문제는 소설론이므로 소설에 대해서 헤겔이 무엇이라고 말했는지 들어 논하고자 한다. 그러나 소설론에 관한 토론을 깊이 진행하면 철학 전반의 문제를 함께 다루지 않을 수 없게 된다. 사소한 것처럼 보이는 쟁점을 들어 안에서부터 뒤집기를 하면서 전반적인 논의를 다시 펴야 한다. 헤겔의 변증법에 대한 대안을 제시해야 소설이론에 대한 반론이 타당한 근거를 확보한다.

근대 시민의 서사시인 소설의 경우에는 사정이 아주 다르다. 한편으로 소설에서는 풍부하고 다양한 관심, 대상, 성격, 인간관계가, 총체적인 세계의 광범위한 배경, 그리고 사건에 대한 서사적인 표현을 갖추어 온전하게 재현된다. (다른 한편으로) 소설에 결핍되어 있는 것은 서사시가 바탕으로 삼는 근원적으로 시적인 세계상이다. 근대적인 의미의 소설은 이미 산문적인 것으로 조정된 현실을 전제로 하고, 그런 기반 위에 서서 ― 생동하는 사건, 등장인물들 및 그 운명을 가지고 ― 세계의 조건이 허용한다고 가정하는 범위 안에서, 상실되고 없는 시의 권리를 되찾으려고 힘쓴다. 그러므로 가장 빈번하게 나타나고 소설과 가장 잘 어울리는 충돌은 시적인 마음이 그것과 맞서는 외부세계의 상황이나 사건에 관한 산문 사이에서 빚어내는 갈등이다. 그 갈등은 비극적이거나 희극적인 방식으로 전개되기도 하고, 다음과 같은 방식으로 결말을 찾기도 한다. 한편으로는 처음에 세계의 통상적인 질서와 맞서던 인물이 진정하고 본질적인 것이 거기 있는 줄 알게 되어, 그것과 화해하는 관계를 가지고, 적극적으로 그 속에 들어간다. 다른 한편으로는 자기네가 작용을 끼치면서 완성하고 있는 산문적인 형상에서 벗어나, 앞에서 발견된 산문의 자리에다 아름다움이나 예술과 가깝고도 친근한 진실을 가져다 놓는다.[9]

---

9) 같은 책, 2, 452쪽. 원문은 : "Ganz anders verh lt es sich dagegen mit dem Roman, der modernen bürgerliche Epopöe. Hier tritt einerseits der Richtum und die Vielseitigkeit der Interessen, Zustände, Charaktere, Lebensverhältnisse, der breite Hintergrund einer tatalen Welt sowie die epische Darstellung von Begebenheiten vollständig wieder ein. Was jedoch fehlt, ist der ursprüglich poetische Weltzustand, aus welchem das eigentliche Epos hervorgeht. Der Roman im modernen Sinne setzt eine bereits zur Prosa geordnete Wirklichkeit voraus, auf deren Boden er sodann in seinem Kreise ― sowohl in Rücksicht auf die Lebendichkeit der Begebnisse als auch in betreff der Individuen und ihres Schiksals ― der Poesie, soweit es bei dieser Voraussetzung möglich ist, ihr verlorenes Recht wieder erringt. Eine gewönlichsten und für den Roman passendsten Kollisionen ist deshalb der Konflikt zwischen der Poesie des Herzens und entdegenstehenden Prosa der Verhältnisse sowie dem Zufalle äusserer Umstände : ein Zwiespalt, der sich entweder tragish und komische löst oder seine Erledigung darin findet, dass einerseits die der gewöhnlichen Weltordnung zunächst widerstrebenden Charaktere das Echte und Substantielle in hir anerkennen lernen, mit ihren Verhältnissen sich aussöhnen und wirksam in dieselben eintreten, anderseits aber von dem, was sie wirken und vollbringen, die prosaische Gestalt

헤겔이 소설에 관해서 한 말의 요긴한 대목은 이것이 전부이다. 그런데 그 속에 아주 중요한 개념이 여럿 들어 있다. 그것들이 헤겔의 철학체계와 연관되고, 후속 논자들에게 계승되어 이론 왕국의 기둥 노릇을 하고 있으므로, 하나씩 면밀하게 검토해야 한다. 그러나 그 연관관계나 계승관계를 찾으려고 애쓸 필요는 없다. 그런 작업이나 하다가 방향을 잃는 사람들을 뒤따르지 말아야 한다. 중요한 개념에 대한 나의 비판과 대안을 제시하는 것이 해야 할 일이다.

헤겔은 '서사시'라는 말을 '서정시', '극시'와 대등한 위치에 있는 상위개념으로 사용해서 소설도 서사시의 하나라고 했다. 그러면서 '서사시'라는 상위개념 아래에 "고유한 의미의 서사시"(eigentlichen Epos)가 있다고 했다. "고유한 의미의 서사시"가 아닌 서사시는 무어라고 명명하지 않아 개념상의 혼란이 없는 것처럼 위장했으나, 쉽사리 지적해낼 수 있다. "고유한 의미의 서사시"가 아닌 서사시는 "잡된 서사시"이다. 거기 해당되는 것들을 여럿 열거한 말석에 소설이 있다.

거창한 체계를 가진 이론을 전개하는 용어가 이렇게 혼란되어 있는 것은 크게 잘못된 일이다. 용어를 정비해 혼란을 바로잡아야 체계를 바로 세울 수 있다. 상위개념인 '서사시'는 '서사문학'이라고 해야 한다. "고유한 의미의 서사시"는 '서사시'라고 하면 되지만, 거기다가 율문으로 된 기사담과 모든 담시를 포함시켜야 한다. '서사시'에는 '영웅서사시'도 있고 '범인서사시'도 있다. 헤겔이 막연하게 펼친 소설과 서사시의 관계에 관한 논의는 소설과 서사문학의 관계, 소설과 서사시의 관계, 소설과 영웅서사시의 관계로 구분되어야 한다. "근원적으로 시적인 세계상"이라는 것이 서사시의 특징이라는 견해가 루카치로 이어지는데, 일부 이상주의적 성향의 영웅서사시만 그렇고 모든 서사시가 그런 것은 아니다. 그렇게 말하는 것은 세계의 자아화인

---

abstreifen und dadurch einer der Schönheit und Kunst verwandandte und befreundete Wirklichkeit an die Stelle der vorgefundenen Prosa setzen."

서정시의 특징이라고 하는 것이 더욱 적합한 명명이다. 시적인 마음이 그것과 맞서는 외부세계의 상황이나 사건이 산문적인 특징을 지니고 있어 벌어지는 갈등을 다룬 소설도 있지만, 그 반대의 경우도 있다. 시적인 마음은 도무지 인정하지 않고 세계의 질서를 어지럽히는 것을 능사로 삼는 건달이나 사기꾼, 또는 수전노를 주인공으로 한 소설이 소설 형성과정에서 중요한 구실을 했다. 시적이니 산문적이니 하는 말은 하지 말고, 자아와 세계의 대결이 소설의 본질이라고 고쳐 말해야 한다.

"시적인 마음과 산문적인 상황 사이의 갈등"이라고 한 것에 "갈등"이 들어간 것은 적절한 말이지만, 갈등관계에 있는 쌍방의 특징은 잘못 파악했다. 자아와 세계의 대결은 어느 쪽이 시적이고 어느 쪽이 산문적이라고 할 수 없다. "시와 산문"을 대립시킨 것은 더욱 부당하다. 소설에서 전개되는 갈등은 시와 산문의 갈등이라고 할 수 없다. 시와 산문은 문학사의 오랜 기간 동안 공존해왔으므로 어느 단계의 문학은 시였다가 어느 단계의 문학은 산문으로 바뀌었다고 하면서 그 둘 사이의 갈등을 문제 삼는 견해는 부당하다. 소설에는 시 또는 율문인 소설도 있고, 산문인 소설도 있다.

자아와 세계의 대결이 "비극적이거나 희극적인 방식"으로 전개된다고 한 것도 빗나간 말이다. 소설은 자아와 세계의 대결에 작품외적 자아가 개입하므로 희곡과 다르다. 비극을 넘어서고, 희극으로 끝나지 않는다. 희곡은 작품외적 자아가 개입하지 않으므로 비극적으로 전개되거나 희극적으로 전개되는 어느 한 가지 방식을 택하지만 소설은 그렇지 않고, 그 둘이 뒤섞인다. 주인공이 상대역과 벌이는 자아와 세계의 대결 자체는 비극일 수도 있고 희극일 수도 있지만, 서술자 노릇을 하는 작품외적 자아가 비극이 희극이고, 희극이 비극이라고 하는 것이 상례이다.

"자아가 패배하고 현실을 인정하는 결말과 자아가 주어진 현실을 다른 현실로 대치하는 결말"이 소설에 있다고 한 말은 자아와 세계가 세계의 우위에 입각해 대결하는 전설의 방식과 자아의 우위에 입각해 대결하는 민담의 방식을 소설에서 지속시킬 수 있다는 사실을 일컬은 것이다. 그러나 그것은 작품의 일면이다. 소설은 자아와 세계가 상호우위에 입각한 대결이므로 세계의 우위 때문에 자아가 패배하는 결말을 수긍하지 않는다. 작품내적 자아가 패배할 수밖에 없어도 작품외적 자아는 항변을 계속한다. 작품내적 자아가 승리해도 작품외적 자아가 그 승리를 인정하지 않는다.

"시적인" 것과 "산문적"인 것, "마음"과 "상황", "비극"과 "희극", "현실 인정"과 "현실 대치" 등은 모두 변증법적 대립을 나타내는 개념이다. 헤겔은 둘 사이의 대립에서 모든 사물이 존재하고, 문학이 이루어지고, 소설의 특징이 결정된다고 보아 그런 용어를 사용했다. 그런데 대립의 짝을 잘못 파악했다. 마음 "속"에 있는 것과 마음 "밖"에 있는 것을 대립의 짝으로 보고, 안팎을 통괄하는 대립의 짝은 파악하지 못했다.

문학은 안팎을 통괄하는 대립의 짝으로 이루어진다. '자아'와 '세계'의 구분을 '작품내적'인 것과 '작품외적'인 것의 구분과 함께 파악해 음양이 겹으로 교차되는 넷 사이의 관계를 파악해야 한다. 그래서 파악된 '작품내적 자아', '작품외적 자아', '작품내적 세계', '작품외적 세계'란 것이 변증법에는 없다. 변증법에서는 둘씩 따로 노는 것이 음양론에서는 넷으로 합쳐지고 다시 여덟으로 합쳐진다. 그래서 복잡하고 다면적인 구조를 파악할 수 있는 길이 열린다.

둘로 나누어져 대립하는 것이 다투어 제3의 형태로 바뀐다는 것이 변증법의 명제이다. 그러나 제3의 형태가 과연 처음 둘과 다른 새로운 무엇인가가 의문이다. "시적인" 것과 "산문적"인 것, "마음"과 "상황", "비극"과 "희극", "현실 인정"과 "현실 대치" 같은 것들이 서로 다투어 제3의 형태를 만들어낸다고 하지 않고, 둘 가운데 하나가 이기고 다른 것이 지는 관계를 말할 따름이다. 제3의 형태란 처음 둘 가운데 이긴 쪽이다. 이기는 과정에서 상대방의 특징을 일부 받아들이기는 하지만 상대방을 아우르지는 못한다고 본다.

변증법은 生克 가운데 相克에 일방적인 우위를 부여하는 편향성을 지녔으므로 相克이 相生이고 相生이 相克이어서 제3의 형태가 이루어지는 것을 파악하지 못한다. 소설을 이루고 있는 '자아'와 '세계', '작품내적'인 것과 '작품외적'인 것, 소설 작품과 소설을 산출한 사회, 소설을 창조하고 향유하는 여성과 남성, 귀족과 시민이 모두 生克의 관계를 가진다는 것이 내 이론의 핵심이다.

이제 헤겔이 위에서 인용한 글 서두에서 한 말을 보자. "근대 시민의 서사시인 소설"은 "풍부하고 다양한 관심, 대상, 성격, 인간관계가, 총체적인 세계의 광범위한 배경"을 갖추고 있으며, "서사시가 바탕으로 삼는 근원적으로 시적인 세계상"은 결핍되어 있다고 했다. 거기서 소설의 역사적 위치를 확고하게 밝힌 것 같지만, 아래의 서술에서는 다른 말을 해서 앞뒤가 어긋난다.

소설의 주인공은 "상실되고 없는 시의 권리를 되찾으려고 힘쓴다"고 한 대목을 보자. 시가 없어진 것은 아니다. "총체적인 세계의 광범위한" 세계에서 자아는 "상실되고 없는 시의 권리를 되찾으려고 힘쓴다"고 한 것이 소설의 양면성이라고 말했다. 그런 견해는 소설이 근대시민의 문학이라는 견해를 스스로 부인한다. "광범위한 배경"이 근대 시민의 관심사라면, "근원적으로 시적인 세계상"이라고 한 것은 귀족의 사고방식이라고 보는 것이 마땅하다.

소설이 근대시민의 문학만이라고 규정하는 것은 잘못이다. 소설은 귀족과 시민, 시민과 귀족 쌍방의 관심사를 함께 나타낸다고 해야 하고, 그 둘이 生克의 관계를 가지고 이룩한 경쟁적 합작품이라고 해야 한다. 변증법에서 잘못 파악한 사실을 생극론에서는 바로잡을 수 있다. 시민은 "광범위한 배경"을, 귀족은 "시적인 세계상"을 제공해서 소설을 함께 이룩했다고 하면 될 것도 아니다. "상황"과 "마음"을 그렇게 갈라 말하는 엉성한 논법을 넘어서서 양쪽의 생극관계가 소설을 어떻게 만들었는지 실상을 들어 분석하는 성과를 한층 선명하게 이론화하는 작업을 진행해야 한다. 그것은 생극론이라야 감당할 수 있는 과제이다.

5. 루카치와의 토론

루카치는 『소설의 이론』에서[10] 헤겔의 소설론을 이어받아 구체화하면서 소설의 형성과정에 대해서 한층 다각적인 고찰하는 작업을 시도했다. 방대한 체계를 자랑하는 미학서의 한 구석에서 소설을 거론하다가 만 헤겔과는 달리, 루카치는 온통 소설만 다루는 미학서를 최초로 써냈다. 소설의 문학사적 위치를 파악하고자 하는 문제의식은 헤겔과 공유하면서, 소설과 다른 것들을 비교해서 고찰하는 체계를 세우지 않고, 소설 하나만 논의의 대상으로 삼아 그 내부적인 특징을 파악하는 데 힘썼다.

그래서 얻은 결과는 소설 작품의 실상과 밀착되어 있어 한층 절실하게 이해될 것 같지만 그렇지 않다. 체계적인 사고를 하지 않아 논리가 견고하지 못하고, 용어 사용이나 문장 구성이 모호해 무엇을 말하는지 정확하게 파악하기 힘들다. 그 때문에 많은 논란이 있지만 의문을 해결해주기보다는 오히려 확대한다.[11]

핵심이 무엇인가 찾아내야 핍진한 이해를 할 수 있다. 그것은 바로 소설이 무엇인가 하는 물음을 소설과 서사시의 관계를 들어 대답하면서 연속성과 이질성을 함께 지적하고자 한 데 있다. 서사시가 간직하고 있던 "선험적 고향"을 잃고, 소설은 "초월적 불안정성"을 특징으로 한다고 했다.[12] 다시 "소설은 신이 버린 세계의 서사시이다 ; 소설 주인공의 심리는 악마적이다"

---

10) Georg Lukacs, Die Theorie des Romans (Neuwied : Luchterhand, 1971)의 원문과 반성완 역, 『소설의 이론』(서울 : 심설당, 1985)의 번역을 함께 이용한다.

11) J. M. Bernstein, The Philosophy of the Novel, Lukacs, Marxism and the Dialectics of Form(Minneapolis : University of Minnesota Press, 1994)에서는 칸트(Kant)가 말한 이율배반의 발상을 곁들였다고 하고, 마르크스주의 미학과의 연관관계가 또한 문제가 된다고 하고, 선험적 변증법, 실천적 이성 등의 개념을 사용해서 논의를 확대했다. 그런 연구서와 길게 상대하고 있으면 앞으로 나아가기 어렵다.

12) 그 두 말의 원문은 31면의 "aporische Heimat"와 32면의 "transzendentale Ob—dachlosigkeit"이다.

라고 했다.[13)]

서사시와 소설의 연속성을 지적한 견해는 헤겔이 한 말을 받아들여 고친 것이다. 헤겔이 말한 "근원적으로 시적인 세계상"을 "신"으로 대치하면서, 그런 것을 아직 지니고 있다고 하지 않고 잃어버렸다고 했다. 실상은 잃어 버리고 "서사시"의 형식만 간직하고 있다고 했다. 서사시가 바람직한 문학이라는 헤겔의 생각을 더욱 분명하게 해서 소설은 고향을 상실한 떠돌이라고 했다.

"소설 주인공의 심리는 악마적이다"라고 한 데서는 헤겔과 다른 견해를 폈다. 헤겔은 소설 주인공은 시적인 마음을 지녔다고 해서, 서사시와의 연속을 계속 중요시했는데, 루카치는 서사시와 소설의 이질성에도 깊은 관심을 가졌다. 소설은 형식에서는 서사시와 상통하면서 내용에서는 반대가 되어 있다고 해서, 소설의 계보와 특징을 둘 다 분명하게 하고자 했다.

소설이 무엇인가 규정하기 위해서 서사시와의 비교론을 전개하는 작업을 함께 하면서, 그 둘의 관계를 헤겔은 좀더 가깝게, 루카치는 좀더 멀게 보았다. 루카치는 헤겔과는 달리 서사시라는 말을 서사문학 일반이라는 뜻으로는 쓰지 않고 영웅서사시라는 뜻으로도 쓰면서, 영웅서사시가 자취를 감춘 뒤에 소설이 나타났다고 했다. "소설은 신이 버린 세계의 서사시이다"라는 것은 서사시가 아니라는 말이다. 신이 버린 세계에는 있을 수 없는 서사시를 만들어내려고 하는 불가능한 시도가 서사시와는 다른 소설을 산출하는 데 귀착되었다고 했다. 서사시는 단테의 『신곡』까지 이어지다가 사라지고, 소설은 세르반테스의 『돈키호테』에서 시작되었다고 했다.

서사시와 소설의 관계를 그렇게 파악하는 것은 일반화될 수 없는 견해이다. 서사시와 소설이 공존하는 경우가 허다하다. 구비서사시가 활발하게 구전되고 있는 곳에서는 범인서사시로 바뀐 서사시는 그 자체로 율문소설일

---

13) 번역은 113쪽. 77면의 원문은 : "Der Roman ist die Epopöe der gottverlassenen Welt ; die Psychologie des Romanhelden ist das Dämonische."

수 있고, 기록되면 산문소설도 될 수 있다. 유럽 밖의 다른 문명권에나 그런 일이 있으므로 루카치가 몰랐던 것은 당연한 일이라고 할 수 있으나, 그렇지 않다.

루카치의 고국 헝가리나 그 인접의 남유럽이나 동유럽은 서사시가 구전되는 곳이다. 세르비아와 크로아티아의 구비서사시는 특히 풍부해서 널리 주목되고 있다. 루카치는 유럽의 주변부 사람이면서 중심부에 편입되고 싶어 서유럽문학만 유럽문학이고 세계문학이라고 해서 사태를 그릇 판단했다. 루카치는 문학에 관해 다양한 논의를 펴면서 헝가리문학에 대해서는 언급도 하지 않고, 구비문학에 대해서는 조금도 관심을 가지지 않은 서유럽중심주의자이고 근대주의자이다. 시야가 그렇게 한정된 탓에 보편성 있는 이론을 전개할 수 없었다.

루카치의 문학론은 근대문학론이므로 그 범위 안에서 이해하고 평가해야 한다고 할 수 있다. 그러나 근대문학론을 타당하게 이룩하려면 근대지상주의의 관점을 버려야 한다. 소설이 근대시민의 문학이라고 한 헤겔의 명제는 자기 스스로 말한 바와 상치되지만, 루카치는 소설이 근대시민의 문학이라고 할 수 있게 그 특징을 규정했다. 그렇다고 해서 소설의 문학사적 위치를 제대로 규정한 것은 아니다.

헤겔은 모순된 것의 공존을 함께 파악하는 변증법에 입각해, 소설은 귀족과 시민의 경쟁적 합작품이라고 생극론에서 다시 규정할 수 있는 명제를 제시했다. 그런데 루카치의 견해는 뜻하는 바를 정확하게 파악하기 어려운 비유로 이루어져 있어 생극론으로 재론할 정보를 제공하지 않는다. 문학이론을 시적인 비유를 써서 전개하는 것은 내면적인 각성을 소중하게 여기는 새로운 경향이다. 루카치 자신이 나중에 비판해 마지않은 주관적이고 관념적인 오류이다.

소설이 무엇인가 하는 문제에 대해서 체계적인 대답을 제시하지 못하면서 주관적이고 관념적인 각성을 찾아 헤매는 자취를 보여주고 있어, 『소설의 이론』은 읽어 이해하기 어렵다. 생각이 너무 심오해서 그런 것이 아니고 논리적 설득력이 모자라기 때문이다. 볼 만한 대목이 있다면 개별 작품에 대해서 고찰한 각론 쪽이다. 각론을 각론답게 전개한 것은 아니지만, 구체적인 작품을 들어 말할 때에는, 막연하던 논의가 어느 정도는 손에 잡힌다. 『돈키호테』를 예증으로 삼아, 소설이 생겨난 시대에 관해 논한 대목을 보자.

> 이렇게 해서 세계문학상에 나타난 최초의 위대한 소설은, 바야흐로 기독교적인 신이 버리려고 했던 시대의 문턱에서 태어난 것이다. 다시 말해 최초의 위대한 소설이 태어난 시대는, 인간이 고독해지고 어디에서도 고향을 찾지 못한 영혼 속에서만 의미와 실체를 찾을 수 있게 된 시대이고, 현존하고 있는 피안의 세계에 역설적으로 닻을 내리고 있는 상태로부터 떨어져 나온 세계가 그 자체의 내재적 무의미성에 자신을 내맡긴 시대이다.[14]

　소설이 무엇인지 규정할 때 하던 말을 되풀이한다 하겠지만, 특정 작품이 이루어진 시대를 대상으로 하고 있어 적합성이나 타당성을 검증할 수 있다. "세계문학"이라는 말을 앞세운 것은 잘못이다. 유럽이 아닌 다른 곳의 문학은 전혀 고찰하지 않고 세계문학에 대해서 알았다고 할 수 없다. 유럽에서 처음 나타난 소설이 세계문학의 "위대한" 소설이라고 하는 것은 더욱 무리한 주장이다. 세계문학에 널리 해당되는 말을 하려면 "기독교적인 신"에 다른 신도 포함시켜야 한다. 신을 들먹이지 말고 '중세적 질서'를 들어야 한다. "신이 버리려고 했던 시대"는 중세에서 근대로의 이행기이다. 중세에서 근

---

14) 번역 133쪽. 89쪽의 원문은 : "So steht diser erste grosse Roman der Weltliteratur am Anfang der Zeit, wo der Gott des Christentums die Welt zu verlassen beginnt ; wo der Mensch einsam wird und nur in seiner nirgends beheimatelen Seele den Sinn und die Substandz zu finden vermag ; wo die Welt aus ihrem paradoxen Verankertsein im gegenwärtigen Jeneseits losgelassen, ihrer immanenten Sinnlosigkeit preisgegeben wird ; "

대로의 이행기가 시작될 때 소설이 생겨났다고 말을 바꾸면 다른 곳에도 널리 해당되는 타당한 견해를 얻을 수 있다.

소설은 "인간이 고독해지고 어디에서도 고향을 찾지 못한 영혼 속에서만 의미와 실체를 찾을 수 있게 된"[15] 시대에 생겨났다고 한 말은 무슨 뜻인지 이해하기 어렵다. 고향을 찾지 못한 영혼 속에서 찾는 의미와 실체는 무엇인지, 일방적으로 추구하는 자기만족을 말하는지 불분명하다. 소설의 주인공은 "근원적으로 시적인 세계상"을 지니고자 하는 마음을 간직했다는 것과 상통하는 생각을 나타냈다고 보면 어느 정도 이해가 가능하다. 그렇지만 자기가 미리 제시한 "소설 주인공의 심리는 악마적이다"라는 명제와 어긋난다고 할 수 있다.

"현존하고 있는 피안의 세계에 역설적으로 닻을 내리고 있는 상태로부터 떨어져 나온 세계가 그 자체의 내재적 무의미성에 자신을 내맡긴"[16] 시대라고 한 그 다음 말에서는 자아뿐만 아니라 세계에도 또한 문제가 있다고 한 것 같다. 그러나 자아의 문제와 세계의 문제가 어떤 관계에 있는지 의문이다. 세계라고 한 것이 사실은 자아가 본 세계인지, 자아에 문제가 있으므로 세계 또한 문제가 있는지, 세계 자체의 문제가 자아에 대한 도전으로 다가오는지 알기 어렵다.

이치를 명확하게 따지려면 자아와 세계의 대결을 문제 삼아야 한다. 자아와 세계를 나란히 놓고, 둘 사이의 관계를 밝히지 않으면서 양쪽에 동질적인 문제가 있는 듯이 말하는 것은 세계의 자아화를 특징으로 하는 서정시에 대한 이해방식이어서 소설론일 수는 없다. 서정문학과 서사문학을 구분하는 기본적인 이해가 갖추어져 있지 않은 상태에서 소설을 논하고 소설의 형

---

15) 번역은 133쪽. 89쪽의 원문은 : "… der Mensch einsam wird und nur in seiner nirgends beheimateten Seele den Sinn und die Substanz zu finden vermag"

16) 번역, 133쪽. 89~90쪽의 원문은 : "… die Welt aus ihrem paradoxen Verankertsein im gegenwärtigen Jenseits losgelassen, ihrer immanenten Sinnlosigkeit preis—gegeben wird"

성을 말하는 것은 무리이다.

소설의 주인공은 "영혼 속에서만 의미와 실체를 찾는" 인물인가 아니면 "악마적 심리"를 가진 인물인가 가려 논하는 것은 타당하지 않다. 두 가지 소설이 함께 나타났다. 루카치가 최초의 소설이라고 한 『돈키호테』는 앞의 예이다. 스페인에서 같은 시기에 나타난 또 한 가지 소설 '건달소설'(novela picaresca)은 뒤의 예이다. 그 둘은 주인공의 성향이 전혀 반대인데도 소설을 형성하는 구실을 함께 수행한 것은 더 큰 공통점이 있기 때문이다.

자아와 세계의 특징을 각기 파악하거나 얼버무려 논해서는 각론 차원에 머무르거나 논의의 진전이 막혀 소설의 일반이론이 이루어지지 않는다. 자아와 세계가 서로 어긋나면서 상호우위에 입각한 대결을 벌이는 것이 소설을 소설이게 하는 더 큰 공통점이다. 그런 시대에 이르러서 소설이 생겨났으며, 소설에 대한 요구가 서로 달라 주인공의 성격이 반대가 되었다는 사실을 정당하게 파악해야 한다.

자아와 세계 가운데 어느 쪽이 정상에서 벗어났는가 또는 '악마적'이라고 할 정도로 '타락'했는가는 관점에 따라 다르다. 자아와 세계의 대결이 승패가 나누어진다 해도 관점의 차이에 대한 토론이 계속되었다. 『돈 키호테』에서는 순수한 이상을 가진 자아가 타락된 세계를 개조하려고 하지만, 세계의 기준에서 판단하면 그것은 착각이다. '건달소설'에서는 피해를 받아 살 수 없게 된 자아가 세계의 억압에서 벗어날 길을 찾아 헤매지만, 세계의 기준에서 보면 사악한 짓을 해서 용서할 수 없다.

그 가운데 어느 쪽을 택하는가는 처지에 따라 달랐다. 중세적인 질서가 무너지고 근대로의 이행기의 대립과 분열이 나타나는 시대에 이상주의에 대한 재검토를 과제로 삼아 합작을 한 귀족과 시민은 『돈 키호테』 쪽을 지지했다. 현실주의를 함께 추구하면서 서로 가까워진 시민과 민중은 '건달소설' 쪽을 선호했다.

루카치는 서유럽중심주의자라고 위에서 말했으나, 러시아소설도 고찰의 대상으로 삼았다. 그것은 자기 자신이 발견한 새로운 사실이 아니다. 러시아소설은 헝가리소설이나 폴란드소설과는 달리 이미 서유럽에도 많이 알려지고 높이 평가되고 있었으므로, 서유럽소설에다 곁들여 논의의 대상으로 삼았다. 서유럽소설이 가지지 못한 특성을 러시아소설은 지니고 있다고 하는 주지의 사실에 대해서 자기 나름대로의 이유를 다음과 같이 제시했다. 사실 발견의 공적이 있다고는 할 수 없고, 이유의 타당성 여부가 평가의 대상이 된다.

> 관습적인 세계에 대한 유토피아적인 부정이 또한 존재하는 현실 속에서 객관화되고, 논쟁적인 방어가 표현의 형식을 유지하는 경우에는 초월적 경향을 피할 수 없다. 그런 가능성이 서유럽의 발전에는 주어지지 않았다 … 19세기 러시아문학은 원래 이념적·형상적 기초로 주어진 유기적이고 자연적인 최초의 상태와 아주 가까이 있어, 그런 창조적인 논쟁이 가능했다 … 톨스토이는 서사시를 향하는 성향이 강력한 소설 형태를 만들어냈다.[17]

　말이 너무 복잡하게 꼬여 간추려 정리할 필요가 있다. 첫 대목에서는, 서유럽소설은 "관습적인 세계"를 그대로 받아들이는데, 러시아소설은 그것에 대한 "유토피아적인 부정"의 "논쟁적인 방어"를 구현하는 "초월적 경향"의 작품을 이룩한다고 했다. 서유럽소설은 있는 그대로의 현실을 받아들여 묘사하는 데 그치지만, 러시아소설은 거기서 벗어나, 있어야 할 것을 추구하는 이상을 버리지 않는다고 하면 쉽게 이해될 수 있는 말을 그렇게 둘러서

---

17) 번역 194~195쪽. 129~130쪽의 원문은 : "Das Transzendieren ist aber unver— meidlich, wenn die utopische Ablehnung der konventionellen Welt sich in einer ebenfalls existenten Wirklichkeit objektiviert und die polemische Abwehr so die Formen der Gestaltung erhält. Einer solche Möglichkeit war der westeuropäische Entwicklung nicht gegeben … Erst die grösser Nähe zu den organisch—naturhaften Urzustände, die der russischen Literatur der neunzehten Jahrhunderts als Gesinungs—und Gestaltungssubstrate gegeben waren, machen eine solche schaffende Polemik möglich … hat Tolstoi dieses Formen des Romans mit stärtsten Transzendenz zur Epopöe geschaften."

했다.

러시아는 "이념적 · 형상적 기초로 주어진 유기적이고 자연적인 최초의 상태"와 가까이 있는 것이 그 이유라고 다음 대목에서 말하고, 그렇기 때문에 러시아소설은 "서사시를 향하는 성향"이 두드러진다고 했다. 러시아는 후진국이어서 선진국에서는 이미 버린 이상주의를 간직하고 있었다고 하면 될 말을 그렇게 해서 혼란을 일으켰다. 고대그리스인은 아직 자연과 조화를 이루고 있는 인류의 어린 시절에서 벗어나지 않아 서사시를 이룩했다고 하는 통설을 러시아에다 갖다 붙인 것이 혼란의 이유이다.

후진 러시아의 문학이 선진 서유럽에서는 잃어버린 가치를 지닌다고 하는 근거를 대기 위해 고대그리스를 끌어온 것은 적절하기 못하다. 고대그리스와 19세기 러시아는 동질성이 두드러져 러시아소설이 서사시를 지향했다고 하는 것은 동화 같은 상상이다. 문학이론이 그 수준에 머무르고 있는 것은 문학사 이해의 근거가 되는 역사철학이 제대로 갖추어지지 않았기 때문이다.

서유럽소설과 러시아소설의 차이는 소설이 무엇이며 어떻게 성장하고 쇠퇴하는가를 밝히는 데 아주 긴요한 연구과제이다. 이에 대해서 많은 논란이 있었다. 루카치 자신도 『역사소설론』에서 그 문제를 다시 다루었으나 미흡했다. 그 문제를 해결하는 나의 대안은 이 책 전체의 일관된 주제를 이루고 있으므로 여기서 다 밝힐 수 없다. 루카치의 『역사소설론』에 대한 비판은 장차 별도로 전개할 예정이다. 그러나 그 내용의 일부를 미리 제시해야 『소설의 이론』에 대한 비판을 일단 끝낼 수 있다.

후진 러시아가 소설에서 선진 서유럽보다 뛰어난 것은 선진이 후진이고 후진이 선진인 생극론의 명제에 비추어볼 때 당연한 일이다. 서유럽과 러시아가 그런 관계를 가졌을 뿐만 아니라, 러시아를 포함한 유럽 전체와 제3세계 또한 그런 관계를 가진다. 안팎의 경쟁자를 물리치고 선진을 자랑스럽게 이룩하면서 보수화되는 세력의 좋은 본보기를 보인 서유럽의 시민은 역사

발전이 끝났다고 착각하고, 자아와 세계의 대결을 해체해 소설을 무력하게 했다. 그러나 선진 때문에 피해자가 된 후진 쪽에서는 선진과 후진 사이의 새로운 대결을 역사 이해의 열린 시야에서 해결하려고 하는 비판세력이 소설을 되살린다.

러시아의 귀족은 농노가 피땀 흘려 가꾼 곡식을 서유럽에다 값싸게 내다 팔고 사치품을 수입해 서유럽사람이 된 듯이 행세했다. 러시아말을 버리고 서유럽의 말을 썼다. 오늘날 제3세계에서 볼 수 있는 현상이 미리 벌어졌다. 민중의 편에 서고자 한 러시아의 귀족 지식인들이 깊은 번민에서 벗어나 그릇된 사회를 근본적으로 뒤집어놓는 소설을 내놓아 문학사를 쇄신했다. 공연히 난해하게 꼬인 관념적인 설명을 버리고, 톨스토이가 서사시에 근접한 소설을 쓴 이유를 이렇게 이해해야 한다.

6. 다시 해야 하는 작업

유럽의 소설론 특히 헤겔에 이어서 루카치가 보여준 것은 유럽소설의 어느 측면이나 특징을 깊이 있게 해명한 수준 높은 이론이다. 이론이 무엇인가 알려주는 본보기로서 오래 기억할 만하다. 그러나 유럽소설을 통괄해서 고찰한 일반이론은 아니며 유럽소설의 형성에 관해서 널리 타당한 견해를 제시하지 못하고 있어 비판의 대상이 되고 있다.

그러나 거듭되는 비판도 각기 그 나름대로의 의의를 가졌을 따름이고, 대안이 되는 이론을 체계적으로 구성하지 못한다. 이론의 깊이에서 같은 수준의 작업을 계속해서 하지도 않는다. 소설이 해체되는 지경에 이르렀다고 근심하고, 소설이 위협받고 있다고 불안해하고 있는 유럽에서 소설론을 제대로 만드는 것은 점점 어려워진다. 유럽 밖의 소설에 대해서는 관심조차 가지지 않으면서 소설의 장래를 함부로 논단하니 말이 허황해지지 않을 수 없다.

유럽의 소설이론은 유럽 밖에 널리 알려져 있어, 많은 사람이 열심히 공부한다. 공부하면서 숭배하기만 하고 비판하지는 않아, 본 바닥에서보다 높이 평가된다. 과대평가가 무리한 해석을 낳아, 유럽소설에 대해서 말한 내용이 세계소설 일반론으로 확대되게 한다. 논자 자신이 원래 원하거나 의식했던 범위를 훨씬 넘어서서, 문학이론의 유럽문명권중심주의를 재확인하는 작용을 하며, 소설이 무엇인가 하는 문제에 대한 새로운 탐구를 시작하기 어렵게 하는 장애가 된다. 소설의 독자적인 전통이나 특징을 이해하지 못하게 막고, 세계소설의 다양한 양상을 널리 살펴 그 공통점을 추출하는 것이 원천적으로 불가능하게 한다.

그런 장애를 근저에서부터 척결하기 위해서, 유럽에서 이루어지고 있는 것보다 더욱 철저한 비판과 과감한 대안 제시가 필요하다. 관중석에 앉아서 찬탄하기나 하는 수작과 선수가 되어 대결하는 연구가 어떻게 다른지 분명하게 보여주어야 한다. 기존의 소설이론을 낱낱이 들어 철저하게 비판하면서 마땅한 대안을 제시하는 작업을 힘써 해야 한다.

유럽의 소설이론을 다른 여러 곳의 이론과 함께 문제 삼는 것이 마땅하다고 할 수 있다. 무엇이든 대등하게 다루는 것이 미덕이다. 동아시아의 한국인이 먼 곳의 상황만 길게 거론하고 동아시아나 한국의 소설론은 돌아보지 않으면 자기비하의 열등의식에 사로잡힌 탓이라고 할 수 있다. 그러나 유럽의 소설이론을 평가하고 존중하기 위해서 고찰의 대상으로 삼는 것은 아니다. 문제점을 지적하고 결함을 비판하면서 새로운 출발을 가능하게 하는 전환점을 찾고자 했다.

우리가 탐구해야 할 진정한 대상은 소설론이 아니고 소설 자체이다. 소설 자체를 이해하는 데 장애가 되는 기존의 이론을 제거해야 새로운 작업을 할 수 있으므로 수고를 아낄 수 없다. 유럽의 소설이론과 대결해 그 잘못을 밝히지 않으면 허상에서 벗어나 실상을 향해 나아갈 수 없다.

소설은 유럽 몇 나라뿐만 아니라 세계 도처에 있다. 동아시아소설은 서유럽소설보다 먼저 발전했다. 지금은 제3세계에서 왕성한 창조력을 보이면서 대단한 소설을 내놓는다. 소설의 역사를 작품의 실상에 근거를 두고 다시 쓴다면 유럽소설이 특별한 위치를 차지할 수 없다. 그런데 소설 자체가 차지하고 있는 실제의 위치와는 별개로, 소설이론에서는 서유럽에서 이룩한 성과가 대단한 위세를 누리고 있다. 이론의 위세 때문에 서유럽소설 또한 우뚝한 것처럼 보인다.

유럽의 소설이론이 대단하다는 것은 다른 무엇에 기대지 않고 스스로 마련한 창조물이며, 이치를 철저하게 따지면서 철학적 근거를 확보하고, 논의한 결과를 확대해서 해석해 세계적인 범위의 일반론이라고 행세할 만한 요건을 그 자체에서 갖추었기 때문이다. 그런데 유럽 밖의 다른 곳에서는 소설에 관한 논의를 전개하면서 유럽의 전례에 크게 의존하고 있다. 유럽에서 마련한 이론에 의거해서 자기네 소설을 이해하면서, 유럽소설과 자기네 소설이 상통하는 면을 그쪽의 논리에 따라 설명하는 것을 보람 있는 일이라고 한다. 자기네 소설을 그 자체로 이해하는 작업은 유럽과 전혀 관련을 가지지 않던 시기의 동아시아소설로 국한되고, 그 범위를 벗어나면 모든 소설이 유럽소설의 확산이나 이식인 것처럼 이해한다.

그렇지만 유럽과 전혀 관련을 가지지 않던 시기의 동아시아소설에 대한 고찰은 자료 열거 수준을 크게 넘어서지 않아 이론이랄 것이 없다. 소박한 실증주의와 막연한 민족주의를 결합시켜 연구를 진행한다. 유럽소설의 확산이나 이식인 것처럼 이해하는 소설은 이론 탐구의 독자적인 노력을 필요로 하지 않는다고 여긴다. 그래서 유럽의 범위를 넘어서면 소설이론의 역사를 서술하면서 크게 다룰 만한 독자적인 이론이 아직은 거의 없다.

최근에 제3세계소설이 유럽소설에 맞서는 독자적인 의의를 가지고, 소설의 위기를 극복하는 의의를 가진다고 주장하는 논저가 많이 나와 크게 주목되고 있지만, 소설이 좋으니까 소설론도 그럴듯해 보일 따름이다. 제3세계소설 자체에 대한 이해를 위해 필요한 자료를 제공해주어 소중하다고 하겠으나, 유럽소설의 소설이론을 넘어서는 새로운 대안으로 받아들일 수 있는 것은 아니다. 제3세계소설이 유럽소설의 위기를 극복하고 세계 소설사의 미래를 새롭게 창조하는 것과 같은 일을 이론의 영역에서는 하지 못하고 있다.

소설이론에서 유럽이 독주하고 있는 것은 유럽소설이 대단하기 때문은 아니다. 다른 곳에서는 자기네 소설의 의의를 제대로 이해하지 못해서 이론적인 종속에서 벗어나지 못하고 있는 것이 그 이유이다. 유럽의 소설이론은 다른 곳의 소설을 널리 포괄해서 다루지 못해 세계적인 범위의 일반이론일 수 없는 것이 너무나도 당연한 일인데, 비판도 대안도 없는 탓에 계속 과대평가되어 지나친 영향력을 행사한다. 그런 결함을 시정하는 것은 유럽 안에서 할 수 없고 그 바깥에 있는 사람들의 소관사이다.

그렇다고 해서 세계 도처에 있는 갖가지 소설의 특성을 한 데 모으면 일반이론이 마련될 수 있는 것은 아니다. 다양성을 넘어선 통일성, 차이점 위의 공통점을 찾는 것이 일반이론 수립의 목표이다. 인류는 같은 생각을 가지고 공동의 과업을 수행해왔다는 믿음이, 그런 작업의 근거가 되고 얻어낸 결과를 한층 가치 있게 한다. 지금은 인류가 다시 하나가 되는 지혜를 마련하기 위해 힘써야 할 때이다.

유럽에서 이룩한 소설이론을 버리고 새로 출발하는 것은 바람직하지도 않고 가능하지도 않다. 그런 기존의 성과가 지역적인 한계를 극복하고 세계적인 범위에서 널리 타당성을 가질 수 있게 비판하고, 수정하고, 개조하는 것이 마땅하다. 유럽문명권중심주의, 근대지상주의, 투쟁과 경쟁에 치우친 사고를 극복하는 근본적인 수술이 있어야 한다. 이론의 근거가 되는 철학을 다시 마련해야 그렇게 할 수 있다.

새로운 작업의 지침은 작품 속에 있다. 세계 도처의 수많은 소설 작품은 유럽소설이론의 수입업자인 자기 나라 비평가들이 무어라고 헛소리를 하든 그 대안이 되는 진실을 갖추고 있다. 작품에 숨어 있는 진실을 찾아내서 논리화하는 작업을 광범위하게 진행해 소설사를 이해하고 소설론을 전개해야 한다. 기존의 이론가들을 상전으로 받들면서 기꺼이 하수인 노릇을 하는 비평가들이 대단한 영향력을 가지고 작품을 재단하는 것이 당연하다는 생각을 뒤집어, 작품에서 제공하는 지침에 따라서 비평을 개조하고 이론을 다시 만들어야 한다.

소설이론을 개조해야 세계소설사를 쓸 수 있다. 소설과 사회의 관계에 관한 오랜 논란을 바르게 해결하는 것도 함께 할 일이다. 앞으로 창작을 하는 사람들이 그릇된 전제에서 벗어나 진정한 창의력을 발휘하게 하는 것은 더욱 긴요한 과제이다. 소설은 이미 해체의 위기에 이르러 장래가 없다고 하는 비관론을 극복하는 대안 제시를 최종적인 큰 과제로 삼아 분투해야 한다.

유럽에서 20세기 동안에 이룩한 문학이론이 주는 부담 때문에 공연히 위축되지 않고, 21세기의 제3세계 작가는 창조작업을 소신껏 과감하게 할 수 있게 해야 한다. 그래야만 유럽에서도 새 시대를 맞이할 수 있다. 선진이 후진이 되고 후진이 선진이 되어 역사가 새롭게 전개된다고 내 작업의 기본 철학인 생극론은 명백하게 말한다.

세계사의 전환에 문학을 창작하는 작가들이 앞서야 한다. 작가가 앞서야 한다는 것을 일깨워주고 작업의 방향을 찾는 데 도움을 주는 것이 문학이론을 혁신하는 사람의 임무이다. 나는 그 일을 맡아 나서면서, 어설픈 평론가들이 낡은 이론 수입상을 하면서 작가들에게 부당한 피해를 끼치던 시대를 종식시키는 것을 선결과제로 삼는다.

7. 보충 논의

  생극론을 외국에 알리려면 번역이 있어야 한다. 우선 영어로 무엇이라고 해야 하는가 생각해보니 쉬운 일이 아니다. 서울대학교 대학원에서 한국고전문학을 전공하는 미국인 학생 나수호(Charles La Shure)와 상의해 "Becoming—Overcoming Theory"라고 하기로 했다.

  서두에서 말한 (3)을 위해 영문 원고를 보낼 때 그 용어를 사용했더니, 편자가 처음 보는 말이어서 이해할 수 없다고 했다. 본문 서술에서 생극론에 관해 논한 내용도 무엇을 말하는지 알지 못해 이탈리아어로 옮기기 어렵다고 했다. 보충 설명을 요구한다고 전자우편으로 알려왔다. 그래서 전자우편으로 응답한 말의 요긴한 대목을 (3)의 주 3번에다 옮겨놓았다. 우편을 주고받으면서 사용한 말은 영어이다. 영어로 쓴 응답을 이탈리아어로 번역하지 않고 원문 그대로 보여주었다.

  그 글이 다음과 같다. 이번에도 영어로 쓴 원문 그대로 적는다. 한국어로 옮기면 무엇이 문제인지 이해하기 어렵게 된다.

> The Becoming—Overcoming Theory is contradictory. The truth is in the contradiction. If we disbelieve and exclude the contradictory truth, all extremisms fighting each other with one sided instances must be allowed. Such a confusion is undesirable. In the Western philosophy, the metaphysics and the dialectics, the static structuralism and the genetic structuralism are two separate sects denying each other. But in the Oriental philosophy, they are two as well as one. Fighting is cooperating in itself. I recreated such tradition of thinking with more convincing arguments to make a general theory of literary history. The contradictory proposition that the harmonious way of Becoming is the conflicting process of Overcoming solves many difficult problems of literary history. The rise and changing of the novel in the global

perspective can be understood by the Becoming—Overcoming theory.
We have to realize well the fact Oriental and Western traditions of
thinking are quite different even nowadays. So it is not easy, I think,
to understand my point of view to criticize Western literary theories.
But one thing is very clear. There is no crisis of literature, such as the
demolition of the novel, in East Asian countries. The fundamental
reason can be found in the philosophical tradition. So it is an
indispensable duty for me to revise the literary theories imported from
the West, to open a really general horizon.

—조동일(서울대)

소설 이해를 위한 문체론적 시각

황패강(단국대)

춘향전도

1. 서 언

    우리 고전문학 연구 분야에서 '소설'을 정의하고 개념화하는 수많은 논의에도 불구하고, 소설을 이해하는 연구자의 시각은 다분히 관념적인 차원에 머물러, 본질 파악과는 거리가 있는 것으로 보인다. 그런 까닭에 소설을 운위하면서도 '소설'의 실상과는 동떨어진 논의를 할 때가 적지 않다. 〈금오신화〉를 소설의 효시로 말하는 논자의 경우, 그 이전에 있었던 '가전체 산문', 『삼국유사』 중의 서사작품들과 준별되는 '소설'로서의 성격을 얼마만큼 명확하게 제시하고 있는지 확실하지 않다.[1]

    그런가 하면 후자를 '소설'로 말하는 논자들도 과연 그것들의 '소설'로서의 자질을 얼마만큼 확실하게 논증하고 있는지 의문이다.[2] 요컨대 '소설'에 대한 이해가 부족하다는 것이 되겠다. '소설'이 예술적으로 조직된 언어예술이라고 하면서도, 정작 그 문학 언어의 성격을 밝히는 노력은 아직 부족한 편이라 하겠다. 더러 '소설 언어'의 본질을 밝히려는 경우를 보더라도, 그 논의

---

1) 이에 대하여 林熒澤은 '〈금오신화〉로부터 소설의 출발을 잡아야 할 이유는 어디 있는가?' 하고 이의를 제기한 바 있다. (林熒澤, 『韓國文學史의 視角』, 創作과 批評社, 1984, 22쪽 참조)

2) 설화와 구분되는 전기소설의 특징에 관하여 林熒澤은 '① 작가의 창작성 및 文飾의 가미, ② 사회현실의 보다 풍부한 반영'(Ibid., 22쪽)을 들었다. 그러나 위의 조건만으로 설화와 구별되는 전기소설의 특성이 밝혀졌다고 할 수 없다. 소설의 문체론적 특성이 "문식의 가미" 정도로 이해될 수는 없다. 이에 대한 논의는 본고에서 서술될 것이다.

가 단순한 언어학적 記述의 차원을 벗어나지 못했거나, 전통적 문체론의 범주 안에서 개개의 요소를 추출하는 것으로 과제를 한정했던 때문에 '소설' 및 그 문체론의 전모를 파악하는 데는 미치지 못했다는 아쉬움을 남겼다.[3] '소설'의 본질을 구명하는 가장 본격적인 작업은 '소설 언어'의 구명에 있지 않아서는 안된다.

2. 문제 제기

　'소설'의 본질은 전체로서 多文體的인 다양한 언어와 '목소리—음성'의 현상을 해명하는 데서 찾아야 할 줄 안다.[4] 그럼에도 불구하고, 20세기에 들어와서도 소설 문체론에 관한 한, 명확한 문제 제기는 없었다. 소설은 오랫동안 추상적·사상적 고찰과 정치평론적 차원의 가치 판단의 대상으로밖에는 다루어지지 않았다. '문체'에 관한 구체적 논의는 전적으로 외면되었거나, 다른 문제에 곁들여 무원칙적으로 논의되었던 것으로 보인다. '예술적 산문'의 언어에 대하여 보통 '시'의 언어와 별달리 구별하지 아니하고, 비유론을 근간으로 '시'에 관한 전통적 문체론을 무비판적으로 적용해 온 느낌마저 있다. 19세기말에서야 소설에 대한 추상적·사상적 고찰의 경향에서 벗어나, 산문의 예술적 기교에 관한 문제가 구체적으로 논의되고, 장편소설(로망)과 단편소설(노벨)의 記述的 측면에 대한 관심이 두드러지게 되었다. 그러나 문체론에 관하여는 별다른 상황 변화가 없었다.

　이때의 소설에 관한 중요한 관심 대상은 '構成'의 문제였다. 예술적 산문

---

3) cf. М. БАХТИН, СЛОВО В РОМАНЕ—《ВОПРОСЫ ЛИТЕРАТУРЫ И ЭСТЕТИКИ》, МО
　СКВА, 1975(trans, 伊東一郎, 『小說の言葉』—ミハイル・バフチン著作集 ⑤, 新時代社, 東
　京, 1982, pp.13f.
4) cf. БАХТИН p.75, 伊東一郎, p.13.

의 본질에 접근할 수 없었던 전통적 문체론은 필연성이 결여된 가치평가 위주의 언어 관찰에 매달려 왔다. 그리고 소설의 언어를 그 나름의 독자성을 지닌 문체로서가 아니라, 단순한 藝術外的 매체로 보려는 경향마저 나타났다. 이와 같은 관점에서 볼 때 소설의 언어는 中性的인, 무성격의 언어로서, 단순한 전달수단 외에 아무것도 아니다. 따라서 소설의 문체론적 분석은 별다른 필연성을 인정할 수 없게 되었고, 소설의 문제는 순수한 주제적 분석에 한정되어 버려, 소설의 문체론적 문제 자체를 해체시켜 버린 결과가 되고 말았다.[5]

3. 문체적 통일체의 기본 타입

소설은 다문체적인 다양한 '언어'와 '음성'의 현상인 바, 연구자는 그 가운데서 서로 다른 언어적 레벨 안에 존재하고, 서로 다른 문체적 법칙성을 따르고 있는 몇 개의 각이한 문체적 통일체를 찾아볼 수 있을 것이다. 즉, 소설은 다음과 같은 구성적·문체론적 통일체의 기본 타입을 갖는다.[6]

> (1) 이른바 '地文'으로 부를 수 있는, 표준어에 의한 작자의 직선적인 예술적 서술, 곧 소설에서 작자 자신의 '말'에 해당하는 부분이다. (그 다양한 변화형태를 모두 포함하여…)[7]

---

5) cf. БАХТИН pp.73f. 伊東一郎, pp.10~12.

6) cf. БАХТИН p.75, 伊東一郎, p.13.

7) 예문 : 엇더흔 일미인이 봄시우름 흔가지로 왼갓츈졍 못다 이기여 두견화도 질근 썩거 머리여도 쇼자보며 함박곳도 질근 썩거 이부 흠속 물여보고 옥수나삼 반만 것고 청산유슈 흐르난 물의 손도 싯고 발도 싯고 물도 머금어 양수ㅎ고 조약돌 덥석주어 버들가지 쇠쏘리도 희롱ㅎ고 버들입도 주루룩 훌터닉여 물의도 훨 : 훌여보고 빅설갓튼 힌나부난 곳 : 마닥 춤을 츄고 황금갓탄 쇠쏘리난 숩 : 이 나라들어 왼갓소릭 다흘젹의 츈힝이 거동보소

(2) 다양한 구술형식의, 일상적 서술의 양식화(구비전승, 설화)8)

(3) 다양한 형식의, 쓰기 말로 된 半文學的 서술(서간, 일기, 기타)9)의
    양식화)

(4) 표준어에 의하나 예술외적인 작자의 發話의 다양한 형식(도덕적, 철
    학적, 과학적 의론, 수사적 웅변, 민속학적 記述, 議事錄, 기타)10)

(5) 문체론적으로 개성화된 주인공들의 발화11)

츈흥을 못이기여 추쳔을 하랴ᄒ고 면숙마 추쳔줄을 수양버들 상 : 지의 친 : 얼거 가마미
고 셰류갓탄 고은 몸을 단정이 높일적의 청운갓탄 고은머리 반달갓탄 용머리로 어리실 :
흘여빗겨 젼반갓치 넌짓싸아 뒤단장은 죽절과 압치레 볼작시면 밀화장도 옥장도며 광원
사 접저고리 빅방사 주진 속것 셔수화뉴문 초록장옷 남방사주 홋단초미 훨 : 버셔 거러
두고 자주비단 수당혀를 셕셕버셔 던져두고 황건 빅건 지우자를 뒤단장의 썩부치고 섬 :
옥수 넌짓 들어 추쳔줄을 갈너 잡고 빅능보션 두발질노 섭적올나 발구를제 흔번 굴너
심을 주며 두 번 굴너 통 : 차니 반공의 훨적 소사 가지가지 노든싀는 평임으로 날아들고
비거비릭ᄒ난 양은 지황건이 난봉타고 옥경으로 힝ᄒ난듯 무산선녀 구름타고 양딕산의
나리난듯 그틱도 그 형용은 세상인물 안이로다. 〈열녀츈향슈절가 제2~3장〉

8) 예문 : (상군부인 ᄒ신말삼 츈향아 네가 우리를 안다ᄒ니 서룬말을 들어보라) 우리 슌군
   유우씨 남슌수ᄒ다가 창오산의 붕ᄒ시니 속절업난 이 두 몸이 소상딕 숨풀속의 피눈물
   ᄲ리여노니 가지마닥 아롱 : : 입 : 피 원흔이라 창오산봉 상수절이라 죽상진류 닉가면
   이라. 천추의 집푼흔을 ᄒ소홀곳 업셔쩌니 네 절향이 기특기로 네다려 말ᄒ노라, 송건기
   쳔련의 청빅은 언의씨며 오현금 남풍시를 이제 싯지 젼ᄒ던야〈Ibid., 제20장〉

9) 예문 : (그 편지를 써여보니 ᄒ여쓰되) 두어자 글을 도련임 좌ᄒ의 올이나니다. 복미심ᄒ
   결의 시즁기체후 일힝만안ᄒ옵시며 복모구 : 무림ᄒ셩지 : 웁 전라좌도 남원 쳔변의 거
   ᄒ는 임자싱신 셩츈향은 도련임 올나가신 후의 신관사또 나려와셔 수청안이든다 ᄒ고
   형문ᄯᅡ려 항쇄수쇄 족쇄ᄒ야 엄수옥즁ᄒ여 거의 죽게 되여쓰니 도련임 닉려와셔 불상흔
   츈향을 살여주옵. 〈Ibid., 제25장〉

10) 예문 : 딕왕직위초의 셩덕이 너부시사 셩자셩손은 게 : 승 : ᄒᄉ 금고옥족은 요슌시절이
    요 용양호위 간셩지장이라 조정의 흐르난 덕화 힝곡의 페여잇고 사희의 구든 기운 원근
    의 어리엿다 츙신은 만조정이요 효자열녀 가 : 직라 미직 : 여 일딕건곤 셩명셰라〈Ibid.,
    제1장〉

11) 예문 : 츈향어미 삼문밧기 잇다ㄱ … (중략) … 츈향이 찻난소릭의 어딕가야 여기잇다.
    사령드라 삼문잡어라. 어사장모 드러간다. 오날 닉눈의 미운연놈 쥐길난다. 스우 : 어사
    스우 조을시고 얼시고 절시고, 어제 젼역의 우리 스우 걸긱으로 왓던구나 천긔누셜 안이
    ᄒ라고 머퉁이를 ᄒ여더니 그일 부딕 노여마소. 노여ᄒ면 엇지홀나 나안이면 츈향날까
    얼시고 절시고 지와자 조을시고 여보소 남원읍닉 사름덜 닉말을 드러보소. 아들나키
    심쁘지 말고 츈향갓틴 쌀을 나아 이런 질겁덜 보소, 얼시고 절시고 지와자 조을시고
    〈Ibid., 제33장〉

위에 든 문체론적 통일체는 소설 안에 들어가, 그 안에서 서로 결합하여 질서 있는 예술적 체계를 이룬다. 이들은 소설 전체의, 보다 고차원의 문체론적 통일에 참여한다. 소설 장르의 문체론적 특성은 소설 전체의, 보다 고차원의 통일 속에서, 비록 종속적이기는 하나, 상대적으로 독립한, 여러 통일체의 결합관계에서 찾아진다. 소설의 문체는 여러 문체의 결합 속에 존재하며, 소설의 언어는 기본적으로 여러 언어의 체계인 것이다.[12]

---

12) 춘향전의 경우 아래와 같은 각이한 화자의 문체가 유기적으로 결합하여 통일체를 이루고 있음을 보겠다.
  童子 : 엇더흔 아히놈이 신세자탄 흐난말리 엇던사름은 팔자 조와 딕광 보국 흉녹티후 팔도 방빅 각읍 수령 다사난듸 요닉신세 드러보소 십세안의 양친을 조별흐고 길품으로 나셔니 팔십이를 못나와서 발가락이 안이 압푼듸 업시 다 아푸네〈Ibid., 제25장〉
  房子 : 방자놈 이른 말리 네 괴티 흔번의 닉의 수로 갈듸 잇야, 싃양말고 밧비 가자.〈Ibid., 제3장〉
  방자 일오되 이골스쏘 자제 도련임이 츈향구경 와겨쓰니 잔말말고 드러가소〈Ibid., 제6장〉
  방자놈 거동보소 와당퉁탕 밧비와서 안아 이이 츈향아 이별이라 흐난거시 도련임 부듸 편이 가오. 오냐 츈향 네 잘 잇거라 이것시여쎄. 나리 지우도록 이별이란말리 되단 말가 (후략)〈Ibid., 제12장〉
  春香 : 츈향이 거동보소 추파를 잠간들어 이도령을 살펴보니 반고의 호걸이요, 진세간 긔남자라, 쳔졍이 놉파쓰니 소년공명 흘거시요. 오악이 조구흐니 보국츙신 될거시민 츈향이 흠모흐야 아미를 수기고 염실단좌섄이로다. … (중략) … 츈향이 거동보소. 팔자청산 씽기리며 주슌을 반긔흐야 가는목 게우 열어 엿자오듸 츙불사이군이요. 열불경이부절은 옛글의 잇스오니 도련임은 귀공자요 소녀는 천첩이라, 흔번 탁정흔 연후의 인흐야 바리시면 독숙공방 호을노 누워 우난늬안이고 뉘가흘고 그런 분부 마읍소서〈Ibid., 제4장〉
  츈향이 엿자오듸 도련임 경성의 올나가셔 절듸가인 미싞덜과 영웅호걸 문장들 다리고 밤이면 가무흐고 나지면 풍악홀 제 날갓탄 천첩이야 손톱만치나 싱각홀가 날만 : 다려가오. (후략)〈Ibid., 제12장〉
  李夢龍 : 이도령 딕히흐고 일은말리 글어홀시 분명흐면 잔말 : 고 불너오라.〈Ibid., 제3장〉
  이도령 이른말리 우지말고 잘 잇거라 네 우름 흔소릭의 이닉 일촌간장 다녹난다. 닉너 달려갈졸 모로랴마는 양반의 자식이 흐방의 천첩흐면 문호의 욕이 되고 사당참예 못흐기로 못다려가나니 부듸 : 조히 잇거라(후략)〈Ibid., 제12장〉
  어스쏘 급흔마음 와락 씌여와서 야단이 날터인듸 절기잇난 게집이라니 흔번 잘너보리라 흐고, 너만흔 년이 수절흔다 흐고 관장의게 포악흐여쓰니 살기를 바룰소냐. 죽어 맛당흐건만 닉의 수청도 거역홀가〈제13장〉
  使令 : 스령놈 흐난말리 걸이엿다 : 츈향이가 걸이엿다. 조을시고 조을시고 양반서방 어던노라고 도고흠도 : 고흐고 도량터니〈Ibid., 제15장〉
  盲人 : 외촌의 허 봉사가 … (중략) … 탄식고 흐난말리 명천이 스룸을 닐제 별노 후박이

4. 언어의 내적분화와 사회적 다양성

소설은 예술적으로 조직된 언어의 사회적 다양성을 지니며, 어떤 경우에
는 많은 언어를 병용하며, 또 개인의 '말'의 다양성을 내포한다. 단일한 국어
에 있어서도 그 내부에서 다양한 분화를 보이는 것이니, 사회적 방언, 집단
용어, 직업적 隱語, 장르상의 언어, 세대 및 연령에 따른 고유한 언어, 사회
조류에 따른 언어, 권위자의 언어, 써클의 언어, 유행어, 사회 · 정치적 일지,
時刻을 나타내는 갖가지 언어 … 등등이 있다. 언어는 역사적 존재로서 주
어진 모든 순간에 있어서 내적으로 분화되고 있으며, 이 점은 소설 장르의

업건만 말못ㅎ난 벙어리도 부모동거 천지만물을 보건마는 엇지 이늬신셰 압못보난 밍인
되야 흑빅장단을 모르난고 … (중략) … 늬네소식을 듯고 발셔 흔슌이나 와셔 볼듸 빈직
다사라, 이제야 보니 무안토다 발명ㅎ니 … 봉ㅅ왈 인명이 재천이라 간듸로 죽으랴 …
(중략) … 축사의 왈 천ㅎ언지며 지ㅎ언직시리요. 고진숙웅ㅎ나니 감이슌통ㅎ사 금우티
세 모년 모월 모일 남원 천벌이 거ㅎ난 임자싱신 열녀셩츈향이 엄수옥즁ㅎ야쓰니 경거
ㅎ난 이가 양반을 어늬씌여 만나보며 ㅎ일ㅎ시에 방사옥즁ㅎ오며 몽사길흉여부를 자상
지ㅎ니 복걸신명 소시ㅎ옵고 감이슌통ㅎ소셔 점을 다흔 후의 눈을 히번덕이며 글 두귀
를 지여쓰되 화락ㅎ니 능성실이요 파경ㅎ니 기무셩가, 문상의 현우인ㅎ니 만인이 기앙
시라. 이글뜻션 옥창의 잉도화 써러져뵈니 능히 열믜 열거시오 거우리 씌져뵈니 엇지
소리업시며 문우의 허수이비 달여쓰니 일만사름이 우러러 볼쏨이라, 어허 이쑴 잘쉬엿
다. 쌍가믜 탈쏨이로다. (후략) 〈Ibid., 제21~22장〉
月梅: 상단아 이스름 모라늬라, 울화나 : 죽것다. 널로하여 몇사름이 죽난듸 밥속만 쑤미
넌야. 〈Ibid., 제27장〉
춘향어모 듯더니 이고 져년 어미를 보고 귀신으로 알고 진언을 치는구나. 춘향아 네
이 몹실년아. … (중략) … 이것드리 무신이를 늬난고나, 여보소 이셔방 자늬 어셔 멀이가
소, 고연이 여담절각으로 살인당ㅎ리 〈Ibid., 제29장〉
츈향이 찻난소릐의 어듸가야 여기 잇다. 사령드라 삼문 잡어라 어사장모 드러간다. 오날
늬눈의 미운 연놈 쥐길난다. 수우 : 어사수우 조을시고, 얼시고 절시고, 어제 전역의 우리
수우 걸긱으로 왔던구나. 천긔누셜 안이ㅎ라고 머통이를 ㅎ여더니 그 일 부듸 노여마소.
노여ㅎ면 엇지홀나. 나 안이면 춘향날까. 얼시고 절시고 지와자 조을시고 여보소 남원읍
늬 사름덜 늬말을 드러보소. 아들나키 심쓰지 말고 츈향갓턴 쌀을 나아 이런 질검덜
보소. 얼시고 절시고 지와자 조을시고. 〈Ibid., 제33장〉

위의 여러 화자들은 개인 차원의 '말'을 하고 있으나, 면밀히 분석해보면 그가 속해 있는
사회의 생각과 말소리를 발하고 있음을 알 수 있다.

언어를 논함에 있어, 주요한 전제가 되고 있다. 언어의 사회적 다양성과 그 위에서 실현되는 개인의 '말'의 다양성에 의하여 소설은 테마를 묘사하고 표현하여 대상적 의미의 세계 전체를 管絃樂化한다. 작자 자신의 말, 話者들의 말, 삽입적 장르들, 주인공들의 말—이들은 모두 언어적 다양성을 소설에 끌어들이는 구성상의 기본적 통합체로서 사회적 '음성'들의 다양성과 그것들의 상호 관련 양상을 구체화하여 보여준다.[13] 소설적 산문의 전제가 되는 것은 그 언어의 내적 분화와 그것의 사회적 다양성과 개인의 '말'의 다양성이다. 따라서 소설의 문체를 소설가의 개성화된 언어로만 이해하려는 것은 소설의 문체론을 왜곡하는 것이다.[14]

소설의 문체를 단순히 '서사적 문체'라는 개념으로 포괄하는 전통적 문체론의 태도는 흔히 소설 속에서 서사적 묘사의 요소만을 골라 중시하는 태도로, 소설의 묘사성과 순수한 서사시의 그것과의 근본적 차이를 무시하고 있다는 점에서 문제가 있다. 이 경우 흔히 소설과 서사시의 차이를 구성과 주제의 레벨에서만 이해하려 하고 있다고 하겠다.[15]

다른 한편, 보다 원리적인 입장에서는 언어와 문체를 철저하게 개인주의적 관점에서 접근해 가고 있다. 그들은 무엇보다 작자 나름의 개성적인 직선적·직접적 표현을 작품에서 탐구하려 한다. 그러나 이것은 기본적인 문체론적 범주를 재검하려는 경우 별 도움이 되지 않는다.[16] 소설적 산문을 순수한 수사적 구성물로, 예술적인 장르로 보는 견해도 있다. 예술적 산문 및 소설이 기원에 있어 수사적 형식과 긴밀히 관계되어 있었고, 그 뒤의 발전의 전 과정에서도 사회에서의 수사적 장르(사회평론, 도덕, 철학 등)와 극히 긴밀한 상호작용을 지속해 왔는데, 그것은 다른 예술적 장르(서사시, 극, 서정시)와의 상호작용에 못지않게 활발하였다. 그러나 소설의 언어는 이와

---

13) cf. БАХТИН, pp.75~77, 伊東一郎, pp.13~15.
14) cf. БАХТИН, pp.77f, 伊東一郎, pp.15f.
15) cf. БАХТИН, pp.79f, 伊東一郎, p.18.
16) cf. БАХТИН, p.80, 伊東一郎, pp.20f.

같은 여러 다른 장르와의 부단한 상호 관계 속에서도 스스로의 질적인 특성을 지켜왔던 바, 이것은 수사학적인 언어로 쉽사리 귀납시켜 이해할 성질의 것은 아니다.[17]

5. 언어의 내적 대화성

소설 및 소설을 지향하는 예술적 산문의 여러 장르는 역사적으로 탈중심화(脫中心化)의 지향을 가지고 원심력의 방향으로 형성되어 왔다. '시'가 사회 상층에서 언어·이데올로기적 세계의 문화적·국민적·정치적 중심화의 과제를 해결해 온데 대하여 소설은 하층의 놀이 마당이나 장터 가설무대에서의 광대들의 종잡을 수 없는 사설이나 갖가지 구설과 사투리에 담은 우스꽝스러운 대사들이 놀이, 판소리, 타령… 등 문학으로 전개되어 왔던 것으로, 여기에는 어떠한 언어적 중심도 없었다. 다만 소리패나 광대, 문인이나 문승, 그 밖의 놀이패 등에 의하여 생생한 '언어' 유희가 행하여져 왔던 터이다. 이 때의 모든 '언어'는 가면이요, 언어 고유의 진실된 얼굴 따위는 존재하지 않았다. 이들 하층의 장르에서 조직된 언어의 다양성은 공인된 표준어―국민과 시대의 언어·이데올로기적 삶의 언어적 중심―에 대한 언어적 모순이 되었을 뿐만 아니라 더 나아가 그에 대한 의식적 대립의 성격조차 띠었던 것이다. 이와 같은 다양한 언어는 동시대의 공식적 언어들에 대하여 패로디적이며 논쟁적으로 날카롭게 대치되었다. 그것은 對話化된 언어의 다양성이었다.

종전의 문체론은 이와 같은, 내재하는 대화에 무관심하였다. 그리하여 문

---

17) cf. БАХТИН, p.81, 伊東一郎, pp.22f.

학작품은 문체론적으로 그 자신의 외부에 어떠한 타자의 언표도 예상하지 않는 체계—폐쇄적 自足的 전 체계를 구성하고 있는 것으로 생각되어 왔다. 다만 수동적인 청자만을 상정하여 작자 일방의 자족적이며 폐쇄적 모노로그(Монолог)로 이해되어 왔다.[18] 언어가 갖는 내적 대화성을 소설의 문체론에서는 당연히 고려하지 않아서는 안 될 것이다.

'말'[19]은 스스로의 의미를 가지고 스스로 표현하나, 동시에 다양한 액센트를 지닌 他者의 '말'이라는 매체를 통과하면서 이 매체의 다양한 여러 요소에 공명하거나 반발하는 등의 대화화 과정에서 자기의 문체를 형성해 가는 것이다. '말'은 가능한 모든 방향에서 타자의 '말'과 만나 그것과 더불어 생생하고도 긴장된 대화적 상호작용에 들어가게 되어 있다. 이와 같은 '말'의 내적 대화성은 비록 외면적·구성적으로는 대화형식을 취하지 아니하였을지라도, 그 자체 거대한 문체형성력을 가지고 있다. '말'은 대화 가운데서 그에 대한 생생한 응답으로서 태어나고, 타자의 '말'과 대화적으로 작용하는 가운데서 형식이 주어진다. '말'에 의한, 대상의 개념적 이해는 곧 대화적 행위이다.[20]

소설의 문체는 타자의 '말', 타자의 언표와의 관계가 중요하다. 언어 안의 '말'은 반나마 타자의 '말'이다. 그것이 '자신의 말'이 되는 것은 화자가 그 '말' 가운데 자기의 지향과 액센트를 정착시켜 '말'을 지배하고, '말'을 자기 의미와 표현의 지향성에 흡수하였을 때이다. 그 순간까지도 '말'은 타자의

---

18) 註 12의 예문에서 각이한 話者들의 언어는 드러난 상대거나, 드러나지 아니한 상대거나를 막론하고, 그에 대한 언어적·이데올로기적 대립을 통해 내재적 대화화를 가져왔음을 분석해 낼 수 있다. 伊東一郎, 31쪽 참조.
19) '말'은 БАХТИН의 이른바 СЛОВО의 개념을 옮긴 것이다. 그에 의하면 '구체적인, 살아 있는 종합으로서의 言語(язык)'이다. 그에게 있어 言語는 그것을 사용하는 사람들끼리의 대화적 교류 안에서만 살아가고 있는 것으로, 현실의 언어란 언제나 사회계층, 직업, 장르 등의 차이로 말미암아 한없이 분화된다고 보았다. 복수 언어의 공존이야말로 소설을 지탱하는 언어의식이 아닐 수 없다.
20) cf. БАХТИН, p.81, 伊東一郎, pp.42f.

입술 위에서 타자의 문맥, 타자의 지향에 봉사하며 존재하고 있다. 따라서 말은 필연적으로 타자로부터 빼앗아 자신의 것으로 만들지 않아서는 안된다. 그러나 말이란 누구나 한결같이 쉽게 빼앗아 자기 것으로 만들 수 있는 것은 아니다. 빼앗기지 않으려고 완강하게 저항하는 말도 많으며, 빼앗아 자기 말로 만들었다고 생각하여도 여전히 타자의 말로 남아서 타자의 음성을 들려주고 있는 경우도 있다. 화자의 콘텍스트 가운데 동화되지 않는 '말'도 있다. 말이란 화자의 뜻대로 쉽사리 자유롭게 앗아갈 수 있는 중성적인 매체는 아니다. '말'에는 속속들이 타자의 지향이 깃들어 있다. 언어를 지배하는 일, 언어를 자기 지향과 액센트에 적응하게 하는 일은 어렵고 복잡한 과정이다.[21]

소설가는 타자의 지향을 자기 작품의 언어에서 내쫓지 않으며, 다양한 여러 언어의 배후에서 내보이는 사회·이데올로기적 시야를 결코 파괴하지 않는다. 그는 그것들을 자기의 작품 안에 끌어 들여 타자의 지향이 깃들어 있는 '말'들을 이용하여 자신의 새 지향, 즉 제이의 주인에게 봉사하게 한다. 이 과정에서 작자의 지향은 굴절되며, 다양한 여러 언어들을 통하여 그 사회·이데올로기적 성격에 따라 다양한 각도로 굴절하게 된다. 모순된 다양한 소리와 말은 소설 속에 들어와, 그 안에서 질서 있는 예술 체계 안에 편입된다. 바로 이 점에 소설 장르의 특수성이 있다고 하겠다. 이와 같은 소설 장르의 특성으로 보아 소설의 문체론은 사회학적 문체론으로써만 설명 가능하다고 하겠다. 소설의 발전이란 곧 대화성의 심화, 대화성의 확대와 세련이라는 관점에서 논할 수 있을 뿐이다.[22]

---

21) cf. БАХТИН, pp.82f., 伊東一郎, pp.66f.
22) cf. 伊東一郎, p.264.

6. 화자와 '말'

　소설 장르의 기본적 특성을 나타내는 대상은 화자와 그의 '말'이라고 하겠다.

　1) 소설에서 화자의 '말'은 단순히 전달되고 재현되는 것이 아니라, 예술적으로 묘사되는 것이다. 극과는 달리 작자의 '말'로 묘사되고 있다. 그러나, 화자와 그 말은 말의 대상으로서는 특수한 대상이다. 말은 전혀 독자적인 화법과 말에 의한 묘사의 형식적 화법을 요구한다. 소설에서 묘사의 대상은 사물이 아니라, 오로지 '말'인 바, 거기에는 필연적으로 묘출하는 말과 묘출되는 말 사이에 대화적인 관계가 생긴다. 그리하여 소설의 언어론은 타자의 언어의 전달과 묘사의 문제, 인용, 話法의 문제를 피해 갈 수 없다. 그것은 소설의 언어를 작자 자신의 언어와 일치하는 것으로 파악하는 모노로그적인 시점에 서 있는 한에서는 제기되지 않는 문제이다.

　2) 소설에서의 화자는 역사적 구체성을 가지고 있어서, 역사석으로 규징된, 본질적으로 사회적인 인간이다. 그의 말은 제 아무리 萌芽的인 발언이었다 하더라도 기본적으로 사회적 언어이며, 개인의 方言일 수는 없다. 소설에 있어서 개인적 성격과 개인적 운명, 그리고 그것들만에 제약된 개인적 언어는 그 자체로서는 본질적 의의를 가질 수 없다. 주인공의 '말'의 특수성은 언제나 일정한 사회적 의의와 사회적 보편성을 지니려 하는 데 있다. 따라서 주인공의 '말'들은 언어를 분화하고, 언어에 모순을 끌어 들이는 動因이 될 수 있다.

　3) 소설의 화자는 정도의 차이는 있을지라도 이데올로그(идеолог)이며, 그의 말은 이데올로기적 요소가 되고 있다. 소설에서의 개개의 언어는 언제나 세계에 대한 고유한 시점을 가지며, 사회적 의의를 지니려 하고 있다. 소설에서 '말'은 이데올로기적 요소로서 묘사의 대상이 되며, 따라서 소설은

추상적 언어 유희가 될 위험성을 조금도 가질 수 없으며, 그 반대로 이데올로기적 무게를 지닌 '말'을 대화화하여 묘사하려 하는 까닭에 형식적인 말장난을 지양한 언어 장르가 되고 있다고 하겠다. 이런 점에서 화자와 그의 '말'은 소설의 독자성을 창조하는, 이 장르의 특성을 집약하여 보여주는 대상이 된다.[23]

7. 소설의 언어

소설의 구성에 포함되어, 주요한 구실을 하는 일군의 장르로서 고백, 일기, 여행기, 自傳, 書簡, 기타가 있을 수 있다. 이들은 때로 전체로서 소설의 형식(고백소설, 일기체소설, 서간체소설 등)을 결성하기도 한다. 이들 장르들은 현실의 다양한 여러 측면을 파악할 수 있는, 그 나름의 '말'과 의미의 형식을 가지고 있다. 그들과의 관계를 통하여 작자의 지향은 어떤 의미의 굴절과정을 거치게 된다.[24] 소설은 가능한 모든 언어, 양식, 장르를 이용하는 일을 익혀서, 이미 과거의 것이 되어, 쇠해 가고 있는 세계 및 사회적 이데올로기적으로 疎遠한 세계로 하여금 자신의 언어와 문체로 자기에 대하여 말하게 한다. 그러면서 작자는 이 여러 언어에 그들과 대화적으로 결합되어 있는 자기의 여러 지향 및 여러 액센트를 첨가하게 된다. 작자는 자기의 사상을 타자의 언어의 이미지 가운데 삽입하되, 타자의 언어의 의미나 그 고유한 특징을 압박하지 않는다. 자기와 자기의 세계에 대한 주인공의 '말'은 그 내부에 있어서 그 주인공과 그의 세계에 대한 작자의 '말'과 유기적으로 융합한다. 이와 같이 두 개의 시점, 두 개의 지향, 그리고 두 개의

---

23) cf. Ibid., pp.137~139.
24) cf. Ibid., pp.115f.

표현이 하나의 말에서 내적으로 융합할 때 '말'의 패로디적 성격은 독특한 성격을 띤다. 곧 패로디화된 언어는 패로디화 하려는 타자의 지향에 생생한 대화적 저항을 나타낸다. 이미지 그 자체의 내부에서 미완결의 회화가 울리기 시작한다. 그리하여 이미지는 복수의 세계, 복수의 시점, 복수의 액센트를 수렴한 생생한 상호작용을 갖게 된다.[25]

> 삽입적 장르는 소설에 그 시대의 언어의 다양성을 도입하는 데 기여하며, 비록 그것이 비문학적 장르라 하더라도 그것으로 말미암아 시대의 여러 언어의 多數性이 소설 안에서 제시될 수 있다. 소설은 그 가운데서 그 시대의 모든 사회—이데올로기적인 목소리—그 시대의 본질적인 여러 언어가 제시되는 것이었다. 소설은 언어적 다양성의 小宇宙가 되지 않아서는 안된다.[26] 소설에서의 어떠한 언어도 현실의 여러 사회집단 및 그들을 구체적으로 대표하는 자의 시점이며, 사회—이데올로기적 시야이다. 소설이 구성되는 것은 추상적 의미의 불일치나 플롯상의 갈등에서가 아니라, 구체적인 언어의 사회적 다양성에 있어서이다.[27] 고전소설의 문체에 관하여도 그것을 대화화 하고 있는 그 시대의 다른 여러 언어라는 배경과 엄밀히 관계 지어 생각하는 것이 중요하다. 소설의 형상은 창조된 뒤에도 성장하고, 발전을 계속하여 당초 탄생한 때로부터 먼 후대에 내려와서까지도 여전히 창조적 변모를 수행하는 힘을 가지고 있는 것이다.[28]

—황패강(단국대)

---

25) cf. Ibid., pp.263f.

26) cf. Ibid., pp.266f.

27) cf. Ibid., p.268.

28) cf. Ibid., p.285.

구운몽의 창작 동기와 주제의식

설성경(연세대)

성진이 석교상에서 8선녀를 만나는 장면

1. 들머리

　서포 김만중이 살았던 시대, 특히 그의 말년인 17세기 후반은 정치적 격변기였다. 당파간의 치열한 갈등 속에 국왕 숙종의 환국정치는 조정을 지키는 중앙 관리들에 대한 빈번한 관직 제수와 급속한 파직 때문에 관원으로서의 영광과 오욕의 자리는 그 거리가 멀지 않았다.

　이러한 시대적 소용돌이 속에서 노론 벌열측에 속했던 서포는 현종 때의 1차 유배를 위시하여 숙종 내에 2차의 유배를 겪어야 했다. 양관 대제학까지 지난 서포 김만중은 죄인의 몸이 되어 3차 유배지인 경상남도 남해에서 생을 마감하였다. 극심한 당쟁 시기에 살았던 그에 대한 인간적인 평가 또한 양분된다. 의로운 유자의 길을 걸었다는 평가와 파당에 휩쓸려 국정을 혼란으로 몰아간 그야말로 소인배 유자라는 평가가 바로 그 증거이다.

　정치적 갈등의 상황 속에서 살아가면서 시대가 처한 객관적인 정치 시각을 확보한다는 것은 쉬운 일이 아니다. 그러나 그는 시대를 앞질러 보고, 역사의 객관성과 정당성을 믿고 살면서 초시대적 안목을 갖추고 있었기에 당파적 안목을 넘어서고 시대를 넘어서는 소설 작품을 창작하게 된 것이다.

　서포 김만중이 우리에게 남겨준 문학작품, 그 중에서도 효자의 위치에서 창작한 사친시들의 주제의식, 그리고 또 다른 사친소설이라 할 수 있는 「구운몽」과 사친의 마음을 토대로 쓴 『정경부인 윤씨행장』은 명실상부한 사친

문학의 전형이라 하여 무리가 없을 것이다.

　이러한 관점에서 이 글에서는 그간「구운몽」을 두고 논의되어온 비평 연구자들의 단편적인 평가와 전문적인 논의들을 창작 동기와 주제의식이라는 두 가지 측면에서 재조명해보고자 한다. 동일한 작품을 두고도, 시대가 다르고, 시점이 다르면 그 평가의 결과도 다를 수밖에 없다. 그러니 같은「구운몽」에 대한 평가라 하더라도 보다 심층적인 비평 연구의 방법을 적용한다면,「구운몽」이 지닌 세계문학으로서의 한 단면을 밝혀 낼 수도 있을 것이다.

　그러므로「구운몽」의 창작 동기와 심오한 작품세계를 보다 정확하게 밝힐 수 있는 방향으로 새로운 접근 방법을 선택한다면,「구운몽」의 창작에 얽힌 작가의 진정한 의도와 주제가 구축하고 있는 의미망의 비밀을 풀어낼 수 있을 것이다. 이러한 성과를 토대로「구운몽」의 작품성을 하나하나 풀어 간다면 언젠가는「구운몽」은 격조 높은 작품성을 지닌 세계적 명작으로 부상하게 될 것이다.

2. 서포 김만중의 특출한 효행

　서포 김만중의 모친 윤씨부인은 남편과 일찍 사별하고 혼자 힘으로 두 아들을 키웠다. 이조 참판이었던 부친이 일찍 세상을 떠났고, 모친 홍씨마저 죽자, 무남독녀였던 윤씨는 조모 정혜옹주 밑에서 예의범절을 잘 지키고 학문과 재주가 뛰어난 여성으로 성장하여 명문거족인 광산 김씨 김익겸과 결혼하게 되었다. 그러나 김익겸과 그 모친 서씨부인은 인조 15년 청나라 군사들에 의해 강화도가 함락 당할 때 모자가 순절을 하였고, 그 와중에 서포 김만중은 그의 유복자로 출생하다.

윤씨부인은 남편 충정공 김익겸이 순절한 후로는 소복한 채 살며 오직 두 아들을 훌륭하게 키우는데 전념하였다. 윤씨부인은 궁중에서 성장한 조모 정혜옹주 밑에서 한학과 경서에 직접 배웠기 때문에 여성이지만 남다른 유학의 지식을 구비하였다. 이러한 능력으로 인하여 윤씨부인은 두 아들이 어릴 때에는 직접 한학을 가르쳤을 뿐만 아니라 자식들에게 책 한 권이라도 더 사주기 위하여 몸소 베를 짜고 수를 놓아 받은 삯으로 조석의 끼니를 이어가며 자식들을 키웠다.

윤씨부인의 이런 지극한 정성과 희생적인 삶은 부친이 없는 상황 속에서도 두 아들을 특출하게 성장시킬 수 있었기에 마침내 장자 서석 김만기는 효종 4년에, 차자 서포 김만중은 현종 6년에 과거에 급제하여 벼슬길에 나가게 되었다.

윤씨부인의 두 아들은 뛰어난 학식과 글 솜씨로 병조판서까지 오르고, 양관 대제학에 오르기도 하였지만 항상 검소하게 살아가는 모범을 보였다. 이러한 모친 윤씨 부인을 모시면서 살아가던 서포 김만중은 모친을 시봉하기에 전력을 다해 공무를 돌보는 시간 이외에는 늘 모친 가까이에서 지내면서 옛 글들을 모아 읽어드리며 모친을 기쁘게 해드렸다.

이러한 모녀지간이었기 때문에 선천으로 유배를 떠나는 자식에게 윤씨부인은. "내 걱정은 조금도 하지 말아라. 그릇된 일을 보고도 죽음이 두려워 옳음을 행하지 않는다면 그것이 오히려 상감께 불충이요, 나라를 배반하는 것이다. 또한 어미를 받들고자 나라 위한 바른말을 못한다면 오히려 이 어미에 대한 불효니라."라 하였다 한다.

윤씨부인은 유배 가는 아들 서포 김만중에게 슬픔을 보이기는커녕 나라를 위해 죽음도 두려워하지 말라는 당부를 하였다는 사실은 서포 김만중으로 하여금 모친에 대한 효의 수준을 가정적 차원의 효 이상의 국가적 차원의 충으로 이어지는 충효의 삶을 살아가게 할 수 있는 충분한 조건을 갖추고 있었음을 보여준다.

이러한 환경과 삶의 태도를 보였던 서포 김만중의 효심은 이미 당대에도 정평이 나 있었다. 그러기에 당색은 달라 그의 인간됨을 평가하는 데에는 긍정적 인물이나 부정적 인물로 상반되게 평가하면서도 그의 효심에 있어 서만은 모두 동일한 평가를 하였다.

이를 확인하기 전에 먼저 서포 김만중에 대한 총체적인 인물평을 당시의 영의정이었던 김수항의 아들 삼연 김창흡의 평가를 통해서 확인해보면 다음과 같다.

> 그는 "부귀(富貴)에 처해있으면서도 부귀에 얽매이지 않고, 환난(患難)을 겪으면서도 환난의 질곡에 빠지지 아니하였다. 그래서 어디에도 얽매이지 않으므로 천지의 맑고 통창(通暢)한 기운을 얻은 사람이다. 그는 성령(性靈)이 간직된 것이 영롱하여 천혈(穿穴)하고, 사물과 더불어 간격이 없으니, 성령이 발휘되어 문사(文辭)를 지어서 하늘의 천진(天眞)을 움직이고 흔들기 때문에 의도하지 않아도 저절로 공교롭게 된다. 이처럼 맑고 통창한 기운이 오묘함을 발한 문장이기에 그의 문장은 특별히 귀중하다.[1]

여기서 평가하는 서포 김만중의 인간됨은 그는 문형을 맡고, 병권을 잡기도 했으나 작위와 봉록을 연연하지 않았다. 그는 난관의 극복에는 용맹하여 뭇사람이 놀라고 감복하게 하였다는 사실을 전하고 있다.

즉, 그의 용모는 빙옥 한 조각 같고, 자색 비단옷을 입고 조정의 반열에 놓더라도 마주치면 고귀한 귀인이란 사실을 모르게 된다는 것이다. 그리고 그는 문 앞에 있는 지초와 난초는 뽑아버리지 않을 수 없기에 옥살이와 귀양살이를 하다가 도깨비 날뛰는 귀양지에서 돌아갔으므로 그 슬픔은 멱라강에 빠져 죽은 굴원보다 심하다는 것이다, 그리고 그는 현실에서 우울하고 분을 삭이기 힘든 심정이 있을지라도 어찌 할 수 없는 것은 광대한 하늘에

---

1) 김창흡, 「西浦集序」

맡겨버리고, 열심히 해야 할 일인 주자 관련 저서를 편찬하여 집안의 학문을 잇는 일을 죽을 때까지 하기로 기약하였다는 것이다, 그리고 그는 부귀에 있을 때나 환난에 있을 때나 부귀나 환난을 스스로 바꾸었지 그 부귀와 환난에 굴림을 당하지는 않았으며, 그의 기예는 이러한 가슴 속에서 유출되어 나오지 않은 것이 없었다는 것이다. 그리고 그는 지혜와 이해력이 특출하여 어려운 책 읽기를 매우 쉽게 하였으며, 경서와 자서의 핵심 의미로부터 구류의 학술과 많은 방기, 산수, 율려, 상위, 여지 등속에 이르기까지 책을 펼치면 즉시 비밀까지 활연히 이해하는 능력을 구비하였다[2]는 것이다.

서포 김만중은 이런 고매한 인격과 다양하고 정치한 학문을 가진 것만이 아니라, 예학 가문의 후손답게 특출한 효심을 실현했던 인물임을 『조선왕조실록』과 『서포년보』 등을 비롯한 여러 문헌에서 확인할 수 있다.

① 호조 참판 김만중이 부친의 묘를 살펴보기를 청하니 특명으로 타고 갈 말을 주고 제물로 올릴 물품을 주었다. 또 도승지 홍만용의 성묘에도 이러한 넝이 있있다. 사긴원에서 논게하기를 "재신들의 사행(私行)에 갑자기 규정 밖의 은전을 베풀 수는 없습니다. 아울러 모두 도로 거두어들이기를 청합니다." 하였으나 윤허하지 않았다.[3]

② 「영의정 김수흥이 또 차자를 올려 남구만을 석방할 것을 청하고 인하여 김만중은 집에 노모가 있으므로 인정과 도리상 불쌍히 여길 만한 정상을 말하니, 임금이 답하기를 "차자의 사연이 이에 이르니, 남구만은 특별히 삭출하여 방송하고 여성제는 삭직하며, 김만중은 죄를 짓고 법을 범한 것이 밉기는 하니 편배(編配)된 지 한 해를 지났고, 모자의 정리가 다른 사람과는 다름이 있으니, 특별히 석방하라." 하였다.[4]

---

2) 김창흡, 「西浦集序」
3) 『조선왕조실록』, 숙종 9년 2월 29일
4) 『조선왕조실록』, 숙종 13년 11월 16일

③「전 판서 김만중이 남해의 적소에서 사망했는데, 나이는 56세이었다. 김만중의 자는 중숙이고 김만기의 아우이다. 사람됨이 청렴하게 행동하고 마음이 온화했으며 효성과 우애가 매우 돈독했다. 벼슬을 하면서도 언론이 강직하여 선이 위축되고 악이 신장하게 될 때마다 더욱 정직이 드러나 청렴함이 다른 사람들보다 뛰어났고, 벼슬이 높은 품계에 이르렀지만 가난하고 검소함이 유생과 같았다. 왕비의 근친이었기 때문에 더욱 스스로 겸손하고 경계하여 권세있는 요로를 피하여 멀리했고, 양전(兩銓)과 문형(文衡)을 극력 사양하고 제수받지 않으므로, 세상에서 이를 대단하게 여겼었다. 글솜씨가 기발하고 시는 더욱 고아하여 근세의 조잡한 어구를 쓰지 않았으며, 또한 재주를 감추고 나타내지 않았는데, 사람들이 그의 천품이 도에 가까우면서도 공력을 들이지 못한 것을 한스럽게 여겼었다. 적소에 있으면서 어머니의 상사를 만나 분상(奔喪)할 수 없으므로, 애통해 하며 울부짖다가 병이 되어 사망하게 되었으므로, 한때 슬퍼하며 상심하지 않는 사람이 없었다.[5]

④「전 판서 김만중이 남해의 적소에서 사망하였다. 김만중은 문사에 능하였고 효성과 우애가 돈독하여 어미를 잘 섬긴다고 소문이 났었다. 그러나 식견이 없어 폐부(肺腑)에 있을 적에 지론(持論)이 지극히 준엄했고, 훈척에게 붙어 청의(淸議)를 매우 힘써 공격했으며, 이사명의 종용을 받아 그가 도리어 어긋나게 속이는 말을 가지고 경솔하게 계문하여 사류들에게 화를 끼치려는 계획을 하다가, 부자가 형벌을 받았었다. 해도로 귀양가서 어미의 상사를 만났지만 분상(奔喪)하게 되지 못했는데, 이때에 이르러 졸한 것이다. 2대를 지나서는 또한 흉악한 역적이 생겨나 온 가문이 살육을 당하였으므로, 세상사람들이 '김만중의 험악하게 편당하던 의논이 앙갚음을 받게 된 것이다'고들 하였다.[6]

⑤ 김만중 공은 성품이 지극히 효도스럽고 유복자로서 부공의 얼굴을 보지 못함을 평생의 아픔으로 생각하였다. 거기서 모부인 섬기기를

---

5) 『조선왕조실록』, 숙종 18년 4월 30일
6) 『조선왕조실록』, 숙보 18년 4월 30일

심히 사랑으로 한 나머지 모부인의 뜻을 즐겁게 하는 것이 있으면 옛날의 효자 노래자가 하던 병아리 울음소리와 어린이 울음소리까지 연출하였고, 모부인이 즐겨하신 옛 역사와 신기한 책으로부터 패관잡기에 이르기까지 이들을 모아 밤낮으로 모부인의 좌우에서 읽혀드려 웃음꺼리로 삼았고, 젊어서부터 늙을 때까지 공사가 아니고서는 모부인 곁을 떠난 적이 없었으며, 매일 아침저녁의 신성을 한번도 차질이 없었음을 이웃 사람들이 모두 알았다. 김공의 지성스런 효도가 이와 같았다.[7]

이러한 여러 문헌들의 기록으로 확인되는 효자로서의 서포 김만중에 대한 당대의 인식은 숙종 32년에는 효행에 관한 정표로 그에게 문효공이라는 시호가 내려진 것으로 확인이 된다. 이는 그는 문학을 통한 효심을 발휘한 작가라는 것을 공인받았음을 입증해주는 것이다.[8]

이처럼, 서포 김만중은 실천적인 삶으로서 효를 행하면서, 그 행위의 하나로 문학을 통한 효를 실현하였다.

그런데 서포 김만중의 효심에 대한 평가 외에 그를 왜 문학을 통한 효심 발휘한 인물로 평가하였을까? 그 이유는 여러 가지 측면에서 확인할 수 있다.

서포의 효행문학은 첫째로 「사친시」, 둘째로 「구운몽」, 셋째로 『정경부인 윤씨행장』[9]을 들 수 있다.

---

7) 이재, 『三官記』

8) 사재동, 「문효공서포선생휘만중 효행숭덕비문」, 1999

9) 서포는 모부인 행장의 저작 이유를 "우리 태부인의 아름다운 말씀과 착한 행실이 점점 어두워 훗사람들이 오지 못할까 두려 이에 감히 섭기를 억제하여 행록 두어 벌을 지어 난화 주어 종이에 써 모든 조카를 주되 정신이 한암암하여 덕행을 잘 알라 보지 못하고 더욱 정신이 소망하여 하나를 기록하고 열을 빠지오니 불초의 죄 더욱 크도다."라 하였다.

1) 서포의 효행 한시인 사친시

서포 김만중은 한시 비평에 빼어난 능력을 가지고 있었다. 그런 안목으로 자신의 시를 짓기도 하였다. 작가의 솟구쳐 오르는 효심과 자탄, 실의, 병고의 심경을 주옥같은 시로 읊었던 시들 중에는 모친을 그리워하며 지은 시들이 있다.

> ① 슬픔을 머금은 채 어머님 이별하고
> 　손을 들어 친척들과 헤어졌네.
> 　가을 날 서성 길에
> 　관하에 홀로 가는 사람이라네.
> 　또 망발인 줄 분명히 알지만
> 　어떻게 깊은 은혜 갚을 수 있나.
> 　그래도 구구한 뜻이 있지만
> 　이제부터 펴지 못할까 두렵네.[10]

> ② 해마다 어머님 생신날이면
> 　형제 서로 마주하여 춤추며 즐겨 했네.
> 　내가 지금 사명 받들어 어머님 곁을 떠나니
> 　생신 날 어머님 마음 즐겁지 못하실가 두렵네.[11]

> ③ 요즈음 어머님 서신 받아보니
> 　노년에 질병에 걸리셨네.
> 　나를 보내 주지 않을 줄 잘 알거니
> 　어떻게 아픈 마음 위로해 드리리오.
> 　날 저무니 성에는 까마귀 어지러이 날고
> 　날씨 차가우니 마굿간엔 말 울어대네.
> 　떠도는 구름은 아무런 생각도 없이
> 　아득히 동쪽으로 가기만 하네.[12]

---

10) 『서포집』, 「九月十三日 出禁府宣川配所」
11) 『서포집』, 「奉使嶺南 九月 二十五日作」

④ 지난해 오늘은 어머님 모시고
　　형제 함께 잔 올려 수하시라 빌었는데
　　한번 떨어진 적소엔 소식마저 끊기고
　　노산의 새로 난 무덤엔 어느새 가을 서리네.
　　인간의 화복은 헤아리기 어려우니
　　노래와 울음, 슬픔과 기쁨은 다만 한때라.
　　멀리 어머님, 자식 생각에 흘리실 눈물 생각하니
　　하나는 죽어 이별, 하나는 살았으나 이별일세.
　　변방의 지는 달은 반나마 창 밝은데
　　온갖 일 관심사에 잠 못 이루네.
　　밤마다 듣노니 수풀 속 새소리 마치기도 전에
　　다시금 구름 밖, 애끓는 기러기 소리 이겨내야 하리.13)

서포 김만중은 한시를 통해서도 이렇게 절실한 사친의 마음을 표현해내
고 있다. 위의 인용에서 보면, 작품 ①은 유배지로 떠나면서 모친의 아픈
마음을 생각하며 쓴 시요, 작품 ②는 유배지에서 한양에 계신 모친을 위해
쓴 시요, 작품 ③은 유배지에서 모친의 편지를 받고 쓴 사친의 시이다. 특
히, 작품 ④ 또한 유배지에 있는 서포가 한양에 계신 모친에게 바치는 간절
한 사모곡이다.

이처럼, 서포는 유배지에 있으면서도 모친의 생신이 되면 「사친시」를 써
서 가까이서 받들지 못하는 노모를 향한 불효의 고통을 문학적 형식으로 그
효성을 표현하였다.

또, 서포의 한시 기몽은 그가 평안도 선천에 유배 중에 쓴 것으로 보인
다.14)

---

12) 『서포집』, 「近得」
13) 『서포집』, 「九月二十五日謫中作」
14) "서울의 기후는 이르기도 해서 어지러운 봄빛이 시선에 가득하네(京洛氣候早 春色紛盈
　　矚)"의 구절에서 작자가 봄소식이 늦는 곳에 있는 처지임을 알 수 있다. 그렇다면 금성
　　시기 아니면 선천 시기인데 작품의 내용과 이 시의 마지막 구절을 참고할 때 이 시는
　　만년에 선천에서 쓴 것으로 보인다.

서포의의 「기몽」15)의 구성을 분석해보면 꿈속에 들어갈 때의 상황, 제1 층위 꿈 속의 자의식 등장을 시작으로, 꿈속에서 찾아간 연화방 자택. 이를테면 제2 층위 꿈 속의 현실 감각 만남의 기쁨과 화사한 봄빛을 누림으로 진행된다. 그 다음에는 제1 층위 꿈 속의 자의식이 문득 느끼는 서글픔. 그리고 꿈에서 막 깬 후 상황으로 진행된다. 마지막으로 작품 외의 실제 현실, 즉 관인으로서의 웅대한 포부와 사림으로서의 고매한 은거도 좌절. 비록 유배의 몸이나 정주학으로 돌아가리라고 다짐. 나에게서 찾지 않고 남에게서 구하러 허황됨을 쫓던 과오를 기록해 스스로 경계함으로 종결된다.16)

그런데 이 한시 「기몽」의 핵심은'가족재회의 기쁨'을 소망하는 것과'유배지에서 꾼 꿈의 허망함'에 가슴 아파하는 것을 아우르는 상위 주제를 지니고 있다. 즉, 이 모든 고통의 원인을 반성하고 근본으로 돌아가야 할 것을 유배지까지 와서야 비로소 뼈아프게 새삼 확인하게 된다. 그래서 정자와 주자의 학문인 성리학의 세계에 파고들고 싶은 생각하게 됨을 뜻한다.

이런 전제에서 「구운몽」의 주제를 작품의 내포구조 속의 이야기인 양소유 중심의 유가적 공명의식이라고 해석하는 것은 마치 이 시의 주제를 가족재회의 기쁨이라고 파악하는 것과 마찬가지이다. 또, 작품의 외연구조의 이야기를 중심으로 파악하여 성진의 제행무상의 불교적 깨달음만으로 파악하는 건 마치 이 시의 주제를 유배지에서 꾼 꿈의 허망함이라고 보는 것과 같다. 이 시는 가족 재회의 기쁨을 소망하는 것과 유배지에서 꾼 꿈의 허망함에 가슴 아파하는 것마저 아우르는 상위 주제를 지니고 있다. 즉, 이 모든 고통의 원인을 반성하고, 군자는 자신에게서 구하고 소인은 남에게서 구한다는 자세로 기본으로 돌아가야 할 것을 유배지까지 와서야 비로소 뼈아프게 새삼 확인하게 된다. 그래서 '정자 · 주자 학문에는 은미한 큰 뜻 있으니, 꿈에서라도 배울 바를 가려잡노라'라고 했다고 해석이 가능해진다.

---

15) 김만중, 『西浦集』, 「記夢」
16) 설성경, 『구운몽의 통시적인 연구』, 새문사. 2007, 80쪽

이러한 점을 종합해 본다면, 「기몽」은 「사친시」의 분위기를 더욱 심회한 것으로 「사친시」와 기몽이 지닌 분위기의 재결합이 서포의 두 번째의 사친소설이라 할 수 있는 「구운몽」으로 발전해 나간 것으로 볼 수 있다.

2) 거대한 효심이 투사된 사친소설 구운몽

기존에 있어온 「구운몽」의 창작 동기에 관한 견해에는 효심으로서의 파한거리 제공이라는 소위 파한효심을 내세우는 경우와 모친이 소설을 좋아하여 중국을 사신으로 가는 데 부탁하였으니 이를 미쳐 챙기지 못하여 자신이 직접 창작하였다는 소위 교중기[17]를 내세우는 경우가 있다. 두 가지 경우 중에서 전자의 파한효심설이 주축이 되어 후대로 전언되어 왔다.[18]

소위 파한효심이 전해진 최초의 근거는 유배지 선천 배소에서 「몽환」이라는 소설을 창작하여 한양에 있는 모친에게 보냈다는『서포년보』의 기록이다.

> 글을 지어 부쳐서 소일거리를 삼게 하였는데 그 글의 요지는 '일체의 부
> 귀영화가 모두 몽환이다'는 것이었으니, 또한 뜻을 넓히고 슬픔을 달래

---

17) 중국사행과 관련된 전언은 "중국 사행 도중에 모부인을 위해 창작했다는 설이다. 즉, 서포가 중국에 사신을 갔을 때 중국의 소설을 구해달라는 모친의 부탁을 들어드리기 위해 지었다"는 견해이다. 이러한 주장의 근거는 서포 문중의 구전에 근거하고 있다. 그러나 역사적 사실을 점검해보면, 서포는 중국에 사행을 간 적이 없으므로, 중간에 와전 된 것으로 판단된다. 「구운몽」은 중국을 배경으로 한 중국의 이야기이기 때문에, 중국 관련 이야기의 편향성을 제거하기 위하여 문중에서 이런 방어용 이야기를 만들어 전파한 것으로 판단된다.

18) 실제는 선천 유배지에서 창작한 것이 분명한 데에도 중국 사행 중에 창작하였다. 교중기가 가문 내에서 전한다는 것은 당색 속애서 구운몽이 지닌 정치적인 의미가 부각이 될 때 가문에 미치는 후환을 염려한 보호박이라고 볼 수 있다. 그래서『서포년보』를 비롯하여 조선왕조실록 등 어떤 기록을 보아도 서포 김만중이 중국을 사신으로 다녀온 기록이 없는 데에도 유독 가문 내에 이러한 교행기 저작설이 전해오는 자체가 소설이 미칠 피해를 염두에 대한 방어기기라 할만하다.

기 위한 것이었다.[19]

그런데 위의 인용에서 '글을 지어 부쳐서 소일거리를 삼게 하였는데 그 글의 요지는 '일체의 부귀영화가 모두 몽환이다' 고 하고 있지만, 실은 이 소일거리라는 함의를 지니고 있다. 문중 내에서 전하던 기록이지만, 이런 기록은 극심한 당쟁 시대의 저작이요, 평이란 것은 평상시의 그것과는 철저히 구분되기 때문이다.

게다가 「구운몽」이 드러난 표면상의 서사로는 이야기의 전개나 화재가 소일거리라는 표현에 적절한 것일지라도 그 내면적인 의미망에서는 그 이전이나 그 이후의 어떤 조선왕조 시대의 소설에 비하여 암시와 비유의 수준이 높은 부분들이 은밀히 내재되어 있음이 이러한 해석을 반증해준다.

이는 앞에서 인용한 『서포연보』에서 이미 서포 김만중이 '뜻을 넓히고 슬픔을 달래기 위한 것이었다.[20]'는 서술하였듯이 「구운몽」이 일상적 자녀들이 부모에게 효심을 발휘하는 그런 평범한 수준의 효심을 이상의 비밀스런 그 무엇이 있을 수 있는 극심한 당쟁 속의 유배지의 충신 작가의 정치적 의미가 담긴 소설이기 때문이다.

이제 이런 숨겨진 의미가 어떻게 그 의미망을 드러내는가를 단계별로 살펴보자.

이재는 『삼관기』에서 다음과 같이 서술하고 있다.

> 패설에 [구운몽]이라는 것이 있는데, 서포가 지은 것으로 대개 공명부귀를 일장춘몽으로 돌려보냄으로써 대부인의 근심을 위로함이다. 그 책이 세상에 많이 돌아다니니, 내 어린 시절 익히 그 말을 들었다. 대개 석가의 말을 비유하여 뜻을 드러내었다. 그 가운데 초사는 이소의 뜻이 많다.[21]

---

19) 『서포년보』
20) 『서포년보』
21) 『三官記』「耳上」, "稗史有九雲夢者 卽西浦所作 大旨以功名富貴 歸之於一場春夢 要以慰

서포 김만중이 「구운몽」을 창작한 것은 모부인의 파한을 위한 것일뿐만 아니라 이런 전언은 이규경의 『오주연문장전산고』에서도 그대로 전해지고 있고, 이는 다시 조재삼의 『송남잡지』로 이어지고 있다.[22]

이처럼 「구운몽」에 대한 초기의 평가에서부터 거론된 「구운몽」의 요지는 '부귀공명 일장춘몽'으로 보는 견해와 석가의 우언을 빌어서 충신 굴원이 『초사』에서 담았던 내용을 빌려온 충신이 군주를 연모하고 걱정하는 내용이 있다는 것이다. 이런 그동안 단평이나, 본격적인 비평은 그 이후의 연구사에서 점진적으로 새로운 해석이 되어왔다.

이러한 과정을 초기 평자들의 평가부터 먼저 살펴보면 다음과 같다.

「구운몽」의 창작 동기가 공명부귀를 일장춘몽으로 돌려보냄으로써 서포 김만중의 모친 윤씨 부인의 근심을 위로함'에 두고 있었다는 평가는 다음과 같은 경우에는 이러한 견해를 약간 벗어나면서 그 의미를 보완하고 있다.

> 九雲夢은 前述한 바와 같이 端的으로 孝心에서만 著作의 動機가 있는 것이 아니고 西浦가 恒常 處世하고 오던 宗敎觀의 確立을 위힌 意義기 적잖이 內包되어 있는 바다.
> 儒·佛·道 三敎의 融合을 人生觀의 極致로 삼고 있는 西浦는 佛敎의 來世觀的 因果論과 道敎의 神仙思想의 實踐과 儒敎의 隱遁的 諦念을 同時에 實踐해 보고자 한 것이 곧 理想的 小說 九雲夢인 것이다. 勿論 이러한 点等은 이미 幽明을 달리한 先考 伯氏의 冥福과 母堂의 來世와 언제 賜死 當할지도 모르는 自身의 運命을 宗敎的 乃至 人生觀의 直接的 體系化가 독 이 作品의 産出의 副次的 條件이지만 오히려 直接的 條件 孝心醱酵의 動機보다 도 結果的으론 比重이 크다고 아니할 수 없다.[23]

釋大夫人憂思 其書盛行閨閤間 余兒時慣聞其說 蓋以釋迦寓言 而中多楚騷遺意云"
22) 조재삼, 『松南雜識』 南征記 世傳 金北軒著 九雲夢 及南征記等小說 使宮女朝夕諷誦 欲感悟聖聰期 返閔殿也
23) 김무조, 『서포소설연구』, 프린트판, 1962, 156쪽

이 작품은 불교의 제행무상(諸行無常)이라는 인생관을 사아상적인 바탕
으로 삼아 안생무상을 주제로 다루었으되, 단순한 무상관(無常觀)에 머
무르지 않고,『금강경』의 공사상(空思想), 즉 색즉시공(色卽是空), 공즉
시색(空卽是色)의 사상을 깨달아 극락왕생하는, 이른바 구원의 세계를
지향한 작품이라 할 수 있다. 그러한 세계를 형상화하기 위해서, 작자는
'현실—꿈— 현실'로 교체, 전환되는 배경을 통해서 불교, 유교, 도교의
세계를 교묘하고도 자연스럽게 조화시켜 하나의 인생 역정을 그려 놓았
다.24)

위에 인용한 것과 같은 평가는「구운몽」의 주제는 주인공이 현실 세계에
서 이루지 못한 일을 꿈 속에서 마음껏 이루고 살다가 다시 현실 세계로 돌
아와, 꿈 속에서 누리던 부귀영화나 공명은 한바탕의 허망한 꿈임에 지나지
않음을 깨닫는다는 이야기라는 쪽으로 그 의미망을 확장시켜 간다. 특히,「
구운몽」의 주제적 특징을「구운몽」이라는 작품은 불교의 제행무상이라는
인생관을 사상적인 바탕으로 삼아 인생무상을 주제로 다루었으되, 단순한
무상관에 머무르지 않고,『금강경』의 공사상, 즉 색즉시공, 공즉시색의 사
상을 깨달아 극락왕생하는, 이른바 구원의 세계를 지향한 작품으로 평가하
고 있다.

또 물론 논자들에 따라서는「구운몽」의 주제를 일부다처 합리화라는 견
해나,「구운몽」의 의미망을 유가적인 측면에서의 접근하는 평자들은 양소
유의 일생을 더욱 주목하는 경우도 있었다. 그러나 이런 주장 역시「구운
몽」의 주제를 객관성이면서도 근원적인 문제를 해명한 것에까지는 나가가
지 못한 해석이었다. 그 이유는 작품의 주제를 표면적 이야기를 따라 단선
적으로 해석하는데 머물고 있기 때문이다.

「구운몽」이 지닌 여타 선행소설과의 차이는 유교철학과 불교철학을 작품
의 내면적인 서사구조의 기반으로 설정하고 있다는 점이다. 특히 불교철학

---

24)『구운몽』, 일신서적출판사, 2001, 262쪽

에서는 최고 수준의 철학적 이치를 적절히 활용하고 있다는 사실에 있다. 그러함에도 불구하고 구운몽에 대한 선행한 평가들에 있어서는 구운몽의 평가에서는 이런 특성을 부각시키지 못한 것이 사실이다. 그 한 사례를 구운몽의 구조를 중층적으로 제시하는 경우에 있어서도 이런 서사구조가 활용하게 된 이유를 철학적 기반에서 끌어내거나 작가가 구현해내려는 핵심적인 의미로서의 주제 분석에까지 나아가지 못하는 한계를 보여주고 있음을 확인할 수 있다.

〈구운몽〉에서 현실과 꿈, 성진의 삶과 양소유의 삶은 서로 상반된 삶의 지향을 드러내면서 서로의 가치를 상호 부정하는 대립항을 이루고 있으며, 이를 통해 작자는 삶에 대한 양면적 시각을 작품 속에 투영시켜 놓고 있다. 이들 대립항의 관계를 어떻게 이해하느냐에 따라 〈구운몽〉은 전혀 다른 의미로 해석될 수 있으며, 주제나 사상을 둘러싼 작금의 논란도 대부분 여기서 기인된 것이다. 따라서 〈구운몽〉의 작품세계를 제대로 이해하려면 이들 대립항들의 관계에 대한 정확한 이해가 선행되어야 하며, 이를 위해서는 현실과 꿈의 구소적 관세에 주목하는 것이 가장 효과적이다. 현실과 꿈, 성진의 삶과 양소유의 삶은 일정한 대응관계에 있어, 전자의 관계만 밝혀지면 후자의 관계는 저절로 드러나게 되기 때문이다.
〈구운몽〉에서 현실과 꿈의 관계를 파악하려 할 때 우선 주목할 대목은, 작품 중앙에 위치한 다음과 같은 양소유의 형산 몽유 장면이다.
토번 정벌에 나섰던 양소유는 반사곡 영중(營中)에서 한 꿈을 꾼다. 이 꿈 속에서 그는 백릉파를 만나 가연을 맺고, 남해 용자(龍子)를 퇴치한 뒤 용궁에 초대되어 갔다가, 돌아오는 길에 형산을 유람하게 된다. 이러한 양소유의 꿈은 제8장과 제9장에 걸쳐 15쪽 정도의 분량으로 서술되어 있는데, 인용 대목은 이 꿈의 끝부분으로서 1쪽 정도의 분량을 차지하고 있다. 따라서 서술 분량만으로 본다면 이 대목은 별로 주목할 만한 것이 되지 못하며, 지금까지 이 대목이 충분히 주목받지 못한 것도 이 때문으로 보인다.[25]

이제 이런 선행 연구 성과들의 한계를 고려하면서, 이를 극복하기 위한 한 방안의 하나로 창작 배경과 서사구조와 주제의식을 함께 고려해보자.

이런 측면에서 살펴보면, 서포 김만중이 효심을 발휘하여 「구운몽」을 창작했다는 당대로부터 멀리 떨어지지 않은 시기의 기록은 일반 작가들의 창작의도와는 달리 서포 김만중은 호란에 순국한 충신의 아들, 그것도 유복자로 태어나 자신의 상황과, 어려움 속에서도 자신을 큰 학자 및 관료로 성공시킨 모친에 대한 거대한 효심의 반영이라는 독특한 방향성을 찾아볼 수 있다. 즉, 서포 김만중의 모친 윤씨는 조모 정혜옹주의 사랑을 받으며 자란 특수한 여인이었으며, 나라를 위하여 목숨을 던진 순국 열사의 아내였다는 특수 환경을 더 심각하게 고려한다면 기존의 해석과는 다른 창작의 동기와 배경을 찾아낼 수 있는 여지가 있다.

서포 김만중이 특수한 인생 경력을 가진 노모라는 전제에서 본다면, 서포 김만중의 모부인 윤씨 부인에게 작가인 서포가 특수하고도 거대한 효심을 발휘한다는 것은 개인적인 부귀공명을 통한 호강에서 오는 행복이 아닐 것이다, 그것은 개인적 부귀에서 얻는 행복보다는 비록 허구적 표현이라 하더라도 유배가 있는 진정한 충신인 자신의 아들이 제공하는 군왕과 국가를 위한 대국적 차원의 평화와 행복의 제언이 깊은 감동을 제공하기에 적절했을 것이다. 그러므로 서포 김만중이 모친 윤씨 부인에게 보여주어 모친이 만족할 수 있는 소설의 주제는 단순환 흥밋거리보다는 내우내환에 시달리던 나라가 아닌 양소유와 같은 천하무적의 영웅이 펼치는 무용담이나 사랑 이야기가 적절했을 것이다. 게다가 성진과 여덟 선녀, 나아가서는 양소유와 여덟 처첩이 펼치는 사랑 이야기 또한 중의적인 의미를 담고 있기에 소설 한학 지식이 밝고, 다양한 소설을 즐겨 읽어온 윤씨 부인에게는 여덟 여인이 풀어내는 내면적인 의미를 충분히 읽어낼 수 있었을 것이다. 왜냐하면, 서

---

25) 이원수, 「고전소설 작품세계의 실상」, 『택민김광순교수정년기념논총』, 2004, 새문사, 894쪽

포 김만중을 길러온 모친으로서, 자식의 일생을 지켜본 모친으로서, 「구운몽」의 양소유와 여덟 처첩이 지닌 우의적인 비유를 누구보다도 분명히 읽어내었다는 것은 의심할 바가 없기 때문이다.

그러므로 서포 김만중이 「구운몽」을 통해 표현할 수 있는 사친소설이 내면적인 의미망은 결코 모친 윤씨 부인의 한가함을 풀기 위한 기능과 더불어 모친이 평생을 안고 온 극심한 당쟁 시기의 숙종을 에워싼 정치적인 혼란상, 장희빈을 둘러싼 숙종의 여총과 거기에서 파생된 정승 선발의 인사 문제 등을 암시하고 있는 비유적인 의미망을 통한 대국적인 해한의 문제였을 것이다.

그 중에서도 유배생활 중에도 서포 김만중은 군왕에 대한 충성심을 거두지 않고 다시 소설 「구운몽」을 통해 자신이 전하고 싶은 상소문[26]을 표현해 내고 있다는 것은 모친 윤씨 부인에게는 장한 아들로서의 기쁨을 제공하였을 것이다.

성진의 선몽 속의 존재인 양소유가 황제에게 올리는 상소문은 실은 유배지의 작가 서포 김만중이 자신의 군왕인 숙종에게 올리는 또하나의 역사적인 상소문[27]에 해당하는 것이다, 비록 허구적인 작품 속의 양소유가 올리는 상소문의 형태를 취하고 있지만, 대표 독자인 윤씨 부인이 독서 행위를 통해 느끼게 될 실질적인 독서 반응은 단순한 파한꺼리 속의 이야기도, 당나

---

26) 其疏曰 禮部尙書臣楊少游 謹頓首百拜 上言于皇帝陛下(중약)臣旣已納幣於鄭女 且已托跡
於鄭家 則臣固有妻也 固有室也 不意 今者貴妹之盛禮 遽及於無似之賤臣 臣始疑終惑 震
駭悚惕 實不知聖上之擧措 朝家之處分 果能盡其禮而得其當也 設令臣未行儷皮之幣 不作
甥舘之客 族賤而地微 才謏而學蔑 寔不合於禁臠之抄揀 而況與鄭女已有伉儷之義 與婦翁
已定舅甥之分 不可謂六禮之未行也 豈可以貴价之尊 下嫁於匹夫之微 而不問禮之可否 不
分事之輕重 冒苟且之譏 而行非禮之禮乎 至於密下內旨 使之廢已行之禮儀 退已捧之聘幣
尤非臣攸聞也 臣恐陛下未能效光武待宋弘之寬也 賤臣危迫之忱 已關於聖明之聽 鄭女窮
蹙之情 亦係於私家之事 臣固不敢更悤於絓續之下 而臣之所恐者 王政由臣而亂 人倫因臣
而廢 而至於上累聖治 下壞家道 終不救亂亡之禍也 伏乞聖上重禮義之本 正風化之始 亟收
詔命 以安賤分 不勝幸甚
27) 설성경, 『구운몽의 통시적연구』, 새문사, 2007, 232쪽 참조

라 시대의 옛 이야기도 아닌 유배를 보낸 국왕 숙종과 유배를 당한 자신의 자식 사이에서 일어나는 혼미한 군주와 충신간의 오고가는 비장한 예송논의와 같은 상소문으로 인식될 수 있었을 것이다.

이러한 사실들을 종합해보면, 서포 김만중이 효심을 발휘하여「구운몽」을 창작했다는 것은 큰 효의 실현으로서의 사친소설로 창작한「구운몽」은 양소유의 영웅적 일생 속에서 풀어내는 충의소설의 한 전형으로 해석해야 한다. 그러나「구운몽」의 참 가치는 이러한 양소유의 삶에서 제시하는 유가적 주제와는 상반된 불가적 주제로서의 성진의 삶을 통한 깨달음의 주제를 동반하고 있다는 점이다.

이는「구운몽」의 서사구조를 통해 검토되어야 한다. 즉,「구운몽」의 이중적 서사구조는 외화에서 구현되는 성진의 삶과 내화에서 구현되는 성진의 삶이 상호 보완 내지 대대의 위치에 있다. 그러므로 독자들이 독서 행위상에서 어떤 위치에서 어떤 내용을 실질적으로 수용하느냐에 따라 선택의 폭이 넓게 열려있는 것이「구운몽」의 구조적인 특성이다. 그러므로 거대한 사친소설로서의「구운몽」은 모부인에게는 불가의 성진 쪽으로 수용한다면, 극락왕생이라는 구제 구원의 길을 제시하는 쪽으로도 읽어낼 수 있는 것이다.

이러한 측면에서「구운몽」의 서사구조와 서사의 내용의 살펴보면, 스승인 육관대사는 제자성진을 낮에는 외출시켜 선녀들을 만나게 하고, 그날 밤에는 제자 성진과 8선녀를 함께 선적인 몽유 속에서 세속의 부귀공명을 체득하게 하고, 다음 날 새벽에는 선적인 몽유 에서 깨어나게 하고, 다시『금강경』설법을 하여 대오 대각하게 한다.

스승 육관대사가 제자에게 이러한 선몽의 체험을 겪게 하는 것은 제자가 10년간『금강경』설법을 들어왔지만 그 마음의 뿌리에는 아직도 집착이라는 미망의 상이 있음을 알았기 때문이다. 그래서 스승 육관대사는 현실 시간, 선유상의 현실 시간, 선유상의 몽유 시간이라는 세 층위 시간의 상이한

시공간 실상이 결국은 하나임을 체험하게 한 다음에 득도를 시키는 것이다.[28]

서포 김만중은 이러한 내용을 구비한 「구운몽」을 창작하면서 모친 윤씨 부인을 위한 거대한 효심 발휘를 했기 때문에 유불 사상을 통한 효의 실련, 충의 실현을 해낸 한국 최초의 작가가 되었다. 이런 점들이 그가 비록 유배지에서 순국했지만, 그를 유배시켰던 국왕 숙종으로부터 사후에 관직을 회복하고, 이어서 문효공이라는 시호를 받기에 이른 것이다.

3. 마무리

서포 김만중은 효심이 출중한 학자 출신의 고급 관료였다. 그는 효심의 문학적 표현 방식으로 처음으로는 한시인 「사친시」를 선택하였고, 그 다음에는 소설을 택하여 「구운몽」을 창작하였고, 최종적으로는 행장 형식을 택하여 『정경부인 윤씨행장』을 지었다.

한시는 당시의 선비 사대부로서 일상적으로 표현하던 문학 행위이기에 효심을 「사친시」를 지어 표현하나는 것이 그리 어려운 일이 아니었을 것이다. 여기에 비하여 효심을 소설 양식을 빌러 표현한다는 것은 한시로 표현하는 것보다는 전혀 다른 수준의 문학적인 행위이다.[29] 그 까닭은 당시는 소설이 패설로 평가되던 시기이기에, 양관 대제학 출신의 서포 김만중으로서는 대단한 각오와 결의가 없이는 소설 양식을 선택한 창작 행위가 이루어질 수 없었기 때문이다.

그 뿐만이 아니라, 서포 김만중이 한시로서 모친에게 바친 「사친시」의 창

---

28) 설성경, 『구운몽의 통시적 연구』, 새문사, 2007, 269쪽 참조
29) 조선왕조소설 중에서 「창선감의록」 정도가 이런 측면을 보이는 작품.

작 행위와, 소설로서 모친 윤씨 부인에게 바치는 사친소설「구운몽」의 창작 행위는 그 창작의 공력에 있어서도 큰 차이를 보인다. 즉, 단 몇 행으로 표현되는 사친의 한시에 비하여 수십 수백면의 분량으로 표현되는 사친의 소설은 창작의 구상과 고 집필에서 비교되기 어려운 공력의 증가를 요구하기 때문이다.

그렇다면 서포는 왜 소설 효심의 발휘를 위한 문학 행위의 길로서 한시 형식의「사친시」창작에만 머물지 않고 소설 양식을 택한 사친소설「구운몽」의 창작에까지 나아갔을까? 그 이유는 우선 서포가 효를 실현하는 대상인 모친 윤씨가 소설을 즐겼기 때문이다. 문학 작품을 향수할 실제적인 수요인 모친 쪽에서 생각한다면, 특정한 독자된 모친을 위한다는 수요자 우선의 원칙의 입장에 선다면, 한시보다는 소설이 훨씬 실질적인 효심의 전달에 유효한 것이다.

그런데 그간의 선행한 여러 평자들의 창작 의도 탐색에 접근한 결과에서는 초기 평에서 크게 벗어나지 않은 채 모친의 파한거리로 모부인을 위한 창작이라고 큰 틀을 벗어나자 못하였다. 그러나 이 글에서는 작가 김만중이「구운몽」을 창작한 진정한 의도는 비록 모친 윤씨부인을 위한 창작이라고 하더라도 모친을 즐겁게 해줄 수 있는 소재나 주제는 효를 기반으로 충효 내지 충렬의 주제임을 입중해내는 데 중점을 두었다. 그래서 서포 김만중은「구운몽」창작을 통해 좁게는 대표 독자인 생존한 노모 윤씨부인과 자신의 출생 직전에 국가를 위해 목숨을 바친 정축년 순국열사 충정공 김익겸의 영혼에 바치는 비장한 사친소설이라 할 수 있다. 이러한 주제의 핵심으로 하고 그 외연에는 여총에 빠져 일시적으로 정국을 혼미로 몰고가는 국왕 숙종의 깨달음 향한 간절한 호소라는 외연의 주제가 대주제로서 동심원을 이루고 있다.

이러한 주제 설정은 서포 김만중의 입장에서는「구운몽」을 통한 문학적 형식의 빌린 충효 실현의 길이 실은 두 가지 상반된 길이 아니라, 모친을 향한 큰 효는 곧 군주인 숙종에 대한 충신의 길임을 보여준다. 동시에 「구운몽」은 소설 읽기를 유달리 좋아하는 모친 윤씨부인에게 파한거리임과 동시에 그동안 한번도 읽어본 적이 없는 유불철학의 진수가 녹아있는 세계적인 명작 소설을 읽으면서 이 거작이 자신의 아들이 창작한 것임을 느끼는 감격은 평생의 한을 일시에 녹일 수 있는 것일 수 있었을 것이다.

그러하다고 해서, 작가 서포 김만중은 자신을 낳고 길러준 자신의 부모의 한만을 풀어주는 사친소설로서의 역할만을 충실히 해내는 작품이 아니라, 당시의 국왕을 비롯한 초시대적 초계층적 불특정 다수의 독자들에게도 호감을 주고, 감동을 얻어낼 수 있는 구조와 주제를 지닌 세계의 고전을 만들어 내었다. 그러므로 필자는 우리 소설 연구자를 포함한 국문학자들은 이제 「구운몽」의 창자 동기에 대한 연구사의 점검에서 드러났듯이 우리 고전 해석에 대한 소극적인 자세를 과감히 벗어나야 한다고 본다. 그러기에 필자는 이제 뜻있는 국문학자들이 앞장 서서 「구운몽」을 위시한 서포소설의 진전한 가치를 재발견하여, 세계문학 속에 자랑스러운 한국소설로서의 서포소설의 작품성을 밝히는 방법을 지속적으로 그리고 적극적으로 개발하여야 할 시기에 와 있다고 본다.

西浦 金萬重의 충효사상과 문학세계

사재동(충남대)

양소유가 화음현에서 양류사를 부르던 중
잠에서 깬 진채봉과 얼굴이 마주치는 장면

1. 서론[*]

점차 서포 김만중의 행적과 업적은 학문과 문학·도덕을 중심으로 그 문화사적 위상에 이르기까지 더욱 각광을 받아 찬연히 빛나고 있다. 일찍부터 학계에서는 서포의 행업에 대한 입체적인 연구가 구체적으로 진척되어 보다 값진 학술적 성과를 내어 온 것이 사실이다.[1] 나아가 학술단체나 대학교의 인문학연구소에서는 계속하여 서포기념학술회를 개최하고 문화계나 지방자치단체, 서포기념사업회에서는 여러 가지 기념사업으로 그 효행정려각·석상의 조성과 함께 효행비·문학비·충효소설비 등을 이미 건립하고,[2] 앞으로 대규모의 서포기념문화관 내지 기념삼강문화공원 등을 건설하는 데에 적극 노력하고 있는 실정이다. 이런 때에 서포의 윤리사상과 문학세계를 재조명하는 것은 매우 중요한 일이다.

이런 점에서 서포기념사업회와 한남대학교 충청학연구소에서 대전시 문화당국의 후원 아래, 서포의 윤리사상을 중심으로 그 가문의 삼강문화를 입체적으로 조명하는 학술회의를 개최하는 것은 시의 적절하다고 본다. 따라

---

* 충남대 명예교수

1) 김열규 편저, 金萬重研究, 새문사, 1983.
　정규복 외, 金萬重文學研究, 국학자료원, 1993.
　사재동 편저, 西浦文學의 새로운 탐구, 중앙인문사, 2000.
　사재동 편저, 西浦金萬重의 文學과 思想, 그 文化史的 位相, 중앙인문사, 2005 등 참조.
2) 대전시 유성구 정민동, 허주공 사적지, 광산김씨 삼강문화유적지 내에 건립되었다.

서 서포의 충효사상을 심층적으로 검토하고 그것이 문학세계로 표출·전개된 현상을 파악하는 일은 아주 긴요한 작업이라 하겠다. 그 학문·사상을 바탕으로 윤리적 실체가 충효로 정립되고, 그 충효가 실제적 언행으로 실현되면서 문학작품으로 표출·선양된 내막이 올바로 고구되는 것은 윤리적 실체와 문학적 실상 내지 윤리와 문학의 유기적 관계를 심층적으로 밝혀내는 계기가 되기 때문이다.

그 동안 학계에서는 전술한 대로 서포의 행적과 업적에 대하여 다양한 연구 성과를 내는 가운데에, 그 총론적 작가론을 비롯하여 그 문학론·한시론·산문론·비평론 등으로 확대되다가 소설총론에서 구운몽론과 사씨남정기론으로 집중되고 말았다.[3] 그 논저들이 거의 모두 값진 것은 사실이지만, 그 경향이 기초·배경적 연구와 주제·사상적 연구, 그리고 문학·본질적 연구, 소설·문학사적 연구로 대별된다면, 그 실천적 윤리와 문학적 전개에 관한 고찰이 거의 방치되고 있는 실정이라 하겠다. 기실 그의 한시와 행적에 나타난 효행을 논의한 논문이 일부 있기는 하지만,[4] 소설 속에 용해된 효성을 도외시하였고, 더구나 그의 충의와 문학적 구상화를 논급한 논고가 거의 보이지 않기 때문이다. 기실 그의 학문·사상을 실제적으로 육화시킨 것이 바로 그 윤리 충효사상이고, 그것을 실천적 예술로 승화·표출시킨 것이 곧 그 문학이다. 그렇다면 서포의 충효사상이 그 문학작품으로 승화·전개된 실상을 고구하는 것은 본질적 연구 중의 소중한 분야라 하겠다.

그리하여 본고에서는 서포의 윤리사상을 문학적으로 고구하되, 첫째 서포의 윤리·문학적 기반에 대하여 가계와 인품, 수학과 학풍, 그 환로와 처신 등으로 나누어 개관하겠고, 둘째 서포의 윤리적 실천을 충성과 효행으로 나누어 실천적으로 검토하겠으며, 셋째 그 충효사상의 문학적 전개양상을

---

3) 정규복 외, 金萬重文學硏究 부록 〈金萬重文學硏究論著目錄〉 참조.
4) 손찬식, 김만중의 유배시에 표상된 정서, 위 서포문학의 새로운 탐구, p.85.
　　노태조, 서포의 효행사상과 〈윤씨행장〉, 위 책, p.141 등 참조.

시가와 수필 그리고 소설과 희곡 등에 걸쳐 균형있게 고찰하겠다. 그리하여 서포의 윤리사상과 문학세계가 한국문학사 내지 문화사 상에 차지하는 위상을 파악하는 데에 조금이나마 도움이 되었으면 한다.[5]

2. 西浦의 倫理·文學的 基盤

1) 西浦의 家系와 人品

잘 알려진 대로 서포는 광산김씨 명문가에 태어나 문화적 가통을 한 몸에 모았다. 이 가문은 신라 왕자 흥광 이래 크게 현달하여, 그 고조는 대사헌 황강 김계휘로 총명과 박학으로 일대의 추숭을 받았고, 그 증조는 문원공 사계 김장생으로 학덕과 예학이 높아 이율곡의 학통을 이어 받았으며, 그 조부는 이조참판 허주 김반으로서 충후·정직하여 춘추대의를 밝혔다. 그 부친은 생원 김익겸으로 좋은 자질과 빼어난 재품으로 생원시험에서 장원하고, 정축 호란에 강도성이 함락되자 분신 자결하여 충열을 보였고, 그 모친은 해평윤씨로서 해숭위 윤신지의 손녀요 이조참판 윤지의 딸이니, 그 부덕과 재예가 뛰어난 가운데, 효행이 투철하고 너무도 명석하여 경서와 사기에 통달하였다.[6] 이러한 충효적 가통과 문화적 기반을 타고, 서포가 유복자로 태어나니 총명이 과인하고 박람강기한 터에 재질이 기특하였다.

서포는 젖을 먹을 때부터 어머니의 입을 통하여 글을 배워 익히 알고, 그

---

5) 이 논고의 원전은 대강 다음과 같다.
西浦集·西浦漫筆(영인), 통문관.
西浦漫筆(홍인표 역), 일지사, 1987.
九雲夢·謝氏南征記(영인), 위 金萬重文學硏究 부록
朝鮮王朝實錄 金萬重 記事, 위 西浦文學의 새로운 探究 부록 등.
6) 서포연보(김병국역, 서울대학교 출판부, 1992, p.30) 기묘년(인조 17, 1638) 부군 3세 조.

형 만기의 글 읽는 소리를 듣고, 문득 대체의 뜻을 깨달았다. 그는 7 · 8세부터 문재가 발월하여 시문을 짓고 칭송을 받았다. 그는 외부 스승이 없이 그 모친으로부터 ≪소학≫ · ≪사략≫ · ≪당시≫, 그리고 ≪맹자≫ · ≪중용≫ · ≪좌전≫ 등을 배웠고,[7] 이어 외증조부 해숭위와 중부 김익희에게 경사를 학습하였으며, 그 형을 따라 작문을 익히었다. 그는 12세에 이미 과문이 성숙되고, 14세에 향시에 합격하며, 16세에 진사 1등에 합격하여 김씨 가문에 훌륭한 아들을 두었다고 칭찬을 받았다. 이로부터 서포는 한 · 중의 광범한 서적을 통독 · 소화하고 문장을 수련하니, 그 재주가 더욱 초월하였다. 옛 문사의 궤범을 따르고자 하여 과문을 중시하지 않았으나, 시험장에서는 그 문장이 특출하였다. 그가 29세로 정시에서 장원하니, 그 지은 바 표문이 근래에 없던 명문이라고 우등으로 평가되었다.[8] 그후로 서포의 학문과 윤리는 더욱 심화 · 확충되어 그 주체적 역량이 끝없이 진전되고, 그 문장은 날로 빛나며 능통하게 되었다. 이에 그의 종손 김춘택은 ≪서포만필≫의 서문에서

> 선생(서포)의 문장이 고아하고 수결함은 천부적인 자질에서 나옴이요, 또 변화유전하는 태도가 여능(구양수)과 미산(소식)에 접근한 바 있음은 비단 운치 있는 말씨가 고인의 경지를 따라 갔고, 금세를 초월하였을 뿐만 아니라, 그 학문이 깊고 또 큼이 있기 때문이다.[9]

라고 하여 그 실상을 증언하고 있는 터다. 이러한 사실은 당시나 후세에 너무도 잘 알려져서 그 전범이 되었으니, 특히 그의 시문에 대해서는 그 성가가 높았다. 그러기에 관계나 정파에서는 서포에 대한 인식과 평가가 긍정적이거나 부정적으로 갈려져 있었어도, 그의 학문 · 식견과 문장 · 문학에 대

---

7) 김진규, 문효공휘만중행장, 광산김씨문헌록, 보전출판사, 1983, p.376.
8) 김진규, 문효공휘만중행장, pp.375−377.
9) 김만중, 서포만필 서문(홍인표역), 일지사, 1987, p.7.

해서만은 공감할 수밖에 없었다. 이에 서포의 제자격인 조카 김진규는 평생을 가까이 지내며, 그 시문의 모든 것을 보고 배운 나머지, ≪문효공 서포행장≫을 통하여 이렇게 기술하였다.

> 부군(서포)이 시문에 천연적으로 잘 해서 시를 지으매 재주가 높고, 격조가 뛰어 나며, 말은 깨끗하고 뜻은 심원했다. 악부에 출입함에 당·송의 글에서 잘 된 글을 선발해 모아서 혼합하여 한 체격을 이루었으나, 그러나 거기에서 따서 꾸며 만들지 않고, 자연 혼합되고 융화되어, 먼 운치와 기발한 풍채는 맑은 바람에 나부끼는 난초와 같고, 흘러가는 구름 사이에 나온 달과 같아서 다른 문장가에서 찾아 볼 수 없다. (중략) 작문에는 많은 힘을 기울이지 않음으로써 작품이 많이 전하지 못했으나, 풍치가 유동하고 의취가 깊고도 완만하며, 주소와 왕명에 응한 저작은 미산(소식)에 방불하고, 대부인의 행장과 몇몇 서와 기의 작품은 여능(구양수)의 태도와 흡사하니, 이는 역시 구구하게 모방해서 된 것은 아니다. 대개 타고난 재품이 영민하고 미묘하기 때문이었다.[10]

이와 같이 서포의 시문세계를 구체적이고 사실적으로 설파하고 있는 깃이다. 이 점에 대해서는 그의 문집이나 ≪서포만필≫ 내지 소설 등의 다양·찬연한 문장이 실증하고 있는 터다. 이처럼 수승·아려한 그의 문장이 다양·광범한 분야에서 무소불능한 역량을 발휘하는 데서, 그 문화적 실상과 문화사적 위상이 올바로 정립·부각되는 것은 당연한 일이다.

2) 西浦의 修學과 學風

전술한 대로 서포는 외부 스승이 없이 가학에 의하여 모친이나 형, 중부나 외증조에게 철저히 배운 것이 오히려 큰 성과를 올리게 되었다. 그 집안의 스승이 그만큼 정대한 권위와 인품을 갖추고 자애·엄중하게 가르치고,

---

10) 김진규, 서포행장, pp.422−423.

또한 서포가 그처럼 천재성을 가지고 성실하게 배웠기 때문이다. 기실 이러한 기본교육과 학습이 튼튼하고 빈틈이 없었기에, 서포는 이를 기반으로 본격적이고 전문적인 수학에 들어 갈 수 있었다. 그의 천부적 탐구력과 성실한 열정은 한·중에 유통되던 모든 서적을 인문학 중심으로 거의 다 섭렵·수용하였고, 날이 갈수록 전체적인 학문체계를 정립하게 되었다. 그의 많은 저술 중에서 우선 ≪서포만필≫을 통하여 보면, 이 사실이 확인되기 때문이다. 여기서 위 김춘택의 증언을 들어 볼 필요가 있다. 그는 ≪서포만필≫의 서문에서

> 만필 한 책을 살펴본다 하더라도, 성현의 경전에 희미하게 실려 있지만, 천인(天人)의 성명(性命)이 되는 것으로부터, 뚜렷하게 실려 있어, 예악 명물이 되는 것 및 역대의 흥망성쇠의 자취, 인사의 득실, 시비의 귀결, 그리고 성력·산수·산천·토지, 제자학·외국사가 모두 관천·포괄되고, 논문·설시·해담·비설에 이르기까지 갖추어 있지 않음이 없으나, 마침내는 대부분이 전인이 미발한 바를 발하였다.[11]

라고 하여, 서포의 학문세계의 범위와 독창성을 간결하게 기술하고 있다. 얼핏 그의 학문이 잡다하다 할 지 모르나, 거기에는 엄연한 방법론과 정연한 체계가 자리하고 있는 터다. 본래 학문에는 핵심부와 중심부가 있고, 이와 유기적으로 결부되는 중간부 내지 외곽부가 조화되어, 다양한 통일체를 이루고 있는 것이다. 이런 점에서 서포의 학문은 외곽부부터 넓게 자리잡고, 중간부가 범위를 조금 좁혀 그 위에 자리하고, 중심부가 더욱 좁게 그 위에 올라서며, 마지막 핵심부가 그 정상을 차지하는 형국으로, 하나의 금자탑을 이루었다고 볼 수가 있겠다.

그러기에 서포의 학풍은 학문이 전체적으로는 하나요, 분야별로는 여럿이라는 관점에서부터 출발한다. 그는 학문의 거시적 보편성과 분야별 특수

---

11) 김춘택, 서포만필 서문, 위의 책, p.7.

성을 발견하고, 그 유기적 상관성과 입체적 총합성을 체계적으로 확인한 것이었다. 그러기에 그에게 있어, 실제 학문은 하나이면서 여럿이요 여럿이면서 하나라는 전제 아래, 어떤 학문분야라도 결코 고립될 수 없는 터다. 그한 분야를 제대로 전공하려면 다른 분야가 필연적으로 연결될 수밖에 없기 때문이다. 따라서 그의 학문은 이른바 종합과학적 방법론을 지향하게 되었다. 여기서 서포의 학풍은 그 학문세계의 전체와 하나, 핵심과 주변, 본원과 말류 등이 통철·관통하고 있는 경지를 드러내고 있다. 그러기에 김진규는 ≪서포행장≫에서

> 극히 많은 서적을 박람해서, 위로는 경사자집으로부터 아래로는 책력·
> 글씨·산수·지리·번역 등에 이르기까지 통하지 않음이 없었고, 석가
> 와 노자의 같고 다름을 모두 본원과 말류로 연구 변별하였다. (중략) 부
> 군의 학술은 기절과 재예가 이미 훌륭하게 갖추어져 있거니와, 대개 부
> 군의 통창하고 깊은 지식은 천인의 이치를 관통하였다.[12]

라고 하였던 것이다. 그런데도 서포는 그러한 학문적 능력과 제왕·고관을 대적할 만한 기개, 그리고 고금 문인을 능가하는 문장 묘력을 갖추고도, 이를 감추고 겸손·정중하게 처신한 것이 남달리 탁이한 점이다. 마치 사자가 유사시를 대비하여 엄청난 역량을 감추고 편안하게 있는 형국이라 하겠다.

그리고 서포의 학풍은 그 이론체계를 그대로 실천한 데에 그 특장이 있다. 그의 모든 언행에는 그만한 이론적 근거가 이미 뒷받침되어 있었기 때문이다. 그의 투철한 효행과 간절한 우애, 자손을 자애로 가르친 교육, 부득이 환로에 나가 충직·청정하게 희생한 충성과 애민 등 일체의 실천이 모두 그 이론적 체계와 학풍에 의거한 게 사실이다. 심지어 그의 종교적 신앙에도 이미 그만한 전거와 이론을 갖추고 있었던 것이다.

---

12) 김진규, 서포행장, p.423.

3) 西浦 宦路와 處身

기실 서포의 환로는 탐관에 있지 않았다. 대학의 치국론과 한·중의 제왕학·군신론·충신론·목민책 등을 먼저 익히고 당당히 겸허하게 환로에 나아갔다. 그는 이런 학문적 이론을 그대로 실천하겠다는 대의 명분으로 환로에 나갔으되, 스스로 정치가·목민관보다는 학자·문인으로서 더욱 적합하다는 사실과 정계·환로의 불의부정 내지 파란만장한 현실을 몰랐을 리가 없다. 그러기에 그는 오히려 두 마리의 토끼를 잡으려고 비장한 각오를 하고 임관하였으리라 본다. 그는 학자·문인으로서 학문적 원칙을 그대로 실현하여, 파사현정의 언행으로써 태평성대를 이룩하겠다는 이상과 충성으로만 일관하였기 때문이다.

그러기에 서포는 조정에서 적임의 직위로 부르면 심사숙고하여 부임하되, 임무의 원칙과 소신에 따라 최선을 다하였다. 그는 어느 직위에 임하든지 당당한 소신과 이도의 원론대로 업무를 추진하되, 여법하게 잘 되면 겸손·화순하게 지내지만, 그렇지 못할 때는 상하좌우의 눈치나 체면을 돌보지 않고, 그 시정을 요구하였다. 그러한 시정의 주제와 방향·방책이 수용되지 않거나 장애·장벽에 부딛칠 때에는, 상관을 구체적으로 공박하고, 왕에게 상소하고 면대 상주하기를 주저하지 않았다. 그래도 주변의 비난이나 상관의 책망, 왕의 강압적 비답이 내릴 때에는, 아주 태연·종용하게 대응하고, 그 정도와 원론에 입각하여 사직의 상주·상소를 내고 단호히 퇴사하였던 것이다. 김진규의 그 행장과 해당 왕조실록에 따르면,[13] 서포는 관직 생활 20여년(29세−51세) 중에, 성균관 전적으로부터 정언·사서·지평·문학·수찬·교리·헌납·교수·교서·응교·승지·각제조·제학·예조좌랑·병조좌랑·공조참의·병조참의·예조참의·예조참판·공조참판·이조

---

13) 노태조, 서포 김만중의 왕조실록 기사초, 서포문학의 새로운 탐구, 부록, 중앙인문사, 2000.

참판 · 호조참판 · 우참찬 · 좌참찬 등을 거쳐 공조판서 · 예조판서 · 병조판서 내지 대사간 · 대사성 · 대사헌 · 양관 대제학 등에 이르기까지 60여 요직을 120여 차례나 등관 · 사임하면서, 조선 후기 17세기 정치문화사에 커다란 족적을 남겼던 것이다. 기실 서포는 위와 같은 관직생활에서 가장 중요한 전범을 세우고 실천하였기 때문이다.

우선 서포는 이도 · 관직에 대한 이론과 함께 그 역사적 사례를 숙지하고 있었다. 이른바 제왕학 · 군주론 · 군신론 · 충신론 · 목민학을 정립하고 이를 체험적으로 강화 · 보완하면서, 실천적 방도를 모색하게 되었다. 따라서 그는 관직의 진퇴 문제를 정확히 파악하고 활용할 수가 있었다. 다음 서포는 관직에 관한 욕심과 권좌에 대한 야망을 일찍이 버리고, 백의 종군의 충심으로 공부하고 있을 뿐이었다. 그래서 조정에서 관직을 제수 · 강요할 때는 일단 진심으로 사양하고 부임하지 않는 체, 그 명분과 근거를 들어 상소문을 올렸던 것이다. 그 불임 상소문이 위 왕조실록과 그 문집에 명문으로 남아 있기 때문이다. 그런데도 서포가 심사숙고하여 일단 그 관직에 부임하면, 위와 같이 정도와 원칙을 따라 적극적으로 추진하되, 그 항의 · 반대와 억압 · 장애가 강해질수록, 정대한 언론과 이론적 상소로써 단호한 대책을 세워 나갔다. 이와 같은 상주와 상소문이 그다지 정당하고 강력해짐으로써, 상대적인 비난과 박해가 조직적으로 배가되면서, 왕의 준엄한 처분에도 일분의 동요도 없었고, 삭탈관직되거나 하옥되어도 태연하게 임하였으며, 멀리 유배되어도 누구에의 원망도 없이 떠났던 것이다. 그러나 서포는 대의명분과 현실적 난제의 해결책을 담은 사직 상소문을 올리거나 그에 관한 시문을 지어 남기는 것을 잊지 않았다. 이런 전거가 바로 당해 왕조실록이나 그의 시문집, 행장 · 연보 등에 수록되어 있기 때문이다.

이로써 서포는 학문이 깊고 지조가 뛰어난 문신으로서 위와 같은 전범을 세우면서도 인간적인 갈등과 고뇌 · 좌절을 절감했을 것이로되, 의연히 학자 · 문인의 위치를 지키고 계속 정진하면서 당대의 떳떳한 귀감이 되었던

것이다. 그리하여 김진규는 ≪서포행장≫에서 이르기를

> (부군이) 중년 이후에는 위치의 혐의적은 것을 생각해서 이미 이조의 동서 요직을 사양하고 또한 두 번이나 대제학을 양보했다. 사람들은 부러워하고 달려 가서 의리와 염치를 무릅쓰고 구하려 하는 것을 헌신짝같이 버려서 개연히 흔들리지 않고 우뚝하게도 거기에 처하지 않았다. 우리 선고께서 일찍이 소자에게 말씀하시기를 "네 숙부(서포)의 벼슬을 사양하는 절개는 남으로서 미치기 어려운 바이다"하고, 우암은 부군의 아들을 대하여 중용 9장의 말을 들면서 여러 차례 사양한 것을 깊이 찬탄했다. 부군이 본래 환로의 정이 없어 좋은 벼슬에 나갈 때에도 기색과 용모를 보면 쓸쓸하기 산야의 사람과 같았다. 만년에 세상 일이 날로 그릇쳐 감을 보고, 구차하게 용납지 않을 것을 예기해서 아들에게 은거할 기지를 마련하라 했는데, 마침내 성취한 바가 화복과 사생을 치지도외하였으니, 다만 벼슬에서 휴하고 한가로운 곳에 처했다 하여 고상한 것뿐만은 아니다.14)

라고 하였다. 이러한 난관과 환경 속에서 서포는 오히려 시대적 충격과 분심을 일으키고, 인생을 되돌아보며 학문적 업적과 체험적 시문을 남기며, 수행·정진에 몰두하였던 것이다. 기실 관직에서 물러나거나 원지의 적거 생활에서, 시간과 정신의 여유가 있는 대로, 모든 악조건을 초극하여 옳은 공부에 열중·실천하는 것이 시대적인 학자·문인, 윤리적 사표, 문화인의 진중한 사명이요, 영원한 활로였기 때문이다. 결과적으로 그가 남긴 모든 업적과 언행 일체가 바로 그의 윤리적 실천으로 집중되고 그 문학으로 표현되어 있는 터다. 기실 그의 윤리적 실천은 그 가풍과 학문·사상·출사 등을 기반으로 하여 충성과 효행으로 실천되고, 그 문학세계로 전개되었기 때문이다.

---

14) 김진규, 서포행장, p.422.

3. 西浦의 倫理的 實踐

일찍부터 서포는 예악에 대하여 이론과 실천에 통달하고, 위와 같이 예학을 체계적으로 파악하고 있었다. 그는 인간학·인문학을 전공하여, '사람의 도리'를 가장 중시하고, '군왕의 도리', '신하의 도리', '자식의 도리', '백성의 도리'를 실제적으로 역설·궁행하였다. 여기서 그는 마침내 '군왕은 군왕답게, 신하는 신하답게, 자식은 자식답게, 백성은 백성답게' 언행하고 본분대로 살아야 한다는 윤리정신을 내세운 것이었다. 결국 그는 삼강오륜을 논증하고 그대로 실천하는 데에 이르렀던 터다. 그러기에 잘 알려진 충효는 물론, 형제간의 우애, 집안의 자애와 조행, 친구 간의 신의 등에 걸쳐 결코 빈틈이 없었다. 이 점에 대해서는 조카 김진규가 사실대로 증언하고 있다.

> 가정에서 거처하매 우리 선고와 우애가 더욱 독실해서 날마다 어머니의 슬하에 모여 도의와 문학을 강론하면서 화락하게 해를 마치고, 여러 조카를 어루만지기를 자기의 소생과 간격이 없이 하여 사랑하고 가르치며 입으로 문자를 일러 주면서 이와 병을 지적해서 게을리 하지 않고, 평소에 살림살이를 말하지 않아서 의복 음식으로써 마음에 두지 않았다. 대체로 세상에서 재산에 소활한 자들이 또한 억지로 하는 자가 많은데, 부군은 금백을 보기를 분토와 같이 하였으니, 대개 천성이 자연적 재리와 거리가 멀어서 자못 콩새가 곡식을 먹지 않고 추우가 생물을 죽이지 않는 것과 같았다. 또한 술을 마시지 않아서 비록 단술이라도 먹지 않고, 더욱 여색을 좋아하지 않아서 집에 시첩한 사람도 없었으니, 대개 정문의 금수와 같다는 경계를 조심해 지킬 뿐 아니었다. 또한 함축하여 고금의 치란과 정치의 잘잘못에 마음속으로 연구하기를 촛불로 비추고, 산수로 계산하는 것 같으되 남을 대해 발로하지 않으므로 그의 존재를 아는 이가 드물었다. 문을 닫은 채 친구의 교유를 드물게 하였으되 이공 민적과 민서와 이공 단하로 더불어 깊이 친하여 변폭이 없이 지성 간칙하게 대했다.[15]

라고 언급한 것이다. 이만 하면 서포의 윤리적 이론과 실천은 거의 완벽한 귀감이 되는 바로, 재론의 여지가 없다. 그런데도 그의 충성과 효행은 일월처럼 밝아서 청사에 빛나는 터로 새삼스럽게 거론하지 않을 수 없다.

1) 西浦의 忠誠

서포는 실로 단순한 정치인이나 신하가 아니었다. 그는 위와 같은 과정에서 중국의 정치사를 통관하면서,[16] 이상적 국가론과 영명한 제왕학, 올바른 군신론을 정립하고, 그 기반 위에서 충신론을 확정·체달하고 있었다. 이러한 정치철학적 이론과 실천적 충신론은 그 ≪서포만필≫의 상권 전반부에 걸쳐서 명기되어 있으니, 그 중의 한 사례를 들어 본다.

> 세상에서는 왕안석이 낚시밥을 먹은 것을 간사하다고 여겼으나, 주자는 무심하다고 여겼다. 모두 그렇지 않을까 한다. 무릇 사람이 잘못 먹을 수 있는 것은 자기 밥상 위의 물건일 뿐이다. 이 낚시밥 같은 것은 내관이 금접시에 담사서 다른 곳에 놓은 것인데, 왕안석이 어찌 잘못 먹게 될 수 있겠는가?
> 공자가 노의 애공을 만나니, 애공이 그에게 복숭아를 하사하고, 기장을 후식감으로 주었는데, 공자는 먼저 기장을 먹었다. 애공이 이상하여 그 까닭을 묻자, 곡식을 귀중하게 여기는 뜻이라 대답하였다.
> 내 생각으로는 왕안석의 뜻도 이것으로써 인종을 풍간하려고 하였지만 인종이 묻지 않기 때문에, 왕안석은 끝내 그 뜻을 밝힐 수 없었고, 너무 지나쳤다는 비난을 받게 되었으니 탄식할 일이다. 왕안석의 이 일은 자못 진고령이나 석수도의 우활하고 괴벽했음과 비슷하니 임금을 섬기는 방법이라고 여길 수는 없다. 비록 공자의 일이라 하더라도 공자가어에 기록된 것은 반드시 믿을 것은 못 된다. 곡식이 귀중하다는 뜻을 단지 직접 설명하여 말했으면 그뿐이지, 어찌 기장을 먹을 필요가 있었겠는가.[17]

---

15) 김진규, 서포행장, pp.421-422.
16) 이 서포만필 상권, 제1칙부터 제43칙까지 일관되게 중국정치사를 기술하고 있다.

이처럼 왕안석은 물론 공자의 언행까지 비판하면서 엄정한 충간 중심의 충신론을 주창하였다. 이러한 중국정치사 상의 제반 이론과 충신론의 실체는 바로 조선정치사의 그것을 평가하는 전거가 되어, 서포에게는 이미 그만한 국가관과 군왕론·군신론에 기반을 둔 충신론이 확립·육화되어 있었다는 점이 확증되는 터다. 명령에 무조건 복종하며 좌우를 살피는 차원을 벗어나, 국가와 동일시되는 군왕을 군왕답게 보필하는 신념의 충신이었던 터다. 그는 이 충성을 신하의 도리로, 신하답게 헌신·희생하는 것으로 확신·실천하였다. 그러기에 그는 출사 이후 그 진퇴의 명분과 의리를 칼날같이 하되, 모두 충성에 바탕을 두었다. 그리고 그는 일단 왕과 조정의 대소사에 관하여 공론할 때는, 어전이든 신하 끼리든 오직 충언·상소에 목숨을 걸 뿐이었다. 한·중 역사와 열성조에 떳떳하고, 가문과 자신에 어긋남이 없다면, 왕조와 백성을 위하여 신하의 도리와 예의를 엄연히 갖추고 직언·충간하는 데에 조금도 주저하지 않았다. 그러한 상주·상소가 왕이나 간신배의 귀에 거슬리거나 큰 노여움을 산다 해도, 신하의 도리로 목숨을 걸고 충간하는 의리를 끝까지 지켜 나갔다. 이런 점에 대해서는 숙종실록의 기사를 보겠다

> 승지 박태손이 아뢰기를, "방금 내리신 이 분부는 화평함이 부족한 듯합니다. 사방에 전해진다면 어떻다고 여기게 되겠습니까? 김만중은 사람됨이 옹졸하고 우직하되, 그의 본뜻을 따진다면 생각하고 있는 것이 있으면 반드시 진달하는 의리에서 한 말입니다. 또한 김만중은 김익겸의 유복자로서 70세가 된 늙은 어미가 있습니다. 그의 형이 졸서한 것이 겨우 지났는데 이제 또 김만중이 멀리 귀양간다면 그의 어미가 의지할 데가 없을 것이어서 정리가 불쌍합니다."하였다. 임금이 이르기를, "박태손은 자못 너무도 방자하다. 김만중이 차마 듣지 못할 말을 君父에게 했는데도 감히 구원하는 일을 하고, 공주들에게 관한 일에 있어서도 또한

---

17) 서포만필, 제69칙, p.134.

불편에서 나온 말로 여기고 있으니, 내가 지친들을 모함하는 것으로 여
기는 것이냐? 오늘날의 일이 이 지경이 되었으니, 진실로 한심스럽다.
牝鷄司晨도 오히려 경계가 있는 법인데, 하물며 공주들이겠느냐?"하였
다. 이때 임금의 위엄과 노여움이 이상하여 대신에게 화풀이하기를 조
금도 가차없이 하므로, 여러 신하들이 당초에는 김만중을 구원하려고
했다가 모두들 감히 말을 하지 못했다.[18]

이처럼 명백히 증언하고 있다. 이만하면 그 충직·충언의 정도를 확인할
수가 있다. 이러한 과정에서, 그 상황이 극단적으로 악화되어 삭탈관직이나
하옥을 당하여도 당연한 것으로 당당하게 대처하고, 멀리 유배되어 고초를
겪는 데도, 그의 심중과 인격에는 동요됨이 하나도 없이 오히려 태연자약하
게 대죄·감수하였던 터다. 그는 올바른 신하·충신으로서 직간·충언을 있
는 대로 하다가 핍박을 받고 마침내 목숨까지 바치는 것이 충신답게, 충신
의 도리를 다하는 길이라 확신·궁행하였기 때문이다. 실제로 그는 위와 같
은 관직 생활에서 수많은 직간·충언과 상소문을 올려 남기고, 여러 번의
하옥과[19] 금성·선천·남해의 유배를 당하여도 의연하게 충성과 효행에
몸·마음을 다하다가 마침내 목숨까지 바쳤던 것이다.

그리하여 역대 군왕은 그런 이후에 후회·개심하여, 그 충성을 인정하고
그를 되풀이 등용하였으며, 올바른 신하들은 서포의 충성에 공감하고 구
제·변호를 아끼지 않았던 것이다. 가령 정언 성호정이 '전 수찬 김만중은
칙책이 유사하는 자리에 있으므로 일에 따라 말씀드린 것이니 그 본심을 캐
보면 나라를 근심하고 임금을 사랑하는 것에 불과합니다.'라고 상주한 것이
라든지, 사간 김횡이 '그(김만중)의 본 뜻을 따져 본다면 임금을 섬기는 데
숨기는 일을 없게 하고 생각하고 있는 게 있으면 반드시 진달해야 하는 의
리에서 벗어나지 않은 것입니다.'[20]라고 상소한 것 등이 바로 그것이다.

18) 숙종실록(숙종 13년 9월 13일), p.110.
19) 현종실록(현종 4년 9월 14일), p.46.
20) 숙종실록(숙종 13년 9월 16), p.110.

　실제로 그의 문집이나 관련 왕조실록에 실린 많은 주언이나 상소문은 거의 다 나라를 걱정하고 왕에게 충간하는 주제와 내용으로 가득차 있는 것이다. 위 서포 관계의 왕조실록 기사를 보면, ≪현종실록≫에서 172건, ≪숙종실록≫에서 131건, ≪영조실록≫에서 2건, ≪정조실록≫에서 4건 등 도합 309건인데, 그 중에서 중요하다고 보아지는 163건을 임의로 골라 보았다. 그 가운데는 현종을 면대하여 상주·대담한 바가 중요한 것만 20건에 가깝고, 숙종을 직대하여 상주·대담한 바가 소중한 것만 10건에 이르는데, 이 모두가 대쪽같은 직간·충언으로 충만되어 있는 터다. 그 논지는 조종과 군왕, 나라를 위하는 데에 있고, 내용은 한·중의 해박한 사실을 비교·고증하는 데에 이르며, 그 작문·논리는 추상같은데, 어전에서 진검 승부를 하듯이 상주하니, 서포가 아니면 감히 누가 이다지 무시무시한 직간·충언을 하겠는가. 그러니 올곧은 신하치고 여기에 공감하여 동조 상언을 할 수밖에 없었고, 현군이기에 이를 '절실한 말'로 응락·수용하는 경우도 있었던 것이다. 이어 서포의 상소문도 이와 똑같다. 위와 같은 직간·충언을 문장으로 다듬어 표기한 것이 바로 상소문이기 때문이다. 위 왕조실록과 그 문집에 실린 상소문을 총괄하면 근 40편을 헤아리는데, 그 작품들이 하나 같이 주제는 애국·존왕이고, 내용은 해박한 전거와 합리적 논증이며, 문체는 대쪽같아서, 개개 '충성의 명문' 아님이 없다. 그 명문들은 시간과 장소·처지·목적·용도에 따라 특색을 드러내지만, 공통적으로 중요한 것은 모두가 충심을 표현한 명문장으로 찬연하게 빛난다는 점이다.(후술 참조)

　이런 상소문은 그만한 가치와 역할이 상하에 공인되었기에, 그 당시 조정 인사에 큰 영향을 끼쳤던 것이다. 그것이 비록 사직의 상소이기는 하지만, 떠나면서 올리는 충간이기에 더욱 간절한 공감대를 형성하게 되었던 터다. 그는 관직이나 사리를 완전히 떠나서 오직 충성으로 일관하였기에, 그 상소문의 위력이 올바로 발휘되었던 터다.

　이와 같이 서포의 평생을 일관했던 충성·충직·충간을 총합해 볼 때, 조선후기의 일대 충신, 찬연했지만 불우했던 충신, 그래서 반대 측의 비난과 시세에 민감한 지식인들의 무관심 속에 방치되었던 위대한 충신을 재발견하게 되었다. 그는 김진규의 언급대로, '신하들 모두가 마음으로 의논하면서도 입을 봉하고 조정에서 침묵을 지키는데, 오로지 서포만은 현 치하에서 이러한 말썽이 있는 것을 마음 아프게 여겨 숨김없이 말을 다해서 거의 멸종의 화망에 빠지게 되었으니, 대개 그 마음이 다만 임금만을 사랑하고, 그 나머지는 생각지 않았기 때문이다. 비록 불행한 시대를 만나서 이 마음을 이해해 주는 사람이 거의 없었으나 그러나 찬연 단심은 천지와 신명에게 질정해도 부끄러움이 없다 하겠다.'[21]

2) 西浦의 孝行

실로 서포는 출천대효에 든다. 그는 나면서부터 가통을 이어 효행을 배우되, 유복자로서 부친의 얼굴을 보지 못한 한을 효성으로 풀어 갔고, 그 모친에게 직접 효도를 실천하였다. 그는 일찍부터 오륜삼강에 통하였음은 물론, ≪효경≫에 깊은 관심을 가지고 공부하여 마침내 그 대가가 되었다. 이 ≪효경≫이 바로 효학의 전부라고 확신하였기 때문이다. 그의 학문이 점차 익어가면서 모든 학문 특히 인문학 중의 경학·유학이나 불학의 구경적 목적은 나라에 충성하고 부모에 효도하는 것이라고 굳은 신념으로 실천하게 되었다. 그리하여 그 중의 ≪효경≫을 가장 중시하고 연찬하여, 그 성격·실상·기능의 구경처를 체달하게 되었다. 그가 이 ≪효경≫에 대하여 논급한 것을 본다.

효경은 공자의 유서로서, 한나라 때부터 논어와 아울러 경으로 존중되었으며, 부인이나 아이들 및 하급관리들도 이를 외고 익히지 않음이 없

---

21) 김진규, 서포행장, p.420.

었으니, 그 담은 뜻이 몹시 훌륭해서이다. 주자가 이를 위서라고 지목하고, 또 주공을 제왕과 맞먹는다는 한 마디를 가리켜, 인신이 참란의 마음을 불러일으키게 하는 것이라 하여, 그 책을 드디어 제쳐놓고 대학으로 대신하였다. 대저 주자가 효경에 대하여 의심을 둔 것은 단지 전문에 있었다. 만약 전문을 논한다면, 대학의 전문 역시 증자 자신의 저작은 아니니, 어찌 유독 병폐가 없겠는가? (중략) 내 생각으로는 효경은 인륜을 위주로 하여 순임금으로부터 수사(유학파)에 이르기까지 교인의 방법이 되었고, 대학은 격치를 위주로 하여, 바로 낙민(정주학)의 학문의 종지가 되었으니, 계기가 고금의 다름이 있는 때문이다.[22]

그리하여 서포는 우선 이 ≪효경≫이 공자의 유서로 논어와 같이 경으로 존중되어 누구나가 외고 익히지 않을 수 없으니, 그 담은 뜻이 훌륭하다고 찬양해 마지 않는다. 서포가 많은 유경을 존중하고 연찬·통달했지만, 이 ≪효경≫만큼 떠받들고 찬탄한 것은 일찍이 없었다. 그러기에 주자가 이 ≪효경≫을 위서라고 한 데 대하여 적극 비판하여 바로잡고 철저하게 옹호하니, 이 또한 치음 있는 일이다. 그리하여 이 ≪효경≫이 인륜을 위주로 하여 순임금으로부터 정통 유가에 이르기까지 교인의 전범이 되어 왔다고 가장 높이 평가하였다. 이처럼 서포에 있어 ≪효경≫과 효행은 인륜의 절정, 자식의 도리를 다하는 최선의 길이라 선언한 것이다.

그런데도 서포는 이론보다도 그 효행에 몸과 마음을 바친 데서 탁이한 면모를 보인다. 우선 그는 모친에게 효도하면서, 그에 못지 않게 부친에 효행하려 최선을 다하였다. 실제로 그는 그 부친의 묘소를 찾아 제례·참배하는 데에 너무도 큰 정성을 기울였다. 그 부친의 묘소는 충남 회덕 정민동 선산(지금 대전시 대덕구 전민동 허주공 사적지)에 있는데, 공사간 그다지 바쁜 가운데서도 틈을 내서 명절·행사 때 말고도 자주 찾았던 것이다. 때로 모친과 형 그리고 자손들과 함께 오지만, 혼자서 오는 경우도 많았다. 그러기

---

22) 김만중, 서포만필, pp.102-103.

에 같은 선산, 조부 허주공이나 조모 열부 서씨부인의 산소를 지키는 친척·후손들이 여막을 마련하여 성묘 행차를 도왔던 터다. 그의 효행과 함께 이 성묘 사실은 경향으로 알려져 숙종에게까지 들리니, 실로 가상히 여겨 그의 성묘에 말과 제물을 하사하였다. ≪숙종실록≫에 실린 바

> 호조참판 김만중이 그 아비의 묘를 살펴보기를 청하니(김만중은 곧 인경왕후의 숙부이다) 특명으로 타고 갈 말을 주고 제물로 올릴 물품을 주었다.[23]

라고 한 것이 바로 그것이다. 이 부친의 성묘에서 그 근처에 있는 조부모의 성묘를 항상 겸하니, 실로 이 정민동 선산은 서포의 효행에서 그 실천적 현장이요 기념비적 본거지라 하겠다. 마침내 그 모친이 돌아가 그 부친과 합장하니, 그 모친의 행장, '효성의 혈서'를 쓰고 목숨을 바친 서포로서는 이곳이 명실공이 효행의 성지가 아닐 수 없었다. 그러기에 자손들은 그 부친의 충렬과 조모·모친의 정열에 맞추어, 서포의 효행을 기리는 정려·효행비 등을 설시하고, 일찍이 회덕 향교·서원에서는 서포를 효행의 전범으로 추앙하며, 그의 본거지를 따라 회덕인으로 공인하여 ≪회덕향안≫에 올리게 되었다.[24] 이로 말미암아 이 정민동(전민동) 선산 지역은 서포의 대표적인 연고지가 되었다.

그리하여 서포는 모친에게 더욱 간절한 효도로 평생을 바치니, 그 효행은 만고에 빛나게 되었다. 그는 틈만 있으면 모친 옆에서 어린애처럼 굴면서 즐겁게 해드리고, 기쁘고 환한 얼굴로 원하는 것은 무엇이든지 올려 드렸다. 최선을 다하여 신체발부를 감히 훼상치 않고, 입신양명하여 큰 효행까지 다하였던 것이다. 그러나 서포는 본격적으로 환로에 진출하면서, 충성을 다하려고 그 직분에 따라 직간·충언에 목숨을 걸다가 엄중한 처분과 삭탈

---

23) 숙종실록(숙종 9년 2월 29), p.630.
24) 懷德鄕案(辛亥改修本) 제46면에 '行判書 號西浦 前文衡金萬重'이라 실려 있다.

관직, 하옥을 당하여 모친께 불효하게 되었다. 서포는 이것을 가장 안타깝게 생각하던 차에, 금성·선천·남해 등지에 유배되어 더욱 큰 불효를 저지르게 되었다.

그럴 때마다 그 모친은 대국적으로 이해할 뿐만 아니라, 속으로 눈물을 삼키며 오히려 서포를 위로하였던 것이다. 그럴수록 서포의 효심은 더욱 간절해지고, 이를 부득이 시문으로 표현하니 만인의 심금을 울리는 터다. 그래서 위 유배지에서 지은 그의 시들은 깊은 의미와 가치를 발휘하는 것이다.[25] 이에 그의 효행시를 유배지별로 보면, 그의 효성과 애정이 더욱 돋보이는 터다. 먼저 서포는 금성 배소로 떠나면서, 모친에게 절을 올리고 그 심경을 〈正月二十七日拜別慈親赴配所〉.[26]로서 토로하였다.(후술 참조)

이로써 어머니에 대한 애절한 정이 효성으로 꽃피는 터다. 이어 서포는 선천배소에서 글을 지어 부쳐서 모친의 소일거리를 삼게 하였으니, 이 또한 효행이었다. 이런 시를 통하여 자신의 안타까운 심정을 토로·해소하였으며, 불승과 교유하면서 해배를 기다리는데, 그 때의 여러 효행시 중에 〈九月二十五日謫中作〉이 있다.[27] 9월 25일 배소에서 모친의 생신을 맞아 그 심회를 읊은 것이다. 지난해 어머님 생신에 형제가 잇달아 수를 비는 술잔을 올렸던 사실을 회상하고, 지금은 적소에서 소식조차 끊어지니 불효의 통한에 눈물 흘리며, 멀리 아들 생각에 애태우시는 어머니를 그리면서 거의 죽을 듯이 안타까워하는 내용이다. 이 시야말로 효성을 표현한 전형적 작품이다.(후술 참조) 일 년 전 어머니 생신날에 형제들이 모여 축수하던 즐거움이 오늘의 이별과 비애로 나타나니, 그 정황 속에서 효심은 알뜰하게 연꽃처럼 피어난다.

마지막으로 서포는 남해 고도에서 절실한 고독과 절망을 온 몸으로 느끼

---

25) 손찬식, 김만중의 유배시에 표상된 정서, pp.88-89.
26) 西浦集 권5, p.152.
27) 西浦集 권6, p.178.

면서, 그동안의 저력과 신념으로 버티며 오히려 '眞空妙有'를 실천하게 되었다. 그래서 모든 것을 다 떨치고 역설적으로 평안하고 즐거울 수가 있었는데, 최후로 남은 한 줄기 혈연, 자모를 향한 그리움과 절실한 효성을 어쩔 수는 없었다. 그리하여 서포는 마지막 호소로 〈己巳九月二十五日〉 그 시를 읊는다.28) 그 어머니를 그리워하는 글을 쓰려다가 눈물이 앞을 가려 한 자도 못 쓰고 그냥 어린애처럼 울어 버리니, 얼마만큼 목 놓아 울부짖었을까. 생각 있는 젖먹이가 서서히 구렁으로 밀려가면서 어머니를 그리며 소리치는 사모의 절정, 그것이 굳은 효심이라면 어떻겠는가.(후술 참조) 이러한 모정과 효성 사이를 꿈꾸며 그래도 관음보살을 모시듯 신념하는 가운데, 그 모친의 부음을 듣는다. 그 어머니를 여읜 슬픔의 바다, 남해의 파도처럼 그렇게 깊고 푸르게 일렁이는 효심이다. 아직도 죄인이라 분상도 못하는 불효의 자책감은 안으로 새기어, 관음상을 예배하듯이, 그 위패를 모시고 조석으로 공양하기 3년, 그는 호곡하다가 눈물도 마르고 소리도 다하여 오히려 맑은 침묵으로 죽음을 예견하고 의연하게 마지막 정리에 임한다. 그것이 ≪사씨남정기≫의 창작과 ≪서포만필≫의 완성이라지만, 실로 최후 절정의 작품은 오히려 모친을 위한 추모사 ≪윤씨행장≫이다.29) 이 작품은 출천대효가 이 세상 끝자락에서 피맺히게 불러댄 최고의 사모곡이다. 그러기에 서포는 이 글을 마치면서 '불초 고애남 만중은 읍혈하고 삼가 기술한다'고30) 하였던 것이다. 그로 하여 비탈길로 미끌어지듯이 병들어 모친을 부르며 세상을 뜨니, 오히려 모친을 저승에서 만나게 되었다.

이에 서포보다 더 뛰어난 효자는 없다. 그 모친을 향한 효성에 목숨을 바쳤기 때문이다. 그러기에 그의 평생 효행을, 옆에서 지켜본 조카 김진규는 이렇게 증언하고 있다.

---

28) 西浦集 권6, p.181.
29) 이명구, 서포와 〈정경부인 윤씨행장〉, 김만중 연구, p.Ⅱ-36.
　　노태조, 서포의 효행사상과 「윤씨행장」, pp.162-263
30) 西浦集 권10 〈先妣貞敬夫人行狀〉의 말미, p.371.

성품이 지극히 효도하여 탄생할 때부터 아버지 안면을 알지 못함으로써
평생의 아픔을 삼았고, 어머니를 섬김에 깊은 사랑이 있어 젊을 때부터
노경에 이르기까지 유고하지 않으면 잠시도 곁을 떠나지 않아서 순한
용모와 기쁜 빛으로 얼굴빛을 받들고, 마음을 즐겁게 하기를 자못 옛 사
람의 새 새끼를 놀리고, 어린아이의 울음으로 부모를 기쁘게 한 일과 같
았다. 어머니께서 글을 좋아하심으로써, 옛 사기와 이상한 글, 패관소설
에 이르기까지 밤낮으로 옆에서 이야기해서 웃음을 자아내기도 하고 어
버이 옆을 떠나게 되면 간절한 생각이 옆 사람을 감동케 했다. 대고를
당하자 피눈물로 삼년동안을 호곡하다가 마침내 불승상한 채 돌아갔
다.[31]

여기에 덧붙여, '부군이 본래 어린아이처럼 어머니를 생각하므로 지나친
애회로써 병이 되어 외지에서 상복을 벗자 세상을 버렸다'고[32] 하니, 서포
의 효자상을 더 이상 설명할 필요가 없다. 이어 왕과 조정에서는 ≪숙종실
록≫에다, 그의 행적을 기록하는 가운데에 '김만중은 사람됨이 청렴하게 행
동하고 마음이 온화했으며 효성과 우애가 매우 돈독했다'하고 '적소에 있으
면서 어머니의 상사를 만나 분상할 수 없으므로, 애통해 하며 울부짖다가
병이 되어 졸하게 되었으므로, 한때 슬퍼하며 상심하지 않는 사람이 없었다'
고[33] 하였다. 한편 숙종은 그 32년에 김창집의 주청으로[34] 그에게 효행 정
려를 하사하고,[35] 정조는 그 7년에 '文孝'라는 시호를 주어 그 효행을 기리
었다. 이로써 서포는 근세에 드문 충신이요 대효로서 조선 후기 윤리사에
찬연한 위상을 유지하고 있는 터라 하겠다.

---

31) 김진규, 서포행장, p.419.
32) 김진규, 서포행장, p.418.
33) 숙종실록(숙종 18년 4월 30), p.265.
34) 정조실록(정조 7년 2월 20), p.353.
35) 숙종실록(숙종 32년 2월 27), p.188.

4. 西浦 忠孝思想의 文學的 展開

전술한 대로 서포의 윤리사상, 충성과 효행이 실천적으로 구상화된 것이 바로 서포의 문학이다. 이런 점에서 서포의 충효사상이 문학적으로 전개된 양상을 파악할 수 있다. 여기서 그 윤리사상의 문학화나 충효사상의 예술화를 확인하면서, 윤리와 문학 내지 충효와 예술이 不二의 경지로 완벽하게 조화되었음을 새삼스럽게 발견하게 된다. 그리하여 서포의 충효는 문학·예술로 꽃피웠고, 서포의 문학은 그 윤리, 충효로써 영원화되었다. 그래서 서포의 문학은 윤리문학이면서도 생경한 윤리성을 보이지 않고, 천의무봉의 문학 예술로 승화된 점에서 위대한 것이라 본다. 이러한 서포의 문학은 장르별로 분화되어 시가와 수필, 소설과 희곡의 형태를 나타내는 게 사실이다. 이에 그 장르에 기준하여 그들 작품 속에 용해된 충성과 효행의 실체를 부각시키고, 그 작품화의 묘미와 기미를 어림하여 보겠다.

1) 西浦 詩歌의 忠孝性

원래 충효는 뚜렷이 구분되는 윤리가 아니고 하나로 융화되어 나타난다. 기실 그 바탕은 하나로되, 그것이 국가적으로 확대·상승되면 충성이 되고, 그것이 가정적으로 응축·심화되면 효행이 되기 때문이다. 따라서 이 충효성이 문학작품으로 내면화되는 것도 융합적일 수밖에 없다. 다만 그 충효의 상대적 비중에 의하여 충성계의 시가나 효행계의 시가로 나누어 보려는 것이다. 기실 서포는 국문가요에 대한 식견·조예가 깊은데다 그 창작의 가능성을 배제할 수는 없지만, 여기서는 그의 한시만을 대상으로 삼겠다.

첫째, 충성계의 한시에 대해서다. 이런 시는 충성을 표리관계로 표현하고 있다. 그 충성을 표면적으로 직접 표출한 시가 있는가 하면, 그것을 내면적으로 은유 묘사한 시가 상응하고 있기 때문이다. 우선 그 충성을 직접 표출한 시는 크게 경축하는 주제와 추모하는 내용으로 전개된다. 그 중에서 대전·군왕을 경하하는 시가 몇 수 있어 주목된다. 〈大殿春帖子〉(5율 1수, 7율 2수)를 비롯하여 〈大殿端午帖子〉와 〈大妃殿延祥詩〉(7율 2수) 〈王世子冊禮以司書從〉 등이 바로 그것이다. 그 중에서 〈大殿春帖子〉(5율)을 들어 본다.

赤羽薰晴旭   태양은 훈훈하고 맑게 빛나니,
靑陽破臘寒   봄은 섣달의 추위를 물리치네.
新春隨帖子   새봄이 첩자를 따라 오니,
一日滿長安   하루 해가 장안에 가득 차네.
瑞靄籠三殿   상서로운 구름이 삼전을 옹위하니,
嵩呼引百官   백성이 만세를 부르는데 백관을 거느리네.
天顔應有喜   하늘 같은 용안이 기쁨으로 넘치니,
不敢擧頭看[36]   감히 머리 들어 우러르지 못하네.

이처럼 입춘절을 맞이하여 대전 삼전에 입춘첩자를 올리며 서기 만당과 옥체 강령을 앙축한다. 태양처럼 빛나는 지존이 산호 만세 소리 높은데 백관을 거느리고 그 용안에 희색이 가득히 넘치는 정황이다. 여기서 신하의 충성심은 눈물겨워, 부복해서 감히 머리 들어 천안을 우러를 수조차 없다. 그리하여 서포는 혈연이 닿는 절실한 충성심을 오롯이 들어 내는 터다. 나머지 이 계열의 시에서도 그 소재·내용이 다르기는 하지만, 충성심을 나타내는 간절함은 똑같다고 본다. 여기서 경찬을 통한 서포의 충성시를 하나의 유형으로 파악할 수 있겠다.

이어 군왕이나 왕족의 애사를 애도·추모하는 시가 많아서 중시된다. 〈寧陵遷葬挽章〉을 비롯하여 〈顯宗大王挽章〉(5율 4수)와 〈仁敬王后挽章〉(5

---

36) 西浦集 권3, p.94.

율 6수), 〈明聖王后挽章〉(5율 4수), 〈貞明公主挽詞十八韻〉, 〈明安公主挽
詞〉, 그리고 〈樂游原上望昭陵〉, 〈譎中伏聞王大妃殿昇仙訃音不敢作挽以俚
語綴韻〉(7절 3수) 등이 바로 그것이다. 그 중에서 〈顯宗大王挽章〉의 제1수
와 제4수를 들어 본다.

精一元家法　　　군왕학에 오롯이 정진하니,
工夫又日新　　　공부가 날로 새로워지네.
風行民似草　　　덕화에 백성들은 풀처럼 번창하니,
化洽物皆春　　　만물이 흡족하여 모두가 봄이라네.
聖德何加孝　　　성덕이 어찌 효행까지 더하였나,
天心不外仁　　　하늘같은 마음은 인자할 뿐이네.
微臣等百世　　　미력한 신하는 백세를 헤아려서야,
唯覺典謨親　　　오직 그 전범을 스스로 깨닫겠네.

動植均洪造　　　만물이 고루 홍은을 입었으니
愚頑倍渥恩　　　어리고 고루한데도 성은을 배나 받았네.
非無宣室召　　　언제나 선실로 직접 부르셨으니,
永負憂候言　　　깊은 신뢰의 말씀을 길이 잊지 못하겠네.
吉日歔儀發　　　길한 날에 국상을 정중히 치르니,
喬山冬雪渾　　　높은 산에 겨울 눈발이 뒤범벅이네.
百年酬報願　　　백년을 두고 그 은덕을 갚으려 하니,
痛哭此身存[37]　　이 몸에는 다만 통곡만 남네.

　이와 같이 서포는 현종의 서거에 깊은 애도를 표하는 가운데, 그 성덕과
인효의 은택을 높이 기린다. 나아가 평소에 큰 성은을 입고 깊은 신뢰를 받
았던 신하로서 그 천은을 되새기며 망극한 비통을 토로한다. 그 홍은을 갚
으려고 백년을 기약하지만 자신에게 남은 것은 통곡 뿐이라는 것이다. 여기
서 서포는 충성을 다짐한 말이 없었지만, 위와 같은 정경을 묘사하는 가운

---

37) 西浦集 권3, pp.97－99.

데, 그 간곡하고 절절한 충성을 부각시키고 있는 터다. 이것은 문학의 묘미일 뿐만 아니라, 서포가 충성을 문학적으로 표출하는 탁월한 역량이라 하겠다. 이러한 문학상의 충성은 전게한 다른 작품에도 충만되어 있는 게 사실이다. 그러기에 이러한 충성계 한시가 하나의 유형으로 유기적 관계를 유지하고 있는 사실이 대강 파악된다.

한편 그 충성을 내면적으로 은유·상징한 시가 상당한 질량을 유지하고 있다. 이런 시에서는 그 충성이 직설되지 않고 애정이나 연모로 나타나고, 그 대상도 국가·왕으로 등장하지 않고 임이나 미인으로 의장되는 터다. 그러기에 이때의 충신, 즉 시중의 화자는 자연 여성으로 자처할 수밖에 없는 것이다. 이러한 충성시의 경향은 '忠臣戀主之詞'로 나타나서 역대 충신·문사들의 전형을 이루어 왔다. 저 굴원의 이소부터 가까이 정서의 〈정과정곡〉이나 정철의 〈양미인곡〉 등이 그런 사례를 명쾌히 보여주기 때문이다. 일찍이 서포는 정철의 위 작품을 두고 해동의 이소라고 높이 평가한 터이기에[38] 그러한 충성시의 창작은 너무도 당연한 터다. 이런 시 중에서 한 작품을 들어 보면, 서포가 21세 때 과거에 낙방하고 그 감회를 읊은 〈丁酉九月落第後作〉[39]이다.

未必君恩偏誤妾	임의 은혜 편벽되이 첩을 미워한 게 아니며,
自嗟顔色不如人	얼굴 빛 남만 못함을 스스로 탄식하네.
歸來試照菱花影	돌아와 거울에 내 모습을 비춰보고,
莫向春風浪濕巾	부질없이 봄바람 보고 수건 적시지 않으리.

여기서 '妾'이 시 중의 화자, 서포를 의미한다면 '君恩'이 임금의 은혜라는 것은 자명해진다. 그러나 서포는 여성화자로 은신하고, 임금의 은혜는 '임의 은혜'로서 애정을 표출하고 있는 터다. 그러기에 서포는 일찍부터 임금을

---

38) 西浦漫筆 제159칙, p.388.
39) 西浦集 권6, p.158.

임으로 삼고 자신을 여인으로 은유하여 그 애정·연모로써 오롯한 충성을 상징·승화시켜 왔던 것이다. 이런 시는 상당수에 이르니, 〈癸丑九月十三日自禁直請對入侍因以朝衣詣理翌日有定配之命獄中作絶句〉(7절 3수)을 비롯하여, 〈擬古詩〉(7고 10수)·雜詩(7고 4수), 擬四愁詩(7언 고시) 등과 여성의식을 표출한 일련의 시들이[40] 바로 그것이다. 그 중에서 한 작품을 들면, 위 〈獄中作絶句〉의[41] 제2수이다.

趙國才人別玉階	조나라의 才人 조정에서 이별 당하여,
蛾眉不掃淚凝腮	눈썹 그리지 않고 볼엔 눈물 방울 얼룩졌네.
猶從隣女誇恩寵	그래도 이웃 여인에겐 임의 은총 자랑하지,
昨夜叢臺侍寢廻	지난 밤 총대에서 임을 모시고 돌아온다고.

　이 작품은 서포가 옥중에서 정배를 기다리다가 마침내 어명이 떨어지자 출옥하기 전의 심경을 읊은 것이다. 여기 서포는 당시 자신의 처지를 임금에게 버림받은 재인(비빈)에 견주고, 이 재인이 그 슬픔으로 인하여 화장도 하지 않은 채 볼에는 눈물 자욱이 얼룩진 것으로 안타까운 심정을 묘사하였다. 그런데도 재인은 임의 은총이 여전함을 다른 이에게 짐짓 자랑하는 모습이다. 그것이 임금에게 버림을 받고 멀리 유배되는 서포의 충성심으로 승화되어 가슴을 파고드는 것이다. 그 재인의 지극한 연모와 은총에 대한 갈망은 바로 서포의 충성을 알뜰히 은유·상징하고 있기 때문이다. 이어 〈사미인곡〉이라 부를 만한 작품이 있으니, 〈擬古詩〉가[42] 바로 그것이다. 그 제4수를 들어 본다.

---

40) 손찬식, 서포의 한시에 나타난 여성의식, 서포 김만중의 문학과 사상, 그 문화사적 위상, pp.156－159 참조.
41) 西浦集 권6, p.162.
42) 西浦集 권1, pp.18－22.

高臺出雲中	높은 누대 구름 가운데 솟아 있고,
璇房對金屋	아름다운 방 금옥을 대하고 있네.
羅帷捲流蘇	비단 장막 오색 술 걷히니,
綉戶文紗綠	규방엔 비단이 화려하네.
中有織錦婦	그 가운데 비단 짜는 아낙네,
擲梭指如玉	북을 던지는 손가락 옥과 같네.
盛年甘辛苦	젊은 나이에 온갖 괴로움 달게 여김은,
爲此遠行客	멀리 떠나는 나그네 위해서라네.
月出深閨靜	달이 솟으니 깊은 규방 고요한데,
夜永聲轉促	밤이 깊어 갈수록 소리 더욱 재촉하네.
浮雲爲凝結	뜬 구름 엉기어 있고,
行路盡悲酸	길가엔 슬픔이 가득하네.
不怨機杼苦	베 짜는 괴로움 원망하는 게 아니라,
所悲關塞寒	변새 추울까 상심되네.
願爲隴頭月	원하노니, 높은 언덕머리 달이나 되어,
夜夜照君顏[43]	밤마다 임의 얼굴 비추고 싶네.

이 시는 한 여인이 님을 멀리 이별하여 그 거리만큼 더욱 간절히 연모·갈망하는 내용이다. 그만큼 총애를 받았기에 부득이 떨어져 나와, 그 멀고 먼 거리와 도저히 만날 수 없는 장애물로 하여, 그 애정과 연모는 더욱 간절해지고 다시 만나고 싶은 갈망은 절망으로 번져 나간다. 이만큼 절실하고 생동하는 사모시가 어디 있겠는가. 다만 송강의 〈사미인곡〉이 이를 방불케 할 따름이다. 이 시와 〈사미인곡〉이 표기문자와 구성 형태에서 다른 것은 사실이지만, 그 시상과 표현이 동질적이기 때문이다. 또한 이와 유사한 사미인시가 있으니, 그것이 바로 〈擬四愁詩〉이다.[44] 그중의 제2연과 제3연을 들어 보겠다.

---

43) 西浦集 권2, pp.19-20.
44) 西浦集 권2, pp.76-77.

我所思兮在海東　　내 생각하니 이 해동에 있는데,
碧波浩浩多天風　　푸른 물결 넓고 넓어 풍랑이 거세구나.
日月之行出其中　　해와 달 그 속에서 나오나,
餘輝曾不照丹衷　　남은 빛 일찍이 붉은 마음 비추지 아니하네.
山有桂兮澤有蘅　　산엔 계수나무 있고 못엔 마름이 있는데,
我思美人不敢言　　내 임을 생각하나 감히 말하진 못하겠네.

江南地遠多秋色　　강남 저 먼 곳 가을 빛 완연하니,
美人逍遙望明月　　임은 배회하며 밝은 달을 바라보겠지.
芳洲之草颯已歇　　방주의 풀 바람 이미 그쳤으나,
錦水之波不可越　　금수의 파도 넘을 수 없네.
願言思子憂心擣　　그대 생각에 마음 산란하여,
我今未老顔枯槁　　늙지도 않아서 얼굴은 시들어 가네.

　이 시도 역시 한 여인이 임과 헤어져 연모·갈망으로 애태우는 내용이다. 그것은 '나'와 '미인' 사이로 은유되어 표출되고, 그 사이에서 벌어질 애정의 질량을 예견케 한다. 그 여인은 임과 함께 사랑에 겨웠던 세월을 너무도 역력히 떠올린다. 더불어 자신이 그로부터 떨어져 나온 현재 위치와 그 임이 있는 자리를 재삼 확인한다. 그 연모의 심정과 재봉의 갈망이 간절하면 할 수록 임과의 거리는 점차 확대되고, 그 기다림은 일각이 삼추와 같이 느껴지는 터다. 그리하여 그 사이에는 넘고 건너지 못할 수많은 장애물이 설정되어, 결코 만날 수 없는 불가능의 절망을 죽기로 만날 수 있는 가능성의 열망으로 승화시키려는 것이다. 그러기에 임은 점점 더 멀어지고 따라서 해와 달처럼 높이 떠서 임에게 비치고자 애쓰지만, 그 또한 허사가 되어 안타깝고 방황하며 차라리 할 말을 잊을 수밖에 없다. 나아가 '다정도 병인 양하여' 늙지도 않아서 시들어 가는 것이다. 여기서 이런 묘사·표현을 통하여 정말 해와 달처럼 그 '임 향한 일편단심'이 뚜렷이 솟아오르는 것이다. 이만큼 절실한 애모시가 또 어디 있겠는가. 이런 점에서 이 시는 〈속미인곡〉과 더불어 그 시 정신 및 표현을 같이 한다고 보아진다.

이와 같이 위의 두 한시는 양미인곡과 상통하는 점이 많아 심상치 않다. 여기서 서포는 한 여인의 탈을 벗고 그 임을 임금으로 연모하는 뜨거운 충성의 진경을 간절하게 떠올리는 것이다. 이로써 서포의 충신연주의 경지는 송강의 그것과 결부되어 더욱 빛나는 터다. 기실 서포의 이런 충성은 변함이 없지만, 그만한 열망이 절망으로 끝나는 결말을 내다보면, 더욱 안타깝게 부각되기 때문이다.

실제로 서포는 오랜 기간 적거생활 속에서 체념으로 심신을 추수려 그 자리에서 수도의 경지를 체달한다. 그러면서도 그는 충의를 결코 잊지 않았다. 그러기에 서포는 그 한시에서 차라리 '孤臣'임을 차저하고[45] 충의를 더욱 차분하고도 절실하게 표현하기에 이른다. 마침내 서포는 마지막의 운명을 예감하고 그 진솔한 심경을 이렇게 읊는다. 남해에서 적저할 때의 〈南荒〉이[46] 그것이다.

西塞經年謫	서새에서 오랜 세월 귀양살이 하고서,
南荒白首囚	남황에서 머리 허연 죄수 되있네.
灰心慵攬鏡	의기소침하니 거울 보기 게을러지고,
血泣怳乘桴	피눈물로 울면서두 배 탈 생각 절실하네.
落日鄉書斷	해가 져도 고향 소식 오지 않으니,
淸秋旅鴈愁	맑은 하늘 날아가는 기러기에 시름짓네.
向來忠孝願	지금까지 풍효하기 원했는데,
衰謝恐長休	기력이 쇠하니 길이 쉴까 두렵네.

이 시는 진정 서포의 최후 진상을 가장 간곡하게 묘파한 피맺힌 절창이다. 여기서 서포는 모든 가식을 벗어 던진 참된 인간으로 정화되어 도인의 경지에 이른다. 그리고 학자·문사로서보다도 자식과 신하됨을 숙명적으로

---

45) 西浦集 권4 〈新春〉(p.146)과 권5 〈過道峰〉(p.152), 권6 〈蒙宥放還〉(p.165)에서는 孤臣으로서 충의를 표현하였다.

46) 西浦集 권3, p.114.

체달하여 승화되고 있다. 그리하여 서포는 서새의 사나운 곳에서 남해의 거친 땅으로 귀양살이를 거듭하면서, 인간적으로 좌절하고 피눈물로 울어대면서도 고향에 돌아가기를 갈망한다. 그다지 고향의 소식을 기다려도 오지 않으니, 모든 것을 체념하면서도 지극한 그 마음을 맑은 하늘을 나는 기러기 편에 실어 보낸다. 그러한 극한 상황에서 지극한 마음의 절정으로 충성과 효행을 끌어 안고, 지금까지 일편단심 충효하기를 기원하였는데, 그 전에 죽을까 두렵다는 것이다. 여기서 서포는 평생 죽도록 충효하고 죽어서도 충효한다는 붉은 정성을 가장 절실하게 표출하고 있는 터다.

둘째, 효행계의 한시에 대해서다. 서포는 그 효행이 투철하고 절실했던 만큼 이를 표출한 한시가 상당한 질량을 유지하고 있다. 그것은 모친을 가까이 모실 때보다 멀리 떨어진 곳에서 적거생활을 할 때에 집중되어 있는 게 당연하다. 실로 억울하게 연첩되는 험지의 적거생활에서 충성에 사무친 안타까움을 바탕으로, 효행에 죽도록 눈물겨운 그리움을 시로써 토로할 수밖에 없었기 때문이다. 실로 그 편모를 향한 효행·효심이 너무도 절절하고 역력하게 나타나는 것이다.

기실 서포는 평소에 공사가 아니면 어머니 곁에서 즐겨 시봉하며 기쁘게 해 드렸다. 어쩌다가 그 곁을 떠날 때도 서포는 항상 어머니를 잊지 못했던 터다. 그러기에 평상시에 효성을 이렇게 읊었다. 그것이 〈奉使嶺南九月二十五日作〉으로[47] 나타난다.

每歲慈親初度日	해마다 어머님 생신일이면,
弟兄相對舞衣斑	형제 서로 마주하여 춤추며 즐겨했네.
弟今奉使違親膝	내가 지금 사명 받들어 어머님의 곁을 떠나니,
多恐親心未盡歡	생신날 어머님 마음 즐겁지 못하실까 두렵네.

---

47) 西浦集 권6, p.174.

이 시는 서포의 효성을 아주 자연스럽게 나타내었다. 매년 맞이하는 어머니의 생신은 형제 친척들과 효성을 드러내는 계기가 된다. 그것은 자손된 사람치고 누구나 할 수 있는 일이지만, 서포에게는 더욱 간절한 터였다. 그해 그 날 따라 서포는 왕명을 받들어 공무로 나가면서, 예년의 생신 잔치를 회상하고, 어머니의 마음이 즐겁지 못할까 두려워 할 정도이기 때문이다.

그런데 서포가 금성으로 귀양갈 때 배소로 떠나기 전에 모친께 절을 올리고 하직하면서, 그 심경을 표출한 시를 들어 본다. 〈正月二十七日拜別慈親赴配所〉가[48] 바로 그것이다.

呑悲腹中結	슬픔을 삼켜 뱃속에서 맺히니,
行子別母情	떠나는 자식 어머님과 이별하는 마음이라네.
情知啼不可	울어서는 안 되는 줄 분명히 알아,
索笑從底生	웃음을 찾지만 어디서 생기겠는가.

이 시는 서포의 효심이 새삼스럽게 솟아나는 작품이다. 기실 이러한 모자 이별의 정리는 언제 어디서나 간절하고 안타까운 것이지만, 서포의 모자 이별은 가슴이 너무도 아리고 아픈 터다. 그 슬픔을 참으려 삼켜 버리니 오히려 뱃 속에서 맺혀서 견디기 어렵다. 떠나가는 자식이 어머니를 이별하는 마음이라니, 어찌 억지로 억누른다 해서 진정되겠는가. 거기서는 죽어도 눈물을 흘려서 안 되는 줄 누가 모르리요만, 차라리 목놓아 우는 게 퍽이나 시원할 것을 억지로 누르자니 아픔으로 응축된다. 그래서 짐짓 웃는 얼굴을 보이려 하지만, 그럴수록 저 밑바닥에서부터 그 통한이 솟구쳐 나는 것이다. 이처럼 서포의 효심은 그런 이별의 아픔을 통하여 뜨겁고 간절하게 부각되는 터다.

이어 서포는 금성 적소에서 귀향을 염원하며 가족을 생각하니, 그것이 사모의 마음으로 응집된다. 꿈에라도 만나보고 싶은 그리운 얼굴, 마침내 서

---

48) 西浦集 권5, p.152.

포는 그 어머니를 만나는 꿈을 꾸고 시를 짓는다. 〈南溪雜興〉 중의 제3수
다.[49]

數村山驛掩荊扉	두어 마을 산역엔 사립이 닫혀 있는데,
黙筭平生萬事非	말없이 평생을 헤어보니 온갖 일이 잘못되었네.
受玦明時爲逐客	밝은 때에 玦玉 받고 축객이 되었으니,
霑衣昨夜夢慈闈	간 밤 어머님 꿈에 뵙고 옷을 적셨네.
庭邊細草迎春色	뜰가 어린 풀 봄빛을 맞이하고,
籬外寒流濺夕暉	울 밖 차가운 물 저녁 빛에 출렁이네.
無限亂峯天際合	한 없는 뭇 산봉우리 하늘 끝에 합하니,
不知何處望雲飛	어디서 나는 구름 바라볼 지 알 길 없네.

이 시는 서포가 꿈에 어머니를 만난 사실이 핵심 주제다. 그 이전은 꿈을
꾸기 위한 과정이요, 그 이후는 꿈을 꾼 뒤의 정경이기 때문이다. 그 얼마나
그리워 했으면 그 꿈에 어머니가 보이는가. 아니 그 어머니가 아들을 얼마
나 보고 싶었으면 그렇게 꿈에 나타나는가. 그 모자가 만나 얼마나 반가웠
으면 목놓아 울었겠는가. 실로 서포는 꿈속에서도 마음껏 울었고, 꿈을 깨
고서는 더욱 더 크게 울었던 것이다. 그리하여 그 잠옷이 흠뻑 젖었던 것은
당연한 일이다. 이로써 서포의 효성은 점차 시련을 더해 갔던 터다.

이러한 서포는 어머니를 더욱 그리워하며 '遙憐北堂下'를[50] 노래하고, 해
배되어 가족과 어머니를 재회하는 꿈을 더욱 키워 나간다. 그리하여 서포는
〈記夢〉을[51] 통해서 그 소망을 일단 이룬다. 다음은 그 시의 전반부다.

上堂拜慈親	마루에 올라 어머님께 절을 올리니,
執手淚雙滴	손 잡으시고 두 줄기 눈물 줄줄 흘리시네.
俄然一笑粲	잠시 한바탕 웃고 나니,

---

49) 西浦集 권4, pp.128−129.
50) 西浦集 권3, 〈雨色〉, p.97.
51) 西浦集 권1, pp.38−39.

己失離懷慼	떠나던 때의 슬픔 이미 사라지네.
長公色敷愉	형님은 얼굴에 환한 웃음 띠시고,
喜我歸來速	내 빨리 돌아왔다 기뻐하시네.
子女與衆姪	아들 딸 그리고 조카들,
競來還我側	다투어 내곁을 둘러싸네.
細君素抱恙	아내는 평소 병을 앓더니,
別來淸羸劇	떠날 때보다 훨씬 야위었네.
中廚促午膳	부엌에서 점심을 재촉하더니,
飯漿間肴蔌	밥과 장에 魚肉과 푸성귀 차려있네.
京洛氣候早	서울은 기후가 일러,
春色紛盈矚	봄빛 눈에 가득 들어오네.

    이 시는 서포가 꿈에도 그리던 어머니를 만나 회포를 풀고 감격해 마지않는 정경이 주조를 이룬다. 이렇게 오랜 꿈·숙원을 이룩한 이 장면이 역시 꿈이다. 꿈 속의 꿈인가, 꿈 아닌 꿈인가, 꿈깨인 꿈인가. 실로 놀라운 효성이 그 속에서 샘솟는다. 실로 서포는 해배·귀가하여 마루에 올라 어머니께 절하니, 손을 잡고 눈물을 줄줄 흘리는 어머니, 서포는 얼마나 어떻게 울었을까. 그러나 너무 기쁜 나머지 그 분위기는 한바탕 웃음으로 변전되어 떠날 때의 슬픔을 다 잊는다. 형님이며 안해·자질들이 반기고 푸짐한 점심을 나누며 흐뭇하게 즐긴다. 진정 이것이 꿈이라면, 깨어나서 실감하는 안타까움은 모두의 심금을 울릴 수밖에 없다. 이러한 꿈의 시는 정말 실현되어 서포는 마침내 금성에서 해배·귀향하여 효성을 더욱 간절히 하였던 것이다.

    그런데 사태는 급변하여 서포는 선천으로 다시 정배를 당하게 된다. 해배의 효행은 잠시, 다시 어머니를 떠나는 슬픔은 배가되어 간곡한 효성으로 나타난다. 그 시가 바로 〈九月十三日出禁府赴宣川配所〉다[52]

---

52) 西浦集 권3, p.111.

啣悲別慈母	슬픔을 머금은 채 어머님 이별하고,
揮手謝諸親	손을 들어 친척들과 헤어졌네.
秋日西城道	가을 날 서성길에,
關河獨去人	관하에 홀로 가는 사람이라네.
情知又妄發	또 망발인 줄 분명히 알지만,
何足報深仁	어떻게 깊은 은혜 갚을 수 있나.
尙有區區意	그래도 구구한 뜻이 있지만,
從玆恐草伸	이제부터 펴지 못할까 두렵네.

이 시는 너무도 안타까운 심정을 지극한 효성으로 승화시키고 있다. 무릇 모자의 이별이 만남으로 환희심을 일으키고, 다시금 헤어질 때에 그 아픔이 얼마나 커지는 것인지, 체험하지 않고는 모를 일이다. 기실 서포는 그 슬픔을 넘어서는 아픔을 안고 어머니를 이별하면서 서로 붙들고 얼마나 울고 싶었을까. 그러나 서포는 그 심정을 안으로 도사려 슬픔을 머금은 채 어머니를 위로 하여 일부러 태연한 척하고 친척들과 손을 들어 헤어질 뿐이다. 그때 서포의 심중은 기가막혀 말로 표현할 수 없었으리니, 그 감당키 어려운 심정은 효성으로 응결되어 용솟음쳤던 터다. 서포는 현장을 서둘러 떠났지만, 가을 날 서성의 귀양 길에 홀로 가는 나그네가 되어 고독한 자신을 확인하면서, 그 효심을 더욱 단단히 추스른다. 어머니가 점차 멀어질수록 가슴에 묻은 효심은 더욱 굳어지니, 언젠가 다시 뵙고 효행하리라는 다짐이 깊어질 수밖에 없다. 기실 서포에게는 그 효심·효행이란 말조차 오히려 망발이요 구구한 것이지만, 진정 그 깊고 큰 은혜를 언제 어떻게 갚으랴는 골똘한 생각뿐이다. 그러기에 기약할 수 없는 귀양살이에 그 효행의 뜻을 펴지 못할까 두려움이 앞서는 것이다.

그리하여 서포는 적지에서 어렵게 생활하면서도 어머니를 생각하는 마음이 더욱 간절해진다. 그 어머니를 사모하는 효성이 이렇게 나타난다. 그것이 바로 〈近得〉이다.[53]

近得慈親信　　　요즈음 어머님 서신 받아 보니,
衰年疾病嬰　　　노년에 질병에 걸리셨네.
極知難送我　　　나를 보내 주지 않을 줄 잘 알거니,
何以慰傷情　　　어떻게 아픈 마음 위로해 드리리오.
日暮城鴉亂　　　날 저무니 성에는 까마귀 어지러이 날고,
天寒櫪馬鳴　　　날씨 차가우니 마굿간에 말 울어대네.
浮雲無意緖　　　떠도는 구름은 아무런 생각도 없이,
杳杳只東征　　　아득히 동쪽으로 가기만 하네.

　이 시는 서포가 어머니를 이별하고 온 안타까운 심정을 내면화하면서 어느 정도 안정을 찾은 가운데, 자주 서신을 통하여 문안을 드려 효심을 표하는 터에, 그 어머니의 편지를 받아 보고 지은 작품이다. 그 어머니가 노쇠한 나이에 병고가 깊어지니, 그것이 아들을 심려하여 생긴 병환임은 자명한 일이다. 그러기에 서포는 얼른 돌아가 어머니의 상한 마음을 위로해 드리고 싶은 효성으로 가득하다. 그러나 서포는 결코 해배·방송되지 않을 것을 너무도 잘 알기에, 그 심정은 침으로 답답하고 안타까울 따름이다. 따라서 그 착잡한 마음은 차라리 효조가 되어 날아가고 싶고, 말이 되어 달려가고 싶은 것이다. 그러나 현실은 까마귀가 짖이대며 날아다니는 꼴이요, 그 말이 마굿간에서 울어대며 발을 구르는 격이다. 그래서 그 마음 그 효성은 차라리 떠도는 구름이 되어 무심하게 어머니가 계신 그 쪽을 향하여 떠나고 싶을 따름이다.

　날이 갈수록 새록새록이 생각나는 어머님 모습, 그 효성은 응어리져서 견딜 수가 없다. 여기서 서포는 죽음까지 상상해 보지만, 어머니를 향한 사모로써 마음을 도사려 이런 시를 읊는다. 그것이 바로 〈九月二十五日謫中作〉이다.54)

---

53) 西浦集 권3, p.113.
54) 西浦集 권6, pp.178-179.

去年今日侍萱堂　　　지난 해 오늘은 어머님을 모시고,
兄弟聯翩捧壽觴　　　형제가 잇달아 수를 비는 술잔 올렸네.
一落塞垣音信斷　　　한 번 적소에 떨어지니 소식조차 끊어지고,
蘆山新塚已秋霜　　　노산의 새 무덤 이미 가을 서리 내리네.

人間倚伏莽難推　　　인간의 화복 막막하여 헤아리기 어려우니,
歌哭悲歡只一朞　　　기뻐 노래하고 슬퍼 우는 것도 한때 뿐이네.
遙想北堂思子淚　　　멀리 아들 생각에 눈물 흘리실 어머니 생각하니,
半緣死別半生離　　　반은 죽어 이별이고 반은 살아 이별일세.

　이 시는 서포가 선천의 유배생활에서 그 효심을 가장 절실하게 읊은 작품이다. 이제 서포는 그 효행을 현실로서 추구하기보다 회상하여 객관화한다. 원래 실현할 만한 가능성이 없는 실정에서, 지난 일을 회억하는 것은 더욱 간절하고 안타까운 법이다. 그래서 서포는 지나간 어머니의 생신날에 형제들이 잇달아 술잔을 올리며 축수하던 정경을 떠올리며 피눈물을 흘릴 수밖에 없다. 그것은 이 적소에 떨어져 온 이후로 아무런 소식이 없기에 더욱 처절해지고 거의 절망에 빠지게 마련이었다. 그러기에 서포는 불가능의 효성을 바치는 심정으로 이미 어머니와 더불어 죽음을 예견하게 되는 터다. 그 경지를 은유하여 새로운 무덤에 가을 서리가 내린다고 묘사했을 따름이다. 그러면서도 한 생각을 되돌려 헤아리기 어려운 인간의 화복을 초월적으로 체념하고, 기뻐 노래하고 슬퍼 우는 인생행로가 잠시의 허무한 일일 뿐이라 실토한다. 그러나 멀리서 아들 생각에 눈물 흘리는 어머니의 자애는 실로 불변·분명한 것이니, 이를 어떤 효성으로 어떻게 갚겠는가. 서포의 심경이 여기에 이르자, 그 이별의 현실은 절반은 죽고 절반은 산 것 같은 아픔으로 다가 오는 터다. 마침내 서포의 뜨거운 효성은 반생 반사의 통한을 통하여 승화된 것이었다.

　마침내 서포가 선천에서 해배되어 재회의 감격을 누리기도 전에, 다시 남해로 유배되니, 그 비회는 위 〈南荒〉에서처럼 충효를 위하여 죽음을 각오하

면서, 그 효행을 더욱 깊이 다짐한다. 서포는 남천하여 첫 번째 맞이하는 어머니의 생신날에 그 효심을 〈己巳九月二十五〉로[55] 표출한다.

今朝欲寫思親語	오늘 아침 어머니 그리는 글 쓰려 하니,
字未成時淚已滋	글자도 쓰기 전에 눈물 이미 넘쳐나네.
幾度濡毫還復擲	몇 번이고 붓을 적셨다가 다시 던져 버렸으니,
集中應缺海南詩	문집 가운데 해남시는 응당 빠지게 되리.

이 시는 서포의 피맺힌 효성을 함축·표출한 절품이다. 서포는 절망의 효심을 어머니의 생신에 바치고자 시를 짓는데, 그 뼈저린 가슴으로 어찌 제대로 쓸 것인가. 그래서 어머니를 그리는 글을 쓰자니, 그런 생각만으로도 눈물이 흘러 넘쳐 글자를 이루지 못하는 것은 너무도 당연하다. 그 눈물은 종이와 벼루 위에 떨어지니, 먹을 갈아 붓을 적시기 몇 번을 거듭해도 글자를 못 쓰고 그 붓을 던져 버릴 수밖에 없다. 그러니 어찌 이 시를 지어 문집에 넣겠느냐고 단념하는 것으로, 이 효행시를 마무리하였다. 그리하여 서포의 효행시는 불가능을 타고 한 떨기 연화처럼 오롯하게 솟아 올라, 그 문집에 버젓하게 들어갔던 것이다.

드디어 서포는 모든 것의 마지막을 운명적으로 예감하게 되었다. 그리하여 모든 것을 체념하면서도 한 가지 효성만은 결코 버릴 수 없는 비원으로 솟아 오르고 있었다. 그 때의 심경을 〈南海謫舍有古木竹林有感于心作詩〉로[56] 풀어낸다.

龍門山上同根樹	용문산 위에 뿌리 같은 나무가 있는데,
枝柯摧頹半死生	나뭇가지 꺾이어 반은 죽고 반은 살았네.
生者風霜不相貸	산 가지는 풍상에 시달리고,
死猶斧斤日丁丁	죽은 가지도 나날이 도끼날에 찍히네.

---

55) 西浦集 권6, p.181.
56) 西浦集 권1, p.86.

憶我弟兄無故日　　　우리 형제 무고하던 날 생각하니,
綵腹塤箎慈顔悅　　　색동 옷 입고 형제가 노래하면 어머님 기뻐하셨지.
母年八十無人將　　　어머님 여든 살에 돌봐 드릴 자식 없으니,
幽明飮恨何時歇　　　이승과 저승에서 맺힌 한 언제나 풀릴까.

이 시는 서포의 효성을 표출한 최고·최후의 작품이다. 서포는 일단은 상징적으로 형제의 운명을, 용문산에 뿌리박은 나무의 가지로서 꺾이고 떨어져 나가 반은 죽었다고 비유한다. 그 한 가지는 자신으로서 풍상에 시달리고, 또한 죽은 가지는 선형으로서 나날이 도끼에 찍힌다고 그 원통함을 전제한다. 그리고는 직설적으로 형제가 무고한 날에 색동옷 입고 노래하여 어머니를 기쁘게 하던 효행을 회고하고 깊이 통한한다. 지금은 어머니가 여든 살이나 되어 병약하신데, 돌봐줄 자식이 없으니 이런 불효가 어디 있느냐고 분한을 터뜨린다. 그것은 서포에게 태산 같은 원한으로 맺혀지는 터다. 실로 이 효행을 위한, 효행하지 못한 그것은 살아서 원한이었거니와 죽어서도 못잊을 원한으로 치닫는다. 그러기에 서포의 효성은 이 시에서 마지막 절정을 이룬다. 서포는 이 작품은 남기고 어머니 상사를 만나 조석 상식에 통곡을 계속하다가 득병하여 그 〈윤씨행장〉을 써 놓고는 목숨을 바쳤기 때문이다.

2) 西浦 隨筆의 忠孝性

흔히 한국수필문학의 하위 장르를 敎令·奏議·論說·序跋·傳狀·碑誌·哀祭·書簡·日記·紀行·譚話·雜記로 나누어 본다. 여기에 기준을 둔다면, 서포의 수필은 대강 교령(응제)과 주의·서발·전장·애제·서간·잡기 등으로 전개되어 있는 터다.[57] 그 중에서도 충효계의 수필은 교령과

---

57) 사재동, 서포 김만중의 문학세계, 서포 김만중의 문학과 사상, 그 문화사적 위상, p.24.

주의·전장·서간·잡기 등에 걸쳐 산재하여 왔다. 이러한 작품들은 대체로 충성계와 효성계로 나누어 개관하는 것이 편리하겠다.

첫째, 충성계 수필에 대해서다. 여기에 해당되는 장르는 교령과 주의 등이다. 먼저 교령은 임금이 신하나 백성에 내리는 말씀이나 글이다. 따라서 서포에게는 이 교령이 직접 해당되지 않는 게 사실이다. 그러기에 서포는 임금의 충신적 신뢰와 문장적 공인을 받아, 이른바 응제의 방편으로써 이런 문장에 동참한 것이었다. 원래 조정의 법도상 임금의 공적인 문장은 모두 문신들이 어명에 의하여 제작해 올린 작품이다. 따라서 응제문의 관례는 임금의 관점과 명의로 되었지만, 이를 직접 제작한 문신을 실제적인 작자로 인정하였다. 그것은 자신이 낳은 자식을 임금의 것으로 바친 격이기 때문이다. 그러기에 서포의 응제문은 교령임에는 틀림없지만, 그의 작품이라는 사실이 분명한 터다. 이런 점에서 그 교령계 작품에는 批答으로서

領議政鄭太和初度呈辭不允批答
相臣呈辭不允批答
右議李慶憶初度呈辭不允批答
左議政金壽恒初度呈辭不允批答
左議政鄭知和呈辭不允批答

등이[58] 있고, 敎書로서 〈文簡公成渾從祀文廟敎書〉[59], 玉冊文으로 〈定安王后追上徽號玉冊文〉이[60] 전한다.

위 비답은 비록 응제이지만, 거기에는 그런 고관들이 본직을 사임하려는 충의가 먼저 들어나고, 왕은 이런 충성을 오히려 가상히 여기고 사직을 윤허하지 않는 데서 군신 간의 신임과 충의가 충만한 터다. 이 문장을 작성한 서

---

58) 西浦集 권9, pp.322−331.
59) 西浦集 권9, pp.331−333.
60) 西浦集 권9, pp.334−335.

포는 신하이면서 왕의 입장에서 이 군신 사이에서 부각·분출되는 그 충성을 가장 절실하게 표현하고 있다. 그 문장의 흐름은 왕자의 그것답게 준엄하고 단호하되, 그 가운데에 신뢰와 자애가 더욱 간절히 솟아나는 터다. 이어 위 교서에서도 임금은 이미 그 대상이 되는 신하의 충직을 확신·전제하고 중요한 임무를 부여한다. 그러기에 임금의 간곡한 당부와 하명은 공식적인 발령의 경직성을 벗어나, 오히려 그 충의에 대한 감응과 격려로서 작용한다. 그리하여 이 교서는 군신간의 신뢰와 충의가 상승·충만하여 감격적인 분위기를 조성하는 터다. 한편 위 옥책문에서는 임금의 명의로 선대 왕후의 휘호를 추가하여 올리면서, 그 덕행을 존숭·추모하는 군신의 충성을 가장 절실히 표출하였다. 그 문장이 아려하고 빼어나서 직접 들어 보겠다.

安定王后의 휘호를 추가하여 올리는 玉册文에 이르기를 "백년 동안 빠뜨려 왔던 전례를 가다듬어 묘호가 이미 바로 되었으며, 네 글자의 아름다운 칭호를 게시하니 숨겨졌던 공이 더욱 드러납니다. 顯册을 추가로 진달하며, 이장은 의식을 갖추었습니다. 삼가 생각하던대 정안왕후께서는 타고난 자질이 유순하고 마음가짐이 깊고 성실하셨으며, 아랫사람에 대한 인애는 일마다 女史에 빛나며, 지아비 받들기를 유순하게 하여 도리가 黃裳에 적합하였습니다. 옛날 우리 定宗께서 왕위를 계승하셨을 때는 왕실에 연고가 많았으나, 효도하고 우애하는 행실은 신령과 사람을 기쁘게 하셨으며, 왕위를 물려준 고상함은 순임금과 우임금보다 뛰어나셨습니다. 지금까지 국가가 오래도록 의뢰함은 안팎이 서로 성취한 것이 아닌 것이 없었습니다. 비록 종묘에서 천조하기는 하였어도 아름다운 평찬은 살아 계실 때와 같습니다. 생각하건대 시호를 올리는 예가 오히려 드날리기에는 부족하지만, 담당할 만한 신하도 없고 주청할 겨를도 없어 그대로 거행하지 못하였으니, 후세 사람으로 하여금 무엇을 보도록 하겠습니까? 떠리는 마음 편치 못하며 풍성한 공렬이 천명되지 않을까 두려워, 이에 여러 사람의 의논을 채택하여 거듭 번거로운 의식을 펴면서 삼가 신 의정부 영의정 김수항을 파견하여 玉册을 받들어 휘호를 올리기를 溫明莊懿王后라 하였습니다. 정명하신 마음으로 보살피

시고 아름다운 복을 내려 주시며, 봄·가을의 제사에 많은 복을 한없이
내리시고 玉牒과 金書에 영원토록 아름다운 이름을 전하소서,"하였다.
(藝文館提學 김만중이 지어 올렸다.)

이 문장은 정종비 정안왕후의 휘호를 추가하는 전례적 글이지만, 그 덕행
과 은애를 찬탄·경모하는 데에서 일어나는 군신의 충성심은 참으로 절실
한 것이다. 더구나 그 왕후와 직결시켜 정종의 성덕을 찬양·추숭하는 데서
그 충성은 더욱 강조·부각되는 터다. 여기서 이 작품의 충의는 비록 집
단·공동의 것이라 하더라도, 실제로는 그 제작자 서포의 충성심으로 충만
되어 있는 것이라 하겠다. 그 제작자 자신이 체험적 충성심을 실감하지 않
고는 결코 이런 문장을 지을 수가 없기 때문이다.

다음 주의는 신민이 임금께 올리는 다양한 말씀이나 문장이다. 기실 서포
는 역대 신하 중에서 가장 많은 주의를 가장 적극적으로 올렸던 것이다. 그
언사와 문장은 이치에 맞고 논리가 정연하였으며, 그 내용은 충성으로 가득
하였다. 이린 주의는 몇 가지 유형으로 나누어지니, 疏와 劄·啓·表箋 등
이 바로 그것이다. 우선 그 上疏에는

辭獻納仍陳所懷疏
辭校理疏
辭應校疏
辭戶曹參議疏
辭禮曹參議疏
辭弘文提學疏
辭大司憲疏
辭實錄兼春秋疏
陳所懷疏
辭大司憲兼陳所懷疏
辭吏曹疏判疏
辭副提學兼陳所懷疏

　　辭副承旨兼陳所懷疏
　　辭戶曹參判同知春秋藝文提學疏
　　辭大提學疏(三疏)
　　辭大司憲提學疏(再疏)
　　辭加資疏
　　辭兵曹判書疏(七疏)
　　牌不進後辭判義禁疏
　　辭大提學疏(七疏)

등이[61] 있고, 劄子로는 〈玉堂請神德王后附墓劄〉[62], 啓文에는 〈賓廳請從權啓〉와 〈遇災詢問時榻前啓〉[63], 表箋으로는 〈擬周朝群臣賀反風起禾表〉와 〈謝賜米箋〉·〈保社功臣謝箋〉·〈擬唐陸象先謝諭以歲寒松栢表〉 등이[64] 전한다.

위 上疏는 거의 다 그 관직의 사임을 주청하는 글이다. 그처럼 여러 고관에 임하여 그 직위를 벗어나고자 그다지 여러 차례, 그것도 한 직임에 7차까지 적극적으로 상소를 올린 것 자체가 심상치 않다. 전술한 대로 서포는 충신론을 체달·요해하여 그 소임과 책무를 올바로 수행하는 과정에서 군신 간에 그 정도를 벗어날 때는, 가차없이 충언·충고를 주저하지 않았다. 그러한 충성 본무가 거부되거나 박해·압력을 받을 때는, 언제나 그 직임을 걸고 투쟁을 계속했던 터다. 그럴 때마다 언사로서 직소하는 일이 많았고 (후술 참조) 으레 상소문을 지어 올렸던 것이다. 이러한 상소문은 그 제목에 따라 내용이나 어세가 다르기는 하지만, 그 문장이 사리에 타당하고 논리가 정연하다는 것과 그 충성이 파직·구금이나 정배·사형을 각오할 만큼 줄기차고 뜨겁다는 점에서, 공질성과 공통점을 갖추고 있는 터다. 이러한 상

---

61) 西浦集 권7, pp.183−289.
62) 西浦集 권7, pp.289−292.
63) 西浦集 권7, pp.292−302.
64) 西浦集 권9, pp.335−344.

소는 실제로 조정에서 반응을 일으키고, 따라서 당시의 ≪왕조실록≫에 반영되었다. 그 중에 하나의 사례를 들어 본다. 숙종 9년 9월 5일에 〈辭大司憲疏〉와[65] 관련된 것이다.

> 대사헌 김만중이 사직소를 올렸는데, 그 소의 대략에 이르기를, "本府에서 바야흐로 조지겸과 오도일을 환수할 것을 청하고 있는데, 박태유의 소는 그 뜻이 전적으로 休致한 대신을 공격한 것이고, 이 두 신하는 마치 미치지 못할까 두려워하듯 말을 꾸며 구하기를 도모하였습니다. 그러나 박태유에게 죄가 없다고 하면 그만이겠지만, 박태유에게 죄가 있다면 두 신하 또한 어찌 죄가 없을 수 있겠습니까? 그런데 대신이 이미 박태유를 구하기를 도모한 것을 죄가 없는 것으로 여겼으나, 이는 박태유를 구할 수 있는 것으로 생각한 것입니다. 그러나 외직에 보임된 것을 환수하라는 청이 유독 박태유에게는 미치지 않았으니, 어찌 시비의 실상에 끝내 굽히지 못함이 있는 것이 아니겠습니까?"하니 양사의 여러 신하들이 모두 이 때문에 인피하고, 김만중은 글을 올려 遞職되었다. 그리고 조사석이 대사헌에 제되되자 처치하여 여러 臺臣을 출사케 하였다.

이처럼 서포는 군신간의 복잡·미묘한 문제를 원칙적으로 판단하여 그 옳고 그름을 적시하되, 임금의 권위나 관직의 고하를 가리지 않고 직접 충언·충고하였다. 그럴 때에 그것이 제대로 용납·수용되지 않을 경우, 그 현직을 사퇴하는 길을 과감히 선택했던 터다. 그래서 서포의 사직소가 거듭 나타났고, 그것이 바로 그 충성의 축적과 척도로 작용했던 것이다.

이런 점에서 서포의 상소는 직간의 언소와 함께 그 충의산문의 절정을 이루고 있는 것이다. 겸하여 위 劄子나 啓文, 表箋 등도 작품별로 그 동기와 내용, 그리고 문장형식이 좀 다른 것은 사실이지만, 그 문장의 타당한 명변과 조리 정연한 것에다 그 충성의 뜨겁고 줄기찬 점에서는 역시 공통점과 동질성을 확보하고 있는 터다. 이처럼 서포의 주의는 모두 그 충성계 수필

---

65) 숙종실록(숙종 9년 9월 5일), p.663.

로서, 참된 충성을 담은 문학작품의 커다란 흐름을 이루고 있는 것이다.

이상이 문장화된 주의라면, 당시 왕과 신하들을 면대하여 직접 대담한 언소가 더욱 무섭고 선명한 터다. 이것은 모두 당시 사관에 의하여 문장화되고 해당 왕조실록에 수록되어 있기 때문이다. 기실 서포는 출사 기간에 걸쳐 수많은 기사에 오르지만, 그 가운데서 임금과 직접 면애하여 상주한 것이 30여 차례나 된다. 그것은 긴장된 현장에서 생동하는 서포의 진정한 충언이다. 이 충언은 질량면에서 완전한 주의의 요건을 갖추었기에 주의문장, 수필작품으로 취급될 수가 있다. 충성으로 가득찬 그 합당·정연한 언소가 당대의 문장가인 사관에 의하여 모범문장으로 기록되었기 때문이다. 그러니까 그런 주의가 30여편이나 된다는 이야기다. 이러한 주의에는 상소와 계문·차자의 양식이 있고, 임금과 문답식·토론식 대화의 형태가 있다. 이런 상소 중에서 한 사례를 들어 본다. 숙종 7년 6월 2일 서포가 서원의 난립과 폐해를 지적하고 올바른 시책을 추구하는 상소이다.[66]

> 대사성 김만중이 상소하기를, "학교에 벌이 있는 것은 대개 송나라 유현들의 향약에 과실을 서로 규계한다는 뜻에서 나온 것입니다. 그러나 그 의논은 다만 학교에서 시행될 수 있지, 나라에까지는 미칠 수가 없습니다. 유생을 停科로 벌한 것은 그 유래가 이미 오래 되었는데, 요사이 벌을 베푸는 것은 더욱 외람됩니다. 국가에서 인재를 뽑는 것이 단지 과거 한 가지 길만 있는데, 연소하고 경예한 무리로 하여금 통하게 하거나 먹는 권한을 존중케 하여, 조정을 덕의가 막혀 베풀어지지 않게 하고 있습니다.(중략) 신이 생각하건대, 지금 서원이 지극히 많고, 聖朝에 숭상하여 보답하는 은전이 또한 이미 남음이 없을 정도입니다. 설령 유현이 계속 나온다 하더라도 자연히 조금 후세의 公議를 기다려야 할 것으로 여겨지니, 이제 마땅히 일률적으로 정지하고, 상청하는 것을 허락하지 말도록 하소서. 오로지 이미 설치한 서원 가운데 미처 편액을 내려주지 아니하였으나, 그 가운데 도덕을 존숭할 만한 사람은 청원하도록 허락하

---

66) 숙종실록(숙종 7년 6월 2일), p.534.

되, 또한 겹쳐서 설치하지 못하게 하소서. 옛날에 市廛에 賦稅가 있엇던 것은 末業을 억제하기 위한 것입니다. 국가에서 오로지 성균관으로 하여금 약간의 고기와 야채를 거두어 유생을 대접하도록 하였는데, 근래에 平市署의 啓辭로 인해서 일체 금단하였습니다. 설령 관로가 거두어 모을 때 함부로 외람되게 하는 바가 있다 하더라도 오로지 그 폐단을 곧 엄중하게 申飭해야 할 것이요, 아울러 조종조에서 선비를 양성한 규례와 함께 폐지함은 마땅하지 못합니다."하니 답하기를, "陳疏한 세 조목이 절실하지 않은 것이 없다. 서원을 겹쳐 설치할 수 없게 하는 것은 명백하게 受敎에 있는데, 편액을 시끄럽게 청하는 것이 오늘과 같은 적이 없었으니, 특별히 신칙을 더하여 남상에 이르지 않게 하겠다. 두 가지 일은 묘당으로 하여금 품처하도록 하겠다."하였다.(하략)

이처럼 그의 상소는 하나의 정연한 문장으로 정립되어 충직한 기맥이 흐르고 있다. 그 내용이 시의 적절한 데다 논지가 선명하여 설득력이 강한 터다. 따라서 이런 것은 상소문 주의로서 명분이 뚜렷하고 그 실효성이 특출하다. 그러기에 왕이 이를 합당하게 수용하여 '진소한 세 조목이 절실하지 않은 것이 없다'면서 그대로 시행하라는 어명을 내리게 되었다. 이어 서포는 경기 어사로서 서계를 올려 큰 성과를 올린 바가 있고,[67] 부수찬으로서 사헌부와 관련된 차자를 올려 정도를 시행케 한 적도 있었다.[68] 이러한 계문이나 차자는 그 동기나 내용이 다르기는 하지만, 적어도 그 작품들이 모두 수미 일관된 문장의 자질을 갖추고, 그 속에 충의가 함축되어 있다는 점이 공통되는 터다.

한편 대화 형태의 상주는 더욱 충직하고 강력한 어세를 들어낸다. 그 많은 데서 하나의 사례를 들어 본다. 현종 10년 11월 9일 서포가 왕 앞에서 김좌명·이민적 등과 함께 정치의 방법에 관하여 직소한 것이다.[69]

---

67) 현종실록(현종 12년 11월 1일), p.1.
68) 현종실록(현종 11년 4월 14일), p.666.
69) 현종실록(현종 10년 11월 9일), p.652.

이민적이 또 별대의 군사를 뽑는 폐단을 말하며 중지해야 한다고 거듭 말씀드렸으나, 상이 끝내 따르지 않았다. 김만중이 나아가 아뢰기를, "정치의 방법상 선왕의 제도를 개수하지 않을 수 없습니다. 지난번에 ≪大典≫을 바로잡으라는 명령을 내려 관아를 설치하기까지 하자 온 나라가 모두 우러러 보았습니다. 그런데 그 뒤 덮어두고 있어 이름만 있고 실상이 없습니다. 공주의 저택에 관한 일에 구애되는 바가 있어 그런 것은 아닙니까? 송나라 희풍 연간에 三不足說이 있어 논자들이 망할 징조라고 했습니다. 지금 공주의 저택에 관한 일로 상하가 서로 버틴 지 이미 여러 달이 지났는데도 한결같이 정해진 법제대로 따르는 일이 없었습니다. 이는 祖宗도 법받을 것이 없고 사람의 말도 돌아볼 것이 없다라는 말에 불행하게도 가까운 것입니다. 지금처럼 재앙을 만나 크게 놀라워하고 있는 시기에 또 제도를 개정하지 않는다면, 이는 하늘의 변고도 돌아볼 것이 없다라는 것으로 송나라 말기와 다름이 없는 것이며, 太戊가 祥桑의 재변을 만나 선왕의 정사를 닦은 것과 동떨어진 것입니다. 신은 법전을 수정하여 정비하는 것이 하늘의 노여움에 응하는 최우선의 일이라 생각합니다."하자 상이 한참 동안 대답이 없었다. 김좌명이 나아가 아뢰기를, "김만중의 말은 곧고 절실한 말입니다."하니 상이 그제서야 절실한 말이라고 하였다.

이와 같이 이런 면대 직소는 충의의 신념에 찬 대화체 문장으로 자질을 다 갖추었다. 그 내용의 타당성과 대의 명분이 구체적인 사례·전거를 통하여 당당하게 들어 나고 있기 때문이다. 이런 상주는 그 논지의 선명함과 강력한 설득력으로 군신 간의 공감대를 형성하고 긍정적 평가를 받게 되었다. 그리하여 동석한 신하가 먼저 그의 말이 곧고 절실하다고 공언하니, 한참 동안 대답이 없던 왕도 '절실한 말'이라고 받아 들였던 것이다.

그리고 애제는 망인을 위한 애도문과 신위께 바치는 제문을 아우른다. 서포의 애제는 제문이 주축을 이룬다. 그 문집에 수록된 제문을 순서대로 들어 보면

東宮祭賓客趙復陽文

大司成金湜贈領議政金權領議政金堉淸風府神宇賜額祭文

兼贊善宋俊吉致祭文

顯宗大王殯殿議政府率百官進香祭文

討逆後參贊宋俊吉致祭文

判書尹終致祭文

康陵親祭文

社稷祈雨祭文

宗廟祈雨祭文

祭外舅刑曹判書東里李公文

祭李大司諫神文

등이 있다. 이 제문들은 '賜額祭文'이나 '致祭文'·'親祭文'·'進香祭文' 등 대부분이 임금의 입장에서 응제된 것이지만, 이미 전제된 것처럼, 모두가 서포의 제작임에는 틀림이 없다. 이들 제문의 대상은 종묘·사직과 선왕의 신위가 우선이고, 역대 충의 공신들의 영가가 다음이다. 그러기에 이 제문의 관점과 동기, 그 내용면에서 상·하의 품격을 달리하는 것은 당연한 일이다. 그래서 그 제문으로서의 전형적인 양식에 부합·충실하고 있는 것이 돋보인다. 그것은 이 문장의 보편성과 완성도를 유지하고 있다는 점에서, 공통성과 공감대를 형성하기 때문이다. 그리고 이 제문의 표현은 애제풍의 숭엄·간곡한 문세를 조성하여 경건하고 추모하는 심정을 불러 일으키기에 족하다. 여기서 서포의 문장력이 문학적으로 빛을 내는 것이다.

나아가 이 제문들은 위 신위와 영가의 품격에 따라 수준과 정도의 차이는 있지만, 그 충의·충성을 핵심 주제로 삼았다는 점에서, 공질성을 확보하고 있는 터다. 적어도 위 신위에 대해서는 먼저 그 성덕·영위를 찬탄하고 국태민안을 충심으로 청원하며 군신의 충성을 다짐하고 그 신위의 무궁한 명운을 기원한다. 이어 위 영가에 대해서는 그 충성의 공덕을 찬양하고 성은에 감축하며, 그 영가의 명복을 빌고 다 같이 충성을 거듭 다짐한다. 따라서

이 제문들은 모두 신위·영가를 향하여 그 성덕·공적을 충성으로 찬탄·
찬양하면서, 다시 충성을 다짐하는 데에 집중하고 있는 게 분명해졌다. 그
러기에 이 제문들은 서포의 충성을 직·간접으로 표현한 충성계의 수필로
서 평가되는 게 마땅한 일이다. 끝으로 충성계 잡문을 모색할 수가 있다.
가량 전게한 실록에 기재된 대로, 서포는 임금과 면대하여 수많은 충언을
올린 바가 있다. 그 중에서 주의 상소의 자질을 갖춘 것은 이미 거론되었거
니와, 그에 미치지 못한 충언들이 그대로 방치될 수는 없다. 그 충언들이
촌철살인의 파사현정에 기여한 것이기에 자세히 수집·검토하여 그의 잡기
장르에 편입시킬 수 있기 때문이다. 다만 여기서는 형편상 구체적인 논의를
유보할 따름이다.

　둘째, 효행계 수필에 대해서다. 여기에 해당되는 장르는 전장과 서간이
다. 원래 이 전장은 어떤 인물의 전기와 행장을 아우르는 문장이다. 그런데
서포의 전장으로는 문집에 유일한 행장이 전하니, 그것이 바로 그 유명한
〈先妣貞敬夫人行狀〉, 흔히 이르는 〈윤씨행장〉이다. 이 작품은 서포가 충효
에 목숨을 바치면서 마지막으로 어머니께 올린 효행문학의 절정이다. 이미
밝혀진 대로 서포가 남해의 적소에서 그다지 사모하던 어머니의 부음을 듣
고, 뼈를 깎고 가슴을 저미는 아픔을 절감하면서도 분상조차 하지 못한 죄
인의 마음이다. 이제 서포는 죽을 수밖에 없는 절박한 심정으로 어머니의
영단을 차려 놓고 조석으로 상식을 올리고 통곡하니, 산과 바다도 함께 울
수밖에 없었다. 서포는 어머니에 대한 불효의 통한이 깊어 갈수록 한편으로
마지막의 운명을 예감하면서 하늘 같은 어머니의 은덕을 되새긴다. 그리하
여 서포는 죽기 전에 거룩한 어머니의 행적을 적어 생사 간에 되새기며, 후
손들에게 길이 전범이 되게 하려고, 그 입전을 결심한다. 이에 쇠진해 가는
정신을 가다듬고 혼미해지는 마음을 다하여 그 행장을 지으니, 그것은 효성
을 다하여 혈서가 되었다. 그리기에 서포는 '외롭고 슬픈 아들'임을 자처하
고 피눈물을 머금어 통곡하면서 삼가 이 글을 마쳤던 것이다. 그로부터 계

속하여 사모하고 애통하다가 3년도 채 지나지 않아 그 생애를 마치니, 이 글은 효행으로써 목숨을 바친 바 효행산문의 절정을 이루었던 것이다.

이 행장은 처음부터 끝까지 한 글자 한 마디마다 서포의 효성이 피눈물로 새겨져 있으니, 사람이면 누구나 감읍하지 않을 수 없다. 우선 서포는 어머니의 빛나는 가계와 소중한 생장과정을 되새겨 밝힌다. 이 어머니의 가문은 실로 혁혁하여 덕혜옹주를 조모로, 인조조의 명신 윤지와 경기 감사의 딸 남양홍씨 사이에서, 무남독녀로 귀하게 태어난다. 그 어머니가 어려서부터 총명하고 숙성하여 한번 가르치면 곧 입에 올리니 옹주가 늘 그 여자됨을 한하였다. 그 어머니는 성장시에 의복·음식 등에서 사치롭지 않았으니, 장차 가난한 선비의 안해로서 내조를 위하여 근검·절약을 익힌 것이었다. 그 어머니가 14세에 광산 김씨 가문으로 시집을 오니, 그 예학의 종장 사계 장생이 시조부가 되어 그로부터 시부와 남편에 이르기까지 예학을 실천하는 곳에, 족히 순응하여 부덕을 더욱 아름답게 갖추고 빛내었다.

이어 서포는 어머니의 자녀 교육에 대하여 회고·감은한다. 어머니는 아들 형제를 데리고 친정살이를 어렵게 하면서도 자식들에게는 그러한 가난을 일체 모르게 하였다. 그러면서 어머니는 스승을 겸하여 아주 자애로운 한편 매우 엄하게 사람됨을 이르고, 손수 ≪소학≫·≪사략≫·≪당시≫·≪좌전≫·사서 등을 가르쳤다. 만약 아들 형제에게 잘못이 있으면, 매를 들고 선고의 이름으로 울면서 비장한 각오로 편달하였고, 자식들의 교육에 필요한 서책을 구득함에 물불을 가리지 않았다. 그리기에 서포는 어머니가 자식 교육에 모든 역량과 정성을 다하며 피눈물 나는 열성과 훈도로 몸바친 사실에 재삼 감복하였던 것이다.

그리고 서포는 어머니의 성품이 빼어남을 떠올려 감탄한다. 어머니는 인자하고 관용하는 한편, 단엄·방정하고 준결하여 열장부의 기풍을 갖추었고, 사리에 어긋남이 없는 데다 공사를 가리어 공명정대함을 숭상하였다. 또한 어머니는 청빈과 의리에 평안하고 사정에 흔들리지 않으며 언제나 당당한 여자 중의 선비였다.

그러기에 서포는 그 어머니가 예도에 투철함을 들어내어 흠앙한다. 어머니는 예학 명문의 부인답게 관혼상제나 생활법도에서 하나도 어긋남이 없을 뿐만 아니라, 솔선 수범하여 아랫 사람들을 적극적으로 가르쳤다. 나아가 어머니는 자식들에게 충효를 가르치고 몸소 실천하였다. 실제로 공사 간에 불충·불효의 언행을 엄히 경계하고 가풍을 따라 오직 충효를 숭상하였으니, 서포는 어머니의 가르침을 본받아 그대로 살았음을 감명깊게 토로·각심하였다.

마침내 서포는 그 어머니가 여자로서 완벽한 행실을 갖추어 원만한 전범이 되고, 구원의 귀감이 된다고 숭앙한다.[70] 요컨대 서포는 그 어머니가 여자의 만덕을 구비하고 삼강오륜을 그대로 실천한 여중군자, 여성영웅으로 존숭한다. 그리하여 서포는 어머니의 찬연한 행적을 사실적으로 묘사해 냄으로써, '여자의 일생', '불멸의 여인상', '구원의 자모상'이라 구상화하고, 한국여성사에 전범·귀감이 되는 역사적 존상으로 승화시켰던 것이다.[71]

이 작품은 서포의 효행이 정성껏 빚어 낸 혈서 같은 진품이다. 이미 말한 대로 그 문장과 행간에 효성이 맺히고 망울져 흐르거니, 그것이 오히려 서포의 가슴에 통한으로 응축되어 토로하지 않으면 견딜 수 없었다. 서포는 견디다 못하여 그 글을 맺으면서 피눈물로 통곡하며 울부짖는다.

> 만중이 태어나기 전부터 죄가 많아 평생에 아버지의 안면을 보지 못하고 난리 때 태어나느라 어머니의 노고가 보통사람 보다 백배나 되었는데 우둔하여 아무런 지식이 없고 은혜와 사랑에 친압하여 안색을 순수하기에 어긋남이 많았다. 분수에 맞지 않는 영귀가 어버이를 영화롭게 함이 아닌데 창광하고 우매하여 함정을 밟음으로서 우리 태부인에게 평생의 슬픔을 끼쳐 드렸으니 불효의 죄는 하늘에 관통하는데 오히려 목

---

70) 이상 이명구, 서포와 〈정경부인윤씨행장〉, 김만중연구, II −30∼33 참조.
71) 노태조, 위 논문, p.151.

을 찌르거나 배를 갈라서 귀신에게 사죄하지 못하고 벌벌 떨면서 독기
어린 바닷가 가시울 속에서 삶을 구하니 아! 슬프도다. 돌이켜 생각하건
데, 하늘의 이치가 정상에 돌아오지 않고 남은 목숨이 떨어지게 되었는
데 진실로 두렵거늘 우리 태부인의 좋은 말씀과 훌륭한 행실이 점차 암
매하여 후손에게 모범을 드리울 수 없으므로 감히 슬픔을 억제하며 아
픔을 참고 손수 언행의 일통을 기록하여 몇 장을 등초해서 여러 조카에
게 넘겨주는 것이다. 성품이 본래 어둡고 막혀 언행을 잘 보지 못하고
더구나 정신이 소모되어 십분의 일 만을 기록하게 되니 불초의 죄가 이
에 이르러 더욱 큰 것이다.[72)]

이와 같이 서포는 그 효성을 불효의 한과 불효의 죄로써 통절히 역설하고
있는 터다. 바로 이 대목은 서포가 이 작품을 통하여 들어내려고 했던 효성
을 가장 잘 응축시켜 가장 문학적으로 표출한 빼어난 문장이다. 이는 서포
의 목숨을 바치는 효성과 무소불능의 뛰어난 문장능력이 없이는 불가능하
였기 때문이다.

이 행장의 문학적 실상과 가치는 서포의 다른 작품과 함께 이미 밝혀진
터다. 이것은 한문·국문의 전장, 전문학으로 서포 산문의 전형을 보여 주
는 세 사실이다. 이 작품은 기본적으로 행장의 전형을 보이고 있지만, 그
여자의 일생이 중첩된 사건을 응축하고 서사적으로 구성됨으로써, 전기소
설의 형태를 갖추고 있다. 나아가 이 작품은 소설적 서사구조에다 파란만장
한 극적 사건을 연첩시킴으로써, 희곡적 면모까지 들어내고 있다. 기실 이
행장을 기반으로 소설적 기법을 가미하면 바로 소설작품이 되고, 또한 희곡
적 수법을 발휘하면 곧 희곡작품이 되겠기 때문이다. 여기서 서포의 문학적
능력이 족히 실증되면서, 이 행장이 당대 효행산문의 수작이 되고 후대 효
행문학의 전범이 되었으리라 보아진다.

다음 서간은 서로 주고받은 편지를 말한다. 그런데 서포의 문집에는 단

---

72) 西浦集 권10, pp.370−371.
　　貞敬夫人海平尹氏行狀(이종락 역), 광산김씨 허주공파 종중, 2000, pp.38−39.

한 편의 서간도 전하지 않는다. 서포의 평생에서 그 처지나 정서, 문장력 등을 보면 그 서간이 공사간에 많았으리라 추정된다. 역대 학자·문사 등의 문집에 서간이 적지 않게 실려 있는 것은 보편적인 현상이기 때문이다. 서 포에게나 후손·후인들에게 그 왕래 서신을 수습할 수 없었던 사정이 있었 음을 유추할 수가 있을 뿐이다.

그런데 서포의 시문이나 ≪서포연보≫ 등을 보면, 특히 금성·선천·남해 등의 유배지에서 주고받은 서간이 적지 않았던 것이다.[73] 서포가 유배생활 을 하면서 고향·가족, 어머니에 대한 그립고 궁금한 심정을 토로하고, 도 로 안부를 들을 수 있는 유일한 통로가 서간이었기 때문이다. 아무리 적거 하는 처지이지만, 별다른 문제가 없는 가족 간의 순연한 서신이라면, 어려 운 대로 교통되었던 것이다. 서포가 선천배소에서 글을 지어 부쳐서 어머니 의 소일거리를 삼게 하였다는 사실은[74] 잘 알려져 있다. 그런데 이 글이 바 로 〈구운몽〉이라고 해석하는 견해가 있어 주목된다. 이 문제의 '書'(글)는 적어도 서간을 포괄하는 것이라 본다. 이 글을 〈구운몽〉이라 하는 근거는 '그 글의 요지가 일체의 부귀영화가 모두 몽환이다'라는 기사이다. 이로 하 여 그 글이 〈구운몽〉이라 하는 추론을 부인하지는 않지만, 그 글이 서간일 수도 있다는 것이다. 서포가 이미 〈記夢〉 같은 고시를 썻듯이 그런 요지의 서간을 얼마든지 쓸 수 있기 때문이다. 그러기에 서포는 선천배소에서 어머 니를 그리고 문안하는 시나 서간, 소설 등의 글을 지어 보내어 소일거리로 삼았다고 보는 것이 오히려 낫겠다.

이러한 적거생활 속의 서간은 자연 다른 작품과 함께 효행문으로 요약될 수밖에 없다. 그것은 어머니를 그리워하고 그 상심을 위로하며 강령을 심 려·기원하는 내용일 수 밖에 없기 때문이다. 기실 선천배소에서는 많은 서

---

73) 서포연포(김병국 역, p.226)에는 선천 배소에 있을 때, '우암이 편지를 보내어 말했다."라 고 하였다.
74) 서포연보, p.227.

간이 왕래되었으니, 서포의 시에서 그 사실을 알려 준다. 그의 시 〈塞邑〉에서 '家書數紙盡'(집에 보낼 편지 여러 장을 다 쓰고)이라[75] 하였으니 그 정황을 알 만하다. 이에 그의 시 〈近得〉에서는 '近得慈親信'(근래에 어머님의 서신을 받아 보니)이라 하여, 모자 간의 서간 왕래를 증언하고 있는 터다.

이러한 효행서간은 선천배소에서만 써 보낸 것이 아니다. 일찍이 금성배소에서도 그런 서간 왕래가 분명히 있었을 것이기 때문이다. 그리고 남해배소에서는 여러 정황으로 보아 그런 서신 왕래가 어려웠으리라 추정되지만, 오히려 그런 효성을 다한 서간을 쓰고자 하는 언행은 더욱 간절했던 것이다. 다만 그 서간의 전거가 현전하지 않을 따름이다. 그래서 남해배소에서 저술한 〈사씨남정기〉나 〈윤씨행장〉과 같은 그 작품들이 전승되는 것으로 미루어, 그러한 효행서간도 적잖이 쓰였으리라 추정되는 터다.

이상과 같이 추산되는 서간, 즉 효행서간은 실로 효행산문의 전형이라 보아진다. 이런 서간은 서포의 정서나 심중을 가장 절실히 나타내었기 때문이다. 그래서 서포의 서간은 그 배소에서의 효성·효심을 가장 간절하게 표출한 효행산문·효행문학의 절품이라 할 것이다. 그것은 전술한 〈윤씨행장〉의 효행문학성이 방증해 주는 터라 하겠다.

3) 西浦 小說의 忠孝性

원래 한국고전소설은 윤리소설이라 할 만하다. 그것이 이른바 권선징악을 내세워 삼강오륜을 강조하고 있기 때문이다. 기실 이런 윤리소설은 삼강을 대강으로 하되, 남성계 소설은 충효를 주창하고, 여성계 소설은 효열을 주장한다. 여기서 윤리문학·충효문학에 기반을 둔 충효소설이 실제적인 주축을 이루어 왔던 것이다.

그러기에 서포가 당시의 소설계의 내막을 알고, 그 충효사상을 문학적으

---

75) 西浦集 권3, p.113.

로 작품화하는 데에 있어, 그 소설 양식을 선택한 것이라고 볼 수도 있겠다. 이러한 전제 아래서 서포는 최고·최선의 소설작품을 창작하되, 그 속에 충효사상을 주입·소화시킴으로써 일련의 충효소설이 새로운 지평을 열었던 것이다. 이런 충효소설이 바로 저명한 〈구운몽〉과 〈사씨남정기〉로 등장하였기 때문이다. 따라서 이 서포소설이 그 제작동기나 작품 자체로 보아 운명적인 충효소설임은 물론이다. 그 소설이 서포의 충효사상을 완전히 수용·육화하고 있기 때문이다.76) 실제로 이 작품들은 각기 충효사상을 겸유·총화하고 있으므로, 충성계나 효행계로 나누어 논의할 수가 없다. 그리하여 여기서는 구운몽류와 사씨남정기류로 나누어 그에 포용된 충효사상을 검토할 수밖에 없다.

첫째, 구운몽류의 충효사상에 대해서다. 이 〈구운몽〉은 창작동기가 효행이라고 전한다. 잘 알려진 대로 서포가 사신을 수행하여 중국을 다녀 오는데, 패사를 즐겨 읽는 어머니의 부탁으로 그런 책을 사오려 하다가 깜박 잊고 돌아오게 되었다. 당황한 나머지 서포는 입국하기 전 숙사에서 하루 밤 사이에 〈구운몽〉을 제작하여 어머니에게 바쳤다는 이야기다. 또한 전술한 대로 서포가 선천배소에서 어머니를 그리는 효성으로 이 〈구운몽〉을 지어 부쳐서 소일거리로 삼게 하였다는 전언이 있는 터다. 이것이 얼만큼의 신빙성이 있느냐를 따지기에 앞서, 이 〈구운몽〉이 효행적 동기로 제작된 것은 물론, 그 주제가 역시 효행이라는 점을 반영한 터라 하겠다.

기실 〈구운몽〉은 그 주제면에서 충효사상을 표면화하고 있는 게 사실이다. 얼핏 몽중의 양소유가 벌리는 애정행각과 부귀공명을 통하여 주제를 고려할 수도 있겠지만, 윤리적 관점에서라면, 그 작품 전체를 통관하는 충효사상이 핵심적 명분을 지니고 있기 때문이다. 이러한 주제에 바탕을 두고, 굳이 충성계와 효행계를 나누어 본다면, 그 등장인물들의 언행에 따라 상대

---

76) 위 광산김씨 삼강문화유적지에 서포 김만중충효소설비(설성경 찬)가 건립된 것은 시사하는 바가 크다.

적으로 검토할 수가 있겠다.

먼저 충성계의 언행을 보면, 아주 철저하게 나타난다. 원래 절대군주국의 세계에서 만조백관과 천하만민이 모두 제왕에게 충성하는 것은 당연한 일이다. 그래서 〈구운몽〉의 백관과 백성들은 한결같이 황제께 충성하는 것이 원칙이다. 다만 불충·반역하는 무리는 변방의 제후국들 뿐이다. 그 소국들도 잠시 반란하다가 격문으로 선무하거나 출병하여 응징하면 금방 충의를 표한다. 그리하여 양소유를 중심으로 조정의 백관과 궁인·궁녀 군사·백성들이 조금도 변함없이 충성 일변도로 나가는 것이 이 작품의 특징이다.

양소유는 문무 겸전하여 등과 이래 입신양명하면서 오직 충성하여 변방의 반란을 선무하고 정벌했을 뿐이다. 다만 양소유가 대원수로 변방 반란을 평정하고 돌아 오니, 황제와 태후가 공주와 국혼을 명할 때, 이미 혼정하여 어명을 따르지 못한 것이 불충이라면 불충일 뿐이었다. 그러나 그것은 인륜·법도에 맞는 불복으로서 오히려 아름다운 충성이었다. 이어 양소유와 8부인을 따라서 조정 신료와 궁인·궁녀, 만백성이 차례로 충성을 다하니, 실로 〈구운몽〉은 충성으로 충만된 작품이라 하겠다. 이것은 〈구운몽〉의 몽중 제국이 최고의 이상국으로서 부귀공명을 마음껏 누리는 현상계를 그리기 위한 배려였다고 보아진다.

다음 효행계의 언행을 보면 매우 다양하게 전개된다. 그런데 이 효행은 위 충성과 맞물려 아주 당연하고 보편적으로 실천되고 있는 터다. 이 작품에는 등장인물 모두가 매우 자연스럽게 효행하고 있기 때문이다. 여기에는 불효자가 하나도 등장하지 않는다. 그러기에 이 등장인물들은 유표하고 적극적인 효행을 보이지 않는데도, 다 같이 효행에 충실한 방향으로 나아가는 것이다.

이 작품의 효행을 개별적으로 추적하면 더욱 흥미롭다. 그 주인공 성진이 그 사부를 존숭·시봉하는 것을 소극적인 효행이라 한다면, 양소유로 환생하여 그 어머니를 봉양하고 아버지 양처사를 찾아가는 것은 적극적 효행이다. 나아가 양소유는 어머니의 혈연을 어머니처럼 섬기고, 처부모를 부모처럼 모시는 데서 효행을 들어낸다. 그가 원수로서 부마가 되었을 때, 황태후에게는 충효를 다하는 격이 되어 완벽한 효자가 되는 터다. 지존인 황제는 황태후에게 효행하고 진왕과 난양공주도 역시 그 모후에게 효행하니, 백관과 백성의 모범이 된다. 그리고 정경패는 그 부모에게 효도하고 황태후께 효행하며, 그 시모를 지극 정성으로 봉양한다. 진채봉은 그 부모에게 효도하다가 그 부친이 주살되어 추모의 정이 더욱 깊어졌고, 나머지 7부인들과 함께 시모를 효행으로 받들어 모신다. 이로써 〈구운몽〉의 효행계 언행은 참으로 완전하여, 위 충성계 언행과 함께 그 충효소설의 요건을 이루는 터다. 이 작품이 시종 충효사상으로 일관된 사실은 양소유와 그 가족의 언행으로 실증된다. 그 양승상이 취미궁에 살면서 천자를 모시고 부모를 받드는 대목이다.

> 이때 천하 승평하니 승상이 나가면 천자를 모셔 상림원에 유렵하고 집의 들은 즉 대부인을 받들어 북당의 즐기는지라. 이때 유부인이 나이 구십구세의 기세하니 승상이 애통하는지라 상이 중사를 보내어 왕례로 장하시고 정사로 부처 또한 천년으로 돌아가니 승상의 비감한 정이 정부인의게 덜하지 아니터라. 승상이 육남이녀를 두엇시니 다 부모의게 효도가 극진하더라.[77]

　이처럼 이 작품의 충효성을 온전하게 표출하고 있는 터다. 그것은 이 작품의 일관된 윤리적 주제를 충효로써 구상화하고 있기 때문이다.

　둘째, 사씨남정기류의 충효사상에 대해서다. 이 〈사씨남정기〉는 창작동기가 충성이라고 널리 전해진다. 잘 알려진 대로 숙종이 장희빈을 총애하여 간신들과 함께 민중전을 내친 일련의 사건에 대응해서, 서포가 이 〈사씨남정기〉를 지어 퍼뜨림으로써, 성총을 일깨우고 혼탁한 정국을 바로잡으려 했

---

77) 구운몽, 한글 경판본 및 필사본 謝氏南征記(영인), p.130.

다는 것이다. 기실 이 〈사씨남정기〉의 사건진행과 그 당시 일련의 사건전개가 유사한 데다, 그만한 제작동기가 어울려 그것은 상당한 설득력을 가지고 번져 나갔던 게 사실이다. 실제로 이 〈사씨남정기〉의 내용대로, 그 당시의 사건이 장희빈의 퇴출과 민중전의 복위로 대미를 장식하였기에, 그 제작동기는 역사적 사실로 굳어지게 마련이었다.

기실 〈사씨남정기〉는 그 주제면에서 역시 충효사상을 표면화하고 있는 게 사실이다. 얼핏 보면 이 작품이 정치소설이나 가정소설의 일면을 지녔기에 그런 측면에서 주제를 파악할 수도 있겠지만, 윤리적 측면에서라면, 그 작품 전체를 관통하는 충효사상이 핵심적 명분을 띠고 있기 때문이다. 이런 점에서 이 작품은 〈구운몽〉과 남매 같은 상관성을 맺고 있다는 것이다.[78] 이러한 주제에 기반을 두고, 굳이 충성계와 효행계를 나누어 살핀다면, 그 등장인물들의 언행에 의하여 상대적으로 파악할 수가 있겠다.

우선 충성계의 언행을 보면, 상당히 입체적으로 나타난다. 본래 절대군주국의 세계에서는 만조백관과 천하만민이 모두 제왕에게 충성하는 게 당연한 일이다. 그런데 〈사씨남정기〉에서는 처음부터 그 원칙을 깨고 있다. 충효 가문의 유소사가 충신으로 예부상서에 올라 황제를 보필하였지만, 간신 엄숭과 맞지 않아 칭병·상소하여 은퇴한다. 그런데 그의 아들 연수가 소년 등과하여 성은을 입으면서, 그 부자의 충성은 더욱 깊어만 간다. 유소사가 연수에게 충성을 경계·권유하는 대목이다.

> 유생은 스스로 소를 올려 간청하였다. "아직 나이가 어리고 학문도 부족
> 합니다. 청컨대 관직을 떠나 십년 동안 독서에 전념하고자 합니다." 천
> 자는 그 뜻을 가상하게 여겨 조서를 내려 포장하였다. "특별히 본직을
> 지닌 채로 오년 동안의 말미를 주노라. 더욱 성현의 글을 읽으며 치군의
> 도를 강구하다가 나이 이십이 되면 다시 조정에 서도록 하라." 유생의

---

78) 사재동, 사씨남정기의 몇 가지 문제, 한국고전소설의 실상과 전개, 중앙인문사, 2006, p.731.

    온 집안은 성은에 감격하였다. 소사는 유생을 더욱 경계하였다. "충의를
    힘써 닦아 성은에 보답하라."[79]

　이로써 〈사씨남정기〉의 충성은 전통과 위상을 확보한 것이 사실이다. 유
소사 사후에도 연수가 사씨부인의 내조로 파란만장한 삶을 겪으면서도 그
충성을 지켜 왔기 때문이다.

　그러나 간신 엄숭의 불충과 작란으로 충성의 전통과 위상은 고난에 빠지
고 위협을 받는다. 엄숭의 수하 동청이 연수의 가문에 들어와 교씨와 작당
하고 냉진을 불러 들여 불충·부정으로 사리사욕을 취함으로써, 연수가 귀
양가고 그 가문은 불충인물의 소굴이 된다. 그들은 갖가지 계략과 간교한
수작으로 천자의 총혜를 가로막고, 극악한 불충을 자행하며 조정을 뒤흔들
고 백성들을 도탄에 빠뜨린다. 그리하여 엄숭이 조정에서 실권을 잡고 동
청·냉진 등이 지방 관아에서 부정을 일삼았기에 온 천지가 불충으로 가득
하였다. 따라서 그 충성의 맥은 연수와 사씨부인의 고난·인욕의 세월 속에
서 풍전등화의 위기를 맞았다. 그러나 천심이 소소 영영하여 간신의 불충이
백일하에 제거되고 유연수를 중심으로 충성이 회복·중흥되어 조정과 국토
에 더욱 충만하였다.

　이 작품에서 그 충성은 전통과 위상이 확립된 이래, 불충의 득세·도전으
로 큰 위기를 맞은 다음, 다시 불충을 누르고 재기·중흥되었으니, 마치 변
증법적 과정을 겪은 터라 하겠다. 이런 점에서 그 불충의 축은 충성의 축을
보강·강화하는 상대적 방편이라고 보아진다. 따라서 〈구운몽〉과 같이 절
대 충성으로 일관하기 보다는 이렇게 입체적인 충성을 수용·부각시키는
편이 돋보이는 터다. 이것은 꿈속의 이상세계에서가 아니라, 엄연한 현실세
계의 실제적 충성의 문제이기 때문이다.

---

79) 사씨남정기(이태종 역), 태학사, 1999, p.14.
　　필사본 謝氏南征記(영인), p.146.

다음 효행계의 언행을 보면 매우 자연스럽고 절실하게 전개된다. 원래 충효는 하나로 뭉쳐 있기에, 이것을 분화시켜 보는 데는 상대성이 따르는 게 사실이다. 이 작품에서도 충성과 짝하여 모든 군신·만민이 효행을 다하는 것이 순리요 원칙이었다. 그런데도 불충인이 상대하듯이 불효인이 실재하였던 것은 부인할 수 없는 사실이다. 기실 유연수의 가문은 충효로 빛났으니, 소사의 효도에 이어 연수의 효행이 투철하였기 때문이다. 여기에 충효가문을 타고 난 사씨부인의 효행이 합류·조화됨으로써, 이 작품의 효행은 시종일관 완전한 것이 되었다. 여기서 그 효행의 중심이 되는 사씨부인의 언행을 들어 본다.

소저는 유씨댁에 들어간 이후 구고는 효성을 다하여 섬기고 비복은 은혜로운 마음으로 대했다. 제사는 정성을 기울여 받들고 가사는 법도에 맞게 다스렸다. 금슬이 조화를 이루고 패옥 소리가 쟁쟁하였다. 규문은 물처럼 맑고 화기가 봄날처럼 가득하였다.

이것은 이 작품의 효행성을 시종 보장하면서, 이 효도가 백행·백복의 근원임을 역설하는 터다. 이 효행이 원만해짐으로써 이른바 가화만사성이 되었기 때문이다. 이 등장인물을 대표하는 사씨부인의 효행은 점차 확대되고 구체화된다. 사씨부인은 시부와 시고모에게 효성이 지극할 뿐만 아니라, 시댁 선대의 제사는 물론 그 선영 아래서 몸소 시묘살이까지 감행하여 그 효행을 극대화한다. 나아가 사씨부인은 그 친정부모에게 효성을 다하였고, 출가 후에도 직접 효도하지 못함을 못내 한스러워 하였다. 그리하여 이 사씨부인의 수하나 주변의 인물들이 하나 같이 효행하도록 솔선수범했던 것이다.

이로써 그 효행계 언행의 실상과 위상이 상대적으로 들어났다. 이것이 위에서 거론된 충성계의 언행과 연합·조화될 때, 이른바 그 충효는 완전 조화되면서 그 실상이 정립되고, 그 기능이 제대로 발휘되었던 게 사실이다.

이 〈사씨남정기〉가 충효소설로서 그 위상을 확립하고 적극적으로 행세하였기 때문이다.

4) 西浦 戱曲의 忠孝性

실제로 서포가 희곡을 지어 현전하는 작품은 없다. 그러나 그의 행적과 그 문학작품, 전게한 시가·수필·소설 등을 결부시켜 탐구·구상하면, 그 연극적 세계를 통하여 족히 희곡작품을 재구해 낼 수가 있겠다. 전술한 바 그의 충효적 언행이 너무도 연극적인 실상을 보이고, 따라서 그 충효성 작품들이 정말로 희곡적 성격을 갖추고 있기 때문이다. 여기서 서포의 충효계 희곡을 재구·조성할 가능성이 엿보이는 터다.

기실 서포는 당대의 지성으로서 인생의 한 가운데서, 특히 적거생활을 하면서 '인생은 연극이라'는 사실을 절감했을 것이다. 실제로 서포는 연극·희곡에 대하여 조예가 없지 않았다. 당시에는 명청대 중심의 중국 연극·희곡이 많이 유입되고 조선 연극·희곡에 영향을 주어 자생 작품도 생산되었다. 그러기에 시가와 수필·소설 장르에 능통하였던 서포가 희곡에 깊은 관심을 가지고[80] 충성적 갈등과 효행적 고민을 일대 희곡작품으로 쓰고자 했으며, 곧 쓸 수도 있었던 것이다. 다만 이 희곡양식이 당시 사대부의 문장으로 적합하지 않은 데다 상류사회에서 백안시되었기에, 그 희곡적 구상과 창작적 의욕·역량을 위 시문에 들리고 말았을 뿐이라 본다.

실제로 서포의 파란만장한 생애는 대장편의 충효극을 방불케 한다. 그의 충성과 효행의 행적이 예각화되어 비극적으로 전개되었기 때문이다.[81] 따

---

80) 西浦集 詩部에는 〈樂府〉(p.77)를 비롯하여 〈越女行〉(p.78), 〈採桑行〉(p.79), 〈次琵琶行韻〉(p.80), 〈觀黃昌舞〉(p.84), 〈竹洞夜會歌伎〉(p.133) 등이 연희시나 관극시로 실려 있다.

81) 실제로 이런 서포의 행적이 소설화되기도 하였고(김탁환), 극화·공연된 적도 있었으며(김용관, 서포기념사업회·대전시청), TV드라마로 제작·방영된 바도(KBS 중앙방송) 있었다.

라서 그 비극적 행적을 소화·반영한 그의 시가와 수필·소설 등이 실은 연극·희곡적 구조·구성과 문체·정서를 내함하고 있는 게 사실이다. 그러기에 위에서 거론한 충성계의 시가와 수필, 효행계의 시가와 수필, 그리고 충효계의 소설들을 기반으로 하여, 충성계의 희곡과 효행계의 희곡 내지 충효계의 희곡을 재구·조성할 수가 있겠다.

첫째, 충성계의 희곡에 대해서다. 기실 서포가 충성을 바친 행적은 생사를 건 활극이요 비극이었다. 궁성 정전을 무대로 지존과 찬반파의 신하들을 상대로 대소 국사를 논하는 데에 있어, 그것은 잘 되면 충신이요 잘못 되면 역적이 될 살얼음판이었기 때문이다. 실제로 국중 대사의 예민한 문제를 격론하는 데서 서포는 임금과도 불꽃 튀는 논쟁을 벌려 좌중 신료들의 간담을 서늘하게 만들었던 것이다. 상술한 바 충성계 시가와 수필에서 밝혀졌듯이, 그것은 참으로 역동적이고 생동적인 활극이요 비극임에 틀림이 없다. 이러한 연극적 현상이 가장 절실하게 현장적으로 표출된 것은 해당 실록에 기술된 문장들이다. 그 중에 저명한 사례를 들어 보겠다.

때는 숙종 13년 9월 11일, 장소는 궁성 정전 어전이다. 동참자는 승지 임홍망, 교리 황흠, 수찬 홍수헌, 지평 이정익 등이었다. 지경연사 김만중은 의금부에 하옥되었다. 그 이전의 이야기부터 시작된다.

이에 귀인 장씨가 후궁 중에 가장 총애 받았었는데, 동평군 이항이 장씨와 결탁하여 때없이 드나들면서 비할 데 없는 은총을 받았고, 장씨와 함께 조대비를 아첨하여 섬기므로 私情을 쓰는 길이 크게 열려 외부의 말이 모두 들어가게 되었다. 조사석은 곧 대비의 재종 아우이고, 동평군 항과 장씨의 어미는 또한 조사석과 연관이 있었다.(내용이 모두 위에 나와 있다.) 조사석은 평소에 명성이 그다지 표나게 나타나지 않았었고 총애도 또한 특이하지 않았었는데, 정승을 다섯 차례나 더 선택하도록 하다가 마침내 조사석에게 돌아가고 말아, 은수가 갑자기 융승해짐이 근고에 없던 일이었다. 이 때문에 사람들이 모두 후궁의 원조가 있은 것으로 여겨, 길거리에서의 말과 항간에서의 평론이 갈수록 더욱 떠들썩하면서도 감히 말을 하는 사람이 없었다. 또 영돈령부사 김수항이 죄를 입게 된 것이 비록 정승을 정할 때의 일 때문이기는 했지만, 혹자는 그의 아들 김창협이 일찍이 한 차례 상소를 올려 후궁을 지적하여 배척하면서 말을 매우 절박하게 했었기에, 임금의 마음에 불평스러워 그의 아비에게 화풀이하게 된 것이라면서 또한 몰래 논의하는 자가 많았다. 이때에 이르러 김만중이 연중에서 아뢰기를, "요사이 전하께서 김수항과 이단하에 대한 대우가 그전보다 크게 달라지셨는데, 김수항에 대해서는 외부 사람들 모두의 말이 '김창협의 상소 때문이다'라고 합니다. 어찌 전하께서 그의 아들이 한 일 때문에 그의 아비에게 화풀이를 하시겠습니까? 이는 김수항의 죄명이 분명하지 않기 때문에 이런 의심을 가지는 말이 외간에 마구 퍼지게 되는 것이 아닐 수 없습니다. 지금 전하께서도 신료들에게 마치 의심이 쌓여 풀리지 않으시는 것 같은데, 그렇다면 아래에서도 성상께 의심이 없을 수 없게 되는 것은 또한 당연한 일입니다. 대사헌 이익의 상소 내용에 이른바 '의아스러운 마음이 날로 생겨나고 있습니다.'라고 한 것이나, '조사석이 불안해진 것은 민진주 때문이 아닙니다'라고 이수언의 상소에서 말하게 된 것도 또한 이런 때문입니다. 지난번 한성우의 상소는 한 말이 매우 광망하여 진실로 성상의 마음을 개오하기에 부족한 것이기는 했습니다마는, 비답하신 말씀이 매우 엄격하였고 신자로서는 차마 들을 수 없는 말씀이 있기도 했기에, 항간에서는 더러 송인종 때 온성의 일과 같은 것이라 하고 있습니다. 流言은 옛적부터 대내에서 총애받는 궁녀가 있을 적에 생기는 수가 많았습니다. 만일 關雎章 같은 시가 생긴 문왕 때라면 그런 말들이 어디에서 생겨나게 되겠습니까? 바라건대, 전하께서는 반성하시면서 더욱 수신하고 제가하는 도리를 닦으소서."하였다.

임금이 이르기를, "조사석이 불안하게 된 것은 과연 무슨 일 때문이겠는가?"하니

김만중이 아뢰기를, "후궁 장씨의 어미가 평소에 조사석의 집과 친밀했었습니다. 大拜가 이 길에 연줄을 댄 것이라고 온 나라 사람들이 모두 말하고 있습니다마는, 유독 전하께서만 듣지 못하진 것입니다. 임금과 신하의 사이는 마땅히 환하게 트이어 조금도 간격이 없어야 하는 것인데다가 전하께서 물으시는데 신이 어찌 감히 숨기겠습니까?"하자

임금이 크게 화를 내며 이르기를, "나와 같이 재주도 없고 덕도 박한 사

람이 임금의 자리에 있으면서 이러한 말을 듣게 되니 진실로 군신들을
대할 면목이 없다. 김창협이 한 일은 비록 해괴하기는 했지만, 어찌 죄
를 그의 아비에게 옮길 리가 있겠는가? 이단하는 정승의 직책에 합당하
지 못함을 내가 본래 알고 있었거니와, 속담에 '차례로 하는 대간이다.'
라는 말이 있듯이, 또한 어찌 차례로 하는 대신인들 없겠느냐? 조사석을
이미 연줄을 대어 정승이 되었다고 했으니, 광해군 때에 값을 바치고 벼
슬을 얻게 된 일과 같은 것인데, 금을 받은 것이라 여기느냐, 은을 받은
것이라 여기느냐? 분명히 말의 근거를 대라. 결코 그만두지 않겠다."하
였다.
김만중이 아뢰기를, "전하께서 이미 신으로 하여금 말을 하도록 해놓고
또한 한 말의 근거를 물으십니다마는, 신이 비록 불초하기는 하지만 어
찌 말의 근거를 들어 말씀드릴 수 있겠습니까? 비록 誅戮에 빠뜨리시려
는 것입니다."하며, 말씨가 흔들리지 않았다.
임금이 더욱 화를 내어 음성과 안색이 모두 엄해지며 다그쳐 묻기를 그
만두지 않으니,
김만중이 아뢰기를, "신이 감히 여기에 있을 수 없습니다. 바로 달려나
가 의금부에서 대명하겠습니다."하였다.
승지 임홍망·교리 황흠·수찬 홍수헌·지평 이정익 등이 다같이 따져
묻도록 한 명을 도로 거두도록 청하다가 모두들 엄한 꾸지람을 받고 물
러갔다.(후략)[82]

이 글은 정말 한 편의 활극본 희곡이라 하겠다. 이 사건의 내용은 임금이
총애하는 후궁 장씨의 문제를 날카롭게 직간하여 그 진노를 샀던 초미의 관
심사요, 생사가 달린 일이었다. 이것은 이른바 장희빈 관계의 사건인데다
그 〈사씨남정기〉의 제작동기와도 관련되어 임금과 서포에게 큰 충격을 주
었고, 조야에 대단한 파문을 일으켰던 것이다. 여기서 서포의 목숨을 아끼
지 않는 장렬한 충성이 극적으로 부각되었고, 그 현장을 지켜 본 좌중 신료
나 그것을 전문·유추하는 신민들은 크나큰 감명을 받았던 것이다. 이만 하

---

82) 숙종실록(숙종 3년 9월 11일), p.108.

면 그 연극은 활극과 비극으로 성공한 터요, 그 극본은 족히 희곡으로 정립
되는 것이라 하겠다. 실제로 이 작품은 그 희곡적 양식에서도 상당한 수준
을 유지하고 있다. 그 모두의 사건 설명은 극본의 서두·해설이 되고, 본문
으로 들어와 등장인물들의 성격·연기에 그 강렬·생동하는 대화가 돋보이
고 있기 때문이다. 이어 그 후일담으로 서포가 의금부에 하옥되어, 마침내
파직·정배되니, 그 활극본은 그대로 비극으로 끝나는 것이었다.

이러한 핵심적 연극·극본의 구조·구성에다 전게한 충성계 시가를 삽
입·연결하면, 그 극본적 성과는 배가될 것이다. 원래 극적 시가는 극가로
서 희곡적 성향을 지니는 게 특징이다. 그래서 서포의 충성계 시가는 각편
이 그 자체로서 극본적 성격·자질을 갖춘 게 확실해진다. 따라서 그 시가
들을 전체적인 충성계 사건 구조에다 유기적으로 연결시킨다면 금상첨화의
극본 희곡이 성립될 것이다. 더구나 위 충성계 수필 특히 주의 중의 상소문
들을 이러한 중심적 극본에 결부·보완시킨다면, 더욱 풍성하고 완벽한 극
본 희곡이 될 것은 물론이다. 기실 그 상소는 각편이 다 절실한 극본 같은
데, 이것들이 일연의 충성 사건에 순리적이고 조직적으로 개입된다면, 이런
충성계 극본 희곡은 날개를 단 듯이 멋지고 값진 형태로 완결될 것이 분명
하다.

둘째, 효행계 희곡에 대해서다. 기실 서포가 보여 준 효도의 행적은 그대
로 한 편의 장편 연극이다. 그것은 한 많고 애절한 반생반사의 비극이라 하
겠다. 적어도 그 유배생활을 중심으로 서포와 어머니의 사이에서 벌어진 그
통한의 사건과 정경은 그 자체로서 창작극을 방불케 하기 때문이다. 실제로
서포는 그 비극의 주인공이 되어 어머니를 상대로 실연하면서, 그 실상을
시가와 수필로 그려 놓았다.

서포가 피를 토하듯이 충효를 다하고도 왕의 노여움을 사고 신료들의 질
시·공격을 받으면서 금성으로 유배되기까지가 서막이라면, 어머니와 작별
하고 금성에서 유배생활을 하다가 해배되어 어머니를 상봉하는 데까지가

제1막이다. 다시 어머니를 이별하고 선천으로 유배되어 고뇌와 정려의 생활 끝에 해배되어 어머니를 재봉하는 데까지가 제2막이고, 또다시 어머니를 석별하고 남해로 유배되어 통한과 사모의 비극 속에서 마지막 작품을 남기고 어머니를 사별한 채 고도에서 목숨을 바치는 데까지가 제3막으로 대단원을 장식한 것이라 본다. 이만 하면 자식된 사람이면 누구나 감격하는 장편 비극으로 승화된 것이니, 그 극본은 족히 희곡으로 정립되는 터라 하겠다.

이와 같은 핵심적 비극·극본의 구조 구성에다 전술한 효행계 시가를 삽입·연결하면, 그 극본적 성과는 크게 승격될 것이다. 원래 극적 시가는 극가로서 희곡적 성격을 갖추는 게 원칙이다. 따라서 서포의 효행계 시가는 각편이 그 주변 정경과 함께 그 자체로서 극본적 성격·기능을 갖춘 게 분명해진다. 그래서 이런 시가들을 전체적인 효행계 사건 구조에다 조직적으로 삽입·조정한다면 역시 금상첨화의 극본 희곡이 완성되리라 본다. 게다가 위 효행계 수필 전장과 서간들을 이러한 중심적 극본에 첨부·보충한다면, 더욱 풍성하고 완벽한 한 극본 희곡이 될 것은 당연한 터다. 특히 그 〈윤씨행장〉은 그 자체로서 아주 애절한 비극본이 될 수가 있겠다. 이 작품에다 서포가 이 글을 쓰던 심정과 동기, 그 과정의 비극적 언행·정경 등을 결합·구성한다면, 실로 빼어난 극본 희곡으로 승화될 수 있겠기 때문이다.

셋째, 충효계 희곡에 대해서다. 기실 전술한 바 서포의 충성계 희곡과 효행계 희곡을 통합·조정하면 바로 충효계 희곡이 성립되는 게 사실이다. 그런데 여기서는 위와 같은 연장선 상에서, 서포의 소설작품을 전거로 하여 그 충효계 희곡을 재구하여 보겠다. 위에서 서포의 소설 두 작품이 다 충효소설이라고 논의되었다. 그리고 이 소설들이 〈구운몽〉을 중심으로 희곡적 성격을 갖추었다는 점도 이미 논증된 바가 있다.[83] 기실 이 서포의 소설처럼 희곡적 구조와 성격을 보이는 작품도 없는 터다.

원래 고전소설은 동일한 서사적 구조물에 바탕을 두고 고전 희곡과 함께

---

83) 사성구, 구운몽의 희곡적 성격 연구, 서강대학교 대학원, 2001 참조.

분화되어 나온 것이다. 따라서 이런 소설과 희곡은 자매적 친연성을 가지고 상호 전환되는 경우가 허다하였다. 그래서 역대 고전소설은 희곡으로 극화·공연되고, 그 고전희곡은 바로 소설로 정립·출판되는 것이 매우 용이했기 때문이다. 이러한 고전소설은 생태적으로 강독·강담·강창 등의 형태로 유통·연행되다가 바로 연극형태로 공연되는 게 상례였다. 따라서 서포의 소설이 그 유통·연행 과정에서 극화·공연되는 것은 필연적인 일이었던 터다. 실제로 서포의 두 소설은 책으로 읽으면 소설임에 틀림이 없는데다, 연행·공연하면 극본 희곡의 성격·기능을 발휘할 수가 있는 것이다.

이 서포의 소설은 그만큼 희곡성이 뚜렷하여 희곡적 소설이라 할 수도 있겠지만, 이른바 읽는 희곡으로도 간주할 수가 있겠다. 실제로 조선 중후기에 선비·문사들 사이에서는 공연을 꺼리는 분위기에서 읽는 희곡을 번안·창작한 일이 얼마든지 있었기 때문이다. 그러다가 읽는 희곡이 공연의 좋은 조건을 만나 연극으로 실연되면, 그 희곡의 본래적 기능을 발휘하는 결과가 되었다.

이런 점에서 서포의 소설은 소설로서 출발하였지만, 그것이 강독과 함께 강담으로 전개되고 강창에 이르면, 벌써 연극형태를 갖추게 마련이었다. 여기서 극화·공연을 전제하면, 서포의 두 작품이 희곡성을 갖추고 연행·공연됨으로써, 일단 극본 희곡으로 성립·행세한 점을 족히 추적할 수가 있다. 그리하여 여기서는 서포의 충효소설을 통하여 그 충효계 희곡을 유추·재구하게 되었다. 그러기에 서포는 활달하고 생동하는 희곡작품을 구성·염원했지만, 그 공연의 번거로움과 냉대를 고려하여 이 소설로써 읽는 희곡을 창작한 것이 아니었던가 한다. 그러기에 서포의 충효계 소설이 그랬듯이, 이 충효계 희곡은 그 충성·효행을 보다 입체적이고 역동적으로 부각시키고 있는 터다.

5. 結 論

이상 서포 김만중의 윤리적 기반과 윤리적 실천, 그 충효사상의 문학적 전개양상을 유기적으로 고찰하였다. 이제까지 논의해 온 것을 요약하면 다음과 같다.

1) 서포의 윤리·문학적 기반에 대하여 검토하였다. 서포는 친가 광산김씨 예학의 명문과 외가 해평윤씨 문한의 명가의 충효적 가통과 문화적 기반을 타고 익겸과 윤씨의 유복자로 태어나니, 총명이 과인하고 박람강기한 터에 재질이 기특하였다. 일찍부터 어머니에게 글을 익히고 문재가 발월하여 칭송이 높았고, ≪소학≫·≪사략≫·≪당시≫ 등과 사서류를 학습·통달하여 학문이 넓어진 데다, 문장이 특출해서 과거에 급제하고 문명을 날렸다. 그 후로 서포의 학문과 윤리는 더욱 심화·확충되어 주체적 역량이 끝없이 진전되고, 그 문장은 날로 빛나며 능통하게 되었다. 이어 서포는 유학·불학·노사와 제자백가에 이르기까지 문학·사학·철학에 박통하고, 그 학문이 전체적으로 하나요 개별적으로는 여럿이라는 관점에서, 학문의 거시적 보편성과 분야별 득수성을 발견하고, 그 유기적 상관성과 입체적 총합성을 체계적으로 확인하였다. 서포는 그만한 학문적 운용능력과 제왕·고관을 대적할 만한 기개, 고금 문인을 능가할 만한 문장 묘력을 갖추고, 그런 학문적 체계를 윤리적으로 실천하는 데에 참 뜻이 있음을 확신하였다. 그리하여 서포는 당당한 능력을 갖추고 정당한 절차를 밟아 환로에 나아가서, 충성으로 공직을 수행하고 들어 와서는 어머니에게 효성을 다하게 되었다.

2) 서포의 윤리적 실천으로 그 충성과 효행에 대하여 고찰하였다. 서포의 충성은 한·중 정치사를 통한 제왕학·군신론·충신론을 요해·체달한 뒤에, 원칙대로 추진·수행되었다. 그래서 서포는 중요한 국사를 의론·처결함에 있어 한치라도 어긋나면 지존의 면전에서 직간하였고, 신료들을 가차없이 공척하였다. 그 충의가 수용되지 않으면 적극적으로 충언을 드리거나

상소문을 올리어 본직을 사퇴하였다. 그때마다 왕은 서포에게 진노하고 신료들은 입을 모아 반격을 가하니, 서포의 충성은 더욱 굳어져서 목숨을 내걸었고, 나아가 파직·하옥·정배를 거듭 의연하게 받아 냈던 것이다. 마지막까지 충의를 지키다가 남해 유배지에서 북향하여 임종하니, 실로 충성에 목숨을 바친 만고의 충신이라 하였다. 그리고 서포의 효행은 충성와 맞물려 충효로써 심화·실천되었다. 서포는 순효의 천품을 타고 유복자로 태어나, 그 어머니의 각별한 사랑을 받으며 생장하여, 그 효행은 너무도 뜨거운 것이었다. 서포는 평소에도 늘 어머니를 기쁘게 모시고, 잠시 출타할 때도 안타까이 염려했는데, 환로에 올라 충성을 다하는 가운데 세 번이나 귀양살이를 거듭하면서 그 효심은 날로 깊어지고 그 효행은 점차 확대되었다. 서포는 마지막 남해유배지에서 어머니를 그리며 불효의 한을 되새기던 중, 부음을 듣고 피눈물로 통곡하니 산과 바다도 함께 울었다. 거듭 불효의 통한을 품고 어머니의 영단을 모시고 상식을 올리다가 그 행장을 지어 올리고 머지않아 목숨마저 바치니 서포는 출천의 효자로 그 효성이 하늘에 미쳤다.

3) 서포 충효사상의 문학적 전개양상을 전체적으로 파악하였다. 그 충효사상이 시가로 전개되었으니, 충성계의 시가는 외로운 신하로서 충의를 표현하기는 하지만, 나머지는 자신을 여성화시켜 임이나 미인을 그리는 은유·상징의 수법으로 그 충의를 표시하였고, 효성계의 시가는 불효자로서 어머니를 그리는 사모곡의 경향으로 그 효도·효행을 눈물겹게 묘사하였다. 다음 충효사상이 수필로 전개되었으니, 충성계 수필은 교령과 주의·애제 등에 걸쳐 그 충의를 근엄·단호하게 직설하였고, 효행계 수필은 전장과 서간에 걸쳐 그 효도를 애절·통한으로 표출하여 피눈물을 흘리게 하였다. 그리고 충효사상이 소설로 전개되었으니, 현전하는 〈구운몽〉과 〈사씨남정기〉를 통하여 충성·효행을 융합적으로 표현하였다. 〈구운몽〉은 그 제작동기가 효행으로 나타나지만, 그 주제와 등장인물들의 언행이 절대군구국의 체제 아래서 완벽한 충성·효행을 실천하였고, 〈사씨남정기〉는 제작동기가

충성으로 들어나지만, 그 주제와 작중인물들의 언행은 역시 전제군주국의 체제 아래서 완전한 충성·효행을 실현하였다. 그리하여 이 두 작품은 고전소설의 윤리적 특성에 기반하고 서포의 충효사상에 입각하여 불후의 충효소설로 길이 빛날 것이었다. 한편 충효사상이 희곡으로 전개되었으니, 충성계 희곡은 그 충성의 극적 행적과 함께 충성계 시가와 수필의 연극적 구성을 통하여 재구되었고, 효행계 희곡은 그 효행의 극적 행적과 더불어 효행계 시가와 수필을 통하여 재구되었으며, 충효계 희곡은 그 충효의 극적 행적에 근거하고 그 충효소설에 의거하여 재구되었다.

이와 같이 서포의 학문은 윤리적으로 실천되고, 그 충성과 효행은 문학으로 예술화되었다. 그리하여 그의 충효사상은 문학·예술로 하여 찬연하고, 그의 문학은 충성·효행으로 하여 영원한 것이었다. 따라서 서포의 충효와 그 문학은 한국윤리사와 한국문학사·문화사 상에서 길이 빛나리라고 믿는다.

五一論心記의 창작방법과 서사기법

김광순(경북대)

몽유도원도

1. 서론

〈五一論心記〉는 필자가 소장해 왔던 유일본 夢遊小說로서 학계에 처음으로 발표하는 작품이다. 이 작품은 한국문학사 특히 한국소설사에도 전혀 알려지지 않았던 한문본 夢遊小說의 일종이다. 몽유록계 작품이 소설이냐? 아니냐? 라는 논란이 학계에서 논쟁이 되기도 했으나 작금에 와서는 일반적으로 소설이란 장르로 간주하고 있다[1]. 필자의 생각도 같은 생각을 갖고 있어서[2] 여기서는 논외로 하였나.

그리고 필자가 소장하고 있는 필사본 〈오일론심기〉가 유일본인데, 이 작품 제목의 왼편 아래에 세로로 具龜年이라는 직자의 이름이 분명하게 기록되어 있어서 작자로서는 異論의 여지가 없다.

그래서 먼저 이 작품의 작자와 생애를 고증하기 위해 具龜年의 삶과 창작 시기를 문헌의 기록과 후예들의 증언을 참고로 하여 그의 생애를 간단하게 논의하고, 작자의 생애와 작품의 서지학적인 고증에 힘입어 〈오일론심기〉의 창작 시기도 함께 유추해 보고자 한다.

---

1) 국어국문학회, 고전소설연구, 정음사, 1979.
   한국고소설편찬위원회, 한국고전소설론, 새문사, 1990.
   한국고소설연구회, 한국고소설론, 아세아문화사, 1991.
2) 金光淳, 韓國擬人小說研究, 새문사, 1987.
   金光淳, 韓國古小說史와 論, 새문사, 1990.
   金光淳, 韓國古小說史, 국학자료원, 2001.

그 다음 〈오일론심기〉의 창작 방법과 서술의식을 고찰하고, 이 작품의
서술기법상의 특징을 찾아 소설사적인 위상을 밝히는 것을 목적으로 한다.
이로써 한국문학사 특히 고소설연구에 새로운 지평을 열 수 있게 되기를 기
대한다.

2. 五一論心記의 작자와 창작 시기

〈오일론심기〉는 具龜年이 지은 작품이다.

그는 영조 28년(1752 A.D.)에 仁川 朱岸에서 태어났으니, 그의 父는 宬壽,
母는 領相 尹斗壽后 尹得順의 딸인 海平 尹氏 사이에서 태어났다. 具龜年의
字는 聖瑞, 고조는 具昌煜, 증조는 具微, 조부는 具錫胤이다.

이 작품의 작자인 具龜年은 정조 7년 (1783 A.D.) 32세에 생원이 되었지
만 당쟁과 사화로 혼탁한 官界에는 뜻이 없어 평생을 청렴한 선비로 초지일
관하였다. 영·정조의 탕평책과 문체반정의 강력한 시책에도 불구하고 실
학과 천주학의 물결을 막을 수가 없었던 혼란한 시기에 태어난 그는 평생을
선비로서 학문에 정진한 학자였다.

그의 문장은 한 시대를 대표할 수 있었지만 바람 따라 물결 따라 자유분
방하게 살았다고 한다. 그의 文才는 말할 것도 없고 口談과 才談이 천하제
일이라는 평이 후예들의 입[3]을 통해 지금까지도 전해 오고 있다. 또한 그는
초년과 중년에는 인천 주안에서 살다가 만년에는 인천에서 조금 떨어진 龍

---

3) 具龜年의 26세 종손 具福會(인천광역시 동구 덕교동 374—1)씨의 증언이다. 작자 具龜年
   의 행적을 찾기 위해 구씨 문중을 탐문하다가 구자관(대구광역시 남구 대명9동 890—17번
   지, 在野學者)씨에게 연락이 되어 구씨의 대동보인 綾城具氏世譜 卷之四(2002年 壬午 刊)
   P.376 에 이 작품의 작자가 수록되어 있음을 확인하였고, 具龜年의 종손을 구자관씨의
   도움으로 찾게 되어 이 자리를 빌어 감사의 말씀을 드린다.

遊島에서 속세와 절연한 채 독서와 저술을 낙으로 삼으며 여생을 보냈다.[4] 풍진세상이 싫어 용유도를 찾아간 그는 그곳에서 마지막 생을 마쳤으니, 순조 22년(1822 A.D.) 음 5월 27일 71세로 세상을 떠났다. 그의 묘는 인천 주안 석암 巳座[5]에 있다.

그의 부인은 孝寧大君補后 全州 李懸中의 딸로서 영조 22년(1746년)에 나서 순조 22년(1822 A.D.) 77세로 세상을 떠났다. 또한 그에게는 부인이 한 사람 더 있었는데, 尙州 朴祖益의 딸로서 영조 52년(1776 A.D.)에 나서 헌종 5년(1839 A.D.) 64세로 생을 마쳤다.

具龜年에게는 4남 1녀가 있었는데, 아들로서 東黙, 東艦, 東悅, 東沃이 있고, 딸은 開城 金命岳 參奉宅祚孫 金日煥에게 출가했다.

이처럼 具龜年의 생애를 통해 볼 때 그는 초년과 중년에는 인천 주안에서 살았고 만년에는 인천에서 조금 떨어진 용유도에서 속세와 절연한 채 독서와 저작에 심취하며 여생을 보냈다. 풍진세상이 싫어 용유도를 찾아간 그는 그곳에서 독서와 저작에 심취하며 생을 마쳤다고 하였고, 또한 〈오일론심기〉의 작품 내용이 속세 사람들에 대하여 비분강개하며 寓意로써 인간 세태를 譏刺하는 내용 등으로 볼 때, 작자가 만년에 세상사를 등지고 용유도에 살면서 쓴 작품으로 짐작된다. 현재 필자가 소장하고 있는 필사본이 작자가 쓴 원본이란 확신은 없지만, 현존 唯一本이어서 필자가 소장하고 있는 이 작품의 지질이나 묵질을 통해 창작 연대를 추정해 볼 수밖에 없다.

다시 말하면, 필자가 소장하고 있는 필사본〈오일론심기〉가 유일본인데 그 제목 하단의 기록을 따라서 聖瑞 具龜年이 지은 작품임은 의심의 여지가 없다. 그렇다면 이 작품의 창작 시기를 고증하기 위해서는 이 필사본의 표지를 자세히 고찰해 볼 필요가 있다.

이 필사본 〈오일론심기〉의 표지는 格子 무늬와 菱花 무늬가 분명하게 들

---

4) 上同
5) 綾城具氏世譜 卷之四(2002年 壬午刊) P.376 참조.

어난다. 또한 본문 내용을 筆寫한 韓紙의 紙質이 닥종이로써 搗砧되어 있고, 墨質이나 종이 발폭이 18세기 초중간의 것으로 보인다.[6]

따라서 이와 같은 서지학적인 자료와 작자의 생존시기 등으로써 이 작품의 창작 시기를 추측해 보면, 작자 具龜年이 만년에 용유도에 살았던 18세기 말엽을 전후하여 창작된 것으로 짐작된다.

3. 『五一論心記』의 창작방법과 서술의식

『五一論心記』는 寓意의 수법을 답습하고 이를 몽유소설의 액자구성 틀에다가 의인소설의 수법을 한 작품 속에서 동시에 수용하여 창작하였으니 창작 방법의 측면에서 보면 지금까지 우리 문학사상 보기 드문 특이한 구조를 지닌 작품이다.

이러한 구조와 유사한 우리나라 작품으로는 조선 초의 문신 신숙주의 손자인 企齋 申光漢(1484~1555 A.D.)의 『企齋記異』에 수록되어 전하고 있는 「安憑夢遊錄」과 「書齋夜會錄」에서 찾아볼 수 있다. 「安憑夢遊錄」은 槐安之說憑을 생각하다가 入夢하여 王國의 朝元殿 연회에 초청되고 연회가 끝나자 迅來一聲에 꿈을 깨어 花園으로 나가 몽중사를 확인하였다고 하여 額字小說로서의 형식을 완벽하게 갖추고 있다. 安憑이 주인공으로 참여하고 있어서 참여형 몽유소설인데 반해, 〈오일론심기〉의 몽유자는 몽유세계에 전혀 참여하지 않는 방관형 몽유소설이란 점이 다른 점이다. 또한 몽유세계에서 「安憑夢遊錄」은 목단, 복숭아, 수양버들 등 초목들을 의인한 데에 비해, 〈오일론심기〉는 文房四友와 硯滴을 의인한 점이 다르다. 그리고 주제적인

측면에서도 「安憑夢遊錄」은 작자의 실제적인 생애와 결부하여 기묘사화 등 정치적인 상황을 중심으로 한 이념의 갈등을 寓意한 데에 비해, 〈오일론심기〉는 문방사우와 연적의 공적을 몰라주는 인간 세태에 대한 비분강개하는 심상을 寓意의 수법을 통해 譏刺한 점이 다르지만, 두 작품은 敍事技法上으로 보아 夢遊小說, 擬人小說, 寓意의 混合技法이라는 시각에서 보면 대체적으로 유사한 구조를 지니고 있음을 짐작할 수 있다.

그리고 「書齋夜會錄」은 몽유자인 한 선비의 꿈속에서 일어났던 일로 몽유소설의 액자를 설정하여 작품을 형상화하고, 또한 문방사우를 의인하여 주인공으로 설정하고 몽유자인 선비와의 대화를 통하여 사건을 전개시켜 나가는 기법과 覺夢 후 그들의 소원대로 延命의 壽를 누리게 되는 흥미로운 결구로 서술하고 있다. 이에 비해 〈오일론심기〉는 문방사우와 연적 등을 의인하여 몽유소설의 액자 틀에 넣어 우의의 수법으로 서술하고 있는 점과 유사함을 보이고 있다. 또한 이들 두 작품은 문장 서술에 있어서도 몽유세계에서의 주인공끼리의 대화와 作詩로써 사건을 전개시켜 나가는 수법도 유사하다. 다시 말하면 「書齋夜會錄」은 문방사우를 의인하여 그들과의 대화와 作詩가 장황하게 서술되고 覺夢 후에 그들의 소원대로 延命의 壽를 누리게 되는 흥미로운 결구인데 비하여, 〈오일론심기〉는 몽유세계의 주인공 北溟豪士[먹의 의인], 紫潭居士[벼루의 의인], 黑頭公[붓의 의인], 浩塘主人[종이의 의인], 天一翁[硯滴의 의인] 끼리의 대화나 作詞로써 사건을 전개시켜 나가는 것과 함께 우의, 몽유. 의인소설의 시각에서 보면 두 작품의 유사점으로 상정해 볼 수 있다.

따라서 〈오일론심기〉는 「安憑夢遊錄」과 「書齋夜會錄」의 몽유의 액자 구성의 틀에다가 우의와 의인소설의 수법을 답습하여 문방사우에 硯滴 하나를 더 하여 五友를 의인하여 등장인물로 하고 몽유소설의 액자식 구성을 답습하여 창작한 것이다.

때문에 〈오일론심기〉는 문방사우와 연적을 의인하여 몽유세계의 주인공으로 등장시켜"우리들의 공로가 없었다면 인류의 문화 문명을 어떻게 전승할 수 있었겠느냐?"라고 하면서 五友의 공로를 몰라주는 인간 세태를 비분강개한 어조로 諷刺하려는 작자의 서술 의식을 나타내기 위한 표출이다.

특히 〈오일론심기〉는 문방사우와 연적을 의인하여 北溟豪士[먹의 의인], 紫潭居士[벼루의 의인], 黑頭公[붓의 의인], 浩塘主人[종이의 의인], 天一翁[硯滴의 의인]이라 하여 文房四友와 硯滴 등의 五友를 몽유세계의 주인공으로 한 데에 비해, 「書齋夜會錄」은 緇衣玄冠[벼루의 의인], 斑衣脫帽[붓의 의인], 白衣綸巾[종이의 의인], 黑衣黑帽[먹의 의인] 등 文房四友를 의인 대상으로 한 점으로 보면, 〈오일론심기〉는 연적 하나가 더 있고, 두 작품 간에 의인화된 명칭만 다를 뿐 작품 구조는 대체적으로 일치함으로 상호 간에 밀접한 관계가 있을 것으로 보인다.

그리고 문방사우를 의인한 최초의 작품은 중국의 退之 韓愈의 「毛潁傳」이다. 〈오일론심기〉는 「모영전」에서의 문방사우만 의인한 데서 그치지 않고 여기서 한 걸음 더 나아가서 몽유소설의 액자 속에 문방사우와 연적을 합하여 五友를 등장인물로 形象化하고 이들 다섯 명을 의인하여 몽유소설의 액자 속에 넣어 우의의 기법을 답습하여 창작했다는 데서 소설사적으로 높이 평가 받을 만하다.

그리고 대체로 몽유소설의 몽유자는 작품에 따라 몽중세계에서 전개되는 사건에 직접 참여하기도 하고 방관적인 태도를 취하기도 하는 두 가지 경우가 있는데, 〈오일론심기〉의 몽유자는 작품의 사건 전개에 전혀 개입하지 않고 방관적인 태도를 취하고 있어서 방관형 몽유소설에 속한다. 따라서 〈오일론심기〉에서의 몽유자는 入夢에서 覺夢할 때까지 몽중세계에서 전개되는 사건에는 전혀 관계하지 않는다.

따라서 〈오일론심기〉의 창작방법은 우의의 기법을 수용하여 현실세계에서 入夢하여 몽중세계에서는 사건이 전개되고 覺夢하여 다시 현실세계로 환원된다. 이와 같은 몽유소설의 액자 속에 文房四友와 硯滴을 의인하여 몽중세계의 주인공으로 등장하는 서술 기법을 수용하여 몽중세계에서 작자가 의도한 서술의식을 구사하고 있다.

〈오일론심기〉의 전체적인 구조를 조명해 보면, 이는 몽유소설의 액자 구성에 따르고 있다. 몽중세계의 구성은 문방사우와 연적을 의인한 다섯 명의 등장인물이 자신의 내력과 공적을 앞세워 비분강개하는 이야기로 사건이 전개된다.

이를 다시 보면 『五一論心記』는 다음과 같이 현실의 세계에서 入夢하여 꿈의 세계로, 작품 末尾에서 다시 覺夢함으로써 현실의 세계로 환원되는 이원적인 구조를 지니고 있다. 이 작품의 현실 → 꿈 → 현실의 세계를 다시 간추려 보면,

〈현실 세계〉: 烏有先生이 술에 취해 木枕을 베고 누어 꿈꾸듯 황홀한 경지에서 입몽하게 된다.———〈入夢〉

〈꿈의 세계〉: 文房四友의 擬人인 浩塘主人(종이), 黑豆公(붓), 紫潭居士(벼루), 北溟豪士(머) 네 사람이 자기 가문의 내력과 공적으로 悲憤慷慨한 어조로써 서로 다투며 吐說하자, 天一翁(硯滴)이 듣고 탄식하며 나도 文房四友와 평생을 같이 해 왔으니 함께 하기를 제의한다. 이를 받아들여서 모두 다섯 사람이 되었으니 五友가 된다. 그 중에 硯滴의 의인인 天一翁이 사건을 주제하기로 하였다.

天一翁이 喜. 愛. 快를 주제로 각각 다섯 사람의 공적과 所懷를 털어 놓게 한다. 天一翁이 喜. 愛. 快로써 다섯 사람이 품은 懷抱를 각각 펼 수 있었지만 不快는 다섯 사람의 작품 중 한두 자만 다를 뿐 命과 義가 한결 같아서 일치한다고 했다. 天一翁이 주필이 되어 詞로써 이 기쁨을 기록하고자 한다. 이에 다섯 사람이 인간 세계에서 자신들의 공적을 모른다고 비분강개한 어조로 다투어 詞를 각각 짓고는 논평해 줄 知己를 구하고자 하나 구하지 못 한다. 그러면 烏有先生이 梅花를 좋아하니 剪梅詞로서 평생을 서술하자고 제의한다. 그러나 선생이 어른을 조롱하고 모독한다고 하면 어찌 하겠느냐?고 하니, 天一翁이 '선생의 뜻을 칭송하는데 칭찬해 주시겠지요' 하니 다섯 사람이 크게 웃었다.———〈覺夢〉

라 하면서 이야기를 맺는다. 이처럼 〈오일론심기〉는 몽유자가 현실의 세
계에서 入夢하여 夢中에서 작자의 서술의식을 文房四友와 硯滴 등 다섯 명
의 주인공 즉 北溟豪士[먹의 의인], 紫潭居士[벼루의 의인], 黑頭公[붓의 의
인], 浩塘主人[종이의 의인], 天一翁[硯滴의 의인] 등으로 擬人化하여 이들 오
우가 夢中世界의 주인공으로 등장시켜 寓意의 기법을 통해 자신의 공적을
표출한 뒤에 覺夢하여 현실의 세계로 환원되는 이원구조를 지니고 있다. 다
시 말하면, 현실의 세계→몽중 세계→현실의 세계로 순환되는 이원구조는
다른 몽유소설에서도 공통적으로 나타나고 있다. 〈오일론심기〉는 입몽 전
과 각몽 후의 현실 세계에만 몽유자가 참여하고 꿈의 세계에는 전혀 참여하
지 않음으로 방관형 몽유소설의 구조를 따르고 있음도 일목요연하게 확인
할 수 있다.

이 작품은 몽중세계가 중심축을 이루고 있어서 몽중세계에서 작자가 그
리고 있는 서술의식을 찾아볼 수 있다. 이로써 전술한 바 이 작품은 우의의
수법으로 몽유소설의 액자구조에 의인소설의 기법을 동시에 수용한 특이한
구조로서 현실 세계와 꿈의 세계라는 이원구조의 성격을 지닌 작품임이 밝
혀졌다. 그러나 현실세계는 몽유소설의 액자구성의 형식에 불과한 몽유자
의 몫일뿐이다. 몽유소설에서 현실세계는 작자가 이 작품의 서사구조에서
중심 부분일 뿐만 아니라 작자가 서술하고자 하는 의식을 대변하는 주요부
분이기에 여기서 몽중세계의 서술의식을 규명해야 한다.

〈오일론심기〉의 몽중세계는 붓, 벼루, 먹, 종이 즉 이들 문방사우와 여기
에 연적을 합하여 다섯 사람을 五友라 명명하여 등장한다. 이들 중에 黑豆
公[붓의 의인], 紫潭居士[벼루의 의인], 北溟豪士[먹의 의인], 浩塘主人[종이의
의인]이 각각 자기의 공로를 주장하며 悲憤慷慨를 吐說하자, 硯滴의 의인인

天一翁[연적]이 나타나서 나도 文房四友와 평생을 같이 해 왔으니, 함께 회의에 참여하자고 제의해 옴에 文房四友가 이를 승낙하게 된다. 따라서 회의는 천일옹이 사회를 맡아서 각자가 품은 회포를 토설하면서 우리 다섯 사람이 아니었다면 인간 세상에 기록이 어찌 남을 수가 있으며 성현의 교화를 어떻게 펼 수 있었겠느냐? 하면서 文房四友와 硯滴의 공로를 몰라주는 인간 세태를 신랄하게 풍자하려는 것이 이 작품을 지은 작자의 창작목적이면서 서술의식임을 알 수 있다.

그래서 〈오일론심기〉는 文房四友와 硯滴의 공로를 알아주지 않은 인간 세태를 寓意의 기법으로 夢遊의 액자구성에 의인의 기법을 답습하여 인간 세태를 풍자한 몽유소설이면서 의인소설이라 할 수 있다.

전술한 바와 같이 〈오일론심기〉의 창작방법은 寓意를 통한 夢遊의 액자구성에다가 의인의 기법은 신광한의 『안빙몽유록』과 『서재야유록』의 기법을 답습하고 있다. 특히 『서재야유록』에서 문방사우를 의인하여 소외된 선비와 도가적 우의의 기법을 통한 현실상황의 풍자 양상을 〈오일론심기〉에서도 그대로 수용하고 있다. 다만 『서재야유록』에서는 문방사우만 등장시켜 사건을 진행시키고 있는데 비해, 〈오일론심기〉에서는 문방사우에다가 硯滴 하나를 더 첨가하여 五友라 하고, 이들 다섯 명이 중심이 되어 사건을 진행시켜 보다 다양한 사건을 전개하고 있는 것이 차이점이라 할 수 있다. 또한 두 작품 간에 문체상으로도 시로써 상황을 펼쳐나가는 수법도 이들 두 작품이 매우 유사하며 작자의 서술 의식을 우의의 수법으로 표출시켜 나가는 서술방법도 매우 유사한 점이다.

전술한 바와 같이 文房四友를 의인한 기법은 일찍이 중국 당나라 韓愈가 자신의 붓을 의인화하여 「毛穎傳」을 지은 데서부터 시작한다. 또한 南有容(1698-1773)은 「毛穎傳」을 모방하여 文房四友를 의인한 「毛穎傳補」를 창작하기도 했는데, 이 작품에서는 四友가 아니었다면 성인의 가르침을 드리우지 못하고 교화를 펼 수 없었으며 天理가 막혀 버렸을 것이란 점을 강조하고 있다.

韓星履(1880)는 「管城子傳」을 지었으니, 이 작품에서는 세상의 어지러움을 비꼬기도 하여 당대 임금의 증오를 사기도 했다. 이들 작품은 문방사우를 擬人한 것인데 비해, 〈오일론심기〉는 이들 작품보다 한 걸음 더 나아가 愚意의 수법을 통해 夢遊의 액자에다가 의인소설의 기법을 수용한 고도의 문장 수사법이 한층 더 돋보이는 작품이다.

특히 〈오일론심기〉에서는 몽유자를 통해 文房四友에 硯滴 하나를 더 보태어 찬양하고 이들이 없었다면 사회 교화는 물론 天理가 막혀 더욱 암울한 세상이 되었을 것이라 하였다.

따라서 〈오일론심기〉는 愚意를 통한 몽유의 액자구성에 擬人의 기법을 답습하여 인류문화 전승에 있어서 이들 五友의 숨은 공로를 찬양하려는 작자의 의식구조를 읽을 수 있는 작품이다. 즉 인간 세상에 文房四友(벼루, 먹, 종이, 붓)와 天一翁(硯滴)이 없었다면 인류 역사의 기록은 말할 것도 없고 사회교화를 무엇으로 할 것인가? 天理가 막혀 이 세상은 암울할 수밖에 없을 터인데, 어찌 우리 五友(벼루, 먹, 종이, 붓, 연적)의 공로를 인간세계에서는 그렇게도 모르는가 하고 비분강개하는 이들 다섯 명의 주장에 세상 사람들은 귀 기울일 필요성이 있다는 점이 이 작품의 창작의도이고 동시에 서술의식이라고 할 수 있다.

다시 요약하여 말하면 〈오일론심기〉의 창작방법은 五友의 悲憤慷慨하는 심사를 우의를 통한 夢遊의 액자 속에 擬人의 기법을 수용하였으므로 몽유소설의 창작 방법과 의인소설의 창작방법을 답습하고 寓意의 표출방법으로 창작한 것이다. 따라서 文房四友와 硯滴을 의인한 의인소설의 기법을 빌어 그 속에 文房四友와 天一翁의 悲憤慷慨하는 吐說을 우의를 통해 이들의 공적을 세상 사람들에게 일깨워 주려는 것이 이 작품의 창작의도요 작자의 서술 의식이다.

4. 서술기법상의 특징

1) 대화식 서술과 揷入詞의 技法

〈오일론심기〉의 서술 기법상의 특징은 여러 가지 면에서 찾아볼 수 있다.
문장 서술에 있어서 몽유소설이나 의인소설의 대부분이 서사문으로서
산문이 중심인데 비해, 〈오일론심기〉는 「書齋夜會錄」과 함께 산문으로 서
술하면서도 작자가 나타내고자 하는 서술의식은 주로 상대방과의 대화식
의 문장이나 詞로써 주고받는 데서 표출하고 있다는 점이 다른 일반 몽유
소설이나 의인소설과는 다른 점으로 서사 기법상의 특징의 하나라고 할 수
있다.

더구나 한 가지 주제를 두고 다섯 사람의 각기 다른 주장과 심상을 서술
하는 데서 보면 각자의 주장을 寓意를 통해 나타내고 있다. 문장 서술의 방
법도 운문과 산문을 같이 겸하되 화자가 하고자 하는 심오한 의미는 주인공
들이 주고받는 대화나 그들이 지은 詞를 비롯한 운문 속에서 작자의 서술의
식이 표출되고 있다는 점이 특징이라고 할 수 있다. 예를 들어보면 '喜' 한
자를 두고 다음과 같이 五友가 자기들의 주장을 펼쳐 나간다. 北溟豪士[7]가
말하기를,

> "聖君과 賢相이 한 몸처럼 서로 의지하여 다스림을 정하고 공을 이루되
> 賡載歌를 지으며, 훌륭한 사관과 모시는 자들이 태평한 기상을 모두 드
> 러내니 이것을 喜라 할 수 있군요."[8]

라고 하였다. 紫潭居士[9]가 말하기를,

---

7) 北溟豪士 : 먹의 별칭. 먹의 의인화.
8) 北溟豪士曰, 聖君賢相, 一體相須, 治定功成, 賡載歌作, 良史侍側, 盡出太平氣像, 此爲可喜.
9) 紫潭居士 : 벼루의 별칭[紫石]. 벼루의 의인화.

"검은 휘장 같은 어둠이 물러가고 새벽이 열릴 때 明師께서 자리에 나오시면, 여러 제자들이 闇闇히 모시고 閉閉히 論難하며, 곁에는 明敏한 재주를 가진 자가 있어서 잘 지켜보고 가만히 알아서 函丈 사이의 아름다운 일을 기록하여 전하니, 이것이 喜가 되겠지요."10)

라고 하였다. 黑頭公11)이 말하기를,

"父子와 兄弟 사이에도 또한 知己로 의논할만함이 있으니, 세상에는 혹 현명한 父兄도 있고, 또한 다행히 아름다운 자제들도 있어서, 中堂에 객이 다 돌아간 뒤에 등불을 밝히고 밤은 깊어 가는데 서로 대하여 글을 논하며 간간이 시를 읊조리니 이것이 가히 喜가 되지요.12)"

라고 하였다. 浩塘主人13)이 말하기를,

"天涯地角에 한 번 좋은 벗과 이별하고 雁飛魚沈에 存沒조차 茫茫한데 다만 꿈속에서 서로 생각하는 수고로움뿐이다가 우연히 편지를 받고서 손을 바쁘게 놀려 편지를 열어 보니, 이것이 하나의 喜가 되지요."14)

라고 하였다. 天一翁15)이 말하기를,

"한 효자가 있어서 그 어버이를 위해 泉道에 비석을 세우려고, 당시의 문장력 있는 대인을 구하여 불원천리하고 귀중한 보배를 간직하고 가서 衷懇을 다하는데, 가지고 간 家狀이 여러 권이나 되는데도, 大人이 그것을 받아서 다 읽어보고는 붓을 들어 기록할 적에 빠뜨리거나 아첨하는

---

10) 紫潭居士日, 緇帷曉闢, 明師在座, 列侍闇闇, 論難閉閉, 傍有明敏之才, 善觀竊識, 記傳函丈間美事, 此爲可喜.
11) 黑頭公 : 머리가 세지 아니한 三公. 붓을 擬人化한 말.
12) 黑頭公日, 父子兄弟之間, 亦有知己之可論, 世或有賢父兄, 亦幸有佳子弟, 中堂客散, 籌燈夜간, 相對論文, 間以吟咏, 此爲可喜.
13) 浩塘主人 : 넓은 종이를 擬人化한 말. 여기서는 종이의 擬人化.
14) 浩塘主人日, 天涯地角, 一別良朋, 鴈飛魚沈, 存沒茫茫, 只勞夢想而已, 偶得寄書, 忙手開緘, 此一可喜.
15) 天一翁 : 白面生.즉 滴硯滴의 擬人化.

말이 없으면서도 말이 간략하고 뜻이 다하니 이에 효자가 알아보고 감
사하며 백 번 절하고, 보배처럼 간직하여 돌아오니 이것이 喜가 될 수
있겠지요."16)

라고 하였다. 앞의 인용문에서 보면, '喜' 즉 '기쁨', '기쁘다'라는 뜻의 '喜'
자 한 자를 주제로 두고, 北溟豪士[먹의 의인], 紫潭居士[벼루의 의인], 黑頭
公[붓의 의인], 浩塘主人[종이의 의인], 天一翁[硯滴의 의인] 등 몽중세계의
주인공 다섯 명이 주제에 맞춰 자기 나름대로의 특징 있는 문장으로 자신의
주장을 표출하고 있다. 이들 다섯 사람 모두는 文房四友와 硯滴을 의인한
것인데, 자기 나름대로의 공적을 앞세워 대화식의 서술기법에서 世人들의
무관심을 일깨우면서 각자의 주장을 내세운다.

작자는 이와 같은 문장을 구사하다가 후반부에 가서는 "오유선생의 성품
이 매화를 좋아 함으로 剪梅詞로써 평생을 서술하자"고 黑豆公이 제의하니,
모두들 찬성하고는 다섯 사람이 각각 한 수씩 詞를 짓는다. 이 詞에서 자신
의 존재와 공적을 구체적으로 내세우며 인간세계에 미친 공적을 역설하고,
이들 五友들의 공로를 모르고 있는 인간세태를 寓意를 통해 신랄하게 譏刺
하고 있다. 이를 좀 더 구체적으로 살펴보면 다음과 같다. 浩塘主人이 詞에
서 말하기를,

향기로운 물결 안면에 잘 어울리니
비록 티끌[塵埃]에 처하여도 먼지 하나 묻지 않았구나!
백 년의 心事를 서로 재촉하지 아니하니
말아도 넉넉하고 펴도 넉넉하도다.
溪藤 종이는 이미 가고 蜀牋 종이가 오니

---

16) 浩塘主人詞曰,
　　香波一面好安排, 雖處塵埃, 沒有塵埃.
　　百年心事不相催, 卷亦優哉, 敍亦優哉.
　　溪藤已去蜀牋來, 箱中一回, 案頭一回.
　　風流到處稱人懷, 書是生涯, 畵是生涯.

상자 속에 한 묶음, 책상머리에 한 묶음.
풍류가 있는 곳마다 사람들이 그립다고 말을 하니
글씨가 나의 생애요, 그림이 나의 생애로다.[17)]

여기서 호당주인은 종이의 의인이다. 위에서 '향기로운 물결 한 면이 잘 안배되어 있어, 비록 티끌[塵埃]에 처하여도 티끌에 빠지지 않는구나!'라는 것은 종이의 외형을 우의적으로 표현한 말이다. 韓紙의 한 면은 거칠고 한 면은 매끄러운 외형상의 모습을 우의적으로 표현한 말이다. '백 년의 心事를 서로 재촉하지 아니 하니, 말아도 넉넉하고 펴도 넉넉하도다.'라고 한 것은 종이의 속성을 우의적으로 표현한 말이다. '溪藤 종이는 이미 가고 蜀牋 종이가 오니, 상자 속에서 한 번 돌고, 책상머리에서 한 번 도는구나.'라는 것은 여러 종류의 종이를 표현한 말이다. 이러한 종이를 상자 속에 갈무리 해 뒀다가 책상 위에 올려놓고 글을 쓸 때 요긴하게 쓰인다는 자신의 역할을 세상 사람들께 강조하고 있음을 우의적으로 표현한 말이다. '풍류가 있는 곳마다 사람들이 그립다고 말을 하니'라는 것은 書畫를 좋아하는 風流墨客들이 浩塘主人[종이]을 좋아 한다는 우의적인 표현이다. 그래서 浩塘主人[종이]은 '글씨가 나의 생애요 그림이 나의 생애로다'라고 한 것에서 글씨와 그림이 자기 인생의 전부라고 강조하는 우의적인 표현이다. 다시 말하면 세상에 남아 있는 書畫는 모름지기 호당주인[종이]인 자신의 공로임을 주장하면서 이를 알아주지 않은 인간 세태를 우의의 기법을 통해 토설하고 있다. 黑頭公이 詞에서 말하기를,

---

17) 浩塘主人詞曰,
　　香波一面好安排, 雖處塵埃, 沒有塵埃.
　　百年心事不相催, 卷亦優哉, 敍亦優哉.
　　溪籐已去蜀牋來, 箱中一回, 案頭一回.
　　風流到處稱人懷, 書是生涯, 畵是生涯.

中山의 교활한 토끼 건장한 놈을 골라서
우리들이 잡아 우리들이 묶어 왔네.
일만 터럭 고르게 힘을 주면 감히 그 수고로움 말할 수 있지.
버려지면 높이 되지 못하지만, 쓰이면 곧 높아지네.
하얀 비단 위에 휘갈길 때에는 바람과 파도 일어나니
글씨를 쓸 때도 붓을 잡고 그림을 그릴 때도 붓을 잡네.
뾰족한 머리는 늙어갈수록 긁어 빠지니
한가로이 글을 짓지 말고 한가로이 글을 말하지 말라.[18]

　여기서 흑두공은 붓을 의인한 것이다. '中山의 교활한 토끼 건장한 놈을 골라서 우리들이 잡아 우리들이 묶어 왔네.'라는 것은 붓을 만들어 내는 과정의 寓意적인 표현이고, '일만 터럭 가지런히 힘주어 감히 수고롭다 말할 수 있는데, 버려지면 높이 되지 못하지만, 등용되면 곧 높아지네.'라는 것은 힘주어 글씨를 잘 쓴 것과 잘못된 것의 우의적인 표현이다. '하얀 비단 위에 휘갈길 때에는 바람과 파도 일어나니, 글씨를 쓸 때도 붓을 잡고 그림을 그릴 때도 붓을 삽네.'라는 것은 붓을 잡고 힘차게 내려 긋는 서법의 표현으로, 글씨나 묵화를 그릴 때는 반드시 흑두공 자신 즉 붓으로 그린다는 우의적인 표현이다. 그러니 지금까지 남아 있는 서예작품과 묵화는 오로지 흑두공인 붓의 공로임을 표현한 말이다. '뾰족한 머리는 늙어 긁을수록 털이 빠지니, 한가로이 글을 짓지 말고 한가로이 글을 말하지 말라'라는 것은 붓은 오래 쓰면 털이 빠지니 흑두공 곧 붓의 노고가 얼마나 크며 수고가 얼마나 많은가를 표현한 말이다. 그러니 서도를 가벼이 봐서는 안 된다는 우의적인 표현이다

　따라서 붓의 의인인 흑두공의 詞에서는 인간 세계에 얼마나 많은 공적을

---

18) 黑頭公詞曰,
　　中山驕兎拔其豪, 獵來吾曹, 束來吾曹.
　　萬毫齊力敢言勞, 舍非爲高, 用便爲高.
　　霜絹揮處起風濤, 書也管操, 畵也管操.
　　尖頭老去禿頭搔, 莫起閒騷, 莫說閒騷.

쌓고 있는지를 몰라주는 인간 세태를 寓意的인 수법으로 諷刺하고 있다. 紫潭居士가 詞에서 말하기를,

> 紫潭의 깊은 곳이 한번 크게 열리니,
> 하늘빛도 배회(徘徊)하고 구름 그림자도 배회하네.
> 無心히 朱墨이 갔다가 다시 돌아오니,
> 얻어도 유유하고 잃어도 유유하네.
> 빈 가운데 조용히 지내니 누가 재주 알랴마는,
> 내가 스스로 시기함이 없으니 남도 절로 시기하지 않네.
> 한평생 塵埃의 蹤跡 싫어하니
> 어느 곳에 모실까, 한가한 곳 여기서 모시리라.[19]

여기서 자담거사는 벼루의 의인이다. 그래서 '紫潭의 깊은 곳이 한번 크게 열리니, 하늘빛도 徘徊하고 구름 그림자도 배회하네.'라는 것은 벼루의 외형을 우의적으로 표현한 말이다. '無心한 朱墨이 갔다가 다시 돌아오니, 얻어도 유유하고 잃어도 유유하네.'라는 것은 朱砂와 墨이 벼루에 먹을 묻혀서 먹물이 줄어든 것의 우의적인 표현이다. '빈 가운데 조용히 지내니 누가 재주 알랴마는, 내 스스로 시기함이 없으니 남도 절로 시기하지 않네.'라는 것은 벼루의 속성을 의미한다. '한평생 蹤迹은 塵埃를 싫어하니, 어느 곳에 모실까, 한가한 곳, 여기서 모시리라.'라는 것은 벼루의 보관에 대한 우의적인 표현이다. 이는 곧 자담거사인 벼루의 목소리요 벼루의 형적과 자신의 공적을 우의의 수법으로 표현하고 있다. 따라서 벼루를 의인한 자담거사의 詞에서는 벼루가 인류문화에 끼친 영향이 크지만 이를 알아주지 않는 인간 세태를 우의적인 기법으로 諷刺하고 있다. 北溟豪士가 詞에서 말하기를,

---

19) 紫潭居士詞曰,
　　紫潭深處一泓開, 天光徘徊, 雲影徘徊.
　　無心朱墨去還來, 得亦悠哉, 失亦悠哉.
　　虛中居黙孰知才, 我自無猜, 人自無猜,
　　一生蹤跡厭塵埃, 何處是陪, 閒處是陪.

넓고 섬세하고 크고 가는 것이 화로와 망치 사이에서 주조되어
나오니,
긴 것도 한 때요, 짧은 것도 한 때로다.
현묘하고 현묘한 衆妙를 얻은 자 몇 사람인가?
道心의 나타남 적고 天機의 드러남도 적네.
정수리[頂]에서부터 갈아 발꿈치에 이르도록 조심스레 깨트리지   마세.
세상은 기이하게 여기지 않지만 나 스스로 기이하게 여긴다.
문장의 화려한 빛 어디다가 비할 바 있으랴?
四書도 나로 쓰고, 五經도 나로 쓰네.[20]

여기서 북명호사는 먹의 의인이다. '넓고 섬세하고 크고 가는 것이 화로
와 망치 사이에서 주조되어 나오니, 긴 것도 한 때요, 짧은 것도 한 때로다.'
라는 것은 먹의 생산과정과 길고 짧은 모양을 우의적으로 표현하는 말이다.
즉 먹의 제조방법과 다양한 모양의 먹을 의미하고 있다. 그리고 '현묘하고
현묘한 衆妙를 얻은 자 몇 사람인가! 道心의 나타남 적고 天機의 드러남도
적네.'라는 것은 북명호사[먹]의 신오하고 현묘한 도리를 아는 사람 몇이나
되겠는가! 도심이나 천기의 들어남도 적다는 말이다. 그리고 '정수리[頂]에
서부터 갈아 발꿈치에 이르도록 조심스레 깨뜨리지 않으니, 세상에 기이한
것 없건만 나는 스스로 기이하게 여긴다.'라는 것은, 먹을 갈 때 위에서 아
래에까지 조심스럽게 다루며 먹은 무진장 검은 물이 나오니 신기하다. 라는
의미를 우의적으로 표현하고 있다. 마지막에 '문장의 화려한 빛 어디다가
비할 바가 있겠나? 四書도 나로 쓰고, 五經도 나로 쓰네.'라는 것은 먹으로
쓴 글씨를 예찬하고 사서나 오경 같은 경전도 먹물로 베끼어 쓰니, 북명호
사[먹]가 인간 세계에 큰 공적을 남겼고, 인류문화에 공헌하고 있다는 사실

---

20) 洪纖巨細鑄鑪錘, 長也一時, 短也一時.
   玄玄衆玅幾人窺. 道心些兒, 天機些兒.
   磨頂放踵慎無隳, 世不爲奇, 我自爲奇.
   文章華采豈堪比, 四書是台, 五經是台.

을 우의적인 수법으로 표현하고 있다. 天一翁이 詞에서 말하기를,

> 부여된 형상이 사물을 따라 문득 편안해지니
> 둥근 곳에 처해도 기쁘고, 모난 곳에 처해도 기쁘다.
> 평생토록 물 좋아하여 물이 넘실넘실 하니,
> 삼킬 때도 맑은 여울, 토할 때도 맑은 여울.
> 靑黃黑白을 누군들 구하지 않으리오.
> 글씨도 보기 좋으며, 그림도 보기 좋다.
> 하늘의 한 빛 정밀히 함양하여야 물결을 충분히 볼 수 있나니,
> 말하기도 어렵거니와 물 대기도 어렵구나.[21]

여기서 天一翁은 白面生, 즉 硯滴의 의인이다. '부여된 형상이 사물을 따라 문득 편안해지니, 둥근 곳에 처해도 기쁘고, 모난 곳에 처해도 기쁘다.'라는 것은 연적 속의 물은 연적이 새긴 모양대로 된다는 의미를 우의적으로 표현한 말이다. 그리고 '평생토록 물 좋아하여 물이 넘실넘실 하니, 삼킬 때도 맑은 여울, 토할 때도 맑은 여울.'이란 것은 연적 속에는 항시 맑은 물을 넣어 먹을 갈 때는 벼루에 물을 붓는 형상을 우의적으로 표현한 말이다. '靑黃黑白을 누군들 구하지 않으리오. 글씨도 보기 좋으며, 그림도 보기 좋도다.'라는 것은 靑黃黑白의 연적과 연적에 그려져 있는 글씨와 그림이 보기 좋다는 우의적인 표현이다. '하늘의 한 빛 정밀히 함양하여야 물결을 보기에 충분하나니, 말하기도 어렵거니와 물대기도 어렵구나.'라는 것은 하늘색 연적의 물결 같은 무늬를 찬양하며 말하는 것도 어렵지만 연적에 물을 벼루에 대는 것도 어렵다. 만약 천일옹[硯滴]이 없었다면 언어 소통의 기록이나 서예작품을 어떻게 그릴 것이냐? 라는 의미로서 자신의 공적을 우의적으로

---

21) 賦形隨物便爲安, 圓處是歡, 方處是歡.
　　平生樂水水漫漫, 呑時淸湍, 吐時淸湍.
　　靑黃黑白孰非干, 書也好看, 畵也好看.
　　精涵天一足觀瀾, 爲言惟難, 爲水亦難.

표현하면서 비분강개한 어조로 인간 세태를 譏刺하고 있다.

2) 몽유소설과 의인소설 및 寓意의 混合技法

〈오일론심기〉는 文房四友와 硯滴을 의인하여 현실세계에서 夢中世界로 入夢하여 이들 五友가 없었다면 인류의 문화 문명을 어떻게 전할 수 있겠는가? 하면서 자신들의 공적을 몰라주는 인간 세태를 비분강개한 어조로 다투어 譏刺한다. 이들 다섯 명의 몽중세계의 주인공들은 인간세계에서 書畵는 물론 인류의 전통문화와 문명을 이어왔다. 문자로 의사소통을 하는 데는 문방사우와 연적 등 五友들의 공로라 다투어 주장한다, 그래서 인간 세계에서 그들의 이러한 공적을 몰라주는 한심한 세태를 이들 몽중세계의 인물인 北溟豪士[먹의 의인], 紫潭居士[벼루의 의인], 黑頭公[붓의 의인], 浩塘主人[종이의 의인], 天一翁[硯滴의 의인]의 입을 통해 서로 다투어 비분강개한 어조로 譏刺하고 있다. 그리고 다시 覺夢함으로 현실세계로 환원되는 夢遊小說의 額字 구성 틀을 그대로 답습하고 있다.

따라서 〈오일론심기〉는 이와 같은 몽유소설의 액자구성 틀에다가 文房四友와 硯滴을 擬人한 다섯 명의 주인공 즉 北溟豪士[먹의 의인], 紫潭居士[벼루의 의인], 黑頭公[붓의 의인], 浩塘主人[종이의 의인], 天一翁[硯滴의 의인] 등이 夢中世界에서 寓意의 기법을 통해 사건을 전개하고 있다.

寓意 혹은 寓言에 대해 莊子에서 다음과 같이 언급하고 있다.

> 寓言이란 자기의 의견을 직설적으로 표현하지 않고 다른 것에 寓意하여 상대방으로 하여금 신빙도를 높게 하고 나아가 無形의 개념을 사물에 의탁하여 형상화함으로 청취자가 명확히 이해할 수 있게 한 것이라 했다. 그리고 玄妙한 道는 말을 떠난 것이나 말이 아니면 사람에게 비유할 수 없으므로 부득이 다른 인물을 들추어 그 뜻을 표시하는 방법을 寓言이라고 하였다.―――(중략)―――寓言이란 다른 사물을 借用하여 道를

이야기하는 것인데, 그것은 마치 아버지가 그 아들을 위해 중매 서지 못
하는 것은 아버지로서 그 아들을 칭찬하는 것이 아버지 아닌 다른 사람
이 하는 것보다 못한 까닭과 같다.[22]

라고 설파한 말은 寓言, 寓意 본래의 뜻을 잘 요약해 준 것이다. 이러한
기능은 擬人과 同軌의 소임이라 할 수 있다.[23] 당나라 韓愈의 作인 「毛潁傳」
도 장자의 寓言에서 영향 받은 바 크리라 믿어지는데, 이러한 사실은 『古文
眞寶』의 「毛潁傳 解題」에서 홍경선이 이미 밝힌바 있다.[24] 이처럼 장자의
수많은 寓言은 중국 假傳의 출현뿐만 아니라 고려후기 擬人文學의 창출과
조선조 天君小說의 창작에 있어 직·간접적인 영향을 미쳤을 것으로 생각되
어 문학사적으로 중요한 배경이 되리라 생각된다.[25]

우리나라에서 寓言과 擬人의 수법이 문학작품에 나타난 것은 『三國史記』
의 「龜兎說話」, 「花王戒」에서 시작하였다. 본격적으로 나타나기 시작한 것
은 고려조 무신의 득세로 몰락한 문사들이 消閑의 資로서 당·송을 전후하
여 나온 중국의 假傳을 애독한 결과, 이들을 모방하여 현실에 대한 신랄한
풍자를 한 데서부터라 할 수 있다.[26]

현존 중국의 假傳으로는 韓愈의 「毛潁傳」이 嚆矢라 생각된다. 고문운동
의 선구자요 大儒인 韓愈가 「毛潁傳」과 같은 괴이한 글을 썼다는 소식이 전
해지자 당시 사람들에게 널리 알려졌다. 유배지에 있던 柳宗元은 고문의 기
수인 韓愈가 「毛潁傳」과 같은 壯怪하고 難澁한 글을 써서 비록 당시의 가식
적이고 화려한 문체에 젖은 일반 독자들에게는 조롱을 받았으나 안목이 있
는 자에게는 그 문장이 세상의 유익함이 있음을 인정받았음을 알 수 있다.

이와 같이 중국문학사상 韓愈가 최초로 「毛潁傳」에서 假傳의 수법을 썼

---

22) 莊子 卷 27 寓言篇.
23) 金光淳, 天君小說研究, 형설출판사, 1982, pp.28-29.
24) 洪慶善, 경북대학교 중앙도서관소장 필사본 『古文眞寶』의 「毛潁傳 解題」 참조.
25) 金光淳, 天君小說研究, 형설출판사, 1982, p.29.
26) 金光淳, 天君小說研究, 형설출판사, 1982, p.29.

다는 것을 알 수 있다. 그러나 史傳文의 형식은 사마천의 史記 列傳體가 출현한 이후 수많은 중국의 문사들이 습용하여 假傳과 托傳 등을 썼기 때문에 형식의 전입은 「毛穎傳」이전에 되었다고 봄이 타당할 것이다.

「毛穎傳」의 체제는 史記 列傳體를 답습하고 無情의 사물인 붓에다 人性을 假託시켜 擬人化한 假想의 傳이다. 이러한 假傳的 筆法은 無情의 사물을 의인하여 마치 사람의 생애처럼 전기의 형식을 빌려 가상적인 허구로 꾸민 것인데, 史記의 實傳體를 도입한 것은 史實로서 實證을 위장하려는 의도 때문이다.

이처럼 〈오일론심기〉는 무정의 사물인 文房四友와 硯滴에다가 인성을 假託시켜 의인화한 가상의 전이다. 그러면서도 〈오일론심기〉는 寓意와 擬人의 수법에 그치지 않고 이를 다시 몽유소설의 액자 구성에 넣어 서술한 몽유소설로서의 구조를 지니고 있으니, 우리 문학사 특히 한국 고소설사에서 관심의 대상이 되기에 족하다.

일찍이 우리 문학사에서는 「安憑夢遊錄」을 비롯한 많은 몽유소설이 있어서 몽유소설의 액자식 구성이라는 하나의 틀을 형성하고 있다. 몽유소설이란 몽유록계의 특성을 지닌 소설로서 入夢 이전에 몽중사건과 관련되는 起緣이 없고 사건이 대부분 분기가 적으며 단일하다. 覺夢 이후 怪異로써 끝나고 심각한 반응이 없으며 入夢에서 覺夢까지 사건은 길지만 시간적으로는 짧은 순간에 끝난다.

이들 몽유소설은 대체로 현실-꿈-현실로 전개되는 이원적인 구조를 가지고 있다. 현실세계에서 몽중세계로 들어갈 때는 대체로 몽유자의 의식이 몽롱한 상태에서 이루어지고 현실세계에서 바라던 일이 몽중세계에서 전개된다. 그리고 몽유자는 작자 자신이거나 허구적인 주인공으로 이들은 날카로운 비판정신과 고귀한 이상을 지닌 인물이다. 몽유자 이외에 몽중세계에 등장하는 인물은 대부분 역사상의 실존인물이다. 몽유소설에서는 시대에 관계없이 역사상의 인물들이 한자리에 모여 사건을 전개하고 있으므로 시공간의 제약이 없으며, 대체로 많은 詩가 들어 있음이 특징이다[27].

〈오일론심기〉는 현실 세계의 이야기에서 入夢하여 夢中世界의 주인공 입에서 작자의 서술의식을 우의적으로 표출한 뒤에 覺夢하여 현실의 세계로 환원되는 이원적 구조를 지니고 있다. 다시 말하면, 현실세계→몽중세계→현실세계로 이어지는 형식은 몽유소설에서 공통적으로 나타나고 있어서 이를 몽유의 액자구성 혹은 몽유의 액자 틀이라 부르기도 한다.

따라서〈오일론심기〉는 몽유의 액자구성 혹은 몽유의 액자 틀의 형식에 해당되는 작품이다. 그리고 앞에서 논의한 바와 같이 〈오일론심기〉는 몽중세계의 중심인물인 北溟豪士[먹의 의인], 紫潭居士[벼루의 의인], 黑頭公[붓의 의인], 浩塘主人[종이의 의인], 天一翁[硯滴의 의인]은 문방사우와 연적을 의인한 것이다. 이러한 수법은 우리나라에도 매우 깊은 역사와 전통을 지니고 있다. 곧『三國史記』에 수록되어 전하는「花王戒」와「龜兔之說」을 비롯하여 고려 후기의「麴醇傳」,「孔方傳」,「竹夫人傳」등을 비롯한 假傳 작품들이 있고, 조선 시대에 와서는 申光漢의『企齋記異』의「安憑夢遊錄」과「書齋夜遊錄」등 많은 작품에서 擬人의 기법을 쓰고 있어 擬人小說이란 한 類型을 형성하고 있다.[28] 의인소설은 동물의 의인소설, 식물의 의인소설, 심성의 의인소설, 기타 사물의 의인소설로 구분하고 있는데[29], 여기서 논하고 있는 〈오일론심기〉는 문방사우와 연적을 의인하고 있기 때문에 기타 사물의 의인소설에 속한다.〈오일론심기〉의 주인공으로 몽중세계에 등장한 호당주인[종이], 북명호사[먹], 흑두공[붓], 자담거사[벼루], 천일옹[연적]의 다섯 사람으로 의인하여 자신의 형상, 각자의 기능과 공적을 寓意를 통해 표출하는

---

27) 金光淳, 韓國古小說史와 論, 새문사, 1990, 437~445 참조.
   金光淳, 韓國古小說史, 경인문화사, 2001, pp.66~67.
28) 金光淳, 韓國擬人小說研究, 새문사, 1987, pp.102~168 참조.
   金光淳, 韓國古小說史, 경인문화사, 2001, pp.65~66.
29) 金光淳, 韓國擬人小說研究, 새문사, 1987, p.102.
   金光淳, 韓國古小說史와 論, 새문사, 1990, 424~437 참조.

서술기법은 우리문학 작품에서 쉽게 찾아볼 수 없는 특이한 점이다.

5. 五一論心記의 문학사적 위상

〈오일론심기〉는 전술한 바와 같이 필자가 발굴하여 학계에 처음으로 공개하고 연구한 것으로 우리 문학사 연구에 주목 받을 만한 작품이다. 우선 몽유소설이 한 편 더 불어났다는 사실만으로도 한국문학사 특히 한국 소설사를 연구하는 학자들에게는 관심의 대상이 될 수 있다. 다만 학계 일각에서는 몽유소설이 소설이냐? 아니냐? 라는 것이 문제가 될 수도 있지만 고소설 연구자들의 일반적인 시각으로는 소설로 간주하고 있다[30]. 필자의 생각도 마찬가지이다.[31]

일찍이 한국문학사에서 몽유소설은 16세기 신광한의 「안빙몽유록」에서 시작하여 19세기까지 이르러 많은 몽유소설이 창작되고 있어 몽유소설의 액자구성이라는 하나의 틀을 형성해 왔다. 몽유소설이란 몽유록계의 특성을 지닌 소설로서 入夢 이전에 몽중사건과 관련되는 起緣이 없고 사건이 대부분 분기가 적으며 단일하다. 覺夢 이후 怪異로써 끝나고 심각한 반응이 없으며 入夢에서 覺夢까지 사건의 전개는 길긴 하지만 시간적으로 보면 짧

---

30) 국어국문학회, 고전소설연구, 정음사, 1979.
　　한국고소설편찬위원회, 한국고전소설론, 새문사, 1990.
　　한국고소설연구회, 한국고소설론, 아세아문화사, 1991.
　　金光淳, 韓國擬人小說研究, 새문사, 1987.
　　金光淳, 韓國古小說史와 論, 새문사, 1990.
　　金光淳, 韓國古小說史, 국학자료원, 2001.
31) 金光淳, 韓國擬人小說研究, 새문사, 1987, pp.102~168 참조.
　　金光淳, 韓國古小說史와 論, 새문사, 1990, 424~437 참조.
　　金光淳, 韓國古小說史, 국학자료원, 2001, pp.65~66.

은 순간에 지나지 않는다.

몽유소설은 몽유자의 태도에 따라 傍觀型과 參與型으로 나누어지고, 내용
에 따라서는 理想型, 寓意型, 悲憤型, 批判型으로도 나눌 수 있다. 몽유자의
태도에 따라 방관형 몽유소설에는 「金華寺夢遊錄」,「泗水夢遊錄」,「浮碧夢遊
錄」,「江都夢遊錄」 등이 있고, 참여형 몽유소설에는 「大觀齋夢遊錄」,「元生
夢遊錄」,「達川夢遊錄」,「皮生冥夢錄」,「安憑夢遊錄」 등이 있다. 내용에
따른 분류로서 이상형으로는 「大觀齋夢遊錄」,「泗水夢遊錄」, 우의형으로
는 「金華寺夢遊錄」,「浮碧夢遊錄」,「安憑夢遊錄」, 비분형으로는 「元生夢遊
錄」, 비판형으로는 「達川夢遊錄」,「皮生冥夢錄」,「江都夢遊錄」 등으로 분류
된다. 이에 따라서〈오일론심기〉를 분류하면, 전술한 바와 같이 몽유자의 태
도에 따라서는 방관형 몽유소설에 속하고, 내용에 따라서는 우의형 몽유소설
에 속한다.

이들 몽유소설은 대체로 현실―꿈―현실로 전개되는 이원적인 구조를 가
지고 있다. 현실세계에서 몽중세계로 들어갈 때는 대체로 몽유자의 의식이
몽롱한 상태에서 이루어지고 현실세계에서 바라던 일이 몽중세계에서 전개
된다. 그리고 몽유자는 작자 자신이거나 허구적인 주인공으로 이들은 날카
로운 비판정신과 고귀한 이상을 지닌 인물이다. 몽유자 이외에 몽중세계에
등장하는 인물은 대부분 역사상의 실존인물이 많다. 몽유소설에서는 시대
에 관계없이 역사상의 인물들이 한자리에 모여 사건을 전개시키고 있으므
로 시공간의 제약이 없으며, 대체로 많은 詩가 들어 있음이 특징이다[32].

마찬가지로 앞에서 논의한 바 〈오일론심기〉의 문학사적 의의는 몽유소설
의 액자 구성의 틀에다가 文房四友와 硯滴을 擬人한 다섯 명의 주인공 즉
北溟豪士[먹의 의인], 紫潭居士[벼루의 의인], 黑頭公[붓의 의인], 浩塘主人[종
이의 의인], 天一翁[硯滴의 의인] 등이 夢中世界에서 중심인물로서 의인한

---

32) 金光淳, 韓國古小說史와 論, 새문사, 1990, 437~445 참조.
　　金光淳, 韓國古小說史, 국학자료원, 2001, pp.66~67.

의인소설이란 점과 몽유자가 현실의 이야기에서 入夢하여 몽유자는 방관적인 태도로 서술되어 있다. 또한 夢中에서 문방사우와 연적이 의인화되어 이들이 몽중세계에서 작자의 서술의식을 우의적인 방법으로 표출한 뒤에 覺夢하여 현실의 세계로 환원되는 이원구조를 지니고 있다. 그래서 〈오일론심기〉는 몽유자의 태도에 따라 몽유자가 양쪽의 현실 세계에만 참여하고 꿈의 세계에는 전혀 참여하지 않음으로 방관형 몽유소설의 유형에 속하고, 내용에 따른 유형으로는 작자의 서술의식을 우의적인 수법으로 표출하고 있어서 우의형 몽유소설의 유형에 속한다.

따라서 〈오일론심기〉는 몽유소설이기도 하고, 의인소설이기도 하며, 내용을 우의의 기법으로 서술하고 있다는 점에서 보면, 우의소설 또는 우화소설이기도 한 특이한 성격을 지니고 있어, 우리 문학사상 특히 우리 소설 문학사상 같은 한 작품에 이와 같은 여러 가지 서술 기법을 수용한 점에서 소설사연구에 새로운 지평을 열 수 있는 특이한 작품이다.

6. 결 론

이 작품의 작자를 작자의 생애에 대한 문헌상의 기록과 후손들의 증언 등에 의거하여 具龜年임을 밝혔다. 그리고 이 필사본에 대한 서지학적인 고증과 작자의 생애를 중심으로 탐색한 결과 〈오일론심기〉는 필사본의 제목 하단에 기록된 바와 같이 具龜年이 지은 작품이라는 데는 異論이 없다. 그는 영조 28년 (1752 A.D.)에 仁川 朱岸에서 출생하였다. 이 작품의 작자인 具龜年은 정조 7년 (1783 A.D.) 32세에 생원이 되었으나 당쟁과 士禍로 혼탁한 官界에 뜻이 없어 평생을 청렴한 선비로 초지일관하였다. 그는 영·정조의 탕평책과 문체반정의 강력한 시책에도 불구하고 실학과 천주학의 물결을 막을 수가 없었던 혼란한 시기에 태어나 평생을 선비로서 학문에만 정진하였다.

具龜年의 생애를 통해 볼 때 그는 초년과 중년에는 인천 주안에서 살았고 만년에는 인천에서 조금 떨어진 龍遊島에서 속세와 절연한 채 저작 생활로 여생을 보냈다. 작자는 풍진세상이 싫어 용유도를 찾아가 그곳에서 마지막 생을 마쳤다. 〈오일론심기〉에서 문방사우와 연적이 자기들의 공적을 인정하지 않는 인간 세태를 비분강개한 어조로 譏刺하는 내용으로 보나 수사법으로 미루어 볼 때 작자가 만년에 세상사를 등지고 용유도에 살면서 쓴 작품으로 짐작된다.

현재 필자가 소장하고 있는 필사본의 지질이나 묵질 등을 참작하여 창작연대를 추정해 본 결과, 필사본 〈오일론심기〉의 표지는 格子 무늬와 菱花 무늬가 분명하게 들어나고 있다. 또한 본문 내용을 筆寫한 韓紙의 紙質이 닥종이로써 搗砧되어 있고, 墨質이나 종이 발폭이 18세기 초중간의 것으로 보이는 점33)과 작자의 생존시기 등으로써 이 작품의 창작 시기를 작자 具龜年이 만년에 용유도에 살았던 18세기 말엽 전후에 창작한 것이라고 생각된다.

〈오일론심기〉의 창작방법은 문방사우와 연적을 의인한 北溟豪士[먹의 의인], 紫潭居士[벼루의 의인], 黑頭公[붓의 의인], 浩塘主人[종이의 의인], 天一翁[硯滴의 의인] 등 五友의 悲憤慷慨한 심사를 夢遊小說의 액자 속에 擬人의 기법을 수용하였으므로 몽유소설의 액자에 의인소설의 창작방법을 같이 수용하고 寓意의 기법을 답습하여 창작한 것이다. 따라서 文房四友와 硯滴을 의인한 의인소설의 기법을 빌어 그 속에 문방사우와 연적을 의인한 五友의 悲憤慷慨의 吐說을 寓意를 통해 이들의 공적을 세상 사람들에게 일깨워 주려는 것이 작자의 창작의도이고 이 작품의 서술의식이라고 할 수 있다.

---

33) 서지학자 남권희 경북대교수 감정 참조.

　　따라서 〈오일론심기〉는 몽유소설의 액자구성에 문방사우와 연적을 의인
한 의인소설과 寓意의 技法으로 내용을 전개하고 있다. 때문에 〈오일론심
기〉는 이들 세 가지의 기법을 한 작품에서 동시에 수용한 점에서 몽유소설
이면서 의인소설이고, 우의소설 또는 우화소설이라 할 수 있어, 한국문학
특히 한국 소설문학사에 새로운 지평을 열 수 있는 희귀한 작품이라고 할
수 있다.

〈내성지〉의 창작동인 탐색

신해진(전남대)

말을 탄 단종의 모습

1. 문제 제기

〈奈城誌〉[1]는 金壽民(1734–1811)이 1757년(영조 33)에 지은 작품으로, ≪明隱集≫[2] 권18 '誌'에 수록되어 있다. 이 작품은 공교롭게도 숙부에게 죽임을 당한 왕들인 조선조 端宗과 명나라 建文皇帝가 강원도 내성(영월의 옛 지명)에서 양국의 충신열사들을 만나고 그들을 위해 베푼 宴會를 김씨 성의 無名子가 목격하는 것으로 되어 있다.

이 작품을 처음 소개한 것은 김수민의 ≪명은집≫을 1987년 간행하면서 쓴 김종원의 간행사[3]와 정구복의 해제[4]이다. 김종원은 세조의 왕위찬탈을 풍자하여 충신과 간신들에 대한 포폄의식을 담고 있는 작품이라 하였으며, 정구복은 ≪명은집≫의 내용적 특징과 작가의 학문적 성향을 소개하는 가운데 〈내성지〉가 작가 김수민의 의리관념이 잘 표현된 작품이라 하였다.

조석헌[5]은 작가 김수민에 대한 개략적인 소개와 몽유소설로서 지니는 〈내성지〉의 특징에 대한 개괄적인 언급 등을 통해 작품이 지니고 있는 가치

---

1) 이 작품에 대한 교감본이 『교감본 한국한문소설 몽유록』(장효현 외, 고려대학교 민족문화연구원, 2007)에 수록되어 있고, 그 역주서인 『역주 내성지』(보고사, 2007)가 처음으로 신해진에 의해 간행되었다.
2) 이 문집은 김수민의 후손이 1987년 보경문화사를 통해 영인·간행하였다.
3) 김종원, 「간행사」, ≪명은집≫, 보경문화사, 1987, 1–3면.
4) 정구복, 「해제」, 위의 책, 5–6면.
5) 조석헌, 「몽유록소설 〈내성지〉에 관한 연구」, 석사학위논문, 건국대학교 교육대학원, 1988.

를 소개하는 수준에 머물렀으며, 신재홍[6]은 조선전기 〈원생몽유록〉과의 비교를 통해 구조적 변모 양상과 의식적 변화 양상을 읽어냄으로써 비로소 〈내성지〉가 지닌 몽유록으로서 서술구조상의 특성 및 변별적 주제의식에 대한 이해의 수준을 높였다. 그럼에도 조동일[7]은 〈내성지〉가 〈원생몽유록〉에서 다루었던 내용을 더욱 장황하게 펼쳐 보였을 뿐이라는 평가를 내리기도 하였다.

최근에 들어서, 신재홍의 논의를 보다 심화시켜 조동일의 평가를 극복한 것이 김정녀[8]의 논의이다. 〈내성지〉의 양식적 특징을 해명하기 위해 전대 몽유록의 수용양상과 변모양상을 주목하면서 논의를 심화시켰는데, 그 결과 〈내성지〉를 작가의 시선이 역사 사회 현실을 향하고 있으면서도 이를 구상화하는 과정에서 전형적인 서술구조를 탈피하고 장편화 및 서사화 지향의 면모를 보여 조선후기 몽유록의 지평을 넓힌 작품으로 평가하였다. 이 논의는 작가의 시선이 역사 사회 현실을 향하였다고 했지만 그 구체적 실상이 포착되지 않았고, 양식적 변모가 가능했던 기반적 동인이 규명되지 않았다.

그런데 주지하다시피, 몽유록은 '寄托的 수사방식'과 '작가가 은밀히 구현하고자 하는 寓意를 담은 이야기'라는 필수적 두 요소를 지닌 양식이다.[9] 이 가운데, 앞서 살펴본 것처럼 기존 연구자들은 托夢에 관련된 몽유록 특유의 서술구조적 특징 및 그것의 변모양상을 밝히는데 주력했음을 알 수 있다. 이러한 연구 경향은 물론 그 나름의 의의는 분명 있겠으나, 〈내성지〉가 지닌 주제적 실질을 일면적인 규명이 아니라 제대로 규명하는 데로는 연결되지 않아 한계가 있는 것으로 보인다. 작가가 은밀히 구현하고자 하는 우

---

6) 신재홍, 「명은 김수민의 〈내성지〉 검토」, 『국어국문학』 105, 국어국문학회, 1991. 이 논문은 그의 저서 『한국몽유소설연구』(계명문화사, 1994)에 재수록.
7) 조동일, 『한국문학통사』 3, 지식산업사, 1994, 467면.
8) 김정녀, 「〈내성지〉의 양식적 특징과 그 의미」, 『한문학보』 5, 우리한문학회, 2001.
9) 신해진, 『조선중기 몽유록의 연구』, 박이정, 1998, 14면.

의를 담은 이야기로서의 몽유록을 살피려고 한다면, 역사적 사실과 허구적 질서와의 관련방식, 그리고 문학 외적인 충격에 대응하는 작가의 의식의 방향 등은 주목될 필요가 있다. 곧, 창작 동인 내지 배경은 주목되어야 한다. 이런 점에서 손종태[10]는 이전의 논의가 소홀히 다룬 창작배경을 당대 맥락과 접목한 의의가 있으나 결론이 지나치게 소박한 편이다.

몽유록은 한갓 꿈에 기탁한다는 곧 탁몽이라는 수단을 통해 당대 현실과의 일정한 거리화를 시도하는 것으로 보이게 했지만, 좌정대목의 자리 배열에 의한 허구화를 통해 비유체를 형성함으로써 기실 그 거리화와는 오히려 반대로 당대 현실을 긴밀하게 직시할 수 있는 소통로를 창안한 양식이라 한 것[11]에 주목한다면, 〈내성지〉가 창작될 수밖에 없었던 창작동인에 주목하지 않을 수 없다.

따라서 16세기에서 18세기까지 단종과 三相 그리고 단종복위운동 참여자에 대한 추복 논의의 변모 과정 및 노론계 특히 宋時烈의 입장과 역할 등을 성밀하게 살펴야 호남인 향리 성리학자 김수민이 〈내성지〉를 통해 구현하고자 한 寓意性을 파악할 수 있을 것이다. 이 글은 그 창작동인만을 살피는 것으로 한정될 것이다.

---

10) 손종태, 「〈내성지〉의 창작배경과 역사담론 연구」, 석사학위논문, 동아대학교 교육대학원, 2003.
11) 신해진, 「몽유록에서의 좌정대목이 지니는 의미」, 『한국언어문학』 43, 한국언어문학회, 1999, 93면.

2. 창작동인 탐색

1) 작가적 동인[12)

〈내성지〉의 첫 대목은 "명나라 永曆년간에 김씨 성의 無名子라는 이가 있다."[13)는 것으로 시작된다. 이 永曆은 명나라 마지막 황제 '永曆帝'로도 불린 永明王의 연호(1647—1662)이다. 또한 '김씨 성의 무명자'란 바로 작가인 김수민 자신을 가탁한 것이다.

여기서 김수민의 생몰년간이 1734년부터 1811년까지이고 〈내성지〉의 창작 연대가 1757년임을 고려하면, 김수민은 당대의 다음과 같은 현실적 비판에 직면할 수밖에 없는 인물인 셈이다.

> 皇明의 王統이 끊어졌는데도 大報壇과 萬東廟가 있었고, 어리석은 촌백성들도 벌써 망해버린 명나라를 끝끝내 존숭하여 연호를 기록할 때면 반드시 '崇禎 기원후 제 몇 년'이라고 썼으니, 二十三史를 다 펼쳐 보아도 이와 같은 忠懇은 보지 못하였다. 아! 이것이 이른바, 풀[草]에 바람이 불면 풀이 반드시 비스듬히 눕는다는 이치에 기인한 것인가 보다.[14)

김수민보다 약간 뒷 시기의 인물인 李圭景이 명나라가 망했는데도 존재하지 않는 명을 숭배하고자 하는 허위를 지적하며 비판하고 있는 글이다. 전통적인 華夷觀에 대한 이와 같은 비판은 그대로 김수민에게도 적용될 수 있음을 〈내성지〉의 서두가 보여주고 있는 것이다.

---

12) 신해진, 2007, 앞의 책, 277—290면. 이를 주로 참고하여 서술되었음을 밝혀 둔다.

13) "皇明永曆間, 有姓金無名子者."(신해진, 『역주 내성지』, 보고사, 2007, 147면) 앞으로 〈내성지〉의 번역문과 원문을 밝힐 때는 이 책의 면수만을 밝힌다.

14) 李圭景, ≪五洲衍文長箋散藁≫ 권16, 〈元末明初末淸初辨證說〉. "皇明統絶, 有大報之壇萬東之廟, 以委巷編氓言之, 尊崇已亡之明, 凡有年號之記, 必書以崇禎紀元後第幾年, 則二十三代史策, 未見若是之忠懇也. 嗚呼! 是所謂草上之風者乎."

그리고 김수민은 본관이 扶安으로 南原에서 출생한 인물이다. 字를 濟翁, 號를 明隱이라 하였다. 明隱이란 명나라가 망하고 淸이 강성하였던 당대를 불의한 시대로 보고, 이미 역사에서 사라진 明을 숭상하겠다는 의지를 담은 호라 한다. 호에서도 알 수 있듯 尊周攘夷의 사상에 투철했던 인물인데, 다음 인용문은 그가 직접 쓴 글로서 자신의 입장이 잘 드러나 있다.

> 명은은 부풍[扶安]사람이다. 집안이 대대로 周를 높여 그 뜻을 지키고자 그것으로 自號를 삼았다. 바탕과 성품이 소탈하나 迂遠하여 집안사람과 생업을 돌보지 않고 책 읽기만 좋아했다. 더욱 ≪춘추≫와 주자의 글을 애독하였으며, 우암의 문장에서 곧을 直자를 골라내어 천 근의 짐으로 삼았다. 나는 세상의 움직임과 잘 맞지 아니하여 주먹으로 맞고 발길로 차이는 꼴이 되었으나 일찍이 벼슬길에 나아가지 않았다. 책을 읽을 때에는 항상 엄처사·제갈무후·도정절과 벗을 삼아 두루 ≪素書≫에 통달하였다. 평소 앉을 때에는 북쪽을 향하지 않고 늘 서쪽을 대했는데, 사람들이 그 까닭을 물으면 웃으면서 대답하지 않았다.[15]

인용문을 보면, 김수민이 대대로 中華를 받든 집안의 자손임을 자랑하였고 ≪春秋≫와 朱子의 글을 애독하였으며 우암 宋時烈(1607−1689) 사상의 핵심인 '直'을 삶의 지표로 삼았다고 하는 데서, 이미 그의 사상이 어디에 자리하고 있는지 엿볼 수 있다. '평소 앉을 때에는 북쪽을 향하지 않고 늘 서쪽을 대했다(平居坐, 不向北而常面西).'는 말에서도 그의 존명의식은 분명하게 확인된다. 그는 우암의 주자학적 교조주의를 그대로 받아들여서 종래의 尊周攘夷를 고수하여 尊明排淸을 표방한 것이다. 명나라에 대한 군신으로서 義는 만고불변인 춘추의 대의라고 본 것이다. 그래서 그는 오랑캐이자 명나라의 원수인 청을 섬길 수 없다는 것이 확고했다. 이처럼 그는 바로 춘

---

15) ≪明隱集≫ 권9, 〈明隱齋自狀〉, "明隱子扶風, 家世尊周, 以守其志, 因以自號焉. 質性疎迂, 不事家人生業, 好讀書. 尤眷眷於春秋朱書, 尤翁之文, 拈出直之一字, 以爲百十斤擔子. 寡合於世動, 遭拳踢, 不曾駕言. 卷中時, 與嚴處士·諸葛武侯·陶靖節尙友, 旁通素書. 平居坐, 不向北而常面西, 人問其故, 笑而不答."

추대의적 명분에 입각한 의리에 투철했던 인물이다.

그가 벼슬길에 나아가지 않은 이유도 바로 춘추대의적 명분에서 보자면 청의 간섭이 심한 당대가 불의의 시대였기 때문이었을 것이다. 西漢 말 벼슬길에 나아가지 않고 은거 생활을 하며 학문에만 몰두했다는 嚴遵, 東漢 말 은거하며 세상일에 무관심했다는 諸葛亮, 부패된 관료 세계에 염증을 느껴 사직했다는 陶淵明 등을 벗 삼았다는 데서 그의 입장을 짐작할 수 있다.

그가 벼슬길에 나아가지 않은 이유는 이뿐만 아니라 호남 사림의 역사적 추이와도 무관하지 않을 듯싶다. 그것은 기축옥사(1589)를 계기로 호남사림들이 쇠락해 가는 것과 무관하지 않다는 의미이다. 이 옥사로 말미암아 李潑 형제·鄭介淸 등 서경덕 계열은 정철 계열에 의해 제거됨으로써 중앙 정계에서의 세력을 상실했고 그 정철도 1593년 사망함으로써, 호남세력 전체는 이후 독자적 기반을 서서히 잃고 있었다.16) 특히 정철 死後, 송순·정철 계열은 理氣心性論 등과 같은 철학보다는 문학 활동을 벌임으로써 당시 사상계 主流에서 벗어나게 되어 중앙 정계에서의 주도권도 잃게 되었고, 또 재지적 기반 위에서 독자적인 학파로서의 세력을 형성하지 못하게 되면서 서울·충청도의 西人들에게 개별적으로 흡수되어 갔음은 주지의 사실이다.17) 이러한 역사적 상황에서 김수민은 송시열을 정신적 지주로 삼아 평생

---

16) 호남세력의 독자적 기반이 상실되고 있었음은 다음과 같은 언급에서도 확인할 수 있다. 許筠, 『惺所覆瓿藁』 권23, 說部2. "지금에 이르러서는 才行으로 당대에 드러난 이가 한 사람도 없다. 뿐만 아니라 과거에 급제하는 것도 차츰 적어가니 그 원인을 모르겠다. 나는 여러 해 동안 호남을 출입하면서 그 풍습을 보았는데, 대체로 후생을 敎導하여 이끌어주는 큰 선생이 없는 데다 사람들의 품성 또한 모두 경박하고 잘난 체해서 남에게 굽히기를 싫어하였다. 게다가 衣食의 자원이 넉넉하기 때문에 모두들 목전의 이익에만 매달리느라 앞일을 계획하는 자가 없다. 이 세 가지가 학문을 하지 않는 빌미가 되었으니, 탄식할 일이다.(及今 無一人以才行 聞於時者 其占科第 亦漸落落 莫知其所由然也 余出入湖南有年 熟其風習 盖無大人先生敎導開迪之者 而人之稟性 亦皆慓亢 自是 不肯屈己 下於人 衣食之源甚好 故皆苟目前無遠圖 此三者爲不學之崇 可勝言哉.)"
李植, 〈雜著〉, 『澤堂集』 別集 권5. "호남의 풍속은 浮薄하여 본래부터 유학을 즐겨하지 않았고 정여립의 패망에 이르자 사람들은 호남의 학자들이 끝난 것으로 보았다.(湖俗浮薄 本不喜儒學 及汝立敗 而人以爲嚆矢 湖南學者 從此盡矣.)"

관직에 나아가지 않고 향리의 전통적인 성리학자이자 지식인으로서 일생을 보낸 것이 아닌가 한다.

요컨대, 김수민은 18세기를 전후하여 새로운 사상과 학풍의 발흥을 목도하면서도, 小中華의식에 젖어 있었던 老論의 입장에서 춘추대의적 의리를 지켜가며, 세거지였던 南原이라는 향촌에서의 전통적인 성리학자이자 지식인으로서 일생을 보냈던 인물이다. 송시열을 평생 스승으로 삼은 그는, 송시열의 의리 정신이 사육신의 절의에 대한 평가와 맞물리는 것을 보고 〈내성지〉를 지은 것이 아닌가 한다. 이 점은 뒤에서 언급될 것이다.

김수민이 〈내성지〉를 집필하려 했던 그의 의도는 다음의 글에서 확인할 수 있다.

아마도 내가 젊었을 때에 충과 의에 격렬히 느낀 바 있어 〈내성지〉를 지었는데, 〈황명사기〉·〈노릉지〉·〈동각기〉·〈육신전〉을 모아 엮어서 합하여 一部로 만들었다. 본문에 의거하여 포폄의 단서를 두었는데, 내용이 근엄하고 정직히며 슬프고 한탄스러워 이를 읽고서 눈물을 흘리지 않는 사람은 진실로 이른바 사람의 마음이 없는 자이다. 그러므로 이 책은 세상에 내놓아도 도리에 거스르지 않고, 귀신에게 질정하여도 의심이 없으며, 백세를 지나 성인을 기다려서도 의혹이 없을 것이다.[18]

위의 인용문은 김수민이 24세 때 지은 〈내성지〉가 고희의 나이에 새삼스레 문제가 되어서 자기변호의 글을 써서 마을사람을 설득하고 官府에 변론해야 했는데, 그 글의 일부이다. 사건의 발단은 아마도 崔恒을 逆臣으로 기술한 대목이 같은 마을의 최씨 후손들로부터 지탄의 대상이 되어 김수민이 그 대목을 삭제하였지만, 최씨 집안에서는 그것에 만족하지 않고 불태워 버

---

17) 신해진, 1999, 앞의 논문, 92−93면.

18) ≪明隱集≫ 권18, 〈答屯崔牌〉, "盖我少時, 爲忠義所激感, 著奈城誌, 彙緝皇明史記及魯陵誌·東閣記·六臣傳, 合爲一部, 依本文有褒貶之端, 而謹嚴正直惻怛慨愧, 讀此而不流涕者, 眞所謂無人心者也. 然則是書也, 建諸天地而不悖, 質諸鬼神而無疑, 百世以俟聖人而不惑."

린 후 성현을 모독하였다고 관가에 김수민을 고발한 데서 비롯된 것으로 보인다. 결국 김수민은 이 사건으로 인해 7개월 동안 옥살이를 해야 했다. 문제가 되었던 대목은 ≪東閣雜記≫의 기록을 보면 최항이 김종서를 쳐 죽이고 단종에게 사후 보고하러 온 수양대군을 문을 열어 맞아들인 것으로 되어 있는데, 이를 인용한 것으로 짐작된다.[19]

그러나 김수민은 이 일을 무오사화에 비길 정도로 자신의 정당함을 확신하였으며, 〈내성지〉에 대해 '세상에 내놓아도 도리에 거스르지 않고 귀신에게 질정하여도 의심이 없으며 백세가 지난 후에 성인을 기다려서도 의혹이 없을 것'이라고 할 정도로 자부심을 가지고 있다. 이처럼 자부심을 가지게 된 것은 〈내성지〉의 집필의도에 기인한다. 곧, 춘추대의에 의한 의리관념에 따라 충신과 간신들에 대한 포폄의 단서를 공평무사한 입장에서 드러내고자 했고, 그것이 이루어졌다고 여겼기 때문에 가능하였을 것이다.

요컨대, 〈내성지〉는 18세기 초를 전후로 하여 전개된 단종복위운동의 참여자에 대한 복권의 공론과정에서 송시열을 필두로 한 서인세력의 의리정신을 드러내는 가운데 작가 김수민의 춘추대의적 의리도 드러내려는 작품이 아닌가 한다.

2) 시대적 동인

세종이 죽고 문종이 즉위하였으나 병약하여 단명하였다. 이에 어린 단종이 즉위하면서 政情은 불안해졌다. 단종 원년(1453)에 단종 숙부인 수양대군이 癸酉靖難을 일으켜 顧命을 받아 보좌하던 영의정 皇甫仁, 우의정 金宗瑞, 鄭苯 등을 죽이고 자신의 권력기반을 다졌다. 이때의 정치적 상황이 周公과 成王의 관계처럼 선양의 모습을 갖추고자 했지만 왕위 찬탈의 성격을

---

19) 문제가 된 대목은 『국역 대동야승』 13(민족문화추진회, 1983)의 387면에 있다고 신재홍 교수가 지적한 바 있다.(신재홍, 『한국몽유소설연구』, 계명문화사, 1994, 325면.)

지녔음에도, 수양대군이 즉위할 때는 禪讓의 형식을 취하여 그 정통성을 얻으려고 하였으므로 단종을 上王이라 일컬었다. 그렇지만 세조는 찬탈의 성격을 띠며 즉위하여 명분에 하자가 있었고, 김종서의 숙청, 사육신의 처형, 昭陵 폐위, 단종의 폐위와 죽음 등 정국운영이 다분히 전제적이었다.

세조의 즉위로 집현전 학사들은, 단종의 숙부인 수양대군을 지지하는 申叔舟·梁誠之,·徐居正·鄭麟趾 세력과 이에 반대하는 사육신 계열의 반세조파 세력으로 분열하게 되었다. 세조의 왕위 찬탈에 대해 그 부당성을 마음속에 두었던 집현전의 사육신 계열이 단종복위를 도모하게 되었다. 그러나 사육신의 상왕복위 모의는 거사를 일으키기 전에 탄로 났다. 金礩이 그의 장인 鄭昌孫과 함께 성삼문의 모의를 고변함으로써 실패할 수밖에 없었다. 결국 단종은 魯山君으로 降封되었고, 강원도 寧越로 유배되었다가 세조 3년(1457)에 사약을 받고 죽음을 맞이한다.

이와 관련된 인물들의 복위 내지 복권이 18세기 중엽에 가서야 모두 일단락된다는 점에서 그 추이를 세밀하고도 정밀하게 살펴야 할 것이다.

(1) 昭陵復位論의 추이[20]

단종복위 사건과 1년 뒤 단종의 장인인 宋玹壽 등이 일으킨 모반사건 등으로 말미암아 폐릉이 됨과 동시에 종묘에서 출향된 昭陵에 대한 復位 문제가 제밀 먼저 제기된다. 소릉은 文宗 妃 顯德王后 權氏의 능이다. 이 소릉의 복위운동은 문종이 왕후의 신위 없이 홀로 있는 것을 명분으로 삼았다. 특히, 성종대(재위 : 1470-1494)에 들어오면서 세조의 왕위찬탈을 비판하여 절의를 지킨 생육신의 한 사람인 남효온(1454-1492) 등이 小學契를 조직하여 사림파를 형성하여 갔다. 본디 사림파는 金宗直(1431-1492)의 문인이

---

20) 신해진, 1998, 앞의 책, 133-141면. 이 절의 많은 부분은 이 책에 주로 근거하되, 이현진의 「조선전기 昭陵復位論의 추이와 그 의미」(『朝鮮時代史學報』 23, 조선시대사학회, 2002)를 참고하여 정리했음을 밝혀 둔다.

주로 주축이 되었는데 남효온도 그의 문인이었으며, 金宏弼(1454−1504)·
鄭汝昌(1450−1504)의 師友·문인 등이 참가하였다.

이들이 중앙정계에 진출케 된 계기는 세조의 癸酉靖難과 밀접한 관계가
있다. 이 사건은 비록 세조 자신은 명목상 禪讓이라고 하나 실은 단종의 왕
위를 찬탈한 것이기에, 세조의 행위는 불의로 비칠 수밖에 없었다. 이 불의
에 대항하여 不事二君의 충절을 기치로 단종 복위를 꾀하다 죽은 死六臣과
세조가 주는 녹을 먹지 않고 재야에 은둔한 生六臣이 나오는 등 절의정신이
극에 다다른 시점에서 등장한 것이다. 사림파들은 조선 건국 후 경제적 기
반을 점유했던 훈구세력의 부패와 부조리에 맞설 수 있었고, 春秋大義의 의
리정신을 축으로 왕도정치의 실현을 목표로 할 수 있을 만큼 정신적 토대가
또한 마련되어 있었다.

그 중에서 남효온은 성종 9년(1478) 4월 15일 혼인, 수령의 선발, 내수사
의 폐지 등 당대 제반 문제에 대한 개정안을 진달하는 가운데, 세조의 꿈에
顯德王后(단종母)가 나타나 아들의 살해를 책했다 하여 물가로 이장된 昭陵
(顯德王后 陵)의 복위를 상소하였다.

> 世祖惠莊大王은 하늘이 낸 용맹과 지혜, 日月 같은 총명을 가지셔서 하
> 늘과 사람의 도움으로 큰 변란을 평정하시어 집을 나라로 만들었다.(化
> 家爲國) 그로써 宗社가 위태하게 되었다가 다시 안정되었고, 백성들이
> 거의 죽게 되었다가 다시 소생하였다. …(중략)… 병자년에 여러 간신들
> 이 난을 일으켜 中外가 驚動하여 우리 社稷이 거의 기울었으나, 곧 잇달
> 아 伏誅되어 거의 없앴는데, 남은 화가 昭陵을 폐하는 데까지 미쳐 20여
> 년 동안 冤魂이 의지할 데가 없으니, 신이 모르기는 하나 하늘에 계신
> 文宗의 신령이 어찌 홀로 藥祀蒸嘗을 받으려 하겠습니까! …(중략)… 睿
> 宗께 훈계하시기를, '나는 어려움을 당하였으나 너는 태평함을 당할 것
> 이다. 만약 나의 행적에 국한 되어 변통할 줄을 알지 못하면 나의 뜻을
> 따르는 바가 아니다.'라고 하였으니, 무릇 일은 행할 만한 때가 있고 행
> 하지 못할 때가 있는데, 어찌 前代에 구애되어 변통함을 쓰지 아니하겠

습니까? 하물며 우리 大明皇帝가 景泰를 追復한 어짐이 천지간에 밝게
있는 데이겠습니까? 이는 바로 當代의 일입니다. 엎드려 원하건대 전하
께서 留意하여 채택하시면, 어찌 재이만 그치게 할 뿐이겠습니까? 장차
神人이 화합하고 천지가 안정되며 만물이 육성되어서 모든 복된 물건이
이르지 아니함이 없을 것입니다.[21]

이 인용문을 요약하면, '하늘에 계신 문종이 홀로 제사받기를 즐거워하시
겠는가?'와 세조가 예종에게 훈계한 '나는 곤란한 때를 당했었지만 너는 순
탄한 때를 당할 것이다. 만약 나의 행적에 국한되어 변통할 줄 모른다면 나
의 뜻을 따르는 바가 아니다.'인데, 이는 소릉추복의 명분인 셈이다.

이 상소문에서 주목되는 것은 현실정치에 대해 전면적인 부정의 자세를
보이고 있는 것이 아니라 어느 정도 타협적인 자세를 보이고 있는 점이다.
그의 상소는 비록 타협적인 것이라 하더라도 세조의 왕위찬탈 때 참가한 훈
신세력들이 온존해 있었던 당대 상황을 감안하면 그것은 아직도 '당대적인
현실의 문제'로서 세조의 즉위 자체와 훈구세력들의 존재명분을 간접적으로
부정한 것과 다름없었다.[22] 이에 대해 도승지 任士洪, 영의정 鄭昌孫 등이
남효온의 상소가 부당하다 하고, 소학계를 붕당으로 몰아 상달되지 못하였
다. 게다가 徐居正[23]도 남효온의 상소를 붕당의 일환으로 지목하였고, 세조
대 훈신 가운데 가장 핵심적인 위치에 있었던 韓明澮[24]도 남효온의 상소가
세조대 정치를 비난한 것으로 지목하였다. 결국 이 시기는 사림파의 진출도
아직 미약하고, 게다가 세조대 훈신들이 조정에 포진해 있었던 까닭에 상소
에 그칠 수밖에 없었던 것이다.

앞서 살펴본 남효온의 소릉 복위를 위한 논리는 현실정치에 대한 타협적
인 것이기는 하나 군주로서 世祖의 덕을 찬양하며 人倫이란 본질적 명분에

---

21) ≪成宗實錄≫ 권91, 9년 4월 15일.
22) 신해진, 1998, 앞의 책, 129면.
23) ≪成宗實錄≫ 권91, 9년 4월 20일.
24) ≪成宗實錄≫ 권91, 9년 4월 24일.

의해 합리화하고 있는 것이다.[25] 이러한 논리가 中宗朝 사림파들이 소릉과 사육신·생육신 복위의 公論化를 통한 자신들의 정치적 세력화의 논리로 이용된다는 점에서 그 前史的 의의가 인정된다.

이렇게 중앙정계에 서서히 사림파가 등장하자, 훈구파와 사림파는 서로 대립·투쟁할 수밖에 없었다. 그리하여 연산군대에 이르러 무오사화와 갑자사화를 낳게 된다.

金馹孫(1464-1498)은 연산군 원년(1495) 시국에 관한 이익과 병폐 26조목을 갖추어 상소하는 가운데 소릉회복을 아뢰었는데[26], 그 당위성을 다음과 같이 아뢰었다고 한다. 그는 소릉회복의 명분으로 예로부터 제왕은 사당에 신주 한 位만을 모시는 일이 없는데, 文廟는 홀로 한 위뿐이라는 것을 내세웠다. 그리고 소릉을 폐한 것은 세조의 본의도 아니며, 문종이 동궁에 있을 때 소릉이 이미 승하하여 魯山복위 사건과 관련 없음을 분명히 하였다. 만약 연좌죄로 거론할 경우, 노산복위 사건으로 伏誅된 소릉의 어머니와의 연루를 제기한다면 그때 주모한 사람들 중 아들은 죽였지만 딸은 용서한다는 것, 노산군의 장인인 宋玹壽가 역모를 도모했음에도 성종이 그의 아들과 조카를 서용한 것 등을 예로 들었다. 그리고 복위를 가장 어렵게 만드는 요인인 '祖宗의 과실을 드러내는 것'이라는 데 대해서도 태조조에서 王씨를 다 죽였고 태종이 정몽주를 베었지만 세종은 정몽주의 후예를 錄用하였고, 문종은 왕씨의 후손을 구하여 崇義殿을 세워 絶祀를 잇게 하였는데, 후대 사람들이 세종·문종을 조종의 허물을 메웠다고 한 것을 예로 들었다. 이러한 당위성을 토대로 김일손은 소릉을 예전대로 복구하고, 성종의 喪이 끝나면 그 神主를 종묘에 祔廟하라는 것이었다.[27]

김일손의 이 상소는 당시에는 아무런 문제없이 마무리 되었다. 그러나 柳

---

25) 그렇지만 그의 〈육신전〉은 이러한 인식과 다른 양상을 보이고 있다.(신해진, 1998, 앞의 책, 127-133면.)

26) ≪燕山君日記≫ 권5, 원년 5월 28일.

27) 이현진, 2002, 앞의 논문, 63면.

子光이 咸陽郡에 들러 시를 지어 懸板케 했으나, 金宗直이 함양군수로 부임하여 이를 철거함으로써 그들 사이에는 개인적 감정이 있게 되었고, 김종직의 제자 金馹孫이 사관으로서 훈구파 이극돈의 비행을 일일이 史草에 기록한 일로 이극돈과의 사이에도 私感이 있게 되었다. 이에 따라 연산군 4년(1498)에 이르러 김일손의 史草와 김종직의 〈弔義帝文〉이 문제되어 戊午士禍가 일어났다.[28]

무오사화는 ≪성종실록≫ 편찬 때 김일손이 사초에 김종직의 〈조의제문〉을 실은 것을 기화로 세조의 찬위에 대한 비유라고 연산군을 충동질함으로써 일어난 사화이다. 결국 무오사화 이전 김일손의 소릉복위 주장도 문제가 되었다. 이에 유자광은 스스로 獄事를 다스리고 문인을 싫어하는 연산군의 뒷받침으로 김종직 문하의 사림파를 제거, 훈구파의 기반을 굳혔다. 이때 유자광과 파당을 지었던 任士洪은 두 아들이 각각 예종과 성종의 사위가 되면서 권력을 장악하기 시작했던 인물로서, 횡포를 자행하고 貪汚를 부려 조정의 기강을 흐리게 하였다. 그는 또 연산군의 처남 愼守勤과 제휴하여 성종 때의 중신들을 제거하기 위해 연산군의 생모 尹妃가 폐위되어 賜死된 내막을 연산군에게 밀고하여 연산군 10년(1504)에 甲子士禍를 일으키게 한 인물이기도 하다. 이 사화는 임사홍 등 궁정 측근세력이 程朱의 훈구파와 신진세력을 탄압한 옥사이다. 이때 김일손의 소릉복위 주장이 죄목에 걸리게 되자 성종 때의 소릉복위를 주장한 남효온까지 함께 극형에 처해졌다. 결국 계유정난을 반대하여 端宗 정통론적 입장에 섰던 초기 사림파들이 世祖 정통론에 있던 왕실과 훈구파에 의해 좌절된 것이다.[29]

---

28) 사초는 세조에게 죽임을 당한 皇甫仁과 金宗瑞를 절개를 지키다 죽은 사람이라 하였고, 昭陵의 梓宮은 바닷가에 버려졌다고 하였으며, 〈조의제문〉은 項羽를 세조에 비유하고 항우가 죽인 義帝를 단종에 비유한 글이다.

29) 이렇게 될 수밖에 없었던 상황을 잘 보여 주는 인물이 鄭昌孫이다. 그는 사위 金礩에게서 들은 박팽년과 성삼문 등이 주도한 단종복위운동(1456)의 전모를 세조에게 告變한 공으로 府院君이 되어 大司成과 大提學 등을 겸직하고 우의정에 올랐다가 성종조에 와서도 여전히 院相과 佐理功臣이 되었고 또 영의정이 된 인물이기 때문이다.(이재호, 「死六臣

이 양 사화로 말미암아 많은 사림파 인물들이 희생되지만, 그렇다고 해서 그 세력이 완전히 소멸된 것은 아니었다. 이때 나이가 어렸던 이들이 그 잠재적인 성장을 지속하기도 하고, 특히 성종·연산조의 대표적 사림이었던 김종직·정여창·김굉필 등이 지방의 관직생활이나 유배생활을 하면서도 계속해서 후진들을 양성해온 까닭에, 이들 제자들이 성장하면서 사림세력의 범위가 점차 영남지역을 넘어 기호지방으로 확대되었다. 그리하여 中宗代에 이르러서는 보다 성장된 모습으로 등장하여 被禍人들의 伸寃을 어느 정도 가능하게 하였다. 여말 정몽주 계열의 절의파, 사육신, 생육신, 사림들로 이어지는 이들에 의해 성종조부터 제기된 세조찬탈의 부당성으로 표현되는 문종비 소릉복위의 주장을, 연산군을 거쳐 중종대까지 계속 주장하여 그들의 주장을 관철하였던 것이다.

> 蘇世讓이 아뢰기를, "임금에게는 태묘, 신하에게는 가묘가 있어 천자와 제후로부터 卿大夫와 士庶人에 이르기까지 모두 제사 모시는 일이 있는데, 우리 文宗大王께서는 홀로 一位로만 享祀하였으니, 그때의 일을 신이 알지 못하겠습니다. 成宗朝에 昭陵을 追復하는 일로 더러 아뢰는 사람이 있었으나 고치지 아니하니, 여러 사람의 의논이 매우 한스럽게 여겼습니다. 만약 자손이 祖宗이 한 일이라 하여 고치지 않는다면, 비록 천만 세가 되더라도 그 과오가 없어지지 아니할 것이니, 우리나라의 잘못된 거사가 이 일처럼 큰 것이 없습니다."30)

이 글은 中宗 7년(1507)에 와서 호남 출신 經筵檢討官 蘇世讓에 의해 소릉복위 문제가 본격적으로 거론되었음을 나타낸다. 文宗이 홀로 享祀받음은 宗廟의 典禮에 어긋난다는 것이 그 취지이다. 그러면서 성종 때 南孝溫과 金馹孫 등의 獻議가 있었지만 상달되지 못했음은 당대 가장 큰 잘못된 처사임을 지적한 것이다. 따라서 이 문제는 당대 새로운 정치적 쟁점으로

訂正論의 虛點」,『논문집』 26, 부산대, 1978.)
30) ≪中宗實錄≫ 권17, 7년 11월 22일.

떠올랐다. 이에, 중종은 소릉폐위 사건의 始末을 살피도록 했고, 영의정 柳
順汀은 소세양이 언급한 남효온 상소를 고찰하여 아뢴다.31)

앞글이 원론적 차원에서의 문제제기라면, 다음의 글은 弘文館의 箚子로
서 소릉복위의 당위성을 구체적으로 지적한 것이다.

> "㉠그 당시에 廢黜하기를 청한 의논은 실로 대신들에게서 나온 것이
> 요, 선왕의 본 뜻이 아니니, 의리에 마땅히 복구하여야 할 첫째입니다.
> ㉡소릉이 薨逝한지 이미 16년이나 되어 어머니가 비로소 죄를 얻었고
> 魯山君이 강봉되었는데, 어찌 16년 이후의 일 때문에 누가 지하의 해골
> [枯骸]에까지 미칠 수 있으리까! 이것이 의리에 마땅히 복구해야 할 둘째
> 입니다. ㉢여자는 출가하면 죄가 연좌되지 않으므로, 소릉의 어머니가
> 죄를 얻었더라도 이 때문에 소릉을 追廢할 수 없으니, 의리에 마땅히 복
> 구해야 할 세째입니다. ㉣성종께서 仁聖하셨으니, 어찌 이 일을 측은히
> 여기지 않으셨겠으리요마는, 마침 奸臣이 의논을 주창하여 말하는 사람
> 들을 극력 배격하므로 마침내 복구하지 못한 것입니다. 전하께서 조종
> 의 대통을 이어받아 先王 받들기를 효도로 하시니, 진실로 마땅히 지극
> 한 정성으로 하여 다름이 없도록 하셔야 하는데, 文宗께서 단독으로 享
> 祀되고 配位가 없으시니, 전하께서 비록 제사 모시기를 정성껏 하시더
> 라도 하늘에 계신 신령이 역시 선하께 편안히 흠향하실는지 알 수 없으
> 니, 의리에 마땅히 복구해야 할 네째입니다. ㉤세시[歲辰]나 명절에는 미
> 천한 자의 귀신도 모두 자손들의 보답을 받게 되는데, 유독 소릉의 외로
> 운 혼령은 의지할데가 없어 제사 받지 못한 지가 지금 60년이나 됩니다.
> 전하께서 이 점에 있어 깊이 생각하신다면, 꺼림칙하고 측은한 생각이
> 마음 속에 싹틈을 저절로 막을 수가 없으실 것이니, 의리에 마땅히 복구
> 해야 할 다섯째입니다."32)

이 글은 여러 士林들이 제기한 것을 종합적으로 정리한 것이라 할 수 있
다. ㉠은 소릉이 세조에게 직접적으로 죄를 지은 것이 아님에도 불구하고

---

31) ≪中宗實錄≫ 권17, 7년 11월 25일.
32) ≪中宗實錄≫ 권17, 7년 11월 28일.

당대 대신들의 건의에 의해 폐위된 것이지 세조의 본뜻이 아니라는 것이다.
이는, 세조의 본뜻이 아님에도 불구하고 소릉 폐위의 잘못을 복구하지 않아
중종 때 온 나라의 인심이 화합되지 못하고 있는 것으로 본 입장에서의 주
장이다. ⓛ과 ⓒ은 소릉이 죽은 지 16년 후에 그의 동생 權自愼의 단종복위
운동과 관련된 사건으로 말미암아 연좌된 것은 잘못이라는 것이다. 특히,
출가한 여자는 연좌되지 않는 것인데도 불구하고 사후의 일로 연좌됨은 크
나큰 잘못이라는 것이다. ⓔ과 ⓜ은 仁聖한 成宗이 소릉의 복위를 도모하고
자 했으나 당시 훈신들에 의해 그 뜻을 이루지 못했음을 지적하고 나서, 綱
常의 倫理를 내세워 중종이 아무리 지극한 정성으로 제사지낸다 하더라도
홀로 된 文宗이 그것을 받겠느냐고 반문하고 있다. 특히, 성종이 소릉의 복
위를 도모하고자 했으나 당대 훈신들에 의해 그 뜻을 이루지 못한 사실은
다음 인용문이 보다 구체적이다.

> "지금 폐한 일을 보건대, 先王께서 한 것이 아니라 정부가 啓請했던
> 일이요, 그 뒤에 南孝溫이 상소하자, 成宗께서 상소를 政院에 보였었는
> 데, 그때 任士洪이 '臣子로서는 의논할 수 없는 일'이라고 아뢴 것은, 임
> 사홍은 본래 나라를 그르치는 小人이기 때문에 이와 같이 防啓한 것이
> 요, 鄭昌孫은 소릉을 폐할 때에 의논에 참여하였기 때문에 또한 '남효온
> 의 상소는 지나치고 적당하지 못하다.'는 것으로 범연하게 啓達한 것입
> 니다."[33]

남효온의 소릉복위 상소가 상달되지 못한 내력을 구체적으로 말하고 있
다. 여기서 이 시기의 사림파들의 의식의 변화를 발견할 수 있다.

앞서 남효온의 소릉복위 상소문을 살펴본 것처럼, 그의 상소문에서 세조
는 하늘이 낸 지혜와 총명을 지닌 인물이고 이른바 사육신은 '群奸'이라 하

---

33) ≪中宗實錄≫ 권17, 7년 11월 26일. 대사헌 李自健, 執義 成雲, 掌令 李彦浩, 김굉, 持平
   金希壽, 尹倬, 대사간 趙元紀, 사간 柳雲, 獻納 金璇, 正言 李守英, 李元和 등이 아뢴
   글이다.

면서 그들에 의해 도모된 단종복위운동을 '群奸煽亂'이라 하였다. 남효온은
왕권을 저촉하지 않으면서 사육신의 처사를 일정 정도 폄하하여 소릉을 복
위하고자 하였던 것이다. 곧 당대 훈구들에 대해서 정면으로 비판하지 아니
하고 宗廟의 典禮의 차원에서 獨主인 文宗의 享祀를 문제삼음으로써 간접
적으로 비판하고자 했던 것이다. 그렇다고 해서 남효온의 의식을 폄시할 수
는 없다. 이러한 논의의 초기단계임을 감안하면 그 의의는 아무리 강조해도
지나치지 않다고 할 수 있다. 그것은 그 당시 忌諱의 대상으로서 세조에 의
해 배출된 공신들이 존재하고 있는 상당한 현실적인 문제였기 때문이다.

　그런데 中宗朝 사림파들의 의식을 보면, 남효온의 의식을 그대로 이으면
서도 성종조의 훈구들에 대한 비판까지도 덧붙여짐을 알 수 있을 것이다.
앞 인용문의 ㉣과 윗글을 보면 성종조의 勳臣들을 '奸臣 또는 小人'으로 지
칭하고 있음을 발견하게 된다. 이는 사림파들이 일정 정도 성장했음을 드러
내는 것이면서 또한 당대 정치환경이 성종조 훈구세력들을 비판할 수 있는
여건에 있었음을 보여주는 것이다.

　그러나 다음의 인용문들을 보면, 사림파들이 소릉복위를 위해 벌인 공론
화가 중종반정의 공신세력들과 중종에 의해 반대에 부딪치고 있음을 알 수
있다. 이들은 한결같이 '先王이 행한 것을 後王이 함부로 고치기는 어렵다.'
고 한다.

　　"昭陵을 追復함은 의리에 합당할 듯하나, 당초 廢할 때에 世祖께서
　　이미 종묘에 고하였으니, 지금 복구한다면 역시 고하지 않을 수 없는데,
　　무슨 말로 고해야 할지 알지 못하겠습니다. 臣等이 망령되게 '뒤를 이은
　　왕이 이 일을 경솔하게 거행할 수 없다.'고 의논드린 것은 이것이 두려
　　워서입니다."[34]

---

34) ≪中宗實錄≫ 권17, 7년 11월 26일. 柳洵, 柳順汀, 成希顔, 盧公弼 등이 아뢴 말이다.
　　이들은 모두 中宗反正 功臣들이다.

중종이 말하기를, "소릉을 추복하지 않는 것이 어찌 딴 뜻이 있어서
이겠는가! 그때 追廢한 것도 역시 宗社를 위한 것일지니, 後嗣가 경솔하
게 의논할 수 없다."[35]

중종반정 공신세력들은 정치적 분위기의 쇄신이나 새로운 통치질서 수립
과 같은 시대적 과제를 외면한 채 姑息的인 정치행태를 드러냈었는데, 소릉
복위에 대한 공론화 과정에서도 그대로 보여주고 있는 것이다. 사림파들은
도덕적 명분의 회복을 통해 정치적 분위기의 쇄신을 기하고자 하나, 이 공
신세력들은 그것들을 인정하면서도 자신들이 누리고 있는 현재의 상황을
유지하고자 궁색한 말로 일관하고 있는 것이다.

"태종께서는 멸망한 나라의 남은 자손들을 위하여 태조의 본 뜻이 아
니라고 하셨을 뿐만 아니라 父王 때의 일도, 오히려 고치기를 의심없이
하셨습니다. 하물며 世祖께서는 문종에 있어서, 친족으로는 형제간이요,
의리로는 부자간으로, 昭陵을 폐한 것이 세조의 본의가 아님은 《실록》
을 고찰하지 않더라도 분명한데도 전하께서는, 先王의 正后인데도 오히
려 측은한 생각을 일으키어 시급하게 고치지 않으시겠습니까?"[36]

이 글은 중종과 공신세력들이 '선대가 행한 일을 후손들이 함부로 고칠
수 없음'을 이야기한 것에 대해, 사림파들이 선대의 일이지만 후대에 와서
고친 사례를 구체적으로 들고 있는 것이다. 태종 때 태조 이성계가 보존하
지 못한 高麗宗室 王麻의 서자를 封한 사례를 들고 있다. 따라서 이들은,
先祖가 한 것이더라도 진실로 도리가 아닌 것이라면, 뒷날의 嗣王은 오직
반드시 고치기를 힘써 先祖의 허물을 덮어야만 효도라고 할 수 있다는 것이
다. 그런데 하물며 世祖의 본뜻으로 한 것이 아님에 있어서는 더더욱 고쳐
야 한다는 것이다.

---

35) 《中宗實錄》 권17, 8년 1월 22일.
36) 《中宗實錄》 권17, 7년 11월 29일. 대간의 단자이다.

결국 사림파들의 논리는 분명하다. 곧 소릉의 폐위는 세조의 본뜻이 아니고 당대 훈신들의 건의에 의해 이루어진 것이기 때문에, 그 잘못은 당대 훈신들의 잘못이라는 것이다. 그러나 그 잘못이 당대 훈신들에 의해 저질러진 것이라 하더라도 중종조 그 당대에 고치지 아니하면 그 허물은 세조에게로 돌아갈 여지가 있다는 것이다. 그러므로 후왕인 중종이 소릉의 복위를 도모하여 그 잘못을 덮음으로써 세조에게 돌아갈 허물을 미연에 방지해야 함을 역설한 것이다. 이러한 공론화 과정 끝에 중종이 1513년 3월에 소릉복위를 허락함[37]으로써 일단락된다.

요컨대, 중종조에 이르러 사림파들은 치밀하게 소릉의 복위에 관해 공론화했음을 알 수 있다. 이러한 노력에서 사림파들이 일정한 도덕적 명분을 획득했다. 그러나 왕의 전제적 절대 권력을 정당시한 사림파의 논리는 그들이 신봉한 성리학 속에 있던 춘추대의에 입각한 義理를 외면하게 되었고, 또 君臣의 계급질서를 절대적이고 고정적으로 파악하도록 기능했다. 그렇지만 이러한 점은 중종조 훈구계열이 소릉 복위에 동의하게 만든 계기가 되었음도 또한 무시할 수 없다.

여하한 사림파들이 도덕적 명분을 실현하려는 태도에서 도덕적 의리질서를 외치지만 그 본질에 있어서는 사림파가 중앙의 높은 벼슬자리를 차지하기 위한 일종의 허위의식에 근거하고 있어서 세조와 직접적인 관련이 없는 소릉복위 뿐이고 사육신의 신원은 숙종 때 가서 이루어진다는 점을 주목할 필요가 있다.

---

37) ≪中宗實錄≫ 권17, 8년 3월 3일. "傳曰 今觀昭陵追復之議 盡合情義 予初非不知追復之合於情也 然其間豈無非輕之事乎 國之大事 人君不可獨斷 必詢於群臣 輿望定一 然後探之 不亦可乎 … 其告廟之事 其令禮官 深加揆度 務中於禮 追復甚可."

(2) 단종복위운동 참여자의 복권과정 및 단종의 追復[38]

南孝溫이 〈六臣傳〉을 통해 사육신이 지닌 절의의 표상을 그려내어 당시
신료들에게 공감을 얻었으나 成宗朝에 공론의 대상으로 삼기에는 난제였
다. 그리하여 중종조의 사림파들이 死六臣에 대한 公論化를 처음으로 시도
하는 역할을 맡았는데, 그 양상을 살피기로 한다.

> ㉠奇遵이 아뢰기를, "성삼문·박팽년 등이 세조에게는 역적이 되고
> 노산에게는 충신이 되는데, 그때에는 부득이 죄를 가하였으나 이제는
> 무슨 혐의가 있겠습니까? … 성삼문·박팽년을 이제껏 난신으로 지목하
> 니 어찌 이처럼 답답한 일이 있겠습니까?" "危亂할 즈음에 두 마음을 품
> 지 아니하여 이와 같은 몇몇 사람이 있는 것은 워낙 드문 일이니 推獎해
> 야 합니다. … 이러하고서야 나라가 쇠약해지더라도 전복하는 禍가 없
> 고, 어진 사람이 많이 나서 社稷이 힘입을 바가 있을 것입니다. 세조조
> 에서도 어찌 성삼문 등의 절의를 몰랐겠습니까마는 문죄해야 할 일이기
> 때문에 감히 말할 수 없었을 것입니다." ㉡金克愊이 아뢰기를, "성삼문
> 등의 일로 말하면, 정몽주의 일과 나란히 견줄 수는 없으나 성삼문 등의
> 外孫 중에 지금 이미 仕路에 나온 자가 있으니, 顯職에 통할 수 있도록
> 하면 사람들이 그 뜻을 저절로 알게 될 것입니다." ㉢鄭順朋이 아뢰기
> 를, "節義와 仁厚한 풍습은 국가가 배양해야 할 바입니다. 鄭夢周·吉再
> 를 祖宗께서 매우 후하게 대우하였으며, 世宗께서는 길재를 諫大夫로
> 삼으셨으니 그 후한 대우를 알 수 있습니다. 또 王氏를 박대한 일은 太
> 祖의 본의가 아니라 한때의 謀臣의 잘못이니, 世宗朝에서 崇義殿을 설
> 립하여 왕씨의 제사를 존속시킨 것은 매우 훌륭한 일입니다. … 근래 成
> 三問·朴彭年이 魯山君을 복위시키려 꾀하였으니 그 죄는 誅罪해야 하
> 나 그 절의는 주벌할 수 없는데, 이제까지 亂臣으로 기록되어 있으니 임

---

38) 이근호, 「16-18세기 '단종복위운동' 참여자의 복권과정 연구」, 『사학연구』 83, 한국사학
회, 2006 : 윤정, 「숙종대 端宗 追復의 정치사적 의미」, 『한국사상사학』 22, 한국사상사
학회, 2004 : 윤정, 「英祖의 三相 追復과 '善述'의 이념 : 영조 정치사상의 일 단면」, 『한국
학보』30권 3호(통권 116호), 일지사, 2004. 이 절의 많은 부분은 이근호의 논문에 근거하
고 윤정의 논문들은 보완하는 형식으로 정리했음을 밝혀 둔다.

금으로서 정대하고 공평한 마음에 어그러집니다. 中興하여 創業한 임금
은 인심과 천명이 돌아감에 따라 난폭한 자를 제거하는 것이지만, 또한
으레 그 절의를 崇奬하여 후세에 권할 일로 삼는 것은 뒤를 이은 임금으
로서 도타이 장려할 일입니다."39)

윗글은 여러 士林들의 말 중에서 필요한 부분만을 순서에 관계없이 인용
한 것이다. 중종 12년은 조광조를 필두로 한 사람세력이 새롭게 진출함으
로써 중종 9년까지 공신세력이 정국을 주도하던 것과는 판이한 상황이었
다. ㉠은 丁公과 漢高祖 項羽와의 관계에 견주어 사육신들의 절의를 알고
있던 세조가 그들을 斬함으로써 그들의 절의를 격려한 것이라 아뢰고 있
다. 그래서不事二君하지 않은 사육신을 백이·숙제에 견주어 그들의 절의
를 推奬해야 함을 말한다. 이는 사림파들이 당대 왕실과 훈구세력들이 세
조우위론을 지니고 있었던 상황을 교묘히 이용하면서 자신들의 정치적 세
력화를 도모하고자 한 것으로 볼 수 있다. ㉡에서 보듯, 사육신을 추장하는
간접적인 방법을 구체적으로 제시한다. 곧, 성삼문의 外孫을 顯職에 등용
함으로써 사람들이 자연스럽게 그 뜻을 알게 하자고 한다. ㉢을 보면, 절의
와 인후는 국가에서 배향하여야 하는 바라고 하면서 정몽주를 포장할 것과
성삼문과 박팽년의 절의도 崇奬해야 할 것이라고 하였고, 성상문 등이 노
산군을 복하려고 꾀하였으니 그 죄는 誅罰해야 하나 그 절의는 주벌할 수
없다고 하였다.
　이 인용문의 뜻은 분명하다. 그들은 한결같이 '임금은 나라의 근본을 굳
건히 하기 위해서 士氣를 배양해야 하고, 士氣를 배양하려면 節義를 숭상해
야 한다.'는 전제 위에서 신하된 도리로 임금께 아뢰고 있다는 자신들의 입
장을 밝힌 것이다. 이에 대해 중종은 신중론을 펴고, 鄭光弼은 유보론을 내
세워40), 결과적으로 당대에는 사림파들의 주장을 시행할 수 없게 만든 것이

---

39) ≪中宗實錄≫ 권29, 12년 8월 5일.
40) ≪中宗實錄≫ 권29, 12년 8월 5일.

다. 결국 중종조 사림파들은 이러한 공론화 과정을 통해 死六臣들의 伸寃을 이루고자 했으나, 世祖에 대한 직접적인 비판을 하지 않고 당대 왕실과 훈구세력들이 세조정통론을 지니고 있었던 상황을 교묘히 이용하려 했기 때문에 끝내 이루지 못하고 있다.

한편, 사림파들이 중종의 후원 아래 적극적인 개혁을 추진하다가, 다시 훈구세력과의 갈등으로 말미암아 중종 14년(1519)에 己卯士禍가 일어났다. 이에 한때 위축되기도 하지만 중종 말년에 이르러 사림파들이 정계에 재등장하면서 활동이 점차로 활발해졌다. 그러나 명종대는 '戚臣政治' 시대로 규정될 만큼 훈구세력과 외척세력들이 큰 영향력을 발휘하고 있었다. 그 영향력이란 것도 명종 20년(1565) 문정왕후의 죽음과 尹元衡이 축출된 이후에는 사라지기 시작함으로써, 사림세력이 정국의 주도권을 완전하게 장악하게 되어 본격적인 사람의 시대가 전개되었다.

선조대(재위 : 1567−1608)에는 奇大升과 朴啓賢의 논의가 주목된다. 기대승은 선조 2년(1569) 5월 夕講에 참석하여 성삼문 등의 일을 作亂이 아닌 '단종복위 운동'으로 규정지으려 하여[41] 당대 사림들의 인식의 일단을 엿보게 한다. 그렇지만 선조는 여전히 이러한 논의에 대해 부정적이었다. 이 점은 박계현이 선조에게 한 건의와 선조가 행한 그 후속 조치 상황을 보면 보다 명확해진다.

> "성삼문은 참으로 충신입니다. ≪六臣傳≫은 곧 남효온이 지은 것이니 상께서 가져다가 보시면 그 상세한 것을 알 수 있을 것입니다." ≪육신전≫을 가져오게 하여 보고는 크게 놀라 하교하기를, "엉터리 같은 말을 많이 써서 先祖를 모욕하였으니, 나는 앞으로 모두 찾아내어 불태우겠다. 그리고 그 책에 대해 말하는 자의 죄도 다스리겠다." 하였다.[42]

---

41) ≪宣祖實錄≫ 권3, 2년 5월 21일.
42) ≪宣祖修正實錄≫ 권10, 9년 6월 1일.

이 인용문에서 주목되는 것은 선조의 반응이다. 작품을 읽어본 선조가 몹시 진노했을 뿐 아니라 항간에 전해지는 그 책을 모조리 찾아내어 불태워 버리겠다는 반응이다. 선조는 남효온을 '我朝之罪人'이라고까지 규정하면서 기록된 내용 가운데 魯山君은 辛酉年에 출생하였으므로, 癸酉年까지 그의 나이가 13세인데도 16세로 기록하였으며, 세조가 임신년에 謝恩使로 중국에 갔었는데 여기에는 訃音을 가지고 중국에 갔다고 기록하였고, 河緯地가 계유년에 朝服을 벗고 善山으로 물러가 있었는데 세조가 즉위하여 敎書로 불렀기 때문에 왔다고 한 것은 등을 잘못된 기록으로 지적하기도 했다.[43] 이러한 선조의 반응을 통해 당대의 정치상황을 어느 정도 짐작할 수 있다. ≪육신전≫은 세조 때는 말할 것도 없고 그 후 선조 때까지도 봉건왕조의 탄압의 대상이 되었다는 것을 알 수 있다. 결국 선조의 입장에서 보자면 先王代 결정된 사안을 번복할 때 야기될 정치적 여파를 의식하지 않을 수 없었기 때문일 것이다.[44] 곧, 세조의 후손인 당대 국왕의 입장에서 세조의 위상을 건드릴 수 없었기 때문일 것이다.

이 같은 선조대의 논의 이후, 공식적으로 단종복위운동 참여사의 복권 논의가 건의된 것은 효종대(재위 : 1649－1659)에 이르러서이다. 효종 3년(1652) 趙絅이 단종복위운동 참여자 문제를 거론하였다. 이에 따르면, 前朝의 정몽주도 襃獎하여 本朝와 다른 왕조의 차별을 두지 않았음을 전제하고는 남효온이 ≪육신전≫에서 거론한 박팽년·성삼문·이개·하위지·유성원·유응부 6명의 신하들은 그 섬기는 바를 위하여 죽은 大節이 뚜렷이 빛나므로 은전이 있어야 할 것[45]이라고 하였다. 명나라 文皇帝가 방효유 등을 정표한 것과 萬曆皇帝가 그들의 분묘에 제사하고 그 후손들을 등용한 예를 들었다.[46] 이어 효종 8년(1657) 경연에 참여했던 宋浚吉은 성삼문 등을 明

---

43) 이근호, 2006, 앞의 논문, 127면.
44) 그럼에도 尹春年(1514－1567)의 〈梅月堂先生傳〉과 栗谷 李珥의 〈金時習傳〉(1582) 등이 간행되어 단종복위운동 참여자에 대해 선양하고 있었다.
45) ≪孝宗實錄≫ 권9, 3년 11월 13일.

代 方孝孺에 비견하면서 기존 서원이나 사우 등에 이들의 배향을 허가하기를 건의[47]하였다. 남인인 조경과 서인인 송준길이 서로 당색을 달리하지만, 이들의 주장은 성삼문 등의 절의정신에 대한 은전의 시행을 통해 몇 차례 전란으로 훼손된 윤리의식을 제고하고 이를 통해 사회재건을 도모하려는 의도였던 것으로 보인다.[48] 특히, 송준길의 건의는 조정 차원에서 단종복위 운동 참여자들에 대한 은전의 시행이 여의치 않을 것으로 보고 지방 차원에서 시행하자는 것이었던 것이어서 주목된다. 그렇지만 이 논의도 당시 조정에서 수용되지 않았다.[49]

그런데 무엇보다도 주목되는 것은 이 시기에 와서 육신들을 명대 방효유에 비견한 것은 공식석상에서 처음으로 나타나고 있다는 점이다.[50] 永樂帝 후손들이 명나라 皇統을 이어온 것을 감안한다면, 명나라가 멸망의 길로 접어든 최후의 황제 永明王 재위기가 아니고서는 감히 방효유를 육신에 비견할 상황이 아니었다는 점이다. 영락제는 그에 맞선 방효유를 처형하고 그의 문집을 소장한 사람까지도 연좌시켜 처벌하였던 황제이다. 이후로 육신을 복권하려는 논의에서 방효유를 사육신과 비슷한 사례로 흔히 인용되고 있다.

---

46) ≪孝宗實錄≫ 권9, 3년 11월 13일. "예전에 명나라 文皇帝가 方孝孺·練子寧 등을 정표하고 마침내 말하기를 '연자령이 살아 있다면 내가 등용할 것이다.' 하였습니다. 萬曆皇帝가 즉위 초에 大宗伯에게 制詔하기를 '고인이 된 파직되고 죄받은 諸臣은 섬기는 바에 충성하고 刑戮을 달게 받았으니, 攸司와 所在官을 시켜 분묘에 제사하고 생존한 후손을 후히 돌보고 등용해서 충신을 정표하여 신하의 절의를 장려하라.' 하였습니다. 우리 宣祖大王께서도 하교하여 여섯 신하의 후손을 등용하셨으니, 넓은 덕이 신종 황제와 도리를 같이하셨습니다마는, 당시 조정의 신하들이 분묘에 제사하고 충성을 정표하여 聖意를 넓혀서 거행하지 않은 것을 한탄할 뿐입니다.
47) ≪孝宗實錄≫ 권19, 8년 10월 25일.
48) 이근호, 2006, 앞의 논문, 130면.
49) ≪孝宗實錄≫ 권19, 8년 10월 25일.
50) 물론 조경이 송준길보다 5년 앞서 언급한 것이지만 시기적으로 묶어서 설명해도 될 듯하다. 이 점은 〈내성지〉가 중국 명나라 건문제의 폐위 및 충신들의 사적까지도 교직시켜 장편화를 시도한 것이 작가의 몫으로만 평가할 수 없게 하는 대목이다.

한편, 이 시기에 이르러 ≪六先生遺稿≫와 ≪魯陵志≫가 편찬되었다. ≪육선생유고≫는 박팽년의 7대손인 朴崇古가 주도하여 효종 9년(1658)에 간행하였다. 박팽년을 비롯해 성삼문 등과 관련된 기록과 사적 등을 정리한 책으로, 〈朴先生遺稿〉를 필두로 〈成先生遺稿〉, 〈李先生遺稿〉, 〈河先生遺稿〉, 〈柳先生遺稿〉, 〈俞先生遺稿〉 순으로 묶었다. 박숭고는 일단의 편차를 마치고 趙絅과 金尙憲 등에 보내어서, 조경은 이 책의 서문을, 김상헌은 〈題六臣遺稿卷後〉를 썼다. 김상헌은 이 글에서 사육신의 충절에 대해 "精忠과 義烈은 천고의 세움을 두고 늠름하여 한 마디 말일지라도 오히려 해와 별과 그 빛을 다투는 것이 어찌 심심하게 여기겠는가?" 하며 추모하였다.51)

≪노릉지≫52)는 尹舜擧가 주도하여 현종 4년(1653)에 편찬하였다. 윤순거가 현종 1년 영월군수에 제수된 것이 계기였는데, 그곳에 전해지던 ≪魯陵錄≫53)을 보고는 신빙성이 부족한 것을 補遺하여 새로 엮은 것이다. 이 ≪노릉록≫에 대해 윤순거는 "上王이 당한 慘禍는 1453년 癸酉에 일어나서 1457년 丁丑에 끝났는데, 그 사이에 安平大君·錦城大君의 사건과 같은 것은 큰 獄事였음에도 불구하고 國史에서 모두 빼버렸다. 심지어 禪讓힐 때에 이르러서도 사실을 전부 바꾸어 기록하였으며, 영월로 옮겨갈 즈음에는 연월일까지 모두 바꾸어 사실과 相違하게 기록했다."54)고 하며 종선 기록을 산거하면서 6條로 나누고 남효온의 〈육신전〉과 김시습의 ≪금오신화≫ 등을 함께 첨부하여 편찬한 것이다. 윤순거는 편찬 후 송시열 등에게 보내 검

---

51) 이근호, 2006, 앞의 논문, 133면.

52) 임제의 〈원생몽유록〉이 ≪肅宗實錄≫ 권38, 29년(1703) 10월 13일조를 보면, 윤순거가 1653년에 편찬한 ≪魯陵志≫에 수록되었던 것으로 보인다. 김수민이 이 ≪노릉지≫를 참고한 것으로 밝히고 있는데, 정작 〈원생몽유록〉을 참고한 부분은 전혀 밝히지 않고 있다.

53) ≪노릉록≫은 영월군수를 지낸 李文雄이 편찬한 것으로, 그 이전에 원래 영월지역에서 전해져 오던 기록이 있었는데, 이를 1583년 강원도관찰사가 된 鄭崑壽가 빌려서 보다가 화재로 모두 소실되었으므로, 이문웅이 그 나마 남은 기록들과 관련 기록들을 모아 편찬한 것이었다 한다.(尹舜擧, ≪童土集≫ 권5, 雜著 〈魯陵志跋〉)

54) 尹舜擧, ≪童土集≫ 권5, 雜著 〈魯陵志跋〉.

토하도록 하고 跋 등을 요청하였다. 이에 송시열은 〈노릉지〉 발문에서 "柔
和하여 모나지 않는 것으로 문체를 이루고 그 뜻을 다하여 굽히지 아니하였
다."고 하면서 "상하 수백 년 동안에 걸쳐 道에 쇠하고 성함이 있고 사람에
賢否가 있음은 모두 글을 모아 비교하여 의리를 밝혔으며 害文은 일체 수록
하지 않았다."55)고 하였다. 그러면서 송시열은 당시 이 책이 綱目體로 한 것
이 지나치다는 일부의 비판에 대해서도 옹호해주면서, 이 책을 보는 자는 하
자를 찾아내려 하지 말고 천천히 그 용의주도함에 주목하여 추구한다면 世
敎에 도움이 될 것이라며 추천했다고 한다.56) 결국 ≪육선생유고≫나 ≪노
릉지≫ 등을 편찬한 이들도 역시 단종복위운동 참여자들이 보인 절의정신
의 표방을 위한 것이었다.

　숙종조(재위 : 1674－1720)에 이르러서야 단종복위운동 참여자의 복권에
있어서 새로운 전기가 마련되던 시기라 할 수 있다. 숙종 5년(1679) '육신'
묘에 대한 封殖57)이 이루어진 지 1년 뒤인 숙종 6년(1680) 12월 강화유수
李選이 황보인과 김종서의 억울함을 논하면서 육신의 복권문제를 다음과
같이 거론하였는데, 후일 육신의 복권이 이루어지는데 아주 중요한 논리를
제공한다.

> "세조께서 비록 위태롭고 의심스러운 때를 당하였으므로 이들을 제거
> 하지 않을 수 없었으나, 사실은 그들의 지조를 아름답게 여겼습니다. 그
> 래서 상시에 여러 신하에게 하교하시기를, '성삼문 등은 금세의 亂臣이
> 나 후세의 충신이다.' 하였고, 또 訓辭를 지어 睿宗大王에게 보여주시며
> 말씀하시기를, '나는 어려운 시대를 만났으나 너는 태평한 시대를 만났
> 다. 일은 세대에 따라 변하는 것이다. 만약 나의 行跡에 구애되어 변통
> 할 줄을 모른다면 이는 이른바 둥근 구멍에 모난 자루를 깨우려는 것과
> 같다.'고 하셨습니다."58)

---

55) 宋時烈, ≪宋子大全≫ 권146, 跋 〈魯陵志跋〉.
56) 이근호, 2006, 앞의 논문, 134－136면.
57) ≪肅宗實錄≫ 권8, 5년 9월 11일.

이 주장은 육신에 대한 복권이 세조의 뜻을 어기지 않는 것이며, 실제로는 세조가 이미 용서해주는 은전을 시행하였다고 강조하여 이전 국왕들이 세조를 의식해 육신 등에 대한 복권을 거부한데 따른 대응이었던 셈이다. 그러나 이에 대해 숙종은 시기상조론을 내세우며 다음과 같이 답한다.

> "걱정과 사랑의 마음으로 進言하는 정성은 내가 아주 가상하게 여긴다. 어찌 體念하지 않겠는가? 상소 중에 육신에 대한 일은 내가 모르는 것이 아니나 다만 建文의 여러 신하와는 이미 차이가 있고 列聖朝에서도 죄를 용서한 적이 없다. 그 분묘를 봉해 준다든가 士林에서 尊慕하는 등의 일에 있어서는 굳이 금지할 필요가 없겠다. 그 밖에 별도로 은전을 베풀기는 어렵다."[59]

곧, 숙종은 육신의 일에 대해 이미 알고 있지만, 육신들은 명나라 혜제 때의 方孝孺 등과도 다르고, 선대에 이들을 용서하지 않았으므로 자신도 시행할 수 없다고 하면서도 다만 분묘의 封殖이나 사림 차원에서의 선양작업은 금하지 않겠다고 하였다.

그러나 '단종복위운동' 참여자에 대한 복권문제는 숙종 17년(1691)에 들어서면서 전기가 마련된다. 노산대군의 치제 명령을 내린 지 약 3개월 후인 12월 6일 숙종은 끝내 성삼문 등 육신의 복작을 허가하고 사당에 愍節이라는 사액을 내리며, 다음과 같이 비망기를 내렸다.

> "나라에서 먼저 힘쓸 것은 본디 節義를 崇獎하는 것보다 큰 것이 없고, 신하가 가장 하기 어려운 것도 절의에 죽는 것보다 큰 것이 없다. 저 六臣이 어찌 天命과 人心이 거스를 수 없는 것인 줄 몰랐겠는가마는, 그 마음이 섬기는 바에는 죽어도 뉘우침이 없었으니, 이것은 참으로 사

---

58) ≪肅宗實錄≫ 권10, 6년 12월 22일. 그런데 李選과 같은 논리가 仁宗 때 韓澍에 의해서 개진된 바 있는데, 그 당시에는 사육신 자체를 목표로 하지 않고 趙光祖의 신원을 추진하려는 부수적인 것이었다는 점에서 차이가 있다.(≪仁宗實錄≫ 권2, 원년(1545) 4월 9일.)
59) ≪肅宗實錄≫ 권10, 6년 12월 22일.

람이 능히 하기 어려운 것이어서 그 忠節이 수백 년 뒤에도 凜凜하여
方孝孺·景淸과 견주어 논할 수 있을 것이다. 마침 선왕의 陵에 일이 있
어서 輦이 그 무덤 옆을 지남에 따라 내 마음에 더욱 느낀 것이 있었다.
아! 어버이를 위하는 것은 숨기는 법인데, 어찌 이 의리를 모르랴마는,
당세에는 亂臣이나 후세에는 충신이라는 분부에 聖意가 있었으니, 오늘
의 이 일은 실로 世祖의 遺意를 잇고 세조의 盛德을 빛내는 것이다."[60]

이로써 약 200여년 이상에 걸친 육신의 복권문제는 일단락되었다. 이렇
게 된 데는 이전 시기에 ≪육선생유고≫와 ≪노릉지≫ 등이 정리되어 公論
이 확산된 계기가 있었고, 무엇보다도 李選의 상소에서 마련된 논리가 이전
의 국왕들이 기피하였던 논리를 극복하게 만들었기 때문이다. 그 이후로 단
종복위운동에 관련된 당사자에 대한 신원이 이루어졌고, 복권자와 관련된
서원과 사우의 사액 등에 대한 조치가 이루어졌으며, 관련자의 후손에 대한
서용이 이루어졌다. 숙종은 庚申換局과 己巳換局을 거치면서 왕권을 강화
할 필요성을 느꼈고, 그에 따라 君臣分義를 확립하기 위해 육신의 복권문제
및 그에 관련된 대개의 일들을 주도적으로 단행한 것이다.[61] 영조가 강조한
군부일체론도 이와 같은 연장선상에 있는 것이었다.[62]

이와 같은 복권은 군주에 대해 절의를 지킨 인물들을 顯彰한 것인 만큼
응당 그 군주인 노산군의 복위문제가 자연 논의될 수밖에 없었으나 실제로
논의된 것은 7년 후에 이루어졌다. 숙종 24년(1698)에 전 현감 申奎는 상소
를 통해 노산군 폐위의 책임을 세조에서 권람과 한명회로 넘기고, 중종대
이후 노산군 묘에 대한 치제가 정례적인 것은 아니라 할지라도 이루어진 사
실을 설명하면서 禪位를 한 임금의 경우 尊號를 깎는 예는 없다고 하며 노
산군 복위의 당위성을 거론하였다. 아울러 육신의 포상이 이루어졌음에도
이들이 섬기던 임금으로써, 그것도 모의를 몰랐고 또 덕에 하자가 없던 임

---

60) ≪肅宗實錄≫ 권23, 17년 12월 6일.
61) 이근호, 2006, 앞의 논문, 136-151면.
62) 이근호, 2006, 위의 논문, 147-149면.

금에게 王禮를 적용하지 않음이 부당하다고 하며 노산군의 복위를 주장하
였다.63) 숙종은 이 논의 최종 결정을 도출해내어 끝내 단종의 복위를 결정
하고 그에 부합하는 예를 찾도록 비망기를 내렸다.

> "내가 생각하기로는 세조[光廟]께서 禪位를 받으신 초기에는 魯山大
> 君을 尊奉하여 太上王으로 삼았고, 또 한 달에 세 번씩이나 문안하는 禮
> 를 시행하였다. 불행하게도 마지막에 내린 처분은 아마도 세조의 본뜻
> 이 아닌 듯하며, 그 근원을 추구해보면 六臣에게 말미암은 것이다. 그런
> 데 육신이 이미 旌褒되었는데, 그들의 옛 임금의 位號를 追復하는 것은
> 또다시 어떤 혐의와 장애가 있는지 알 수 없으나, 명나라 景泰帝의 일은
> 비록 서로 같지 않다고 하더라도, 역시 본받아 시행할 수 있는 것이다.
> 나의 생각으로는 이제 추복하게 되면, 이는 세조의 盛德에도 더욱 빛이
> 있을 것으로 여긴다. 아! 지난날 申奎의 상소를 반도 읽기 전에 슬픈 감
> 회가 저절로 마음속에 간절해져, 일찍이 중대한 일을 경솔하게 거론했
> 다는 것으로써 털끝만큼이라도 불평스러운 생각이 없었으니, 이것이 바
> 로 筵席에서 먼저 묻게 된 까닭이었다. 아! 神道와 人情은 서로 그렇게
> 먼 것이 아니니, 하늘에 게신 祖宗의 영령이 冥冥한 가운데서 悅樂하여
> 이렇게 서로 감동할 이치가 있었던 것인가? 疏遠한 신하로서 지극히 중
> 대한 일을 거론하게 되었으니, 이는 천년에 한 번 있는 일이라고 할 수
> 있는 것인데, 그 일을 끝내 시행하지 않는다면 또 다시 어느 때를 기다
> 리겠는가? 아! 天子나 王家의 處事는 匹夫와는 같지 않다. 그러므로 혹
> 판단에 의해 결정하고 논의에 구애받지 않는 경우도 옛부터 있었으니,
> 진실로 시행할 수 있는 일이라면 어찌 반드시 의심할 필요가 있겠는가?
> 禮官으로 하여금 속히 성대한 의식을 시행하도록 하라."64)

노산대군의 복위가 세조의 본의를 실현하는 것이면서, 단종이 세조에게
왕위를 선양하고 세조가 단종을 上王으로 존봉한 사례를 들어 복위하더라
도 位次가 문제될 것이 없다는 權尙夏의 진언이 있었기 때문에 가능했다.

---

63) ≪肅宗實錄≫ 권32, 24년 9월 30일.
64) ≪肅宗實錄≫ 권32, 24년 10월 24일.

특히, 신료쪽에서 여론이 형성되어 논의가 전개된 것이 아니라, 숙종이 제기하고 논의를 주도하면서 전격 실행에 옮기는 양상을 띠고 있었다.[65]

이렇게 본다면, 숙종조 이전에는 군주에게 節義를 지녔던 신하를 현창하려는 것이었다면 숙종은 그것을 국왕에 대한 忠節로 변용시키고 있음을 목도하게 된다. 인종대 韓澍가 "그러므로 '당대에는 亂臣이나 후세에는 忠臣'이라 하였으니 바로 忠義의 이름이 뒷사람에게는 아주 없어질 것이 염려되므로, 이러한 은미한 말을 하여 두 마음을 품는 신하를 경계하신 것입니다."[66]라고 한 것에서 보듯, 사육신은 자기가 섬기는 군주에 대해 충절을 지킨 사례이며, 국왕의 입장에서는 두 마음을 품은 신하들에 대해 경계하는 의미가 있다고 본 것이다. 이 점을 유념한 숙종이 세조의 말을 인용하며 그 뜻의 계승을 표방한 것은 바로 국왕이 신료들에게 충절을 요구하는 이념적 도구로 수용하는 것이라 하겠기 때문이다.[67]

숙종대에 이루어지지 않았던 三相(皇甫仁·金宗瑞·鄭苯)의 복권이 영조 22년(1746)에 전격 단행되었고, 그 다음해(1747)에 安平大君의 복권이 이루어졌다. 이는 법조종론의 전제 위에 국왕이 주도적으로 사안의 의미를 규정하고 그에 따라 변통을 실행하는 것을 극적으로 보여주는 매개였던 것이다.[68]

지금까지 단종 폐위와 그 복위와 관련된 공론화 과정에 대해 장황하였어도 살핀 것을 요약해보면, 선조조 이전에는 사림파들이 단종복위운동 참여자의 복위 공론을 훈구파와의 정치적 갈등 속에서 도덕적 명분의 선점을 잡고 자신들의 정치적 세력화 논리로 활용한 측면이 강하다. 그리고 선조조 이후부터 숙종조 이전까지는 臣僚가 된 사림파들이 사림차원(또는 臣權차

---

65) 윤정, 2004, 앞의 논문, 226면.
66) ≪仁宗實錄≫ 권2, 원년 4월 9일.
67) 윤정, 2004, 앞의 논문, 229면.
68) 윤정, 「영조의 삼상 추복과 '선술' 이념 : 영조 정치사상의 일 단면」, 『한국학보』 116, 일지사, 2004, 111−115면.

원)에서 그들의 절의를 현창하고자 하여 복권을 추진하였고, 이에 대해 국왕은 왕통에 저촉되는 것을 꺼려 先王代의 법제와 처분을 가급적 준수하는 것을 원칙으로 삼아 승낙하지 않았다. 그런데 숙종조에 이르러서야 이와 같은 흐름과 전혀 다른 큰 변화가 일어났다. 처음에는 단종복위운동에 참여한 자를 복권하는 데 반대했던 숙종이 주도적으로 사육신 및 단종 추복을 단행한 것이다. 바로 연속적인 換局을 통해 정치 주도권을 확보하려 했던 국왕 숙종이 사육신의 절의를 신료들에게 충절을 요구하는 이념적 도구로 변용·수용하였던 것이다. 이 흐름은 英祖朝까지 지속되어 1757년에 지은 〈내성지〉에도 어떤 형태로든 영향을 미친 것으로 보인다.

(3) 換局과 宋時烈[69]

앞서 살핀 것처럼 〈내성지〉의 작가 김수민은 송시열을 평생 스승으로 삼았던 인물이었다. 그런데 송시열은, 사림차원에서 사육신의 절의를 현창하려던 시기로부터 국왕의 입장에서 그것을 충절로 수용하려는 시기로 전환하는 지점에 처했다가 죽은 인물이다. 따라서 기사환국에서의 송시열 행적을 살필 필요가 있다.

숙종은 자신의 집권 전반기에 연속적인 換局을 통해 서인과 남인을 교체하면서 국왕의 정치 주도권을 확보하고자 하였다. 이 과정에서 자신의 행위를 정당화하고 세자(景宗)의 입지를 다지기 위해 '君臣의 分義'를 거듭 강조하였고, 그 표상으로서 사육신과 단종을 추복하였다.

숙종은 己巳換局(1689)을 통해 서인의 영수인 송시열을 삭탈관직하여 제주로 귀양보냈다가 賜死시켰다. 숙종이 장희빈 소생을 원자로 책봉하려 하자, 송시열은 송나라 哲宗의 사례를 원용하며 중전의 소생을 기다려야 한다며 비판하였다. 그렇지만 숙종은 장자 계승의 원칙을 강조하고 명나라의 예

---

69) 윤정, 「숙종대 端宗 追復의 정치사적 의미」, 『한국사상사학』 22, 한국사상사학회, 2004, 227-244면. 이 절은 전적으로 이 논문에 의거하여 서술되었음을 밝혀 둔다.

제를 채용하여 송시열의 주장을 제압한 사건이다.

이 환국에 이어 숙종은 成渾과 李珥를 문묘에서 黜享하였다.[70] 이것도 숙종의 군신분의 표현이었다. 송시열이 원자 책봉을 비판할 당시 함께 올린 다른 상소에서 金集이 성혼을 배향하는 데 앞장섰음을 들어 李珥·成渾 → 金長生 → 金集 → 宋時烈로 이어지는 西人道統論을 제시했는데, 숙종의 출향 조치는 이에 대한 부정과 보복의 성격을 띠고 있었다. 곧 師承관계를 통해 결집되어 있는 서인들의 도통의식이 국왕에 대해 상대적으로 비판적인 입장을 가지는 근거라고 간주하고 이에 대해 제재를 가한 것이다.

그리고는 사육신의 복권(1691)이 전격적으로 이루어졌다. '君臣의 分義'를 강조하는 숙종의 인식은 사육신을 추복하여 그들의 절의를 포장하여 자신의 의도를 실현하고자 하였다. 죽음으로 어린 군주(단종)에 대한 절의를 지켜 충절을 보인 사육신과 대비하여 원자 책봉에 반대한 송시열 등을 '불충'으로 낙인찍을 수 있고, 원자 책봉을 강행하고 서인을 축출한 자신의 정치 행위를 정당화할 수 있었기 때문이다. 그리하여 숙종은 국왕의 권위에 손상을 가져오는 것을 미리 차단하기 위해서 육신의 복권문제를 주도적으로 일단락 지었다.

한편, 甲戌換局(1694)을 통해 정치적 상황은 역전되었다. 숙종은 기사환국에서 취한 처분을 스스로 뒤집었다는 점에서 명분상 약점을 지닐 수밖에 없었다. 사육신이 종래 서인들을 비판하는 준거가 된 데서 역으로 서인의 충절을 인정하는 준거로 바뀌게 된 것이다. 당초 기사환국이 원자 문제에서 야기된 탓에 특히 세자의 위상이 부담이었다. 신료들이 의식상 세자를 당위로 받아들일 수 있는 매개가 필요했는데, 그것이 바로 단종의 추복이었다. 갑술환국으로 인해 사육신 추복은 송시열 등의 충절을 인정하는 표상이 되었다. 단종 추복은 사육신의 명분을 확정하는 것인 동시에 사육신에 견주어진 서인의 명분을 확증하는 것이었다. 반면 국왕의 입장에서는 왕위를 이을

---

70) ≪肅宗實錄≫ 권20, 15년(1689) 3월 18일.

세자에 대한 충절을 계속적으로 요구하는 의미가 있었다.

환국을 통해 이러한 대접과 평가를 받은 송시열을 평생 스승으로 삼은 김수민이 〈내성지〉에서 송시열의 의리정신을 어떻게 내면화하였는지 살펴야 할 것이다.

3. 맺음말 : 주제적 자질과 관련하여

지금까지 〈내성지〉의 창작동인이 될 만한 것을 작가적 동인과 시대적 동인으로 나누어서 살펴보았다. 이를 통해서 〈내성지〉의 정치한 주제의식을 규명하는 데로 나아가야 할 것이나, 이는 별고를 기약하고자 한다. 다만, 그 주제적 자질이 될 것으로 여겨지는 몇 가지를 정리하기로 한다.

첫째, 김수민은 호남인으로서의 자부심 및 호남사림의식을 드러내고 있다. 이는 작가적 동인에서 살핀 것처럼 南原 향리의 성리학자로서 갖는 자부심과 의식일 것으로 짐작된다. 호남인으로서의 자부심은 구체적 행적을 알 수 없는 金寬佐라는 인물을 통해서이다. 그는 "신은 金川門을 빼앗긴 후에 바닷가를 떠돌다가 이 땅에 들어와, 妙香山에서 중이 되어 瑞石山ㆍ天冠山 등을 두루 돌아다녔습니다. 일찍이 시를 지어 폐하께 바치기를, 「세상을 피하는 행장을 짧은 지팡이에 의지하였으니, 가고 가서 어느 곳에 외로운 몸 의탁할까? 말소리는 낯설어 중화에서 듣던 바가 아니고, 옷차림도 바뀌어 외국 사람의 모습이로다. 만리의 나그네 마음은 동해의 달과 같고, 三更에 돌아가는 꿈은 고향의 바람이로다. 다만 먼 곳을 좇아 속세의 더러움을 피하니, 바로 天冠山 제일봉 꼭대기라오.」"71) 그리고 호남사림의식은, 建文

---

71) 金寬佐進曰 : "臣自金川門失守之後, 浮海入此地, 香山爲僧, 博遊瑞石ㆍ天冠等山. 嘗題詩
　　上於陛下, 曰 : 「避世行裝寄短筇, 行行何處托孤蓬. 音不復中華習, 服制還從外國容. 羈

皇帝가 金宗直의 〈弔義帝文〉을 보고나서 칭찬한 후 여러 신하들에게 보이자 모두 경탄해 마지않는 것을 보고는 성삼문이 비아냥거린다는 대목에서 드러난다. 곧, "그 문장이야 칭찬할 만하지만 끝내 양다리를 걸친 것[두 임금을 섬김]에서 벗어나지 못하였으니, 이런 경우는 오래 갈 수 있겠는가?"[72]라는 대목이다. 곧이어 이 말을 들은 김종직은 참담한 기색이었던 것으로 묘사한다. 결국 김수민은 영남사림의 영수인 김종직이 세조대 벼슬한 것을 비판하여 호남사림의식을 드러낸 것이라 하겠다.

둘째, 김수민은 西人 특히 湖南西人의 사림의식을 드러내고 있다. 西人의식은, 나머지 생육신의 행적은 알지 못하나 金時習만 알아보는 것으로 되어 있는데, 후세에 栗谷 李珥가 〈金時習傳〉을 지은 것과 宋時烈이 김시습의 공과 의리를 사육신인 梅竹軒 成三問과 나란히 놓았다는 것을 무명자가 김시습에게 전해주는 데서 드러난다. 특히, 송시열의 노론계 교조주의적 尊明排淸의식도 아울러 드러내고 있다. 이는 자신의 시를 건문황제가 보고나서 감탄하며 질문하는 것에 대해 무명자가 대답하는 대목에서이다. 곧, "오직 우리 孝宗大王만은 크게 이루려는 뜻을 떨쳐 일어나시어, 先代의 賢臣 宋時烈과 荊南杞才를 대하듯 흉금을 터놓고 독대하니, (송시열은) 북벌하려는 계획을 은밀히 도우셨습니다. 그러나 그 뜻과 사업이 무르익기도 전에 (효종이) 갑자기 승하하시니, 이는 조선의 군신들이 지금까지도 원통하게 생각하는 바입니다."[73]라는 대목이다.

한편, 호남서인으로서의 사림의식은, 西門에서 조선의 신하들의 선악을 판별하여 들이는 책임자로 성삼문이 맡게 되자 俞應孚가 成三問을 비판하는 대목에서 나타난다. 이 대목은 林悌의 〈元生夢遊錄〉에 있는 글귀를 통해 비판한 것인데, 김수민은 그 출전을 밝히지 않았다. 임제는 宣祖朝에서 사

心[1] 東海月, 三更歸夢故園風. 遼界無塵惡, 須上天冠第一峯.」(209면)

72) 三問笑曰 : "其文則可嘉, 而終不免爲兩截人, 是可久也?" 宗直有戚色.(222면)

73) "惟我孝宗大王憤發大有爲之志, 與同德先正臣宋時烈幄對荊南, 密贊北征之謨猷, 志事未半, 弓釰遽遺, 此東土君臣之所以祇今忍痛含寃者也."(214−215면)

림들의 분열, 즉 淸名있는 선비들이 많이 벼슬을 그만두는 정치적 상황을 목도하고 〈원생몽유록〉을 지은 것이다.[74] 그러한 정치적 상황을 해결하기 위해서는 문사들의 나약한 절의가 아니라 武士의 기개있는 절의가 필요한 것으로 임제는 묘사했던 것이다. 그런데 〈내성지〉에서는 역으로 성삼문을 비판한 유응부에 대해 황제가 질책하는 것으로 되어 있다. 곧, "길게 말하지 말라! 그것이 어찌 지모가 부족해서인가? 하늘이 진정 그렇게 만든 것이니, 그것을 어찌하랴?"[75]고 하였다. 이 대목은 호남의 東人과 西人 간의 대립의식을 살펴볼 필요가 있을 것으로 생각된다.

셋째, 단종복위운동을 실패하게 한 자들에 대한 公憤을 나타내면서, 節義뿐만 아니라 忠節의 모습도 드러내고 있다. 공분은 김질과 정창손이 자신이 들어가야 할 문조차 제대로 찾지 못하는 것으로 묘사되는 가운데 서문에서 성삼문에 의해 문전박대 당하는 대목을 통해 드러내고 있다. 그리고 〈내성지〉가 수많은 인물들을 등장시켜 서사적 편폭을 확장하고 그에 따라 장편화 되었다고 하는데, 유의미한 역할을 하는 인물들은 절의의 모습을 드러내는 것이고, 무의미한 역할로 이름없는 백성들의 등장은 충절의 모습을 드러내는 것으로 보인다. 그렇다고 해서 두 모습이 서로 배타적 대립항은 아니다. 이러한 대립항을 상정하고 작품을 들여다보면, 좀 더 참다운 주제의식을 찾을 수 있을 것으로 생각된다.

이러한 주제적 자질은 특징적 국면을 언급한 것에 불과하며, 보다 거시적 안목에서 이들을 수렴하여 〈내성지〉의 주제의식을 규명해야 할 것이다. 이러한 연구에 앞서 정리한 창작동인이 유용하게 활용되어지기를 바란다.

---

74) 신해진, 1998, 앞의 책, 106−119면.
75) "無多言! 是豈智謀之不足耶? 天實爲之, 爲之奈何?" 應孚乃黙然而退.(169면)

日本에 있어서의 韓國文學의 傳來樣相

－江戸時代때부터1945年까지－

西岡 健治(복강현립대)

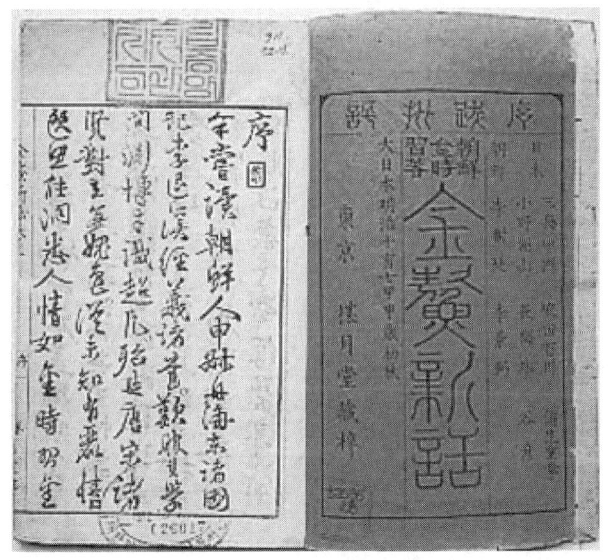

『금오신화』－만복사저포기

1. 서 언

日本은 韓国과 지역적으로 가깝고 歷史的으로도 密接한 関係에 있다. 비록 中国과의 關係에는 미치지 못하지만 壬辰倭乱 以後, 특히 「朝鮮通信使」를 통해 韓国과 日本의 文化交流가 행해졌다. 그 과정에서 日本人에게 韓国의 古典文学 (漢文本)도 읽혔다고 생각되는데 오늘날 알려진 것은 『金鰲新話』 하나뿐이다. 最初의 和刻本 『金鰲新話』(内閣文庫本)는 1653年에 刊行되어 그 改刻版이 数年後인 1660年에 刊行되었고, 後刷本이 1673年에 刊行되었다. 이것을 보면 江戸時代初期에 『金鰲新話』가 日本人에게 얼마나 많이 읽혔는지 알 수가 있다. 그밖에 釜山에 있던 「倭館」에 거주하던 対馬藩의 通詞 (오늘날의 通訳者)가 江戸中期에 『林慶業伝』을 입수하여 筆写(1799年)한 것이 最近에 報告되고 있다.

그런데 日本人이 韓國의 文學作品들을 활발하게 읽게 된 것은 明治時代에 들어가서 日本이 韓國을 식민지로 만들려고 한 후이다. 그리고 한창 활발해진 것은 三一独立運動以後였다. 그 擧國的인 抵抗에 驚愕한 日本人들이 朝鮮人을 알기 위해 또는 懷柔하기 위해 구해서 읽었기 때문일 것이다. 그때 많은 古典文学作品이 翻訳·紹介되었다. 또 1930年代에 들어서는 張赫宙의 戯曲 『春香伝』이 널리 읽혀졌고, 演劇이 각지에서 公演되자 큰 好評을 받았다.

본고에서는 이상과 같은 사실을 생각해서 1945년까지의 日本에 있어서의
韓國文學의 傳來樣相을 Ⅰ. 江戸時代, Ⅱ. 1868 (明治元) 年에서 1918年까지,
Ⅲ. 三一獨立運動(1919)~1949年까지의 三期로 나누어 고찰하기로 한다.

2. 江戸時代에 읽혀진 作品들

江戸時代에 日本人이 韓国書籍을 접하는 데는 두 가지 길이 있었다고 추
측된다. 하나는 壬辰倭乱 当時 日本人이 韓国에서 많은 書籍을 強奪해 갔는
데, 그것을 접한 경우이다. 다만 이 時期에는 아직 古典小説이 충분히 発達
되지 않았기 때문에 한정적이었을 것이다. 두 번째는 朝鮮通信使나 対馬島
出身通詞를 통해 入手하는 길이다.

1) 1653年 金時習著 『金鰲新話』

序言에서 言及한 바와 같이 最初의 和刻本 『金鰲新話』(内閣文庫本)이
1653年에 刊行되었다. 和刻本은 日本에서 出版된 책을 意味하는데 이 内閣
文庫本에는 漢文을 읽는 順序나 正確한 解讀을 위한 日本문자(가나文字)를
달아 놓았다. 이런 식으로 漢文을 日本語順에 맞춰 고쳐 읽으면 日本文章이
되기 때문에 이것을 一種의 翻訳이라고 하지 못할 것도 없다. 1653年이라는
年代를 감안하여 原本은 壬辰倭乱 当時 韓国에서 強奪해 간 것으로 推定되
지만 확실한 証拠는 없다.

그리고 몇 년 후인 1660年에 改刻版이 刊行되고 1673年 에 後刷本이 刊行
되어, 江戸時代에만 모두 3차례 和刻本이 出版되었다. 또 江戸時代에 浅井
了意가 『伽婢子』를 執筆할 때 『金鰲新話』를 底本으로 한 것은, 「龍宮の上棟

(むねあげ)」(龍宮의 上梁)이라는 題目이「龍宮赴宴録」에서 왔고「哥(うた)を媒
(なかだち)として契(ちぎ)る」(和歌가 중매 들어 결혼하게 됨)가「李生窺墻伝」
을 기초로 翻案된 것으로부터도 알 수 있다.

2) ※ [記録] 1703年 雨森芳洲筆写「淑香伝」「李白瓊伝」
   其他 作品名

  儒学者로 対馬島의 通詞였던 雨森芳洲의「詞稽古之者仕立記録」에 의하면
1703年 36歳 때 재차 朝鮮에 건너가 朝鮮語学習書『交隣須知』등을 著述함과
동시에「其外 淑香伝二 李白瓊伝一冊 自分二寫之」(그 밖에 淑香伝 두 책, 李
白瓊伝 한 책을 자신을 위해 筆写했다)고 한다.「李白瓊伝」은 다음에 紹介할
小田幾五郎의『象胥紀聞』에는「李白慶伝」이라고 적혀있지만 同一作品으로
생각된다. 또 雨森芳洲는「橘窓茶話」에서「崔忠伝, 淑香伝, 玉嬌梨, 林慶業伝」
등의 이름을 이미 列擧하고 있다. 이들 이름이『象胥紀聞』에도 있는 것을
보면 이것들은 通詞養成過程에서 대대로 筆写되어 전해진 것으로 推定된다.

3) 1799年 小田幾五郎筆写本『林慶業伝』其他『淑香伝』
   『崔忠伝』등

  2001年에 대마도에서 通詞였던 小田幾五郎 와 姻戚関係가 있던 집에서 百
数十冊에 이르는 私文書가 発見되었다. 그 중에 小田幾五郎가 筆写한『林慶
業伝』이 있었는데 巻末에「寛政十一」(1799年)이라고 筆写된 年代가 적혀 있
었다. 그 밖에도 筆写된『淑香伝』,『崔忠伝』이 있다고 한다.
  또 小田幾五郎은『林慶業伝』의 筆写보다 5年 앞서 朝鮮에 관한 小百科事
典『象胥紀聞』을 著述하였는데, 그「雑編」에 소설이「朝鮮小説」이로서 紹介

되어 있다. 먼저 「張風雲伝, 九雲夢, 崔賢伝, 蘇大成伝, 張朴伝, 林将軍忠烈伝, 蘇雲伝, 崔忠伝」이 열거되고, 이어서 「泗氏伝, 淑香伝, 玉橋梨 」가 열거되어 있다. 계속해서 「李白慶伝ノ類ハ唐ノコトヲ書キ諺文ニテ讀ヨキヤウニ仕立タルト云其外三国志ナトノ類モ諺文ニテ書タル本有之由」(李白慶伝 같은 것은 唐나라 時代를 背景으로 하여 諺文으로 읽기 쉽게 만든 것이라 한다. 기타 三国志등도 諺文으로 되어 있는 것들이 있다 한다.)이라고 되어 있다. 책은 전하지 않지만 이러한 古典小説들은 通詞에 의해 읽히고 筆写되었을 可能性이 높다.

3. 1868 (明治元) 年에서 1918年 (大正中期)까지 읽혀지고 翻訳된 作品들

「明治時代」는 1911年에 끝나기 때문에 1918年은 大正7年이 된다. 따라서 이렇게 구분하면 明治時代와 大正時代 양쪽에 다 걸치지만, 1919年의 三一独立運動이 古典文学 翻訳史에 있어 画期的인 事件이었기 때문에 이와 같이 設定한다.

明治時代가 시작된 1868年에서 1918年 (大正中期) 까지의 作品으로는, 우선 日本人에 의한 한글活字本 『林慶業伝』의 印刷를 들 수 있다. 또 新聞·雑誌가 発行되고 뉴스와 함께 小説이 連載되게 되어 『林慶業伝』이나 『春香伝』 등이 翻訳되었다. 이 時期의 새로운 事件이라면 漢文으로 쓰인 古典小説이 많이 翻訳出版되었던 것이다. 어찌 되었던 이 時代는 아직까지 対馬島 通詞의 흐름을 이어받은 사람이나 特定의 学者 또는 漢文에 精通한 사람들에 의해 文學作品이 傳來되었다고 할 수 있다.

1) 1881[明治14]年 한글活字印刷本 『林慶業伝完』

이것은 語學用 텍스트로 日本人에 의해 「外務省蔵版」으로 1881年 10月에 印刷된 것이다. 本文은 모두 56張112面, 各 페이지는 10行21字이다. 冒頭에 오역을 바로잡은 「正誤」가 2 페이지에 걸쳐 써 있기 때문에 下記「林慶業伝」의 訳者인 宝迫(호우사까)繁勝나 日本外務省雇用 朝鮮語学教授인 浦瀬裕(우라새)裕 등에 의해 행해진 것이 아닐까 推定되지만 정확하않다.

그리고 東京外国語大学에 所蔵된 것에는 本文冒頭에 「東京外国語学校図書」라고 도장이 찍혀있고, 表紙에 「生徒用」이라고 씌어진 종이가 붙어 있기 때문에 1880年 東京에 設立된 東京外国語学校에서 教科書로 使用했을 것으로 推定된다. 또「第二十四號」라 되어 있으므로 当時 24冊의 『林慶業伝完』이 存在했을 것이다. 한글이 主文이지만 固有名詞 등에는 그 옆에 각각 漢字가 印刷되어 있고, 学生이 쓴 것인지 곳곳에 漢字나 訳語가 적혀 있다.

2) 1882[M15] 宝迫繁勝訳 「林慶業伝」 (4月 5日~5月 15日까지 4回連載)

明治時代에 들어 最初로 翻訳된 것이 1882年 在朝鮮国 釜山港 商法会議所 旬刊発行『朝鮮新報』(第8号~第12号, 단 10号는 休載) 에 掲載된 「林慶業伝」이다. 「林慶業伝」은 이미 通詞의 語学教科書로 使用되고 있었지만 그것과는 내용이 다르다. 訳者는 宝迫繁勝로 対馬島 出身의 通詞가 아니라 山口県 사람이다. 釜山에 부임하여 「専朝鮮語ヲ修ム」(열심히 조선말을 공부했다)를 했다고 한다. 단, 現存하는 것은 作品의 一部에 지나지 않아 (아직 아버지 대의 이야기로 林慶業은 登場하지 않는다), 第12号 (第4回) 以後의 存在가 분명히 밝혀지길 바란다.

3) 1882年 半井桃水訳 「鶏林情話　春香伝」 (6月 25日~
　　7月 23日、連載 20回)

　釜山에서 「林慶業伝」이 翻訳紹介되던 해에 新聞 「大阪朝日新聞」에 掲載된
것이다.

　그것은 釜山에 特派員인데 対馬島出身이며 倭館에 살았던 적이 있는 半井
桃水가 翻訳하여 釜山에서 送稿한 것이다. 또 翻訳原本은 京板三十張本이라
고 推定된다. 前文에서 翻訳動機에 대해 「彼(かの)国の土風人情を詳細(こま
か)に描写して、世人の覧観に供せしものあるを見ざりしは、常に頗(すこ
ぶ)る遺憾とせし所なるが、近日、偶々(たまたま)彼の国の情話を記せし一
小冊子を得たり」(韓國의 風土와 人情을 상세히 描寫하여 사람들에게 情報를
提供해 줄만한 것이 없음을 항상 매우 유감스럽게 생각하고 있었더니 最近
에 韓國의 사랑 이야기를 다룬 小冊子를 입수하였다.)라고 밝혔다.

　翻訳前半의 内容은 京板三十張本에 比較的 가깝지만 後半部는 상당히 変
更되어 있다. 예를 들면, 李道聆(李道令)이 暗行御史가 되어 農夫와 대화하
는 場面에서 原文에 없는 5번이나 이혼한 딸 이야기가 장황하게 挿入되어
있거나 暗行御史가 宴会場 뒤에 있는 객실의 흰 벽에 詩를 적는 것과 같은
것들이다. 이와 같이 改変된 部分이 있기는 하지만 눈을 뗄 수 없는 流麗한
文体로 표현되어 있다.

4) 1883年 한글 活字印刷本 『崔忠伝』

　前記 ① 「外務省蔵版」의 『崔忠伝』이다. 本文은 全部 66面, 各 페이지 10
行24字.

　前記 ①과 같이 한글이 主文이고 固有名詞 등에는 각각 漢字가 옆에 印刷
되어 있다. 現在까지 알려진 「外務省蔵版」은 이상 二種類뿐이다.

5) 1884[M17] 東京槼月堂蔵梓 『金鰲新話』

大塚彦太郎蔵家의 伝本을 上下 二巻으로 復刻한 것이다. 韓国에서는 일찍이 없어졌는데, 1921年 崔南善이 이것을 기초하여 『啓明』第19号에 影印紹介함으로써 다시 알리는 契機가 되었다고 한다. 여기에는 漢文을 읽는 順序는 표시해 두었지만 정확한 解讀을 위한 토는 달아놓지 않았다.

또 当時 日本에 滯在하고 있던 開化党의 李樹廷이 本書에 「跋文」을 적었다.

6) ※ 1894年 8月 靑山好惠撰 『朝鮮名家詩集』

당시 호평을 받았던 東京 博文館의 「寸珍百種」의 한권으로서 출판된 것이다. 총수 千五十六首. 五言絶句, 六言絶句, 七言絶句, 五言律詩, 五言排律 등으로 배열돼 있다고 한다. 卷頭에 「朝鮮に此の如き詩有るを世に知らしめんと欲す」 (조선에 이 같은 훌륭한 시가 있나는 것을 세싱에 알려주고 싶다)고 적혀 있다고 한다.[未見]

7) 1906年 高橋仏焉 「韓国文学 春香伝의 梗概」

이것은 当時 많은 読者를 갖고 있던 月刊 綜合雜誌 『太陽』의 「文芸」 欄에 小説이나 戯曲이나 新体詩 등과 같이 掲載한 것이다. 作者는 本文에는 「高橋仏焉」라 되어 있고 目次에는 「高橋仏骨」라고 되어 있는데, 어느 쪽도 雜誌 『太陽』에 두 번 다시 登場하지 않기 때문에 어느 쪽이 맞는 것인지는 알 수 없다. 아무튼 「仏焉」이나 「仏骨」은 当時 流行하던 江戸戯作者流의 筆名으로, 作者는 高橋(다까하시)亨이 아니었을까 推定된다. 5400字 程度의 「春香伝」 要約이기 때문에 原典 探索은 困難하지만 安城板20張本이나 京板二十

三張本일 可能性이 있다.

8) 1910年 高橋亨『朝鮮의 物語集附俚諺』收録「興甫伝」「長花紅蓮伝」「春香伝」

이것은 1910年9月, 当時 서울에 있던 日韓書房에서 刊行된 高橋亨著『朝鮮의 物語集附俚諺』에 수록되어 있는 것이다. 物語(이야기)는「瘤取」에서 시작하여「毒婦」까지 28話이고 附録으로「俚諺(속담)」이 547個 収集되어 있다. 物語(이야기)는 高橋亨가 語学力을 駆使하여 採集한 것인데 民間伝承的 要所가 짙다.「春香伝」에 대해 말하자면 京板系라고도 完板系라고도 할 수 없고, 그것이 역으로 民間伝承되고 있던 것을 이야기로 엮었다고 생각할 수 있다.

本書는 好評을 받았는지 4年後에 작은 新書版으로 改訂版이 出版되었는데, 俚諺이 1298개로 大幅 늘어났기 때문에 題目을『朝鮮の俚諺集附物語』라고 바꾸었다.「物語」数와 内容에는 変化가 없다.「興甫伝」,「長花紅蓮伝」이라는 이름은 本書에 의해 처음으로 日本人에게 알려진 것으로 推定된다.

9) 1912[M45]年 青柳綱太郎에 의한 第1期第9輯『朝鮮野談集』등, 漢文作品의 飜譯

朝鮮研究会의 主幹 青柳綱太郎가 翻訳한 野談集「古書珍書刊行」第1期第9輯. 주로『青邱野談』에서 발췌, 全部 194編 原典의 漢文을 訓読한 것이다. 기타 다음과 같은 것이 번역돼 있다.

10) 1914年 第二期 第一輯『原文対照対訳 謝氏南征記 九雲夢』

이것은『朝鮮野談集』과 달리 原文対訳이다. 먼저「淑女撰白衣像 良媒結赤縄縁」場面의 漢文이 있고 다음에 [翻訳으로서 訓読文이 있다. 謝氏南征記에는「金春澤原著 朝鮮研究会翻訳」이라고 되어 있다.

11) 1916年 第二期 第二十輯『燕巌外集』

主要内容은 朴趾源의『熱河日記』이다. 訓読文만으로 原漢文은 없다.
　靑柳綱太郎을 主幹으로 한「古書珍書刊行」은 第1期에 10冊, 第2期에 23冊, 第3期에 23冊 翻訳刊行했는데 모두 原文이 漢文인 것이 特徴이다. 그러나 지금까지 잘 알려지지 않았던「野談」이나「謝氏南征記」,「九雲夢」,「熱河日記」등이 原作 채로 翻訳出版된 것은 画期的인 일이라 할 수 있다.

12) ※ 1915年 7成島淑士 (鷺村)『朝鮮名勝詩選』

京城 衍文社에서 刊行된 三六版 630페이지의 책. 윗단에 名勝旧跡을 나열하여 그 아래쪽에 題詠詩가 배열되어 있다고 한다.[未見]

13) ※ 1915年 7 朝鮮総督府『靑丘詩鈔』

朝鮮総督府収蔵의 朝鮮活字 (衛夫人字)를 使用해서 古詩文을 印刷한 것. 體裁는 朝鮮本形式을 취하고 있고 用紙도 朝鮮紙를 使用함. 朝鮮施政五周年을 記念해서 한시를 좋아하는 사람들에게 나뉘어졌다고 함. [未見]

14) ※ 1917年 南宮楔『万古烈女日鮮文春香伝』

本書는 当時 대단한 베스트 셀러였던 李海朝著「獄中花」의 右側에 漢字와 가타카나로 日本語를 달아놓은 것으로, 韓国人에 의해 韓国에서 刊行된 것이기 때문에 원칙적으로 除外시켜야 마땅하다. 하지만 처음으로 春香伝 全體가 一切 削除없이 翻訳되었다는 점과 7年後에 再刊될 정도로 많이 읽혔는데 그 중 상당수의 日本人 読者가 있었을 것이라는 점을 감안하여 열거해 두기로 한다.

翻訳은 濁音表記에 실수가 많고 文章도 거칠어서 읽기 힘들다. 하지만 作者 李海朝와 訳者는 同時代 사람이기 때문에 内容理解가 정확하고 日本人이 翻訳할 경우에 많은 参考가 된다.

4. 三一獨立運動(1919) - 1945年 사이에 翻訳된 作品과 研究

1919年 3月 1日을 기점으로 일어난 朝鮮近代史上 最大의 抗日独立運動은 日本의 植民地 支配者에게 深刻한 打撃을 주었다. 새로 朝鮮総督에 赴任한 齊藤実은 그에 대한 反省으로 朝鮮人을 懷柔하기 위한 〈文化政治〉를 主唱했다. 그러한 経過로 인해 刊行된 것이 細井肇가 主宰한「通俗朝鮮文庫」이고, 高橋亨의「春香伝」이 朝鮮総督府発行誌『朝鮮』에 転載되었다.

이 時期에는 通俗朝鮮文庫나 鮮満叢書 등에서 古典文学作品이 많이 翻訳되었다. 그렇지만 아직 일본사람 스스로가 번역할 힘이 없어 朝鮮人인 협력자가 먼저 번역한 것을 일본인이 매끄러운 일본말로 번역하는 경우가 많았다. 그 후 비로소 小倉進平, 高橋亨, 多田正知 등 京城大学教員에 의한 研究

가 이루어졌고, 1930年代 後半에는 春香伝 붐이 일어났다.

1) 1921年 4~5月 高橋亨 「春香伝(上, 下)」

앞의 2 −7)에서 紹介한 高橋亨 「春香伝」의 転載이다. 転載된 事情에 대해서는 앞에서 말했기 때문에 省略한다. 文献的인 意味는 없지만 転載에 歴史的인 意味가 있다고 생각되므로 소개해 둔다.

2) 1921年 4月 通俗朝鮮文庫 第2輯 『荘陵誌 謝氏南征記』

通俗朝鮮文庫의 発行 由来에 대해서는 앞에서 簡単히 言及했지만 「通俗朝鮮文庫의 刊行」趣意書를 보면 事情이 明白해진다. 그것에 의하면 「彼の三月騒擾の理由は色々ありませうが ﹑其中の一因は ﹑内鮮人の意志が十分疎通して居なかったからです ﹑意志が疎通しないのは ﹑相手を理解しないからです ﹑相手を理解する爲めには ﹑其の風俗 ﹑其の習慣 ﹑其の文物 ﹑其の歴史を一通りは心得て置かねばなりません(지난 3월의 騒擾原因은 여러 가지이지만 그 중 하나는 内鮮人(日本人과 朝鮮人 = 引用者注)의 意思가 충분히 疎通되지 않았기 때문이다. 意思疎通이 되지 않는다는 것은 상대를 理解하지 못한다는 것이다. 상대를 理解하기 위해서는 風俗, 習慣, 文物, 歴史 등을 어지간히 알아둬야 합니다.)」라 하여, 그를 위해 「朝鮮上古 以後의 正史, 野史, 小説, 詩歌類」를 出版하게 되었다고 한다. 第1輯 『牧民心書』가 그 2年後인 「3月 1日」付로 刊行된 것을 보면 三一独立運動이 얼마나 강하게 意識되었는가를 알 수 있을 것이다.

기타 古典文学作品을 列擧하면 다음과 같다.

1921年　5月　第3輯『朋党士禍의 検討 九雲夢』細井肇・長野虎太郎編

　　　　　6月　第4輯『朝鮮歳時記 廣寒樓記』今村鞆訳注/島中雄三訳述

　　　　　10月　第7輯『洪吉童伝』白石重訳

1922年　2月　第8輯『八域誌 秋風感別曲』清水健吉訳/趙鏡夏訳

　　　　　　　　第9輯『審陽日記 沈清伝』大沢竜二郎訳/趙鏡夏訳

　　　　　4月　第10輯『雅言覚非 薔花紅蓮伝』細井肇訳/趙鏡夏訳

第4輯『朝鮮歳時記 廣寒樓記』今村鞆訳注/島中雄三訳述을 보면, 題目이「廣寒樓記」로 되어 있지만 原典을 알아보니 李海朝의「獄中花」였다. 또「島中雄三訳述」로 되어 있지만 巻末에「廣寒樓記는 最初 趙鏡夏氏가 口語体로 訳述한 것을 友人 島中 氏가 다시 한층 가다듬어 口語体로 潤色한 것」이라고 한 것을 보면, 먼저 趙鏡夏이 日本語로 바꾸고 그것을 島中이 가다듬었다는 것을 알 수 있다. 그렇다면 上記 한글로 쓴 作品(「廣寒樓記」,「洪吉童伝」,「秋風感別曲」,「沈清伝」,「薔花紅蓮伝」)의 翻訳은 厳密히 말해 日本人에 의한 것이라고는 할 수 없을 것이다. 그렇지만「洪吉童伝」,「秋風感別曲」,「沈清伝」이라는 作品이 最初로 翻訳紹介되고, 체계 있게 정리된 古典文学 作品들이 이같이 많이 紹介된 것은 큰 意味를 갖는다.

3) 1922年 7月 鮮満叢書 第1巻「燕의 脚」所収、鄭在敏訳

前記 2)의「通俗朝鮮文庫」의 続編이라고 할만한 性質의「鮮満叢書」이다.「燕의 脚」은 李海朝作「興甫伝」의 題目이다. 古典文学 作品에 관해서는 그 밖에 다음과 같은 것들이 있다.

1923年 3月 第8巻「淑香伝」所収, 清水健吉訳

　　　　6月 第10巻「罷睡録」, 平岩佑介抄訳 (発禁)

8月 第11巻 「雲英伝」 所収, 細井肇訳述

　上記 2)와 합쳐보면 古典文学 作品이 이처럼 읽기 쉬운 形態로, 그것도 大量으로 紹介된 것은 처음이었다. 그래서 그 중 文学作品만을 뽑아 1924年11月 細井肇編으로 東京奉公会에서 『朝鮮文学傑作集』(925P)을 刊行했다. 作品을 掲載順으로 列挙하면 「春香伝」, 「沈清伝」, 「燕의 脚」, 「謝氏南征記」, 「秋風感別曲」, 「薔花紅蓮伝」, 「九雲夢」, 「南薫太平歌」, 「淑香伝」, 「雲英伝」이다. 이 作品의 題目을 보면 韓国을 代表하는 古典小説이 이미 1924年에 日本에서 単行本으로 刊行되었다는 것을 알 수 있다.

4) 1922年 8月 麻生磯次 「戯曲 春香伝」 (雑誌 『朝鮮』 所収)

　当時 京城帝大에서 日本近世文学을 가르치고 있던 麻生磯次의 創作戯曲이다. 特徴은 舞台芸術로서의 戯曲이기 때문인지 李道令과의 離別에서 府使誕生宴까지 하인들이 風聞으로 들은 이야기 形式으로 進行시키고 있다는 점이다.

5) 1926年 12月 — 1927年 3月 天民散史 『金鰲新話』 翻訳

　번역原本은 II—5)에서 소개한 1884년 東京楳月堂蔵梓 『金鰲新話』이다. 訳者天民 散史는 이것이 掲載된 『朝鮮』第百四十号 「目次」에 「法学博士 和田天民」이라고 되어 있다. 「和田天民」에 관해서 桜井義之는 「著者는 法学博士 和田一郎で、天民はその号である。新潟県出身で、明治三十九年東京帝国大学卒業、明治四十三年臨時土地調査局 書記官として渡韓、土地調査事業に従事」 (著者는 法学博士인 和田一郎이며 天民은 그의 号이다. 新潟県出身이며 明治三十九年東京帝国大学卒業、明治四十三年臨時土地 調査局 書記官으로

서 渡韓、土地調査事業에 從事)했다고 한다.

각 編의 번역은 다음과 같은 순서로 이루어졌다.

『朝鮮』

1926年 12月 「金鰲新話와 그의 著者」와 「無情의 꽃과 有情의 꽃―萬福樗
　　　　　　　蒲記」 第139号

1927年 1月 「風流才子와 崔家의 낭자―李生窺墻伝」 第140号

1927年 2月 「浮碧楼의 天女―浮碧亭醉遊記」 第141号

1927年 3月 「龍宮의 夢遊―龍宮赴宴録」 第142号

1927年 3月 「地獄問答―南炎浮州志」 第143号

文體는 漢文訓読體이지만 比較的 읽기 쉬운 口語體이다.

6) 1927年 6―7月 天民散史 『東廂記―金道令婚礼物語』 翻訳
　　『朝鮮』 第145―146号

上記 『金鰲新話』 翻訳者에 의해 翻訳된 것. 第145号의 冒頭에 「서문」이
붙어 있어、作品의 由来가 紹介돼 있다. 거기서 訳者는 「朝鮮の俗語などを
混じ、諺文交じりの相当に難解なものであるが、朝鮮の結婚に関することを
見るに極めて便利であり、又劇も面白く仕組んである」(조선의 속된 말을 섞
어서 국한문을 혼용한 상당히 난해한 것이긴 하지만 조선의 결혼에 관한 일
을 알기 위해서는 극히 유익하고 또한 줄거리도 재미있게 꾸며져 있다.)고
써 있다.

7) [研究] 1929年 小倉進平『郷歌及び吏読の研究』

처음으로 古代歌謠「郷歌」를 全面的으로 解読한 著作. 이 업적으로 学士
院恩賜賞을 받음.

8) 1929年 田中梅吉・金声律共訳『朝鮮説話文学 興甫伝』大阪
   屋号書店

이것도 当時 咸北道立師範学校 教師였던 金声律이 먼저 韓国語를 日本語
로 翻訳하고 거기에 田中梅吉가 손을 댄 것이다. 原典은 新文館에서 나온
1913年版이라고 한다. 꽤 쉬운 口語로 110頁에 걸쳐 翻訳되어 있다. 田中는
出版動機를 世相의 急激한 変化를 보고「朝鮮의 民俗方面 資料의 蒐集・保存」
을 원했기 때문이라고 한다.
   그 田中梅吉는 本書의「序」 뒤에「興甫伝에 대하여」라고 하는 글을 24頁
에 걸쳐 썼다. 内容은 크게 세 가지로 韓日説話交渉, 朝鮮의 習俗과 思想, 作
品의 文芸性에 대한 것이다.

9) [研究] 1930年 6－8月 多田正知「高麗朝漢文学史(1)(2)(3)」

当時 京城帝大予科 教授였던 多田正知 가 雑誌『朝鮮』에 掲載한 것. 漢文
에 精通했기 때문에 朝鮮의 漢文学에 대해 興味를 가지고 研究했다. 論文目
次는「1. 科挙와 学校」,「2. 私学의 勃興」,「3. 文化発達時代(太宗에서 顕宗
까지)의 漢文学」,「4. 文化極盛時代(文宗에서 毅宗까지)의 漢文学」등이다.
   또한 多田正知에게는 1934年『小田先生 頌壽記念朝鮮論集』에 発表한「青
丘永言과 歌曲源流―李朝近世歌謡史의 一考察」이라고 하는 論文도 있다.

10) [研究] 1932年 高橋亨 「朝鮮文学研究 −朝鮮의 小説−」

新潮社의 『日本文学講座』시리즈 第15巻 「特殊研究」에 收録된 것으로 모두 38頁으로 되어 있다. 1은 「朝鮮文学에 나타난 民族性」으로 強度높은 文化的 固着性, 支那文化에 대한 隷属性을 들고 있다. 2는 「朝鮮文学에 있어서의 純文学의 位置」이고, 3이 「朝鮮文学에 있어서의 小説의 位置」로 「稗官雑記の害尤も言うに勝へ難し」(稗官雑記의 害가 말할 나위 없이 심하다)가 朝鮮文学에 주어진 位置라고 말하고 있다. 4가 「朝鮮小説의 分類」로 「史実 및 옛 英雄의 伝記」, 「부처님의 功徳」, 「理想的인 人生」 등으로 분류하고 끝에 「春香伝」과 「沈清伝」과 「洪吉童伝」의 概要를 記述하고 있다.

또한 高橋亨에게는 그 다음 해 雑誌 『朝鮮』에 掲載한 「嶺南大家内房歌詞」라고 하는 歌詞에 관한 論文도 있다.

11) 1937年 8月 金承久 「春香伝에 대하여」 『데아토로(テアトロ)』

東京学生芸術座에 의해 上演된 柳致真 脚色 「春香伝」을 본 感想을 적은 2頁半 정도의 것이다. 筆写는 「春香伝은 朝鮮이 가진 世界에 자랑할 만한 古典文学이다. 이것이 안타깝게도 歪曲된 形態로 우리 앞에, 나아가 日本의 演劇界에 紹介된 것은 우리들의 遺憾이 되는 바이다.」라고 不満을 吐露하고 있다. 다음 해 張赫宙의 「春香伝」이 크게 유행했는데 이러한 上演과 記事가 先行되어 있다는 것을 알 수 있다.

12) 1938年 3月 張赫宙 戯曲 「春香伝」

月刊文芸誌 『新潮』에 戯曲이 掲載됨과 동시에 東京, 大阪, 京都, 서울, 平壌, 大田, 全州, 群山, 釜山, 大邱 등에서 上演되어 爆発的인 人気를 끌었다.

또한 戯曲을 改作하여 同年 4月1日 小説「憂愁人生」,「愛怨の園」과 함께『春香伝』이라는 이름으로 刊行했다. 그 후에도 人気가 식지 않았기 때문에 1941年에는 新潮文庫로 発売되었다.

13) 1938年 10月 村山知義「春香伝物語 1~8」京城日報掲載

張赫宙의 戯曲은 新協劇団에 의해 全国上演되었지만 戯曲을 演出한 것은 村山知義였다. 이것은 村山이 京城日報로 부터 依頼 받아 張赫宙의 戯曲을 日本人을 위한 小説風으로 고쳐 쓴 것이다.

14) [研究] 1939年 高橋亨「朝鮮의 유머」『語文論叢』

京城帝国大学 文学会論叢인『語文論叢』에 執筆한 것이다. 最初에 Hospitality 와 諧謔을 朝鮮人의 特性으로 들고 諧謔이 豊富한 理由 세 가지를 指摘하고 있다. 그 하나는 古来 朝鮮社会가 재미있는 말을 좋아했던 것, 두 번째는 대대로 国工이 재미있는 말을 좋아해서 臣下들에게 시켰던 것, 세 번째는 党争이 激化되어 滑稽으로 그 자리를 撫摩하려고 했던 것이다. 또 清談과『世説新語』와의 関係에 대해 言及하고, 끝으로 小説·野談 중에서 代表的인 것들을 紹介하고 있다.

15) 1941年 2月 張赫宙『沈清伝 春香伝』赤塚書房

春香伝의 人気는 1941年이 되어도 식지 않았던지 앞에서 말한 新潮文庫『春香伝』외에 赤塚書房에서『沈清伝 春香伝』도 刊行되었다. 春香伝은 従来의 戯曲인데 반해 沈清伝은 라디오 放送局에서 依頼받아 라디오 드라마風으로 다듬은 것이다. 이렇게 하여 春香伝 붐은 日本에서 1938~1941年까지 4年間 継続되었다.

5. 결 론

江戸時代에 읽혔던 作品으로 첫 번째는 壬辰倭乱 当時 日本人이 韓国에서 強奪해간 수많은 書籍 중의 하나일 것으로 推定되는『金鰲新話』의 和刻本이다. 두 번째는 朝鮮通信使나 対馬의 通詞 등이 入手한『林慶業伝』이나『淑香伝』이나『李白瓊伝』 등이다.

明治時代에 들어 1868年에서 1918年 (大正中期) 까지의 作品으로는 먼저 日本人에 의한 한글活字本『林慶業伝』등의 印刷를 들 수 있다. 新聞·雜誌가 発行되고 뉴스와 함께 小説이 連載되게 되어『林慶業伝』이나『春香伝』등이 翻訳되었다. 이 時期의 새로운 事件은 漢文으로 쓰인 古典小説들이 계속해서 翻訳出版되었던 점을 들 수 있다. 그렇지만 이 時代는 対馬島出身 通詞의 흐름을 이은 사람이나 大学의 教員, 또는 漢文에 精通한 사람들에 依支하는 면이 강했다고 할 수 있다.

1919年 3月 1日을 기점으로 일어난 朝鮮近代史上 最大의 抗日独立運動은 日本의 植民地 支配者에게 深刻한 打撃을 주었다. 새로이 朝鮮総督이 된 齊藤実은 朝鮮人을 懷柔하기 위한 〈文化政治〉를 主唱했다. 그러한 經路를 거쳐 刊行된 것이 細井肇이 主宰한 通俗朝鮮文庫이고, 高橋亨의「春香伝」이 朝鮮総督府 発行誌『朝鮮』에 転載되었다. 이 時期에는 通俗朝鮮文庫나 鮮満叢書에서 많은 古典文学作品이 계속 翻訳되었다. 이것을 담당한 사람들은 전처럼 対馬島出身通詞의 흐름을 이은 사람이나 漢文에 精通한 사람이 아니라 学者, 言論人, 韓國人들이었다.

이렇게 보면 1945년 이전에 번역된 작품만 하더라도 상당한 양이다. 그러나 이것들을 연결시켜 지속적으로 연구하는 자가 없었기 때문에 조상들이 이루어 낸 업적들이 방치 되었던 것이라 할 수 있다.

오일론심기(五一論心記)*(현대역)

김광순 역주**

　오유선생(烏有先生)[1]은 술을 좋아하였으나 항상 술을 마실 형편은 되지 못했다. 우연히 촌료(村醪)[2] 한 단지를 얻어서는 산과 시냇가의 친구에게 대접하려 하였으나 마침 비가 오는 날씨여서 오지 않았다. 이에 홀로 너댓 사발을 마시고 문득 얼큰하게 취하니 대도(大道)를 통한 듯이 느껴졌다.

　오두막 주렴(珠簾)[3] 아래 대나무 창문 사이에 쓰러지듯 누워서 소나무 목침(木枕)을 베고 부들부채[4]를 부치니, 몸은 마치 매어놓지 않은 배처럼 흔

---

* 오일론심기(五一論心記) — 오일(五一)이 마음을 논한다. 송의 육일거사 구양수(歐陽脩)는 『육일거사전』에서 "객이 있어 물어 말하기를, '어찌하여 육일(六一)이라 하였습니까?' 하니 거사가 말하기를, '우리 집에 장서가 일만 권이요, 집록(集綠)과 삼대(三代) 이래 금석유문(金石遺文)이 일천 권이며, 거문고가 하나 있고, 바둑판이 하나 있으며, 항상 술 한 병이 있기 때문이라네.' 하였다. 객이 말하기를, '이는 다섯인데 하나는 무엇입니까?' 하자 거사가 말하기를, '내 늙은 한 몸이 그 다섯 가운데 있으니 어찌 육일(六一)이 되지 않겠는가?' 하였다"고 한 데서 육일(六一)이라 칭하게 되었다고 한다. 여기서도 문방사우(文房四友) 가운데 백면생(白面生), 즉 천일옹(天一翁)이 끼었으니 육일고사처럼 오우(五友)라기보다는 오일(五一)이라 함이 마땅하다고 한 것이다.

** 경북대학교 국어국문학과 명예교수

1) 오유선생(烏有先生): 세상에 실재하지 않는 가작(假作)의 인명(人名). 한(漢)의 사마상여(司馬相如)가 그의 문장 가운데 무시공(亡是公)과 나란히 가설(假說)한 일, 한서(漢書)의 사마상여전(司馬相如傳)참조.

2) 촌료(村醪): 마을에서 사적(私的)으로 만든 막걸리.

3) 주렴(珠簾): 옥을 꿰어 만든 발. 옥렴(玉簾)

4) 부들부채: 부들의 줄기를 결어서 만든 부채

들흔들하고 심정(心情)은 마치 나비가 되어 날아갈 듯 황황(怳怳)5)하였다.

문득 네 사람이 있어서 봉창문 두드리는 소리도 없이 당(堂)에 올라와 잔기침하며 궤안(几案)6)의 곁에 마주하고 앉았다. 한 사람은 얼굴이 희고 가슴은 활달하여 마치 공부자(孔夫子)7)의 후소(後素)8)한 뜻을 갖춘듯하였고, 백옥(伯玉)9)이 권서(捲舒)10)하는 의(義)를 얻은 듯하였다. 겉을 보면 속을 알 수 있으니 묻지 않아도 저선생(楮先生)11)의 현예(賢裔)12)임을 알 수 있었다. 저선생(楮先生)은 이름이 백(白)이다. 무왕(武王)13)이 주왕(紂王)14)을 정벌할 때를 당하여 고죽국(孤竹國)의 두 아들15)이 수양산(首陽山)16)에서 굶어 죽고 고죽국이 능체(陵替)17)하여 떨치지 못할 때에 저선생이 말하기를,

"드디어 고죽(孤竹)을 대신하여18) 그 직분(職分)을 잘 세우리라."

하였던 까닭으로 천하 사람이 현명하고 어리석고 귀하고 천할 것 없이 간곡히 맞이하지 않는 자가 없었으니 부르기를 好時候라 하였다. 이 사람은

---

5) 황황(怳怳) : 정신의 황홀한 모양

6) 궤안(几案) : 책상

7) 공부자(孔夫子) : 공자(孔子)의 높임말

8) 『논어』, 〈팔일편(八佾篇)〉. "子夏問日 巧笑倩兮 美目盼兮 素以爲絢兮 何謂也 子日 繪事
   後素 日 禮後乎 子日 起子者 商也 始可與言詩已矣"에서 흰 바탕을 마련한 다음 색을
   칠한다는 것으로 예를 배우기 위해서는 자질을 갖추어야 한다는 말이다.

9) 백옥(伯玉) : 흰종이

10) 권서(捲舒) : 말고 폄

11) 저선생(楮先生) : 종이의 별칭, 종이를 의인화(擬人化)한 말.

12) 현예(賢裔) : 어진 후예

13) 무왕(武王) : 중국 주(周)나라 문왕(文王)의 아들. 이름은 발(發), 여상(呂尙)을 태사(太師)
   로 하고 아우 단(旦)과 협력하여 주왕(紂王)을 토벌한 후 은조(殷朝)를 타도하고 주왕조
   (周王朝)을 창건하였음.

14) 주왕(紂王) : 은(殷) 왕조 최후의 천자(天子)

15) 백이(伯夷)와 숙제(叔齊).

16) 수양산(首陽山) : 중국 산서성(山西省) 남부에 있는 산

17) 능체(陵替) : 쇠락(衰落)함, 혹은 기강이 해이해지거나 상하의 질서를 잃음.

18) 종이가 죽간(竹簡)을 대신함을 비유한 것.

그 운잉(雲仍)[19]이니 이름은 운손(雲孫)[20]이요 스스로 호당주인(浩塘主人)[21]이라 하였다.

한 사람은 그 머리가 뾰족하고 그 뺨은 풍성한데 항상 높은 관을 쓰고 예(醴)와 율(律)로써 할 뿐이었다. 또한 능히 홀로 서서도 두려워하지 않아 군자의 덕이 있었으며, 맑음과 사특(邪慝)함을 두루 구별하니 참으로 훌륭한 사관(史官)의 풍모가 있었다. 그 명민(明敏)[22]하고 기송(記誦)[23]한 재주는 비록 안세(安世)[24]의 묵식(黙識)[25]과 홍양(弘羊)[26]의 심계(心計)[27]라도 자못 더할 수가 없었다. 대개 그 비조(鼻祖)[28]가 있어 이르기를 갈운씨(葛雲氏)[29]라고 하니 창제(蒼帝)[30]가 그것을 얻어 글자를 만들었고 복희(宓犧)[31]는 이것을 써서 비로소 전(篆)[32]을 만들게 되었다. 하우씨(夏禹氏)[33]

---

19) 운잉(雲仍) : 운손(雲孫)과 잉손(仍孫). 곧, 먼 후손을 일컬음.

20) 운손(雲孫) : 구름같이 멀어진 자손(자손 → 증손 → 현손 → 래손 → 곤손 → 잉손 → 운손)

21) 호당주인(浩塘主人) : 넓은 종이를 의인화(擬人化)한 말. 여기서는 종이의 의인화(擬人化)

22) 명민(明敏) : 총명하고 민첩함.

23) 기송(記誦) : 기억하고 익힘.

24) 장안세(張安世)는 자(字)는 소유(少孺)인데 일찍이 왕이 하동으로 행차하였다가 책 세 궤짝을 잃어버린 적이 있었다. 주위에 아무도 알지 못하였으나 안세민이 알았다고 한다.

25) 묵식(黙識) : 무언중에 깊이 이해함.

26) 홍양(弘羊) : 한대(漢代) 사람인 상홍양(桑弘羊). 『천녜형표(薦禰衡表)』(孔融) "弘羊潛計 安世黙識"라 하였다.

27) 심계(深計) : 암산(暗算), 속셈. 『사기(史記)』〈평준서(平準書)〉, "湘公羊 洛陽賈人之子, 以心 計年十三侍中." 계획. "自憐心計今如此."(李山甫)
몽구(蒙求)의 표제. 전한(前漢)의 상홍양(桑弘羊)이 산용(算用)에 교묘하여 무제(武帝) 때 13살에 시중(侍中)이 되었고 대농승(大農丞)의 동곽함양(東郭咸陽), 공근(孔僅)과 물(物)의 이익에 대해 논하면서 털의 가늘기까지 분석 검토했다는 고사.

28) 비조(鼻祖) : 시조(始祖)

29) 갈운씨(葛雲氏) : 모필(毛筆) 대신에 쓰는 칡뿌리의 의인화(擬人化). 갈필(葛筆).

30) 창제(蒼帝) : 창힐(蒼頡)을 말함. 중국 고대, 황제 때의 좌사(左史). 눈이 넷이며 새와 짐승의 발자국을 본떠 글자를 만들었다 함.

31) 복희(宓犧) : 삼황오제(三皇五帝)의 하나. 진(陳)에 도읍을 정하고 150년 동안 제왕의 자리에 있었다고 한다. 몸은 뱀과 같고 머리는 사람의 머리를 하고 있어서 해·달과 같은 큰 성덕을 베풀었다 하여 대호(大昊), 대공(大空)이라고도 한다. 『역경(易經)』〈계사전

세대에 이르러 비로소 모군(毛君)34)이라는 자가 있어서 치수(治水)하던 때에 항상 따라 다녔다. 무릇 산해경(山海經)35)에 실려 있는 지극히 기이한 물건들이 모두 그가 기록한 것이다. 주나라가 쇠한 때에 이르러 공자(孔子)께서 춘추(春秋)를 지으시고 그 붓을 꺾어버렸지만 그의 잘못은 아니었다. 진(秦)나라가 흥할 때에 형석(衡石)36)의 측량(測量)에 수고하여 중서령(中書令)에 제수됨을 얻었지만 그의 뜻은 아니었다. 세대의 차례가 비록 멀지만 그 모(毛)로 인하여 성(姓)을 삼고 이름을 영(穎)37)이라 하니 혹 흑두공(黑頭公)38)이라고 칭한다.

한 사람은 네모난 얼굴에 입이 뚫렸는데 검으면서도 광택이 나며, 앉은 모습이 경계석(境界石)39)과 같아서 수고(壽考)40)의 형상이 있었다. 함묵(含黙)41)하여 말이 없는 것이 금인(金人)42)의 경계(警戒)43)를 보존하였고, 성품은 또한 산을 좋아하고 국량(局量)44)은 허수(虛受)45)하여 세상이 소중하

(繫辭傳)〉에서는 복희가 팔괘(八卦)를 만들고 그물을 발명하여 인간들에게 어획과 수렵을 가르쳤다고 한다.

32) 전(篆) : 고대한자(漢字)의 한 체(體)

33) 하우씨(夏禹氏) : 우(禹)임금. 하(夏)왕조의 시조로 순(舜)임금에게 등용되어 황하의 치수를 맡았다. 9년간 치수에 전념하면서 세 번 집 앞을 지났으나 들르지 않았다고 한다.

34) 모군(毛君) : 毛穎(모영)을 이름. 붓의 아칭(雅稱)

35) 산해경(山海經) : 중국 최고(最古)의 지리서(地理書). 작가는 하(夏)나라 우왕(禹王) 또는 백익(伯益)이라고도 한다. 실제는 BC 4세기 전국시대 후의 저작으로, 한대(漢代) 초에 이미 있었던 듯하다. 원래는 23권이 있었으나 전한(前漢) 말(BC 6세기)에 유수(劉秀)가 교정한 18편만 오늘에 전해지고 있다.

36) 형석(衡石) : 추가 돌로 된 저울

37) 영(穎) : 모영(毛穎). 털붓의 의인화(擬人化).

38) 흑두공(黑頭公) : 머리가 세지 아니한 삼공(三公). 붓을 의인화(擬人化)한 말.

39) 경계석(境界石) : 지경안의 서로 맞닿은 곳. 벼루를 말함.

40) 수고(壽考) : 오래 삶.

41) 함묵(含黙) : 입을 다물고 조용히 있는 것.

42) 금인(金人) : 금속으로 만든 사람의 상.

43) 말을 신중히 하는 사람의 비유.

44) 국량(局量) : 도량과 재간(才幹).

45) 허수(虛受) : 허심(虛心)으로써 사람을 받아들임. 주역 함(咸)괘에 "象曰, 山上有澤, 咸,

게 여겼다. 깨끗하게 닦는 것을 스스로 좋아하고 더러움을 미워하기를 지극히 심하게 하여 항상 그 얼굴 보호하기를 부인(婦人)처럼 하니 그것이 그의 단점이었다. 대개 그 선조는 즉묵후(卽墨侯)[46]가 있었고 즉묵의 후예에 석향후(石鄕侯)[47]가 있어서 석(石)으로 성을 삼고, 이름은 허중(虛中)[48]이라 하였으며 자칭 자담거사(紫潭居士)[49]라 하였다.

한 사람은 머리에 휼운(鷸雲)[50]의 관을 쓰고 손에는 현홀(玄笏)[51]을 쥐었으며 허리에는 오옥(烏玉)[52]을 찼는데 그 몸은 네모나고 바르며, 그 모습은 짧고 작았는데, 성품이 거만하여 교만하고 귀한 것으로 스스로 처하였다. 무릇 일어나고 앉고 누움에 반드시 사람이 부축하기를 기다렸다. 또한 사치스럽고 부미(浮靡)[53]한 것을 좋아하여, 화려한 문채로 그 옷을 장식하고 그 방은 비단실로 꾸몄다. 항상 말하기를,

"나는 곧 현원황제(玄元皇帝)[54]의 후손입니다. 송자후(松滋侯)[55]로부터 내려온 이래 십팔공(十八公)[56]이 있었고 객경(客卿)[57]이 있었지요. 규조(圭組)[58]를 매고 주륜(朱輪)[59]을 타서 세벌(世閥)[60]이 혁혁(赫赫)하여 우리와

君子以, 虛受人."이라 하였다.
46) 즉묵후(卽墨侯) : 춘추시대 제(齊)나라 즉묵땅의 제후. 벼루의 별칭.
47) 석향후(石鄕侯) : 석향땅의 제후. 석허중(石虛中). 벼루의 의인화(擬人化).
48) 허중(虛中) : 마음에 잡념이나 망상이 없음.
49) 자담거사(紫潭居士) : 벼루의 별칭[紫石]
50) 휼운(鷸雲) : 상서로운 구름. 먹에 새겨진 장식부분.
51) 현홀(玄笏) : 검은 홀.
52) 오옥(烏玉) : 검은 옥.
53) 부미(浮靡) : 실속없이 화려함.
54) 현원황제(玄元皇帝) : 노자(老子)를 말함. 당나라 초기에 노자를 현원황제라 추존했다.
55) 송자후(松滋侯) : 먹의 별명. 옛날 먹을 만들 때 소나무를 태워 그을음을 내어서 재료로 썼으므로 송나라 때 이를 일컬어 먹을 송자후(松滋侯)라 하였다. 먹의 의인화(擬人化).
56) 십팔공(十八公) : 오(吳)의 정고(丁固)가 어려서 몹시 가난하였는데 어느 날 얇은 이불을 덮고 잠을 자다가 배 위에 소나무 18그루가 자라는 꿈을 꾸었다. 정고가 이 꿈을 길몽이라 믿고 학문에 정진하니 18세에 급제하여 벼슬에 올랐다. 이로부터 소나무를 일컬어 십팔공(十八公)이라 한다. 송(松)의 파자(破字). 소나무의 의인화(擬人化).
57) 객경(客卿) : 다른 나라에서 온 공경의 지위에 있는 사람.

같은 자들이 없었으니 사람들이 교만함으로써 나를 지칭하는 것이 이상한 일이 아닙니다. 그러나 화광동진(和光同塵)[61]하고 유연(油然)[62]하여 스스로를 잃지는 않았습니다. 비록 유하혜(柳下惠)[63]의 화목함이 반드시 많은 것이 아니나 내가 또한 세덕(世德)으로 말한다면 다만 공명환달(功名宦達)[64]하여 관을 씀이 백세(百世)일 뿐이겠습니까? 주나라가 쇠하고 도(道)가 미미해져서 생민(生民)이 도탄에 빠졌던 까닭으로 우리 조상 묵씨(墨氏)[65]가 양주(楊朱)[66]의 위아설(爲我說)[67]을 배척하고 겸애(兼愛)[68]의 학설을 창조하여 천하의 도덕이 생민(生民)들에게 입혀져서 천하가 바뀌는 듯 하였으나 다만 눈물 흘리며 소박하고 검소하게 장사지내는 의론(議論)으로써 도리어 교왕과직(矯枉過直)[69]의 기롱(譏弄)[70]을 초래할 뿐이었습니다. 지금 내가 오히려 사치하니 어찌 감히 배치(背馳)[71]될 수 있겠습니까? 실로 덮어놓은 허물을 드러낸다는 뜻입니다. 허물을 보고 인(仁)을 앎에 무엇이 아픔이 되

---

58) 규조(圭組) : 인수(印綬), 관인(官印)을 몸에 찰 수 있도록 인꼭지에 단 끈.
59) 주륜(朱輪) : 옛날 왕후나 귀한 신분의 사람이 타던 수레.
60) 세벌(世閥) : 지체, 즉 집안이나 개인의 사회적 지위나 등급.
61) 화광동진(和光同塵) : 빛을 부드럽게 하여 더러움과 함께 한다는 뜻, 자기의 뛰어난 재덕(才德)을 나타내지 않고 세속을 따르는 일.
62) 유연(油然) : 구름이 뭉게뭉게 일어나는 모양. 스스로 일어나 형세가 왕성한 모양.
63) 유하혜(柳下惠) : 춘추(春秋)시대 노(魯)나라 사람. 본명은 전금(展禽). 자(字)는 계(季). 유하(柳下)에 살았는데 벼슬이 사사(士師)이고 혜(惠)는 시호(諡號)인데 이를 따라 유하혜(柳下惠)라 했다.
  『孟子』〈萬章章句下〉. "柳下惠, 不羞汚君, 不辭小官, 進不隱賢, 必以其道, 遺佚而不怨, 阨窮而不憫, 與鄕人處, 由由然不忍去也. 爾爲爾, 我爲我, 雖袒裼裸裎於我側, 爾焉能浼我哉. 故聞柳下惠之風者, 鄙夫寬, 薄夫敦."
64) 공명환달(功名宦達) : 공을 세워 벼슬에 나아감.
65) 묵씨(墨氏) : 묵자(墨子)를 일컬음.
66) 양주(楊朱) : 위아설(爲我說)을 주장한 양자(楊子)
67) 위아설(爲我說) : 자신만을 위하는 이기주의(利己主義)
68) 겸애(兼愛) : 평등하게 널리 사랑함(묵자의 겸애설)
69) 교왕과직(矯枉過直) : 굽은 것을 바로잡으려다 지나쳐서 올바른 것을 지나쳐 버림.
70) 기롱(譏弄) : 농락함. 희롱함.
71) 배치(背馳) : 서로 반대로 되어 어긋나는 것.

겠습니까? 또 하물며 현묘하고도 현묘함은 우리 집안에 전해 내려오는 마음의 묘용이며, 정수리[72]를 갈고 발꿈치를 흩어버림[73]은 우리 집안에 대대로 지켜오는 가법(家法)입니다. 세상의 명현(名賢) 후예(後裔)를 보니 자기 조상의 도(道)와 마음이 어떠한 모양의 물건과 일인지를 알지 못하고 다만 그 교만하고 사치스럽게 불리어지는 것만 힘쓰니 현명하다고 하는 것이 과연 얼마나 불초한 것입니까?"

라고 하였다.

우리무리들이 모두 진실하여 이름은 옥(玉)이요 성은 현(玄)이 되었습니다. 일찍이 일소(逸少)[74]와 더불어 임지(臨池)[75]에서 조금 먼 북명(北溟)으로 날아가는 물고기[76]를 보았기 때문에 혹 북명호사(北溟豪士)[77]라 일컫기도 한다.

이 네 사람이 급히 무릎을 맞대고 앉아 서로 보고는 웃으며 말하기를,

"오직 우리 네 사람은 속칭 사우(四友)라 하니 그 취미의 부합함과 사귀고 마시는 친밀함이 마치 몸에 사체(四體)가 있는 것과 같고 수레에 네 바퀴가 있는 것과 같으니 수유(須臾)[78]라도 떠날 수 없다. 그러므로 출처(出處)[79]와 행장(行藏)[80]에 반드시 함께 하고 영욕(榮辱)과 화복(禍福)도 반드시 함께 하니 비록 아기(牙期)[81]의 심회(心會)[82]와 범장(范張)[83]의 신교(神

---

72) 정수리 : 머리위에 숫구멍이 있는 자리.

73) 『孟子』에 나오는 말.

74) 일소(逸少) : 진나라때의 명필인 왕희지(王羲之)의 자(字).

75) 임지(臨池) : 후한(後漢)의 장지(張芝)가 못가에서 붓글씨를 배울 때 못물이 온통 까맣게 변했다는 고사에서 습자(習字)의 뜻으로 쓰임.

76) 북명(北溟) : 북명(北冥)이라고도 쓴다. 중국 북쪽으로 가장 멀리 있다는 상상의 바다. 『장자(莊子)』〈소요유(逍遙遊)〉에서 북명에 살고 있던 큰 물고기 곤(鯤)이 큰 새 붕(鵬)으로 변해 날아갔다고 하였다.

77) 북명호사(北溟豪士) : 북쪽 큰 바다에 사는 호걸풍의 선비. 먹의 별칭. 먹의 의인화(擬人化)

78) 수유(須臾) : 잠시. 잠간.

79) 출처(出處) : 세상에 나서는 것과 집에 들어 있는 것.

80) 행장(行藏) : 나가서 일을 행함과 물러가서 숨음.

81) 아기(牙期) : 백아(伯牙)와 종자기(鍾子期).

交)84)라도 오히려 논의하기에 부족할 것이다. 그러나 왕고래금(往古來今)85)에 일찍이 사우(四友)가 마음을 논했다는 이야기를 듣지 못하였다. 이것은 진실로 우리들의 일대(一大)86) 흠전(欠典)87)이로되, 지금 다행히 하늘에서 비가 오고 객은 오지 아니하며 오유선생(烏有先生)88)은 또한 술에 취해 잠에 빠진지라 우리 네 사람 모두 이 얻기 어려운 모임을 틈 타 각각 그 뜻을 말해 보는 것이 또한 어떻겠습니까?

라고 하니 네 사람이 옳다고 하였다.

말이 끝나기 전에 흰 얼굴을 한 어떤 사람이 있어 눈물을 머금고 탄식하며 책상을 의지하고 낯빛을 지으며 말하기를,

"제가 여러분과 더불어 문방(文房)89)에서 두루 힘쓴 것이 그 몇 년이었습니까? 지금 논회(論懷)90)하는 즈음에 한 자리에 앉아 있는데 보아도 보지 못한 것처럼 하니 어찌된 일입니까? 아마 내 흔적이 미미하여 족히 친구가 될 수 없다는 것입니까? 공(功)이 적어 족히 기록할 수 없다는 것입니까? 저 구석진 하빈(河濱)91)으로부터 성(姓)을 얻은 후에 면면(綿綿)92) 연연(延延)93)히 중국을 크게 이루어, 혹은 운벽(運甓)94)한 자사(刺史)95)가 있었고

---

82) 심회(心會) : 마음이 딱 맞음.
83) 범장(范張) : 범식(范式)과 장소(張劭). 우정이 매우 두터운 사람이었다.
84) 신교(神交) : 서로 의기가 상통하여 깊이 사귐.
85) 왕고래금(往古來今) : 예부터 지금까지.
86) 일대(一大) : 큰 또는 굉장한.
87) 흠전(欠典) : 결점이 있음.
88) 오유선생(烏有先生) : 각주 2) 참조.
89) 문방(文房) : 서재. 공부방.
90) 논회(論懷) : 모여서 의논함.
91) 하빈(河濱) : 황하가. 강가.
92) 면면(綿綿) : 잇달아 끊어지지 않음.
93) 연연(延延) : 길게 잇닿은 모양.
94) 운벽(運甓) : 체력을 강하게 하기 위하여 진나라 도간(陶侃)이 아침마다 벽돌을 운반한 고사에서 스스로 각고(刻苦)의 노력을 행함을 지칭한다.
95) 자사(刺史) : 한(漢) 당(唐) 시대 주(州)의 장관, 즉 태수(太守). 운벽한 자사란 도간(陶侃)을 말함.

혹은 국화를 사랑한 처사(處士)[96]가 있었으니 구구(區區)[97]한 문장(文章) 훈업(勳業)[98]에 비교하면 과연 누가 뛰어나고 누가 열등하였습니까? 공으로써 또 이야기 한다면 보불(黼黻)[99] 무늬의 의복과 단확(丹艧)[100]한 집과 한 수레의 책과 상자를 가득 채울 만큼의 서첩(書帖)[101]과 조화로운 신필 목록이 입신(入神)[102]의 모사(模寫)라 할 만 합니다. 만물이라는 것은 반드시 나를 기다려 이루어지니 곧 오행(五行)[103]에 토(土)가 있는 것과 오성(五性)[104]에 신(信)이 있는 것과 같습니다. 이것이 과연 친구가 되기에 부족합니까? 기록하기에 부족합니까? 또한 공자께서도 말씀하시지 않으셨습니까? '지혜로운 자는 물을 좋아한다.'고. 물이여, 물이여! 나처럼 좋아하는 자가 누구입니까?"

라고 하고는 인(因)하여 분개(忿慨)함을 이기지 못하고 눈물이 비 뿌리듯 하였다. 일좌(一座)[105]가 바로 잠깐 사이에 풍파가 인 듯하였다. 네 벗이 온통 눈물에 젖어 인(因)하여 나란히 절하고 사죄하며 말하기를,

"성성스립도디. 당신의 말씀이여! 우리들의 죄를 알겠습니다. 어찌 당신과 더불어 난만(爛漫)[106]히 함께 돌아가지 않겠습니까? 지금 네 벗 중에 다시 한 사람을 더한다면 가히 익우(益友)[107]라 말할 수 있을 것이니 마땅히

---

96) 도연명을 말함.

97) 구구(區區) : ① 각각 다르다. ② 변변하지 못하다. ③ 잘고 용렬하다.

98) 훈업(勳業) : 공로와 업적.

99) 보불(黼黻) : 임금이 예복으로 입는 치마같이 된 부분에 놓은 도끼와 '아(亞)'자 모양의 수(繡).

100) 단확(丹艧) : 장식하고 바르는 데 쓰는 홍색(紅色) 안료. 여기서는 울긋불긋하게 채색함을 말함.

101) 서첩(書帖) : 이름난 이들의 글씨를 모아 꾸민 책.

102) 입신(入神) : 기술이 아주 영묘한 경지에 다다름.

103) 오행(五行) : 목(木), 화(火), 토(土), 금(金), 수(水).

104) 오성(五性) : 인(仁), 예(禮), 의(義), 지(智), 신(信).

105) 일좌(一座) : 한자리에 모여 앉음.

106) 난만(爛漫) : ① (꽃이) 만발하여 한창 흐드러지다. ② (의견을 나누는 것이) 부족함 없이 충분하다.

오우론심(五友論心)108)으로써 제목을 짓는 것이 좋겠습니다."

라고 하였다.

백면생(白面生)109)이 말하기를,

"당신의 이 말은 마땅함을 또 잃었습니다. 지금 우리들이 마음을 논하는 것이 비록 다섯 사람인 듯하지만 다섯 사람이 마음을 논한 것이 어찌 우리 선생님이 아니었다면 생각할 수 있었겠습니까? 만약 오(五)로써 제목을 삼는다면 이것은 새신(賽神)110)에 대무(大巫)111)를 초대하지 않은 것이요, 집 지으면서 주인에게 묻지 않은 것이니 옳은 것이겠습니까? 나는 청컨대 육일고사(六一故事)112)에 의지하여 오일(五一)로써 제목을 삼는다면 뜻에 온당함이 있겠습니다."

라고 하니, 네 사람이 한 목소리로 잇달아 대답하여 말하기를,

"지혜롭도다. 당신의 말씀이여. 마땅히 우리는 당신의 지혜로써 결정하겠습니다. 각각 소회(所懷)를 진술하여 천고(千古)의 쌓은 한을 펴되 오늘의 자리는 당신이 역할(政)을 담당하는 것이 좋겠습니다."

라고 하였다.

백면생(白面生)은 성(姓)은 도(陶)요 이름은 영(泳)인데 다만 스스로 천일

---

107) 익우(益友) : 유익한 벗.

108) 오우론심(五友論心) : 벗으로 삼을만한 다섯 사람이 마음을 펼침.

109) 백면생(白面生) : 연적(硯滴)의 의인화(擬人化).

110) 새신(賽神) : 굿, 푸닥거리 따위.

111) 대무(大巫) : 큰 무당.

112) 육일고사(六一故事) : 구양수가 자기의 호를 육일거사(六一居士)라 한 것. 『육일거사전』에 "객이 있어 물어 말하기를, '어찌하여 육일(六一)이라 하였습니까?' 하니 거사가 말하기를, '우리 집에 장서가 일만 권이요, 집록(集綠)과 삼대(三代) 이래 금석유문(金石遺文)이 일천 권이며, 거문고가 하나 있고, 바둑판이 하나 있으며, 항상 술 한 병이 있기 때문이라네.' 하였다. 객이 말하기를, '이는 다섯인데 하나는 무엇입니까?' 하자 거사가 말하기를, '내 늙은 한 몸이 그 다섯 가운데 있으니 어찌 육일(六一)이 되지 않겠는가?' 하였다"고 한 데서 육일(六一)이라 칭하게 되었다고 한다. 여기서도 문방사우(文房四友) 가운데 백면생(白面生)이 끼었으니 육일고사처럼 오우(五友)라기보다는 오일(五一)이라 함이 마땅하다고 한 것이다.

옹(天一翁)이라 일컬었다.

천일옹(天一翁)113)이 눈물을 거두고 용모를 단정히 하여 말하기를,

"여러분들이 저의 불초(不肖)함을 알지 못하시고 저로 하여금 역할(役)을 담당하게 하시니 감히 명을 듣지 않겠습니까? 그러나 우리 소인들이 만약 금고(今古)를 양흘(揚扢)114)하고자 한다면 반드시 자기 직분을 넘어 남의 일을 간섭한다.115)는 기롱(譏弄)과, 상아송곳116)을 차고 찔리는 일이 있을 수 있습니다." 그러니 다만 우리들이 날마다 쓰는 이야기를 따라서 가는 것이 옳을 것입니다."

라고 하였다.

북명호사(北溟豪士)117)가 말하기를,

"그렇지 않습니다. 금일(今日)의 논함이 다만 평상시의 이야기만 일삼는다면 어찌 족히 마음을 논하여 회한(悔恨)118)을 푼다고 할 수 있겠습니까? 내 들으니 바람에 날리는 기와에는 원망하지 않고119) 허주(虛舟)120)에는 성내시 않는다고 하니 우리들의 말을 누가 다시 원망하고 노여워하겠습니까? 비록 노하고 원망하고자 한다면 누가 다시 그것을 전하겠습니까?"

라고 하였다.

자담거사(紫潭居士)121)가 말하기를,

"남화노수(南華老叟)122)는 이치에 달통(達通)한 군자입니다. 그 말에 이

---

113) 천일옹(天一翁) : 백면성(白面生). 즉 연적(硯滴)의 의인화(擬人化).

114) 양흘(揚扢) : 양억(揚抑), 포폄(褒貶), 평설(評說)과 같은 말.

115) 월조(越俎) : 자기 직분을 넘어 남의 일에 간섭하다. 『莊子』〈逍遙遊〉.

116) 詩, 衛風, 도란 : 맺힌것을 풀다.

117) 북명호사(北溟豪士) : 북쪽 큰 바다에 사는 호걸풍의 선비. 먹의 별칭. 먹의 의인화(擬人化).

118) 회한(悔恨) : 뉘우치고 후회함.

119) 『장자(莊子)』,〈달생(達生)〉. "雖有忮心者 不怨飄瓦."

120) 허주(虛舟) : 빈 배.

121) 자담거사(紫潭居士) : 벼루의 별칭(別稱). 벼루의 의인화(擬人化).

122) 남화노수(南華老叟) : 『장자(莊子)』를 『남화진경(南華眞經)』이라고 한다. 즉 장자(莊子)

르기를 '남백자규(南伯子葵)[123]는 여우(女偶)[124]가 도의 현묘함을 논하는 것을 듣고 말하기를, '선생님은 어디에서 그것을 들으셨습니까?' 하니, 여우(女偶)가 말하기를 '나는 부묵(副墨)[125]의 아들에게서 들었고, 부묵(副墨)의 아들은 낙송(洛誦)[126]의 손자에게서 들었다'[127]고 하였는데 이른바 부묵(副墨)이라는 것은 먹이요 이른바 낙송(洛誦)이라는 것은 종이라. 세상에 이미 먹이 있고 종이가 있다면 지극한 도(道)의 오묘(奧妙)[128]함은 저절로 가히 전할 수 있을 것입니다. 하물며 우리들이 그것을 말하고서 우리들이 전할 수 없다고 말하는 것이 옳겠습니까?'

라고 하였다.

흑두공(黑頭公)[129]이 말하기를,

"아! 말하지 않아도 말은 그 가운데(종이) 있구나."

라고 하였다.

호당주인(浩塘主人)[130]이 말하기를,

"말하기를 피하는 것은 비록 성세(聖世)[131]의 섬김이 아니라도 삼가 해야 추기(樞機)[132]가 되며 또한 군자의 도가 될 수 있습니다. 다만 천일옹(天一

를 말함.

123) 남백자규(南伯子葵) : 『장자(莊子)』 내편(內篇) 〈大宗師(人間世篇)〉의 神人不在寓話에 나오는 南伯子綦를 흉내내어 설정한 인물.

124) 여우(女偶) : 도를 체득한 사람. 늙었으나 얼굴색은 어린아이 같았다 함.

125) 부묵(副墨) : 묵으로 글씨 쓰는 것을 업으로 삼음. 여기서는 묵으로 글씨 쓰는 것을 업으로 삼는 사람으로 의인화(擬人化).

126) 낙송(洛誦) : 옳고 그름을 다투는 언어활동. 여기서는 시비를 다투는 언어활동의 의인화(擬人化).

127) 원문은 『장자(莊子)』 내편 〈대종사(大宗師)〉. "南伯子葵曰, 子獨惡乎聞之, 曰, 聞諸副墨之子, 副墨之子 聞諸洛誦之孫, 洛誦之孫 聞之瞻明, 瞻明 聞之聶許, 聶許 聞之需役, 需役 聞之於謳, 於謳 聞之玄冥, 玄冥 聞之參寥, 參寥 聞之疑始."

128) 오묘(奧妙) : 심오하고 미묘함.

129) 흑두공(黑頭公) : 머리가 세지 아니한 삼공(三公). 붓의 의인화(擬人化).

130) 호당주인(浩塘主人) : 넓은 종이의 의인화(擬人化).

131) 성세(聖世) : 성군(聖君)이 다스리는 세상.

132) 추기(樞機) : ① 중추가 되는 기관(機關). ② 국가의 중심을 이루는 중요한 정무(政務)나

翁)의 평순(平順)133)한 의논에 의거함이 좋겠습니다."

라고 하였다.

천일옹(天一翁)이 말하기를,

"다섯 사람의 마음 논함이 한꺼번에 터져 나오면 반드시 참착(參錯)134)의 병폐가 있으리니 이제 고관(考官)135)이 선비를 시험하는 법에 의거하여 특별히 한 개의 제목(題目)을 걸고 여러분이 모름지기 각자 병풍에 숨어서 써서 이로써 논한 바가 같고 같지 아니함의 여하를 보는 것이 어떠하겠습니까?"

라고 하니, 모든 사람이 좋다고 하였다.

천일옹(天一翁)이 제목을 걸고 묻기를,

"무슨 일을 희(喜)라고 할 수 있을까?"

라고 하였다.

잠깐 사이에 다섯 사람이 글을 모두 완성하였다.

천일옹(天一翁)이 말하기를,

"반드시 제목을 따라서 볼 필요는 없습니다. 조금 기다렸다가 다시 제목을 하나 정하여 나란히 보는 것이 좋을 듯합니다."

라고 하니 모두 말하기를 좋다고 하였다.

희(喜)

북명호사(北溟豪士)가 말하기를,

"성군(聖君)과 현상(賢相)이 한 몸처럼 서로 의지하여 다스림을 정하고 공을 이루되 갱재가(賡載歌)136)를 지으며,137) 훌륭한 사관과 모시는 자들이

기관. 기추(機樞). 기축(機軸).

133) 평순(平順) : 성질이 온순함.

134) 참착(參錯) : 어긋나고 섞임.

135) 고관(考官) : 원래는 무과(武科)와 강경과(講經科)를 맡아보는 시관(試官)을 의미하나 여기서는 시험을 맡아보는 관리라는 의미이다.

획출(畫出)138)하여 기상(氣像)이 태평(太平)하니 이것을 희(喜)라 할 수 있군요.”

라고 하였다.

자담거사(紫潭居士)가 말하기를,

“검은 휘장이 새벽에 열리면 명사(明師)139)들이 차례로 앉아 계시니 은은(誾誾)140)히 모시고 한한(閒閒)141)히 논난(論難)하고, 곁에는 명민(明敏)한 재주를 가진 자가 있어서 관찰과 식견이 뛰어나고 조밀하며 함장(函丈)142)의 사이에 아름다운 일을 기록하고 전하니 이것이 희(喜)가 되겠지요.”

라고 하였다.

흑두공(黑頭公)143)이 말하기를,

“부자(父子)와 형제(兄弟) 사이에 또한 지기(知己)의 가론(可論)이 있어, 세상에는 혹 현명한 부형(父兄)이 있고, 또한 다행히 아름다운 자제들이 있어서 중당(中堂)에 객이 돌아가 등불144) 꺼지고 밤은 고요한데 서로 대하여 글을 논하며 간간이 읊조리니 이것이 가히 희(喜)가 되지요.”

라고 하였다.

호당주인(浩塘主人)이 말하기를,

“천애지각(天涯地角)145)에 한 번 좋은 벗과 이별하고 안비어침(雁飛魚沈)146)에 존몰(存沒)조차 망망(茫茫)한데 다만 꿈속에서 서로 생각하는 수

---

136) 갱재가(賡載歌) : 계속 이어서 실어 부르는 노래.

137) 『서경(書經)』에 나오는 말.

138) 획출(劃出) : 꾀를 생각해 내는 것.

139) 명사(明師) : 현명한 노사(老師).

140) 은은(誾誾) : 화기애애한 모양.

141) 한한(閒閒) : 조용하고 침착한 모양.

142) 함장(函丈) : 스승.

143) 흑두공(黑頭公) : 각주 129) 참조.

144) 구등(篝燈) : 배롱으로 등불을 덮음.

145) 천애지각(天涯地角) : 아주 멀리 떨어진 지방, 혹은 둘 사이의 간격이 지극히 먼 것.

146) 안비어침(雁飛魚沈) : 기러기 날아가는 하늘 끝과 물고기가 잠기는 바닷가라는 말로 서

고로움뿐이다가 우연히 편지를 받고서 손을 바쁘게 놀려 편지를 열어 보니 이것이 하나의 희(喜)가 되지요."

라고 하였다.

천일옹(天一翁)이 말하기를,

"한 효자가 있어서 그 어버이에게 정성껏 도리를 다 하기 위해, 당시의 문장력 있는 대인을 구하여 불원천리하고 귀중한 보배를 간직하고 가서 충간(衷懇)[147]을 다 하면, 그 가장(家狀)[148]에 끌어낼 수 있는 것이 몇 권의 책이 될 뿐만이 아니라, 대인(大人)된 자는 지난 일을 대하여 모두 열어보고는 붓을 들어 기록할 적에 빠트리거나 의심하거나 하는 것 없으면서 말이 간략하고 뜻이 다하니 이에 효자가 보고서 백 번 절하고 감격하여 보배를 갈무리하고서 돌아오니 이것이 희(喜)가 될 수 있겠지요."

라고 하였다.

천일옹(天一翁)이 다시 제목하여 말하기를,

"애(愛)"

라고 하였다.

애(愛)

북명호사(北溟豪士)가 말하기를,

"어느 시대라도 간신(奸臣)이 권세를 농간함이 없었겠으며, 어느 시대라도 소인(小人)이 현인(賢人)을 방해함이 없었겠는가? 이러한 시대에 충신(忠臣) 열사(烈士)가 다만 국가의 안위(安危)와 생민(生民)의 이해(利害)를 알아서 일신상(一身上)의 화복(禍福)과 영욕(榮辱)에 는 처음부터 뜻을 두지 아니하고 상소문(上疏文)을 구성하고 항거하는 문장을 지으니 말은 지극하

로의 소식이 끊어짐을 비유함.
147) 충간(衷懇) : 진정으로 간청함.
148) 가장(家狀) : 조상의 내력에 관한 기록.

고 논리를 다 하여 보는 자들을 실색(失色)케 하고, 듣는 자들은 머리를 웅 크리게 하여 자가(自家)의 언담(言談) 거지(擧止)가 승평(昇平)[149]한 날이 없게 하니, 이것을 하나의 애(愛)라 할 수 있겠지요.”

라고 하였다.

자담거사(紫潭居士)가 말하기를,

“뜻이 있는 선비는 작은 이룸을 편안히 여기지 아니하여 혹은 이웃집 벽 뚫기를 광형(匡衡)처럼 하고[150] 동중서(董仲舒)[151]처럼 발을 치고 글을 읽 기도 하며[152] 올연 단좌(端坐)하기를 소명윤(蘇明允)[153]과 같이 하여 문장 을 이미 이룸에, 시험 삼아 내어 그것을 쓰면 강하(江河)의 제방이 터지는 듯, 힘찬 파도는 기이한 장관이 되며 숫돌에서 보일(寶鈒)[154]을 갈아 섬광 (閃光)[155]이 뿜어져 나오는 듯하니 이것을 하나의 애(愛)라 할 수 있겠지 요.”

라고 하였다.

흑두공(黑頭公)이 말하기를,

“깊은 정원에 있는 사부(思婦)[156]가 누각 머리 버드나무를 바라보고 다만 봄바람만을 원망하며 달 아래서 다듬이질하며 외로운 그림자를 따르지 못 하고 백 번이나 정이 맺히며 비단으로 수놓은 편지글이 이루어졌지만 가히

---

149) 승평(昇平) : 나라가 태평함.
150) 광형(匡衡)은 부지런히 공부하였으나 촛불이 없었다. 이웃집에 촛불이 있었지만 미치지 못하자 광형은 이에 벽을 뚫어서 그 빛을 끌어 비추어 글을 읽었다고 한다.
151) 동중서(董仲舒) : 전한무제(前漢武帝) 때 학자. 유교(儒敎)로 정하게 한 것으로 유명.
152) 동중서(董仲舒)가 삼 년 동안 사원에 모습을 나타내지 않고 집에 앉아 발을 치고 글을 읽었다는 고사.
153) 소순(蘇洵) : 1009~1066. 중국 북송(北宋)시대의 문학자. 호, 노천(老泉)이며 자(字)가 명윤(明允)이다. 정치·역사·경서 등에 관한 평론도 많이 썼으며, 아들 소식(蘇軾)·소 철(蘇轍)과 함께 삼소(三蘇)라 불렸고, 함께 당송팔대가(唐宋八大家)로 칭송되었다.
154) 보일(寶鈒) : 보검(寶劍).
155) 섬광(閃光) : 번쩍하는 빛.
156) 사부(思婦) : 멀리 떠난 남편을 그리워하는 아내.

부칠 수 없어 눈을 비비며 우는 것은, 이것을 하나의 애(愛)라 할 수 있겠지
요."

라고 하였다.

호당주인(浩塘主人)이 말하기를,

"한 연소(年少)한 자가 있는데 시주(詩酒)에 능하고 공필(工筆)[157]한 자여
서 많은 선비를 따라서 예위(禮圍)[158]에 들어가서 제목이 이미 걸리고 날이
이미 晡時(申時)[159]가 됨에 정권(呈券)[160]할 뜻이 없이 두건을 비스듬히 쓰
고 배회(徘徊)하다가 도리어 옆 사람이 재촉하여 권함을 당하면 비로소 이
에 비단 주머니를 풀고 서릿발 같은 붓을 뽑아 붓 뚜껑을 열고는 먹물을 흠
뻑 적셔 마치 사색(思索)도하지 않고 지면(紙面)을 향하여 물 뿌리듯 할 것
같으면 사람들을 놀라게 하거나 기이하게 하며, 글쓰기가 끝나면 붓을 던져
드디어 동연(同硯)[161] 서너 사람으로 하여금 각각 종이 가장자리를 들고 목
소리를 가다듬고 낭랑히 읊조리면 옥 구르듯 하여 구름조차 멈추니 이때에
붉은 헤는 서쪽으로 기울고 흰 달빛은 동쪽으로 올라와 귀로 듣는 자는 그
목소리 맑음과 아절(雅絶)[162]함을 기뻐하고 눈으로 보는 자는 그 사격(詞
格)[163]의 준매(俊邁)[164]함을 찬탄하니 이것을 하나의 애(愛)라 할 수 있겠지
요."

라고 하였다.

천일옹(天一翁)이 말하기를,

---

157) 공필(工筆) : 중국 그림 가운데 세밀하게 그리는 화법이다. 이로 인하여 정밀하고 치밀
    한 필법으로 묘사된 물상을 지칭하게 되었다.
158) 예위(禮圍) : 당나라 이후 진사 시험을 보는 장소. 日至於悲谷是謂晡時(淮南子).
159) 신시(申時) : 오후 3시에서 5시경.
160) 정권(呈券) : 과거(科擧)의 답안을 시관(試官)에게 내는 것.
161) 동연(同硯) : 동접(同接). 같은 곳에서 함께 공부하는 것. 또는, 그러한 사람이나 관계.
162) 아절(雅絶) : 아담하고 아름다움.
163) 사격(詞格) : 가사의 격조.
164) 준매(俊邁) : 걸출하고 고매함.

"풍류(風流) 운사(韻士)[165]가 사람들과 더불어 성대한 잔치를 베풀고는 운(韻)을 뽑아 각각 짓되 압축(壓軸)[166]으로 기약하고 왼손에는 운전(雲箋)[167]을 접래(接來)[168]하고 오른손으로는 현상(玄霜)[169]을 갈며, 입으로는 붉은붓을 머금고 눈으로는 응어리진 청산(靑山)을 바라보니 이것을 하나의 애(愛)라 할 수 있겠지요."

라고 하였다.

다섯 사람의 글이 이루어지자 천일옹(天一翁)이 다시 말하기를,

"다시 하나의 제목을 걸어 펼칩시다."

라고 하니 모두 좋다고 하였다.

천일옹(天一翁)이 제목을 걸어 말하기를,

"쾌(快)로 함이 어떠한가?"

라고 하였다.

쾌(快)

북명호사(北溟豪士)가 말하기를,

"태위 단수실(段秀實)[170]이 상아 홀을 들어 주체(朱泚)[171]의 이마를 쳐서 피가 나게 하고[172], 담암 호전(胡銓)[173]이 상소를 올려 간신 진회(秦檜)[174]

---

165) 운사(韻士) : 운치가 있는 사람. 운인(韻人).
166) 압축(壓軸) : 같은 시축(詩軸)에 실린 시 가운데에서 가장 잘 지은 시.
167) 운전(雲箋) : 꽃무늬로 장식한 종이.
168) 접래(接來) : 가까이 맞이함.
169) 현상(玄霜) : 신선이 먹는다는 선약.
170) 단수실(段秀實) : 고선지(高仙芝)의 부하인 용맹한 장수.
171) 주체(朱泚) : 당(唐)나라 창평(昌平) 사람. 대종(代宗) 때 노룡(盧龍)의 부장(部將). [唐書 225, 舊唐書 200 참조].
172) 단수실(段秀實) : 단수실(719~783)은 당(唐)의 견양(汧陽) 사람. 자는 성공(成公). 주체 (朱泚)가 모반(謀反)을 하였을 때 그를 치기 위해 거짓으로 동조하였다가 발각되어 죽임을 당하였다. 그는 고구려 유민 출신으로 당(唐)의 장수가 된 고선지(高仙芝)의 부하였던 용맹한 장수이다. 단수실이 연회에서 들고 있던 홀(笏)로 간신을 때린 고사 가 있다.

를 斬首(참수)175)하게 한 일176)과 같은 것은 이것이 천고의 쾌사(快事)라."

자담거사(紫潭居士)가 말하기를,

"머리를 석 자 들면 신명이 있고, 착한 일을 하면 복을 받고 나쁜 일을 하면 화를 당하는 이치는 피하기 어려운 것이니, 강동(江東)177)의 여몽(呂蒙)178)이 조조(曹操)179)를 칠 뜻이 없어 도리어 관우(關羽)를 해쳤다가 벼슬을 받기도 전에 피를 토하고 곧 죽으니180), 이 같은 일은 몰래 주살(誅殺)하는 가운데 제일의 쾌사(快事)이다."

흑두공(黑頭公)이 말하기를,

---

173) 호전(胡銓) : 송(宋)나라 사람.(1073~1183). 자는 방형(邦衡), 호는 담암(澹菴). 시호는 충간(忠簡). 고종을 섬기어 열혈(熱血)의 상표문(上表文)을 올려 유명함. 저서 담암집(澹菴集)이 있음.
174) 진회(秦檜) : 남송(南宋)의 정치가.(1090~1155). 자는 회지(會之). 고종 때 재상이 되어 금(金)나라의 위력을 두려워하여 화의를 주장하였고 악비(岳飛)이하 주전론자를 모살하였음.
175) 斬首(참수) : 목을 벰.
176) 호전(胡銓)은 호가 담암(澹庵)으로, 남송(南宋)의 관리로 자정전(資政殿) 학사(學士)를 지냈다. 진회(秦檜)가 북쪽 오랑캐인 금(金)나라와의 화의(和議)를 주창하지, 호전은 진회(秦檜) 등을 목베라는 상소(上疏)를 하였다. 진회는 주전파(主戰派)의 악비(岳飛)를 옥중에서 모살했는데, 훗날 악비를 기리는 악묘(岳廟)의 무덤 앞에는 진회 및 그 아내 왕씨(王氏)와 심복 장준(張俊), 만준(萬俊)이 손을 뒤로 묶이고 무릎을 꿇은 모습의 철상(鐵像)으로 놓였다.
177) 강동(江東) : 중국 양자강 하류 남안(南岸) 곧 동쪽 땅. 춘추시대 오(吳)·월(越)지방의 고칭(古稱).
178) 여몽(呂蒙) : 삼국시대 오(吳)나라 용장(勇將). 자는 자명(子明). 주유(周瑜)와 함께 조조(曹操)의 군사를 오림(烏林)에서 격파시켰으며 손권(孫權)에 따라 조조의 군사를 유수(유수)에서 막은 장수. 관은 남군태수(南郡太守).
179) 조조(曹操) : 중국 삼국시대 위(魏)나라 왕. 자는 맹덕(孟德). 권모(權謀)에 능하고 시문에 뛰어났음. 후한 말기 황건(黃巾)의 난을 평정하여 공을 세우고 동탁(董卓)을 주멸(誅滅)한 후 실권을 장악, 호북적벽(湖北赤壁)에서 유비(劉備)·손권(孫權) 연합군에 대패함. 216년에 위왕(魏王)에 오르고 화북(華北)을 지배함.
180) 서기 219년에 위(魏)와 오(吳)가 연합하여 촉(蜀)을 공격하자 촉의 관우(關羽)는 강릉에서 출격하여 위로 진군, 양양을 빼앗고 번성(樊城)을 포위했다. 그러나 오의 사령관인 여몽(呂蒙)이 꾀병으로 관우를 방심시킨 후 후방을 쳤고, 고립된 관우는 맥성에서 오군에 붙잡혀 참수되었으며 형주는 오의 영토가 되었다. 여몽은 그 후 병사(病死)했는데, 『삼국지연의』에서는 여몽이 관우의 혼령에 씌어 피를 토하고 죽었다고 하였다.

"청련거사(靑蓮居士)181)가 장안(長安)182) 노두(墟頭)183)에서 삼백 잔을 마시고 황학루(黃鶴樓)184) 위에서 오로봉(五老峯)185) 같은 붓을 휘두르고, 푸른 하늘같은 한 장 종이에 복중(腹中)의 시(詩)를 펼쳐내니, 이 같은 것은 시가(詩家) 중 제일 쾌사(快事)라."

호당주인(浩塘主人)이 말하기를,

"일소(逸少)186)의 곳간 속 구만 전(牋)187)을 하루아침에 사공(謝公)188)이 구하여 주었으니 이 같은 것은 풍류(風流) 중 제일 쾌사(快事)라."

천일옹(天一翁)이 말하기를,

"함양의 궁전에서 헛되이, 한 자 되는 비수(匕首)189)를 던지니, 형경(荊卿)190)이여! 경이 이 때에 비분강개(悲憤慷慨)하게 탄식하였던 것은 경(卿)이 아니었던가! 경이여, 분노하여 꾸짖었던 것도 경이 아니었던가? 경이여! 도모함은 비록 사람에게 있으나 이룸은 하늘에 있으니 넓고 넓은 하늘에 어

---

181) 청련거사(靑蓮居士) : 이백(李白)을 말함. 호가 청련거사(靑蓮居士)이다.
182) 장안(長安) : 주(周)·진(秦) 이래 전한(前漢)·수(隋)·당(唐)의 국도소재지.
183) 노두(墟頭) : 酒の爛, 주옥(酒屋), 주옥(酒屋)의 점선(店先)
184) 황학루(黃鶴樓) : 호북성(湖北省) 무창현(縣) 서쪽 황학산 서북쪽 강가에 있는 고루(高樓)
185) 오로봉(五老峯) : 江西省 星子縣의 북쪽에 있음. 廬山의 맨 끝부분. 산에 돌로 된 고개가 있고 돌출된 부분은 하늘을 능가하고, 다섯 노인이 어깨로 나란히 받히고 서 있는 모양 (李白登廬山五老峯詩).
186) 일소(逸少) : 왕희지(王羲之)의 자(字).
187) 전(牋) : 서신 글.
188) 사공(謝公) : 진사안(晋謝安)의 별칭.
189) 비수(匕首) : 칼이 날카로운 단도.
190) 형경(荊卿) : 형가(荊軻)를 말함. 중국 전국시대의 자객. 위(衛 : 河南省) 출생. 독서와 칼쓰기를 좋아하였다. 연(燕)나라의 태자 단(丹)의 식객이 되었고, 형경(荊卿)·경경(慶卿)이라 불렀다. 진(秦)이 침략한 땅을 되찾아 주든가 진왕(秦王) 정(政 : 후의 始皇帝)을 죽이든가 해 달라는 단의 부탁을 받고, 진에서 도망해온 장수 번오기(樊於期)의 목과 연나라 독항(督亢 : 河北省 固安縣)의 지도를 가지고 출발하여, 역수(易水) 근처에서 단과 헤어지며 "바람 쓸쓸하니 역수 또한 차갑구나, 장사 한번 가면 다시 돌아오지 못하리!"라는 시구를 남겼다. 진에 들어가 진왕을 알현하고 죽이려 하였으나 실패로 끝나고, 오히려 죽음을 당하였다.

찌 하리오? 어찌 하리오? 허허 한 번 웃음에 붙이니 오직 경은 능히 천 년의 세월이 지났어도 그 소리가 들리는 듯하니, 내가 이 웃음으로써 의협(義俠) 중 제일 쾌사(快事)라 여기니라."

다섯 사람이 글을 이루니,

천일옹(天一翁)이 다시 말하기를,

"세상 인정에 있어서 이미 쾌사(快事)가 있으면 또한 응당 불쾌사(不快事) 도 있으리니 불쾌(不快)로 제목을 하는 것이 어떠한가?"

라고 하니 모두 좋다고 하였다.

불쾌(不快)

북명호사(北溟豪士)가 말하기를,

"천하의 불쾌한 일은 비록 일만 곡식의 터럭을 다 하고 중산(中山)[191]의 털을 긁어모으더라도 베껴 전하기에는 한두 번으로는 부족하다. 다만 천일 옹(天一翁)의 평순(平順)한 의논을 따라 우리들의 겪은 것으로써 이것을 말 하니, 슬프다, 우리들의 행동거지가 다른 사람을 말미암고 자신을 말미암지 않는 까닭으로 지극히 유순하고 징밀히어 아름다운 성품을 가진 봉필(蓬 篳)[192]의 문을 열어젖히고 부귀의 집으로 모두 실어오니, 저 부유하고 또한 귀한 자가 만약 마땅히 쓸 곳에 쓰고 마땅히 베풀 곳에 베푼다면 상쾌함이 무엇이 이것보다 크겠는가? 많은 종류를 누각 위에 밀어 놓고 궤 가운데 깊 이 간직하여 새 것과 옛 것이 서로 쓸모없이 쌓이기만 하니 바람이 스며들 고 비가 새며 좀 벌레가 침식하여 종이는 그 색깔이 바래지고 붓은 그 끝이 뭉툭하며 먹은 그 성품을 잃었고 벼루는 떨어지는 물과 서로 마모되어 각이 생긴다. 이에 교활한 종은 훔쳐서 팔아 재화를 만들고, 어리석은 아이는 아 무렇게나 방치하되 아까워하지 않고, 심지어 신발과 나막신 사이로 밟고 측

---

191) 중산(中山) : 지명(唐). 고래(古來)로 품질이 좋은 붓을 산출함.
192) 봉필(蓬篳) : 쑥으로 엮어 만든 창문과 사립문. 곧 가난한 집.

간 가운데 더럽혔지만 부질없이 깨닫지 못한다. 간혹 괴화(槐花)193)가 누렇게 필 때 과거 응시생이 발(足)을 걷고 와서 보아도 시험의 도구가 갖추어졌는지 여부를 묻지 아니하고 다만 쌀값의 높고 낮음을 물으니, 이것은 소동파(蘇東坡)194)가 삼전(三錢)을 내어 계모필(鷄毛筆)195)을 사서 골자(骨子)196)를 만든 탄식과, 석창언(石昌言)197)이 묘 위에 왔을 때 나무가 이미 팔뚝만 하나 먹빛은 오히려 탈이 없었다는 기롱(譏弄)198)이다. 우리들이 불쾌한 것이 이것보다 더한 것은 없는 듯하다."

다섯 사람이 글을 모두 이루고 한 번 쭉 훑어보니 희(喜), 애(愛), 쾌(快)는 다섯 사람이 각각 한 번씩 그 정(情)을 폈으나 불쾌사(不快事)에 이르러서는 다섯 사람이 쓴 것이 비록 한두 자 서로 뒤 섞이기는 했으나 대개 명(命)과 의(意)에 있어서는 도모하지 않았는데도 모두 한 꿰미에 함께 걸린 듯하였다.

다섯 사람이 모두 웃으며 말하기를,

"진실로 이른바 모두 같은 뜻과 생각인 것 같군요."

라고 하였다.

흑두공(黑頭公)이 말하기를,

"제목을 건 사람은 마땅히 고관(考官)199)이 되니, 원컨대 천일옹(天一翁)은 주필(主筆)200)이 되어 우열(優劣)을 가리시기 바랍니다."

---

193) 괴화(槐花) : 회나무 꽃.
194) 소동파(蘇東坡) : 소식(蘇軾). 중국 북송(北宋)의 문인. 호는 동파(東坡). 아버지 순(洵)과 아우 철(轍)과 더불어 삼소(三蘇)라 불림. 당송팔대가(唐宋八大家)의 한 사람. 왕안석(王安石)과 대립하다가 좌천되었으나 철종(哲宗)에게 중용되어 구법파(舊法派)의 대표자가 되었음.
195) 계모필(鷄毛筆) : 닭털로 만든 붓.
196) 골자(骨子) : 일이나 말의 골갱이, 요점.
197) 석창언(石昌言) : 석양휴(石揚休)의 자. 송대(宋代) 미주(眉州) 사람으로 당시 명망이 높았음.
198) 기롱(譏弄) : 희롱하고 놀림.
199) 고관(考官) : 시관(試官).

라고 하니,

천일옹(天一翁)이 말하기를,

"제가 어찌 감히 하겠습니까, 제가 어찌 감히 하겠습니까? 스스로의 안목(眼目)[201]과 정평(定評)[202]이 있으니 제가 감히 어찌 할 수 있겠습니까? 제가 감히 어찌 할 수 있겠습니까? 다만 우리들이 마음을 논한 것은 전적(典籍)이 있은 이래로 없었던 일이니, 가히 하나의 시로 지어 이 기쁨을 기록하지 않을 수 없습니다."

라고 하니 모두가 말하기를 좋다고 하였다.

흑두공(黑頭公)이 말하기를,

"오유선생(烏有先生)의 성품이 매화를 좋아하니 청컨대 하나의 전매사(剪梅詞)[203]로써 각각 평생을 서술합시다."

라고 하니 모두 말하기를,

"예! 예!"

라고 하였다.

호당주인(浩塘主人)의 시(詞)에 말한다.

향기로운 물결 한 면이 잘 안배되어 있어
비록 진애(塵埃)[204]에 처하여도 진애에 빠지지 않는구나.
백 년의 심사(心事)를 서로 재촉하지 아니하니
말아도 넉넉하고 펴도 넉넉하도다.
시냇가 등나무는 이미 졌건만 촉(蜀)나라 소식은 이제야 오는구나.
상자 속에서 한 번 돌고, 책상머리에서 한 번 도니,

---

200) 주필(主筆) : 과거(科擧)의 시험관 중 으뜸가는 사람.
201) 안목(眼目) : 사물을 분별하는 힘.
202) 정평(定評) : 사람들이 다 같이 인정하는 평가나 평판.
203) 전매사(剪梅詞) : 매화를 소재로 가지런히 엮은 싯귀.
204) 진애(塵埃) : 티끌.

풍류가 이르는 곳에 인간의 회한도 있는 법.
글씨도 한 생애요 그림도 한 생애로다.

흑두공(黑頭公)의 사(詞)에서 말하기를,

중산(中山)의 교활한 토끼 그 터럭을 뽑아서
우리에게 사냥 당하여, 우리에게 묶였네.
일만 터럭 가지런히 하여 감히 그 노고를 말하는데
쉴 때는 높이 되지 못하다가, 쓰이게 되면 문득 높아지네.
서릿발 점점 휘도는 곳에 바람과 파도 일어나
글씨를 쓸 때도 붓을 잡고 그림을 그릴 때도 붓을 잡네.
뾰족한 머리는 늙어 긁을수록 털이 빠지니
한가로이 글을 짓지 말고 한가로이 글을 말하지 말라.

자담거사(紫潭居士)의 사(詞)에서 말하기를,

자담(紫潭)205)의 깊은 곳이 한번 크게 열리니,
하늘빛도 배회(徘徊)206)하고 구름 그림자도 배회하네.
무심(無心)한 주묵(朱墨)207)이 떠났다 되돌아오니,
얻은 것도 아득하고 잃은 것도 아득하다.
빈 가운데 조용히 지내니 누가 재주 알아 주리요만,
내가 무정하니 남도 무정하구나.
한평생 종적(蹤迹)208)은 진애(塵埃)209)를 싫어하였으니

---

205) 자담(紫潭) : 자담거사(紫潭居士). 각주 121) 참조.
206) 배회(徘徊) : 이리저리 거닐어 다님.
207) 주묵(朱墨) : 양주와 묵적, 주홍빛의 먹.
208) 종적(蹤迹) : 발자취.
209) 진애(塵埃) : 티끌, 먼지.

어느 곳에 모실까, 한가한 곳 여기서 모시리라.

북명호사(北溟豪士)의 사(詞)에 말한다.

넓고 섬세하며210) 거대한 것을 세밀하게 녹이고 깎아 저울추를 만드니,
긴 것도 한 때요, 짧은 것도 한 때로다.
현묘하고 현묘한 중묘(衆妙)211)를 얻은 자 몇 사람인가?
도심(道心)212)의 나타남 적고 천기(天機)213)의 드러남도 적네.
정수리(頂)214)를 갈고 발꿈치가 흩어지더라도 번뇌는 깨지지 않으니,
세상은 기이함이 없건만 나 스스로 기이하다.
문장의 화려한 빛 일찍이 비교하며 견디어 내었더니
사서(四書)215)도 길렀고, 오경(五經)216)도 길렀다네.

천일옹(天一翁)의 사(詞)에서 말하기를,

부여된 형상이 사물을 따름에 문득 편안해지니
둥근 곳에 처해도 기쁘고, 모난 곳에 처해도 기쁘다.
평생토록 물 좋아해도 물은 만만(漫漫)217)하여,
삼킬 때도 맑은 여울, 토할 때도 맑은 여울.
청황흑백(靑黃黑白)을 누군들 구하지 않으리오.

---

210) (홍섬)洪纖 : 큰것과 작은것, 굵은것과 가는것(巨細,洪細)
211) 중묘(衆妙) : 중묘(衆妙). 일체의 심오하고 현묘한 도리(道理).
212) 도심(道心) : 도덕의 관념. 본연의 양심.
213) 천기(天機) : 천지조화의 심오한 비밀.
214) 정수리(頂) : 머리위에 숨구멍이 있는 자리, 뇌천(腦天), 정문(頂門).
215) 사서(四書) : 중국의 고전 칠서(七書) 중 네가지. 논어, 맹자, 중용, 대학. 송나라 주자(朱
　　　子)가 하나의 체계 밑에서 찬정(撰定)한 것으로 유교의 필수서(必修書)임.
216) 오경(五經) : 유학에서 성인의 술작(述作)으로 존중되는 5가지 경서. 시경(詩經), 서경
　　　(書經), 주역(周易), 예기(禮記), 춘추(春秋).
217) 만만(漫漫) : 끝이 없어 지루하다.

글씨도 보기 좋으며, 그림도 보기 좋도다.

정기(精氣)를 함양한 천일옹은 그 물결 충분히 볼 수 있으니,

말하기도 어렵거니와 물 되기도 어렵구나.

또한 다섯 사람이 글을 완성함에 돌려가며 읽어보고는 탄식하며 말하기를,

"지음(知音)218)이 감상해 줄 수 없으니 한스럽고 한스럽구나."

라고 하였다.

천일옹(天一翁)이 말하기를,

"세상에 백아(伯牙)219)가 없으면 그만 이요, 만약 백아(伯牙)가 있었더라도 종자기(鐘子期)220)가 응답하여 알아주지 못함을 무엇 하러 근심하겠습니까? 시월(時月)221) 사이에 스스로 월평(月評)222)하는 사람이 있을 것입니다. 차례를 바꾸어 하나의 설(說)이 있긴 한데, 여러분의 뜻을 알지 못할 뿐입니다."

라고 하니

모두 말하기를,

"원컨대 그 설(說)을 듣고자 합니다."

라고 하였다.

---

218) 지음(知音) : 마음이 통하는 친한 벗 [백아(伯牙)가 거문고를 잘 타고 그의 벗 종자기(鐘子期)는 그 소리를 잘 알았다 함. 종자기가 죽은 후 백아는 그 소리를 아는 자 없다하며 거문고 줄을 끊었다는 고사에서 유래된 말. 열자(列子)]

219) 백아(伯牙) : 중국 춘추시대 거문고의 명인. 그의 거문고를 잘 듣고 이해하던 종자기(鐘子期)가 죽자 백아는 슬퍼한 나머지 현(絃)을 끊고 거문고를 타지 않았다는 고사.

220) 종자기(鐘子期) : 춘추시대 초나라 사람. 당시 백아(伯牙)는 거문고를 잘 탔는데 그 거문고 소리를 듣고 타는 사람 즉 백아의 심정을 잘 헤아렸다는 일로 유명함. 자기(子期)가 죽자 백아는 거문고에 손을 대지 않았다고 함.

221) 시월(時月) : 시간, 세월.

222) 월평(月評) : 월단평(月旦評). 관상을 잘 보기로 유명한 후한(後漢)의 허소(許劭)가 매월 초하루마다 마을 사람들의 인물을 평했는데, 그 때마다 다르게 평했다는 고사에서 인물에 대한 비평.

천일옹(天一翁)이 말하기를,

"선생이 다만 매화를 사랑할 뿐만 아니라 또한 항상 시도 좋아하셨습니다. 원컨대 선생의 뜻에 의거하여 한편을 짓는 것이 어떠합니까?"

라고 하니

모두 말하기를,

"어찌 감히 하겠습니까?"

라고 하였다.

천일옹(天一翁)이 말하기를,

"나 또한 그 감히 할 수 없음을 알고 있습니다. 다만 우리들의 읊조림에 만약 선생의 시 한 수가 없다면 문득 이 사원(詞垣)223)에는 주맹(主盟)224)이 없는 것과 같으니 그것이 옳겠습니까?"

라고 하니

모두 말하기를,

"그대의 말이 또한 이치가 있도다."

라고 하였다.

천일옹(天一翁)이 말하기를,

"그렇다면 다섯 사람이 마땅히 각각 한 구(句)를 이루어 하나의 전매사(剪梅詞)225)에 다시 한 구를 더한다면 거의 매화가 번다한 것은 아닐 런지요?"

라고 하니,

자담거사(紫潭居士)가 웃으며 말하기를,

"사우(四友)가 마음을 논함에 그대가 그 하나를 더한다면 사구(四句)에 한 구를 더하는 것이니 정히 이 모임의 시에 합치되는 것입니다. 하물며 선

---

223) 사원(詞垣) : 文章을 掌る臣.
224) 주맹(主盟) : 맹세를 할 때 주장이 되는 사람. 맹주.
225) 전매사(剪梅詞) : 매화를 소재로 가지런히 엮은 싯귀.

생께서는 매화를 좋아하시어 감실(龕室)226)에는 이미 매화를 갈무리하시고 정원에는 또한 매화를 심으시어 한 그루 매화나무 앞에서 한 사람 육방옹(陸放翁)227)의 시구를 때때로 읊조리시니 번다한 매화가 성근 매화보다야 비교적 낫겠지요."

라고 하였다.

호당주인(浩塘主人)이 또한 웃으며 말하기를,

"이미 번다한 매화를 싫어하지 않는다면 어찌 '만 그루 매화나무를 양보하지 아니 하니 눈 무더기가 온 산을 둘러 있다'는 시구를 발(發)하지 않겠습니까?"

라고 하였다.

흑두공(黑頭公)이 말하기를,

"그러하나, 이미 선생을 대신하여 짓는다면 간단하게 한두 구절만 더할 수가 없고, 적요(寂寥)228)한 곳에 돌아가기를 면치 못할 것입니다."

라고 하였다.

북명호사(北溟豪士)가 말하기를,

"만약 여러분들의 의론이 이와 같다면 이는 하나의 계책이 있는 것이니, 포대화상(布袋和尙)229)의 가가소가(訶訶笑歌)230)를 의지하여 초창(草創)231)

---

226) 감실(龕室) : 사당안에 신주를 모셔 두는 장(欌). 감(龕).
227) 육방옹(陸放翁) : 송대(宋代) 사람으로 매화를 몹시 사랑하여, 자기 몸이 천 개가 되어 온 산의 매화를 다 차지할 수 있기를 바랐다고 한다.
228) 적요(寂寥) : 고요하고 쓸쓸하다. 요적하다.
229) 포대화상(布袋和尙) : 당나라 명주 봉화현 사람으로 법명은 계차(契此)이다. 뚱뚱한 몸집에 항상 웃는 얼굴이고 배는 풍선처럼 늘어진 모습으로 지팡이 끝에다 커다란 자루를 걸어 메고 다니는데, 그 자루 속에는 별별 것이 다 들어 있어 무엇이든 중생이 원하는 대로 다 내주었으므로 포대스님이라고 불렀다. 무엇이든 주는 대로 받아먹고 어느 곳에 서든지 벌렁 누워 잤다. 마을을 돌아다니면서 세속 사람들과 차별 없이 어울렸다. 생전에 네 구의 게송을 남겼는데, "미륵 참 미륵이여! 몸을 천백억으로 나누어 때때로 시속 사람들에게 보이나 시속 사람들이 스스로 알아보지 못하더라"라는 마지막 게송을 남기고 반석 위에 앉은 채 입적하니 사람들이 이를 듣고 미륵불의 화신으로 여겼다.
230) 가가소가(訶訶笑歌) : 까르륵 웃으며 부르는 노래.

하는 자도 있고 윤색(潤色)232)하는 자도 있어서 이로써 한 편을 이루는 것
이 어떠합니까?"

라고 하니 모두 좋다고 하였다.

북명호사(北溟豪士)가 말하기를,

"우리들이 선생의 문(門)에 있은 지가 또한 오래되었습니다. 선생의 깊이
를 아는 자가 우리들만 같은 자들이 없을 것입니다. 선생은 본디 좋아하는
것이 있고, 또 혹은 좋아하지 않는 것도 있으니 아무개가 비록 불민(不
敏)233)하더라도 그 뜻을 착종(錯綜)234)하고 그 문장을 조직(組織)하며 초창
(草創)하여 윤색하는 공(功)이 있도록 하십시요. 이것이 여러분들이 해야 할
일이요."

라고 하니 모두

"예! 예!"

라고 하였다.

북명호사(北溟豪士)가 노래를 서술하여 말한다.

나는 도리어 종일 동안 가가(訶訶)235)한 웃음 속에 있었네.
웃음 붙인 이는 누구인가?
나는 저 산머리의 지나가는 구름을 봐도 웃지 않으며
나는 저 하늘 밖에서 날아오는 기러기를 봐도 웃지 않았다네.

---

231) 초창(草創) : 사업을 처음으로 일으켜 시작하는 것. 또는, 그 시초. 혹은 초고를 처음
    작성함.
232) 윤색(潤色) : ① 색채나 광택을 가하여 번들거리게 하는 것. ② (어떤 사실을) 과장하거
    나 미화(美化)하는 것.
233) 불민(不敏) : 어리석고 둔함.
234) 착종(錯綜) : 서로 섞여 엉클어짐.
235) 가가(訶訶) : 웃는 소리와 모양.

나는 다만, 선생께서 불투하심을 보고 웃었노라.

인생살이 일흔 살 삶은 옛날부터 드물었고,
북망산(北邙山)236)에 누운 풀 반은 청춘인데.
양쪽의 귀밑머리 백발이 되어도 도리어 복이로세.

세간에 도리어 아내 없는 사람 있으니,
홀로 외로이 잠드니 어찌할까만
기건(綦巾)237)을 즐거워 하니 도리어 복이로세.

세간에 도리어 자식 없는 사람 있으니,
외로운 몸 그림자 하나 어찌할까.

멍청한 아이라도 무릎에서 놀고 있으니 도리어 복이로세.

세간에는 도리어 밭 없는 사람 있으니,
가을이 오면 집이 텅 비니 어찌할까.
박전(薄田)238)이라도 밭 갈아 수확하니 도리어 복이로세.

세간에는 도리어 옷 없는 사람 있으니,
상설(霜雪)239)이 살갗을 침투하니 어찌할까만.
겨울엔 갖옷240) 여름에는 갈옷 도리어 복이로세.

세간에는 도리어 집 없는 사람 있으니,
이슬 맞고 자며 모fot가에 잠드니 어찌할까

---

236) 북망산(北邙山) : 중국 하남성(河南省) 낙양(洛陽) 북쪽에 있는 작은 산. 한(漢)나라 이
후 제왕, 귀민, 명사들의 무덤이 많았으나 지금은 논밭과 목장이 되었음. 무덤이 많은
곳, 사람이 죽어서 가는 곳을 일컫는 말. 북망(北邙).
237) 기건(綦巾) : 청백색의 여자 옷으로 옛날 여자가 시집가기 전에 입었던 옷이다.
238) 박전(薄田) : 메마른 땅.
239) 상설(霜雪) : 서리와 눈.
240) 갖옷 : 모피(毛皮)로 안을 댄 옷. 모피(毛皮), 피구(皮裘).

서까래 몇 개로 지은 띠 집이라도 도리어 복이로세.

선생은 스스로 제반의 복이 있어
눈앞에서 모여 누리니 누가 금하리오.
아무 생각 없이 높은 베개 베고 누웠으니,
이분이 신선이 아니라면 누가 신선이리오.

선생은 무슨 일로 여기 모이지 않으셨나.

떳떳이 마음 속 경륜(經綸)[241]을 일으키니,
장차 백만억 창생(蒼生)[242]을 두루 구하리라.
떳떳이 마음 속 강개(慷慨)[243]를 일으키니,
장차 천하의 불평(不平)한 일을 제거하는 듯하네.
짧아지는 머리칼에 비해 마음은 도리어 길어져 슬퍼지고
묶은 머리 툭툭 빠지니 고통이요 번뇌로다.
괴로움이여, 무엇이 괴로운가.
선생이 양식을 지고서 굶지는 않는지
번뇌여, 무엇이 번뇌인가.
선생이 황금을 묻어두고도 가난한 것은 아닌지

웃음을 그치고 그쳐도 다시 즉즉(喞喞)[244] 농농(噥噥)[245]한 웃음 그치지
않네.

세상 사람들은 책을 보면 애오라지 근심이 사라지니,
기쁘면 무릎을 두드리고 혹은 손으로 춤을 추네.

---

241) 경륜(經綸) : 일을 조직적으로 잘 계획함, 천하를 다스림.
242) 창생(蒼生) : 세상의 모든 사람. 창맹(蒼氓).
243) 강개(慷慨) : 의롭지 못한 것을 보고 의기가 북받치어 슬퍼하고 한탄함.
244) 즉즉(喞喞) : 벌레가 우는 모양.
245) 농농(噥噥) : 수근거리는 소리.

선생이 제반의 일을 회저(會這)246)한다면
의로운 모습 왕왕 두건(頭巾)을 적시네.
세상 사람들은 어두워지면 편안히 들어가 쉬고,
해가 높이 뜨도록 자도 잠이 아직 부족하네.
선생은 닭이 울면 오히려 베개를 어루만지고,
밤마다 만언소(萬言疏)247)를 이리저리 계획하네.
의로운 모습이 끝내 무엇을 도왔던가?
괴로움을 삼키고 번민을 떨쳐도 번민은 떠나지 아니하네.
상소(上疏)를 이루었으나 끝내 누가 뽑아주던가,
통렬하게 마시며 근심을 털어 보려 해도 근심을 떠나지 못하고
高歌(高歌)는 초(楚)나라가 그르다고 하나 초(楚)나라 노래가 도리어 많
이 불리어지네.

웃음소리 껄껄 나고 껄껄 웃음 웃는다.

나는 웃는다, 선생이 일이 없는데 일 찾는 것을,
나는 웃는다, 선생이 근심이 없는데 근심 짓는 것을.

웃다가 그치고 그쳤다가 도리어 시끄럽게 외치면서 웃고 또 웃는다.

나는 웃지 않아, 해와 달이 돌고 돌아 사시(四時)에 수고함에,
나는 웃지 않아, 조화옹(造化翁)이 만물을 조각한 공교로움에.

나는 다만 선생을 보고 웃노라.

괴로운 가운데 괴로움을 더하고,
번뇌(煩惱) 위에 번뇌를 더하네.

---

246) 회저(會這) : 모아서 맞이함.
247) 만언소(萬言疏) : 이백(李白)의 〈여한형주서〉(與韓荊州書) "일식만언(日試萬言)", 날마
　　　다 만언(萬言)의 문장을 시험삼아 써서 올림.

그대 보지 못하였는가, 성세(聖世)248)에도 도리어 버려진 구슬이 있고,

성취당(醒醉堂)249) 안에 성취옹(醒醉翁)250)이 있음을.

술 깨었다고 말하지만 진실로 깨지 않았고,

술 취했다고 말하지만 또한 취한 것이 아니라네.

오색(五色)251)에는 눈멀었으나 바람과 꽃, 눈과 달의 경치에는 눈멀지 않았고,

오음(五音)252)에는 귀가 멀었으나 맑고 흐리고 높고 낮은 글자에는 귀가 멀지 않았네.

가슴 속 가득 쌓인 뇌락(磊落)253)한 불평의 기운을

술에도 붙여 보고 시에도 보내 보네.

다만 속이고 비뚤어진 것을 좋아하지 않으며

다만 기이하고 교묘한 것도 좋아하지 아니하네.

단지 성정(성정(性情)) 가운데 좋아서 읊조릴 뿐이니

시경(詩經) 삼백 편에 알맞춰 남긴 뜻인가?

선생은 근자에 매질하고 몰아냄을 당하여

일곱 번 넘어지고 어덟 번 자빠지며 얼마나 허둥거렸나.

한 번 노래 부르고 한 번 화답하며 올랐다가 내렸다가 하니,

어리석은 사람이 보아도 동조(同調)하는 듯 하였네.

나는 모모(嫫姆)254)가 끝내 서자(西子)255)를 본받지 못할까 두려우며,

나는 노태(駑駘)256)가 끝내 기기(奇驥)257)를 쫓기 어려울까 두려워하노라.

---

248) 성세(聖世) : 성군(聖君)이 다스리는 축복받은 세대, 성대(聖代).

249) 성취당(醒醉堂) : 깨고 취함에 분별이 없는 집.

250) 성취옹(醒醉翁) : 성취당 안에 사는 늙은이.

251) 오색(五色) : 청(靑), 황(黃), 적(赤), 백(白), 흑(黑).

252) 오음(五音) : 궁(宮), 상(商), 각(角), 치(緻), 우(羽).

253) 뇌락(磊落) : 뜻이 커서 작은 일에 구애되지 않는 모양.

254) 모모(嫫姆) : 전설에 황제(黃帝)의 넷째 부인이라고 하는데 모양이 매우 추했다고 한다.

255) 서자(西子) : 월나라 미인 서시(西施).

필경 양춘(陽春)[258]은 스스로 양춘이 될 것이요,

필경 하리(下里)[259]는 스스로 하리가 될 것이네.

단지 적식(籍湜)[260]의 무리가 땀 흘리며 달리고 쓰러짐을 방불(髣髴)[261]

케 할 뿐이라.

괴롭지 않은데도, 무엇이 괴로움인가,

번뇌하지 않지만, 무엇이 번뇌인가?

껄껄 웃네, 껄껄 웃네.

비록 괴롭고 번뇌함이 이와 같아도,

선생의 심사(心事)는 돌이킬 수 없도다.

도리어 괴로움 속으로부터 즐거움을 찾고,

도리어 번뇌 위에서 쾌락을 찾노라.

곤했다가 오히려 형통함을 볼 것이 아닌가?

아! 이는 곧 산이 평평해지고 물이 마름을 기다리는 것이니,

선생께서는 유쾌하고 즐거운 일, 다시 얻을 수 있을까?

웃음소리 약해지면서 그쳤다.

북명(北溟)이 노래를 완성하고 네 사람에게 내보이며 말하기를,

"여러분께서는 윤색해주십시오."

라고 하니,

---

256) 노태(駑駘) : 열등한 말을 가리킨다. 전하여 재주가 없음의 비유. 동작이 둔한 말.

257) 기기(奇驥) : 준마(駿馬).

258) 양춘(陽春) : 고상한 악곡명. 곡조명. 매우 수준이 높은 노래. (張協雜詩) (庾信, 趙國公
集序)

259) 하리(下里) : 곡조명. 매우 수준이 낮은 노래. (文選, 大機文賦)

260) 적식(籍湜) : 당나라 때 문장가인 장적(張籍)과 황보식(皇甫湜).

261) 방불(髣髴) : 비슷함.

네 사람은 손으로 모으고 하례하며 말하기를,

"오형(吾兄)이 한번 붓을 휘둘러 문장을 이루시니 점하나 더할 수 없거늘 다시 무엇을 윤색하겠습니까?"

라고 하였다.

북명(北溟)이 또 말하기를,

"화상(和尚)의 웃음은 많은 웃음을 가져다 주셨는데, 이 노래로 하여금 선생께서 아마도 뜻을 잃고 크게 협소함이 있을까 두렵습니다."

라고 하니,

모두 말하기를,

"이 노래는 오로지 선생을 위하여 지은 것이니 어찌 다른 웃음과 함께 하겠습니까? 이는 한스럽게 여길 것이 못됩니다. 그러나 선생께서 만일 깨닫고 살피시어 우리들을 준절(峻節)262)히 꾸짖어 말씀하시기를 '너희들이 어른을 조롱(嘲弄)263)하고 모욕(侮辱)하는 것이 어느 경전(經典)에 실려 있는가!' 하시면 저희들이 비록 혼신을 다 하더라도 입으로 우러러 대할 말이 없사오니 이것을 장차 어쩌지요?"

라고 하였다.

천일옹(天一翁)이 말하기를,

"옳은 말입니다. 비록 선생께서도 어쩌겠습니까? 하물며 자담거사(紫潭居士)가 능히 동풍(東風)의 권세(權勢)를 빌려 일만 그루 매화를 꽃피워 십분 선생의 뜻을 칭송하였는데 꾸짖지도 않겠지만 도리어 가상(嘉尙)264)하게 여기실지도 모르지요?

라고 하니, 다섯 사람이 모두 크게 웃었다.

---

262) 준절(峻節) : 높고 고상한 절조.
263) 조롱(嘲弄) : 깔보고 업신여김.
264) 가상(嘉尙) : 착하게 여기어 칭찬함.

그 한 소리에 드디어 놀라 일어나 보니 궤안(几案)265) 사이에 한 사람도
보이지 않고 다만 주렴(珠簾)266) 방울이 물방울 듣는 소리같이 들릴 뿐이었
다. 나도 또 한 바탕 웃고서 이처럼 그 대략을 기록하노라.

---

265) 궤안(几案) : 의자, 사방침(四方枕), 안석(案席)등의 총칭.
266) 주렴(珠簾) : 구슬 꿰어 만든 발. 옥렴(玉簾).

『五一論心記』 원문

具龜年 原作

烏有先生, 愛酒, 酒不常得, 偶得村醪一大壺, 待山友溪朋而天適雨不至, 仍
獨酌三五甌 便覺醺醺然通大道矣, 頹臥蘆簾之下, 竹牖之間, 支松枕搖蒲扇,
身搖搖如不繫之舟, 情況悅若將飛之蝶, 忽有四個人, 無叩扃之聲, 上堂之咳而
儼然對坐於几案之側, 一人 白晳其面胸衿豁如服, 夫子後素之旨, 得伯玉捲舒
之義, 望表知裡, 不問可知爲楮先生賢裔也, 楮先生名白, 當武王伐紂之時, 孤
竹君二子, 餓死首陽,孤竹之國, 陵替不振, 楮白, 遂代孤竹而立, 善於其職故,
天下之人, 無賢愚貴賤, 莫不迎延款曲, 號爲好時侯, 此其雲仍, 其人名雲孫,
自号浩塘主人.

一人尖其頭, 豊其頤而常着高冠, 以禮律己, 又能獨立不懼, 有君子之德, 旋
別淑慝, 有良史之風, 若其明敏記誦之才, 雖安世之黙識弘羊之心計, 殆無以加
焉, 蓋其鼻祖, 有曰葛雲氏, 蒼帝 得之而造字, 宓犧 用之而劃篆, 暨乎夏禹氏
之世, 始有毛君者, 常隨於治水之日, 凡山海經所載, 窮奇極異之物, 皆其所記
也, 值周之衰, 夫子 作春秋而絶之, 非其罪也, 當秦之興, 效勞於衡石之程, 得
拜中書令, 非其志也, 世級雖遠, 仍其毛而姓焉, 名穎, 或稱黑頭公.

一人 方面濶口, 黑而光澤, 坐如界石, 有壽考之相, 含黙不言, 存金人之戒,
性又樂山, 量能虛受, 爲世所重, 然, 淨拭自好, 惡塵太甚, 常遮護其面, 若婦人
然, 此其所短也, 蓋其先有卽墨侯, 卽墨之後, 有石鄕侯, 仍以石爲姓, 名虛中,
自稱紫潭居士.

一人, 頭戴霱雲之冠, 手執玄笏, 腰帶烏玉, 方正其體, 短小其形而性傲, 以
驕貴自居, 凡起居坐臥, 必待人扶將, 友好奢靡, 以華彩, 粧其服, 錦繡飾其室,
常曰我卽玄元皇帝後也, 降自松滋侯以來, 有十八公焉, 有客卿焉, 縮圭組,乘
朱輪, 世閥烜赫,莫吾若也, 人之以驕處我 不是異事, 然, 和光同塵, 油油然不
自失焉, 雖柳下之和, 未必多我 且以世德言之, 不徒功名宦達之爲冠百世, 周
衰道微, 生民塗炭, 故吾祖墨氏, 排楊朱爲我之說, 倡兼愛, 天下之道德被生民,
思易天下而只以泣素儉葬之論, 反招矯枉過直之譏, 今吾尙侈, 豈敢背馳, 實出
盖愆之意也, 觀過知仁, 庸何傷也,又況玄而又玄, 卽吾家傳心之妙也, 磨頂放
踵, 乃吾家世守之法也, 視世之名賢後裔, 不知乃祖道與心, 爲何樣物事, 徒冒
其號驕而且侈者, 賢不肖, 果何如也, 衆皆允之其人, 名玉姓玄, 嘗與逸少臨池,
觀飛出北溟魚故, 或稱北溟豪士, 這四人 促膝而坐 相視而笑曰惟吾四人, 俗號
四友而其臭味之合, 交契之密, 如身之有四體, 車之有四輪, 不可須臾離也, 故
出處行藏, 必與之偕, 榮辱禍福, 亦與之共 雖牙期之心會, 范張之神交, 猶不足
以擬議, 然往古來今, 未嘗聞四友論心之說, 此誠吾儕一大欠典, 今幸天雨而客
不至, 先生 又被酒而牢睡, 吾四人 乘此難得之會, 各言其志, 不亦可乎, 四人
曰諾.

言未訖, 有, 一白面生, 含淚而歎, 據案作色曰, 吾與君輩, 同周旋於文房者,
幾年矣, 今於論懷之際, 坐在一席, 視若不見, 何也, 豈吾迹微而不足友歟, 功
小而不足記歟, 粤自河濱得姓之後, 綿綿延延, 遂大中國. 或有運甓之刺史, 或
有愛菊之處士, 比諸區區文章勳業, 果孰優而孰劣, 且以功則黼黻之服, 丹雘之
室, 駕牛之書, 盈箱之帖, 化筆之目, 謂入神模寫, 萬物者, 必待吾而成焉則, 便
是五行之有土, 五性之有信, 此果不足友歟, 不足記歟, 且夫子不云乎, 智者樂
水, 水哉水哉, 孰如我之樂乎, 因不勝忿慨, 淚下如雨, 潑了一座, 好是風波, 起
於造次, 四友者 渾身沾濕, 仍駢首拜謝曰誠哉, 子之言也, 吾輩知罪, 敢不與子
爛熳同歸乎, 今四友之中, 更添一人則可謂益友, 當以五友, 論心爲題, 可也,

白面生曰, 子之此言, 又爲失當, 今吾輩論心, 雖若五人而五人所論之心, 豈非吾先生所懷之心耶, 若以五爲題則 便是賽神之不招大巫, 搆屋之不問主人, 其可乎哉, 請依六一故事, 以五一爲題, 則於義似穩, 四人同聲連諾曰, 智哉, 子之言也, 宜吾子之以智自居也, 第各陳所懷, 以攄千古積襞之恨而今日之席, 子其爲政, 白面生, 姓陶名泳, 自號天一翁云爾.

天一翁, 收淚斂容曰, 諸君, 不知吾之不肖而俾爲政, 敢不惟命是聽, 然而吾儕小人, 如欲揚扢今古 必有越俎之譏, 佩鑴之刺, 只從吾輩日用上說去可也.

北溟豪士曰, 不然, 今日之論, 只事常談則, 何足言論心攄恨耶, 吾聞飄瓦不怨, 虛舟不怒, 吾輩之言, 雖復怨怒, 雖欲怨怒, 雖復傳之.

紫潭居士曰, 南華老叟, 達理君子也, 其言曰南伯子葵, 聞女偊論道之妙曰, 子獨烏乎聞之, 女偊曰, 吾聞之副墨之子, 副墨之子, 聞諸洛誦之孫, 所謂副墨者 墨也, 所謂洛誦者紙也, 世旣有墨而有紙則至道之妙, 自可傳之, 況以吾輩言之而謂無吾輩傳之者可乎, 黑頭公曰, 夫也不言, 言則有中.

浩塘主人曰, 以言爲諱, 雖非聖世之事, 愼是樞機, 亦爲君子之道, 只依天一翁平順之論, 可也.

天一翁曰, 五人論心, 一時竝發則必有參錯之患, 今依考官試士之法. 特揭一箇題目, 諸君, 須各隱屏而書, 以觀所論之同也未同如何, 僉曰好好, 天一翁揭題, 問何事可喜, 須臾五人書俱成, 天一翁曰, 不必逐題看了, 小竢 更題一通, 竝看似好僉曰諾.　　　（喜）

北溟豪士曰, 聖君賢相, 一體相須, 治定功成, 賡載歌作, 良史侍側, 盡出太平氣像, 此爲可喜.

紫潭居士曰, 緇帷曉闢, 明師在座, 列侍誾誾, 論難閒閒, 傍有明敏之才, 善觀竊識, 記傳函丈間美事, 此爲可喜.

黑頭公曰, 父子兄弟之間, 亦有知已之可論, 世或有賢父兄, 亦幸有佳子弟, 中堂客散, 籌燈夜瀾, 相對論文間伊吟詠, 此爲可喜.

浩塘主人曰, 天涯地角, 一別良朋, 鴈飛魚浸, 存沒茫茫, 只勞夢想而已, 偶得寄書, 忙手開緘, 此一可喜.

天一翁曰, 有個孝子, 爲其親賁泉道求, 當世大人之有文章者, 不遠千里, 齎重寶 馨衷懇而其家狀所携, 不啻幾卷, 爲大人者, 接過閱盡, 揮筆起草, 不漏不諂而辭約意盡, 孝子 百拜知感, 寶藏而歸, 此爲可喜.

天一翁更題曰 　　(愛)

北溟豪士曰, 何代無奸臣弄權, 何代無小人妨賢, 於斯時也, 忠臣烈士, 只知國家之安危, 生民之利害, 至於一身上, 禍福榮辱, 初不經意, 構疏抗章, 極言竭論, 使觀者, 失色, 聞者, 縮首, 而自家言談舉止, 無昇平日, 此一可愛.

紫潭居士曰, 有志之士, 不安小成或穿壁, 如茹匡衡, 下帷如中舒, 兀然端坐, 如蘇明允, 文旣成, 試出而書之, 如江河決堤, 波濤奇壯, 寶劍發硎, 光鋩閃鑠, 此一可愛.

黑頭公曰, 深園思婦, 看柳樓頭, 徒怨春風, 搗砧月下, 未隨孤影百回情結, 錦字雖成而無便可寄, 手摩眼淚者, 此一可愛.

浩塘主人曰, 有一年少, 能詩酒, 又工筆者, 追逐多士, 入於禮圍, 題已懸矣, 日已晡矣, 無意呈券, 岸巾徘徊, 却被傍人催勸, 始乃探錦囊, 抽霜毫, 截去尖芒, 洽沾墨汁, 若不思索, 向紙面揮灑, 已令人驚奇, 寫鴈已擲筆, 遂令同硯數四人, 各舉紙隅, 引喉朗詠, 便是戛玉而停雲, 時則朱輪西傾, 素輝東升, 耳聞者, 喜其聲音之淸絕, 目觀者, 嘆其詞格之俊邁, 此一可愛.

天一翁曰, 風流韻士, 與人高筵, 抽韻各賦, 期於壓軸, 而左手接來雲箋, 右手磨去玄霜, 口含丹筆, 眼凝靑山, 此一可愛.

五人書成, 天一翁, 又曰, 別欲更題, 僉曰好好.

天一翁, 揭題曰, 何事爲快. 　　　　(快)

北溟豪士曰, 段太尉, 擧笏血濺朱泚, 胡澹庵封事, 請斬秦檜, 似是千古快事.

紫潭居士曰, 擧頭三尺有神明, 福喜禍淫, 理所難逃, 江東呂蒙, 無意討曹, 反害關公曰 ,未及受爵, 嘔血卽斃, 似是陰誅中, 第一快事,

黑頭公曰, 靑蓮居士, 長安壚頭, 飮三百盃, 黃鶴樓上, 揮五老筆, 靑天 張紙, 寫腹中詩, 似是詩家中, 第一快事.

浩塘主人曰, 逸少庫中九萬牋, 一朝付與謝公求, 似是風流中, 第一快事.

天一翁曰, 咸陽殿上, 虛擲尺匕荊卿, 卿此時慷慨而嘆, 非卿卿也, 忿怒而罵, 非卿卿也, 謀雖在人, 成之在天, 卿卿於天, 奈何奈何, 付之謝謝一笑, 惟卿卿能之, 千載之下, 如聞其聲, 吾以此笑, 爲義俠中, 第一快事.

五人書成, 天一翁, 又曰人情於世, 旣有快事, 則亦應有不快事, 以不快爲題如何, 僉曰好好.　　　(不快)

北溟豪士曰, 天下不快事, 雖窮萬穀之皮, 刮中山之毫, 不足一二謄傳, 只從天一翁平順之論, 以吾輩經歷者而言之, 噫, 吾輩之行止, 由人而不由己, 故極選精美之品, 撤了蓬篳之門, 部輸富貴之宅, 彼富且貴者,若用於當用, 施於當施則快孰大焉, 類多拉置樓上, 深藏樻中, 新舊相仍積於無用, 風雨之所滲漏, 蠹魚之所侵蝕, 紙渝其色, 筆禿其尖, 墨失其性, 惟硯曁滴, 相磨觖戾, 於是乎, 黠傔, 偸竊而售貨, 痴兒 恣肆而不惜, 甚至踐踏於履屐之間, 汚穢於溷厠之中, 漫不省覺而或有槐黃, 擧子, 裹足來謁則不問試具辦否, 但問米價高下, 此蘇子瞻所以發三錢鷄毛筆, 作汲骨字之歎, 石昌言所以來墓上 木已拱, 墨尙無恙之譏矣, 吾輩不快, 似無過此矣.

五人書都成, 看過一通曰喜曰愛曰快則五人, 各一其情而至於不快一事, 五人所書, 雖不無一二字相錯而盖其命意, 不謀而同一串貫來矣, 五人俱笑曰眞所謂一般意思也, 黑頭公曰揭題之人, 實爲考官, 願天一翁, 主筆而優劣焉 , 天一翁曰 吾何敢, 何敢自有眞眼目定評, 吾何敢何敢, 但吾輩論心載籍以來, 所無之事, 不可無一詩識喜, 僉曰好好, 黑頭公曰, 先生性好梅, 請以一剪梅詞, 各敍平生焉, 僉曰唯唯.

浩塘主人詞曰

香波一面好安排, 雖處塵埃沒有塵埃, 百年心事不相催, 卷亦優哉敍亦優哉, 溪籐已去蜀牋來, 箱中一回案頭一回, 風流到處稱人懷, 書是生涯畫是生涯.

黑頭公詞曰

中山驕兎拔其豪, 獵來吾曹束來吾曹, 萬毫齊力敢言勞, 舍非爲高田便爲高, 霜綃揮處起風濤, 書也管操畫也管操, 尖頭老去禿頭搔, 莫起閒騷莫說閒騷.

紫潭居士詞曰,

紫潭深處一泓開, 天光徘徊雲影徘徊, 無心朱墨去還來, 得亦悠哉失亦悠哉, 虛中黙孰知才, 我自無情人自無情, 一生蹤跡厭塵埃, 何處是陪閒處是陪.

北溟豪士詞曰

洪纖巨細鑄鑪錘, 長也一時短也一時, 玄玄衆妙幾人窺, 道心些兒天機些兒, 磨頂放踵煩無隨, 世不爲奇我自爲奇, 文章華朶豈堪比, 四書是台五經是台.

天一翁詞曰

賦形隨物便爲安, 圓處是歡方處是歡, 平生樂水水漫漫, 吞時淸湍吐時淸湍, 靑黃黑白孰非干, 書也好看畫也好看, 精涵天一足觀瀾, 爲言惟難爲水亦難.

五人書成, 輪看歎曰, 恨知音之賞, 天一翁曰世無伯牙則已, 若有伯牙則何患無子期知, 應時月之間, 自有月評之人矣, 第更有一說而未知諸君之意耳, 僉曰願聞其說, 天一翁曰, 先生, 非但好梅, 亦常好詩, 願以先生之意, 擬作一篇如何, 僉曰何敢,

天一翁曰,吾亦知其不敢, 但吾輩之吟, 若無先生詩一首則便是詞垣無主盟之人, 其可乎哉, 僉曰君言, 亦自有理, 天一翁曰然則, 五人 當各成一句而一剪梅詞, 更添一句則不幾於繁梅乎,

紫潭居士笑曰, 四友論心, 君豈添一則, 四句添一, 正合此會之詩也, 況先生好梅龕旣藏梅, 庭又植梅, 時吟一樹梅前, 一放翁之句則繁梅較号疎梅矣,

浩塘主人, 亦笑曰旣不嫌繁梅則何不發得萬樹梅, 不讓雪堆遍滿山之句乎.

黑頭公曰, 然旣代先生而作則, 不可單添一二句, 不免寂寥之歸耳.

北溟豪士曰, 若如諸君之議則, 此有一討, 請依布岱和尙訶訶笑歌, 或有草創之者, 或有潤色之者, 以成一篇如何, 僉曰好好.

北溟豪士曰, 吾等 處先生之門者, 亦已久矣則知先生之深者, 莫如吾輩, 先生固有好處, 亦或有不好處, 某雖不敏, 請錯綜其義, 組織其文草創之若其潤色之功, 是君等之責也, 僉曰唯唯.

北溟豪士迺歌曰︰我却終日裏笑訶訶, 笑着的是誰.

　　　　　　我不笑那山頭之過去雲, 我不笑那天外之飛來鴻.

我也只笑先生看不透︰人生七十古來稀, 北邙衰草半靑春雙鬢白髮還是福.

世間還有無妻者, 獨宿孤眠可奈何, 聊樂蓁巾還是福.

世間還有無子者, 隻身單影可奈何, 癡兒侍膝還是福.

世間還有無田者, 秋來室罄可奈何, 薄田耕穫還是福.

世間還有無依者, 雪霜侵기可奈何, 冬裘夏褐還是福.

世間還有無家者, 露處沙眠可奈何, 數椽茅屋還是福.

先生自有這船福, 會享眼前孰能禁, 無一思慮高枕臥, 不是神仙誰是神仙,

先生何事不會此, 公然心上起經綸, 如將普濟百萬億蒼生,

　　　　　　公然心上起慷慨, 如將掃除天下不平事.

　　　　　　髮短心長還惆悵, 糾結磊砢苦和惱,

　　　　　　苦也麼苦, 莫是先生負糧饑,

　　　　　　惱也麼惱, 莫是先生埋金貧.

　　　　　　笑歇歇還有喞喞噥噥的笑不休.

世人看書聊消憂, 喜則擊節或手舞, 先生理會這事來, 義形往往必沾巾.

世人曶晦入宴息, 日高三竿眠不足, 先生聽鷄猶撫枕, 夜夜排鋪萬言疏.

義形竟何補, 疏成竟誰采, 痛飮排悶悶不去, 高歌非楚楚還多.

笑呵呵呵呵笑.

我笑先生無事尋事, 我笑先生無愁起愁,

笑往往還有喧喧嚷嚷的笑一笑.

我弗哂日月輪環四時勞, 我不笑造化雕刻萬物巧.

我也只笑先生.

苦中添苦, 惱上添惱, 君不見聖世還有一遺珠, 醒醉堂中醒醉翁.

謂醒固非醒, 謂醉亦非醉, 瞽於五色不瞽風花雪月景, 聾於五音不聾清濁高低字.

胸中磈不平氣, 寓之於酒遣之詩, 但不喜詭而險, 但不喜奇而巧.

只從性情中吟詠來, 颯颯乎其三百篇遺意歟, 先生近被策而驅, 七顚八倒何蒼黃.

一唱一酬軒而輊, 時者觀之如同調, 我恐嫫姆終未效西子, 我恐駑駘終難追奇驥.

畢竟陽春自陽春, 畢竟下里自下里, 只得髣髴籍湜輩汗流走且僵.

那不苦也麽苦, 那不惱也麽惱.

笑呵呵笑呵呵.

縱然苦惱也如此, 先生心事回不得, 還從苦裡尋這樂, 還從惱上尋這快.

倘非觀於困而亨.

呀, 直待山平兼水渴, 先生快樂也경得.

笑殺了笑罷罷.

北溟歌成, 出示四人曰, 請諸君潤色之　四人, 攢手而賀曰吾兄, 一揮成章文, 不加點　復何潤色之有, 北溟又曰和尙之笑, 提起許多笑來而此歌則卑道, 先生恐意匠失之太挾, 僉曰此歌　專爲先生而作則何與他笑耶, 此不足爲恨, 然　先生, 萬一省悟峻責, 吾輩曰汝等조侮長者, 載在何經, 吾輩雖渾身, 是口無辭仰對, 此將奈何, 天一翁曰, 言則是也, 雖先生奈何, 況紫潭, 能借東風之權, 發得萬樹梅花, 十分稱先生之意則非但不責, 安知不反加嘉尙乎, 五人, 俱發大笑, 這一聲, 遂驚起視之几案間, 不見一人, 只聞簷鈴猶滴滴然餉, 余亦一笑而略記如右.

참고문헌

[研究] 1929年 小倉進平 『郷歌及び吏読の研究』

강동엽, 「용문몽유록에 대하여」, 『한국문학연구』 14, 동국대 한문학연구소, 1992.

구운몽, 한글 경판본 및 필사본 謝氏南征記(영인), p.130.

九雲夢·謝氏南征記(영인), 위 金萬重文學研究 부록

김광순, 「고소설의 창작 방법 연구」, 새문사, 2006

김광순, 『고소설사』, 새문사, 2006.

김광순, 『천군소설연구』, 형설출판사, 1982

김광순, 『한국의인소설연구』, 새문사, 1987.

김기동, 「강도몽유록고」, 『논문집』 2, 동국대학교, 1965.

긴동협, 「달천몽유록고찰」, 『국어교육연구』 17, 동국대학교, 1965.

김병국, 「서포 민만중의 생애와 문학」, 서울대출판부, 2001

김병국·최재남·정운채, 「역주 서포연보」, 서울대학교출판부, 1992

김열규 편저, 金萬重研究, 새문사, 1983.

김정녀, 「〈내성지〉의 양식적 특징과 그 의미」, 『한문학보』 5, 우리한문학회, 2001, 167-198면.

김종철, 「옛소설에 나타난 우리말의 아름다움」, 한글학회, 1994

김진규, 서포행장, 이명구, 서포와 〈정경부인 윤씨행장〉, 김만중 연구, p.Ⅱ-36.

김현룡, 「고려몽유문학고찰」, 『학술지 2』 5, 건국대학교, 1981.

노태조, 서포의 효행사상과 「윤씨행장」

柳鐸一 「日本人刊行한글活字本崔忠伝」(1989年 『韓国文献学研究』 亜細亜文化社)参照.

사성구, 구운몽의 희곡적 성격 연구, 서강대학교 대학원, 2001

사씨남정기(이태종 역), 태학사, 1999,

사재동 편저, 西浦金萬重의 文學과 思想, 그 文化史的 位相, 중앙인문사, 2005
       등 참조.

사재동 편저, 西浦文學의 새로운 탐구, 중앙인문사, 2000.

사재동, 「서포문학의 새로운 탐구」, 2000

사재동, 사씨남정기의 몇 가지 문제, 한국고전소설의 실상과 전개, 중앙인문사,
       2006

서대석, 「몽유록의 장르적 성격과 문학적 의의」,『한국학논집』3, 계명대, 1975.

西浦漫筆(홍인표 역), 일지사, 1987.

西浦集 · 西浦漫筆(영인), 통문관.

성현경, 「한국소설의 구조와 실상」, 영남대학교출판부, 1981

소재영,『기재기이연구』, 고려대민족문화연구소, 1974.

손종태, 「〈내성지〉의 창작배경과 역사담론 연구」, 석사학위논문, 동아대학교 교
       육대학원, 2003 : 「〈내성지〉의 창작배경과 역사담론」,『동양한문학연
       구』19(부산한문학회, 2004, 87−115면)에 재수록.

손찬식, 서포의 한시에 나타난 여성의식, 서포 김만중의 문학과 사상, 그 문화사
       적 위상, 숙종실록 9월 11일)

신장섭,『명은 김수민 문학연구』, 국학자료원, 1996, 13−48면.

신재홍, 「명은 김수민의 〈내성지〉 검토」,『국어국문학』 105, 국어국문학회,
       1991 :『한국몽유소설연구』(계명문화사, 1994, 321−340면)에 재수록.

신재홍,『한국몽유소설연구』, 계명문화사, 1994.

신해진, 「〈내성지〉 주제의식의 연원과 그 전개」, 한국고소설학회 제36차 학술
       대회 발표요지문, 1997.

신해진, 「몽유록에서의 좌정대목이 지니는 의미」,『한국언어문학』43, 한국언어
       문학회, 1999, 77−96면.

신해진,『역주 내성지』, 보고사, 2007, 1−299면.

신해진,『조선중기 몽유록의 연구』, 박이정, 1998, 106−161면.

아세아문화사, 「활자본고전소설전집」, 국문학자료 3권, 1992

유종국, 『몽유록소설연구』,아세아문화사, 1987.

육재용, 「구운기 연구」, 서강대학교 석사논문 1986,

윤 정, 「숙종대 端宗 追復의 정치사적 의미」, 『한국사상사학』22, 한국사상사
학회, 2004, 209－246면.

윤 정, 「英祖의 三相 追復과 ‘善述’ 이념 : 영조 정치사상의 일 단면」, 『한국학보』
116, 일지사, 2004, 79－115면.

윤영옥, 「구운기」, 형설출판사, 1985

윤주필, 「원생모유록의 종합적고찰,한국한문학 16,한국한문연구회, 1993.

이가원, 「구운몽」, 연세대학교 출판부, 1979

이근호, 「16－18세기 ‘단종복위운동’ 참여자의 복권 과정 연구」, 『사학연구』83,
한국사학회, 2006, 115－155면.

伊東一郎, 『小說の言葉』－ミハイル·バフチン著作集 ⑤, 新時代社, 東京, 1982

이원수, 「고전소설 작품세계의 실상」, 경남대출판부, 1996

이재수, 「한국소설연구」, 선명문화사, 1973

이현진, 「조선전기 昭陵復位論의 추이와 그 의미」, 『조선시대사학보』23, 조선
시대사학회, 2002, 49－83면.

張赫宙, 『沈淸伝 春香伝』赤塚書房, 1941年2月

장효현 외, 『교감본 한국한문소설 몽유록』, 고려대 민족문화연구원, 2007.

장효현, 「17세기 몽유록의 역사적 성격」, 『한국고소설의 재조명』, 아세아문화횃
사, 1996.

貞敬夫人海平尹氏行狀(이종락 역), 광산김씨 허주공파 종중, 2000,

정규복 외, 金萬重文學研究, 국학자료원, 1993.

정규복(편), 「김만중문학 연구」, 국학자료원, 1994

정규복, 「구운몽 연구」, 고려대학교 출판부, 1974

정규복, 「구운몽 원전의 연구」, 일지사, 1977

정규복, 「九雲夢與九雲記之比較研究」, 『중국학논총』6집, 고려대, 1992

정병욱, 「구운몽」 민중서관, 1968

정조실록(정조 7년 2월 20)

정학성, 「몽유록의 역사의식과 유형적 특질」, 『관학어문학』 22, 서울대학교, 1977.

조동일, 「한국소설의 이론」, 지식산업사, 1977

조석헌, 「몽유록소설 〈내성지〉에 관한 연구」, 석사학위논문, 건국대학교 교육대학원, 1988.

朝鮮王朝實錄 金萬重 記事, 위 西浦文學의 새로운 探究 부록 등.

차용주, 『몽유록계구조의 분석적 연구』, 창학사, 1979.

필사본 謝氏南征記(영인).

한국고소설연구회, 한국고소설론, 아세아문화사, 1991.

현종실록(현종 11년 4월 14일),

황패강, 「조선왕조소설연구」, 단국대 출판부, 1986

懷德鄕案(辛亥改修本) 제46면

桜井義之『朝鮮研究文献誌—明治・大正編—』龍溪書舎、1979年、。西岡健治「高橋仏焉/高橋亨의『春香伝』(2005年『福岡県立大学人間社会学部紀要』第14巻 第1号)

М. БАХТИН, СЛОВО В РОМАНЕ— ≪ВОПРОСЫ ЛИТЕРАТУРЫ И ЭСТЕТИКИ≫, МОСКВА, 1975

1921년 10月 第7輯『洪吉童伝』白石重訳

1921年　5月　第3輯『朋党士禍의 檢討 九雲夢』細井肇・長野虎太郎編

1921年　6月　第4輯『朝鮮歳時記 廣寒樓記』今村鞆訳注/島中雄三訳述

1922年　2月　第9輯『瀋陽日記 沈清伝』大沢竜二郎訳/趙鏡夏訳

1922年　2月　第8輯『八域誌 秋風感別曲』清水健吉訳/趙鏡夏訳

1922年　4月　第10輯『雅言覚非 薔花紅蓮伝』細井肇訳/趙鏡夏訳

1926年 12月「金鰲新話와 그의 著者」와「無情의 꽃과 有情의 꽃—萬福樗蒲記」第139号

1927年　1月「風流才子와 崔家의 낭자—李生窺墻伝」第140号

1927年　2月「浮碧楼의 天女—浮碧亭醉遊記」第141号

1927年　3月「龍宮의 夢遊—龍宮赴宴録」第142号

1927年　3月「地獄問答—南炎浮州志」第143号

1932年　高橋亨「朝鮮文学研究—朝鮮의 小説—」